Michael Lackner

Visszatérés

novum pro

www.novumpublishing.hu

© 2022 novum publishing

ISBN 978-3-99107-983-5
Lektor: Jablonszki Laura
Borítóképek: Martina Birnbaum, Anton Danilov, Sergeyussr, Solarseven | Dreamstime.com
Borító, tördelés & nyomda: novum publishing

www.novumpublishing.hu

1. fejezet

Ecuador

A helyzet teljesen reménytelennek tűnt. A megáradt folyó magával ragadta egyre jobban fáradó testét, fejét csupán másodpercekre tudta a víz szintje fölött tartani, fuldoklott, ráadásul ahogy sodródott a vízben, folyamatosan nekiütközött a folyóban levő szikláknak. Fájt minden porcikája, de leginkább a feje, mintha valami szét akarta volna robbantani: érezte, hogy egyre kevesebb az esélye a túlélésre. A fájdalom erősödésének mértéke már-már az életéért való küzdelem feladásához vezetett. Nagyon közel volt ahhoz a döntéshez, hogy kész, nincs tovább; ennyi volt a földi pályafutása, amikor hirtelen felébredt és rádöbbent, az egész csak egy rossz álom volt. De pillanatokon belül azt is megtapasztalta, hogy a valóság sem sokkal kellemesebb ennél a rémálomnál. Egy csőből zubogott a víz a fejére, miközben egy láb szorgalmasan rugdosta az oldalát. Egy döngölt agyagú padlón feküdt egy ócska faházikóban. A helyszín ismerős volt számára, hiszen már több, mint egy éve ez volt az otthona. Körülötte számtalan üvegpalack és fémdoboz hevert szétdobálva, ami szintén nem volt újdonság neki, mivel a mindennapi környezetét ezek a gyorsan ürülő sörös dobozok és whiskys palackok határozták meg. A slagból zubogó víz, illetve az a barna láb, amely megállás nélkül rugdosta viszont szokatlan volt számára. Ehhez a pillanatnyilag értelmezhetetlen helyzethez hozzátartozott egy ismerős hang is, mely fáradhatatlanul ismételgette:

– Amigo, ébredj, telefonod van.

Nagy nehezen kinyitotta a szemét, felnézett a földről. Meglepetésére a házigazdáját látta maga fölött tornyosulni. Ő volt a rugdalódzó barna láb és a morcos hang tulajdonosa, José, akivel pár évvel korábban ismerkedett meg. Akkor még volt pénze, s az ecuadori kisváros legjobb, pontosabban egyetlen szállodájában lakott. Abban a szállodában, amely a világ legtöbb részén maximum csak egy egycsillagos motel lehetne, de itt a világvégén természetesen büszkén viselte az öt csillagot, amely a kopott bejáratnál volt a falra festve. Az erre szóló jogosultságot egyébként semmilyen hivatalos papír nem igazolta, de az erről szóló bizonylatot még egy vendég sem kérte el a tulajdonostól.

Pár hete élt már ebben az unalmas kisvárosban, ahol soha semmi nem történt: nem voltak turisták, csak a helyiek lézengtek a poros utcákon, de ők is csak akkor, amikor a hőség csökkenése lehetővé tette az élet elviselését a házfalakon kívül is.

Ekkor először betévedt José kocsmájába. A kocsma maga volt a tökéletes egyszerűség. Fából készült építmény volt, mely sem oldalt, sem felülről nem zárt tökéletesen. Ha az időjárásnak olyan volt a kedve, a szél és az eső szabadon járt-kelt a kocsmán keresztül. Néhány faasztal és szék volt az összes berendezése, és persze a bárpult, ami biztosította a kiszolgálást. Ugyanis személyzete nem volt, csak José, aki munkaidőben sosem hagyta el a bárpultot: így ha valaki inni akart, kénytelen volt odamenni hozzá, hogy megrendelje és átvegye az italát.

A kocsma egyszerűsége azonban nem ment a népszerűsége rovására. Általában tele volt helyiekkel, sőt gyakran a vendégek kiszorultak az utcára, ahol gyakran az elviselhetetlenül meleg időben fogyasztották el napi söradagjukat. A tulajdonos a kényelmük fokozása érdekében néhány ócska műanyag asztalt és széket is kihelyezett számukra a kocsma elé. De akkor, amikor először járt ott, csend volt a kocsma környékén, az ajtó tárva-nyitva volt, sem az utcán, sem az épületben nem volt egy vendég sem. Bement a nyitott ajtón, udvarias ember lévén hangosan köszönt. Nem történt semmi, nem reagált senki. Ismét köszönt, még hangosabban, várt egy keveset, de továbbra sem jelentkezett senki. Körbenézett a félhomályban. A pult mellett volt egy raktár feliratú ajtó, elindult arrafelé, s amikor az ajtó mögött zörejeket hallott, benyitott. A helyiségben egy nagydarab, fekete férfi ült véresre verve, egy rozoga faszékre kötözve. Előtte három, szintén fekete, kellően nagydarab fickó azon ügyködött, hogy a széken ülő még rosszabbul érezze magát. Az ajtónyitásra egyikőjük hátrafordult, ránézett, majd anélkül, hogy abbahagyta volna a széken ülő ember ütlegelését, nyugodt hangon csak annyit mondott:

– Amigo, ez nem a te ügyed. Takarodj innen.

De Jack nem szerette, ha elzavarták, főleg, ha arra okot sem adott. Pár perccel később a három fekete fickó ájultan feküdt a raktár padlózatán, míg José – mert mint utólag kiderült, Josénak hívták a széken ülő férfit – hangosan üvöltözött Jackkel:

– Mit tettél, Amigo? Ezért engem meg fognak ölni!

– Talán köszönöm, vagy valami ehhez hasonló. Ha már kiszabadítottalak a nem túl kényelmes helyzetedből, legalább köszönd meg! – próbálkozott Jack, némi hálára számítva.

– Nem értesz semmit, Amigo. Ezek Suarez emberei voltak – nyögte José, miközben megpróbált felállni a székből, nem nagy sikerrel.

– Lehet, hogy ők voltak – hagyta jóvá Jack. – Nem tudom, hogy ki az a Suarez, és úgy nagyon nem is érdekel. Igaz, azt sem tudom, hogy te ki vagy, bár az sem érdekel. Csak azt láttam, hogy hárman vernek egyet, aki nem tud védekezni. Igazán persze ez sem érdekel, nem is ezért szabadítottalak ki. Viszont szomjas vagyok, inni akarok. Ez nagyon érdekel, és azt gondoltam, ha ezt a három pojácát leütöm, téged kiszabadítalak, akkor valaki csak kiszolgál engem ezen az átkozott helyen. Gondoltam, te vagy a tulajdonos vagy a csapos, te tudnál adni egy italt nekem. – Jack érezte, hogy lassan fogytán van a türelme. Ekkora hülyét még életében nem látott, mint amilyennek ez a fekete fickó tűnt számára.

– Mindent tönkretettél! Meg fognak ölni! – ismételte meg magát a nagydarab férfi. – Amúgy José vagyok, ennek a bárnak a tulajdonosa, Suarez pedig egy drogkereskedő, és egyben a város korlátlan ura. Száz dollárért meg akarja venni a báromat – siránkozott José.

– Az nem sok pénz – állapította meg Jack. – Gondolom ennyiért nem akarod eladni. Első ránézésre elég szar helynek tűnik ez a kocsma, de talán száz dollárnál többet ér.

– Nem akarom eladni, mert ebből élek, de ha jól megvernek, és ettől ők boldogok lesznek, akkor a végén legalább alkalmazottnak visszavesznek. Így viszont most meg fognak ölni.

– Ez már a te bajod – zárta le a beszélgetést Jack. Kiment a raktárból, a pult mögött felkapott egy bontatlan whiskys üveget, gondosan a pultra helyezett 200 ezer sucre-t, mert ennyit gondolt reális árnak és ezzel magára hagyta a teljes kétségbeesésben levő kocsmatulajdonost.

Másnap délután, amikor visszatért a bárhoz, Josét nagy munkában találta. Szakadt bőröndökbe pakolta cuccait nagy igyekezettel, láthatóan távozni készült.

– Te mi a francot csinálsz? – kérdezte Jack meglepetten.

– Nem várom meg Suarezt. Egye meg a fene a száz dollárt, amit ezért a kocsmáért kapnék, inkább elmegyek, itt hagyom neki az egészet ingyen. Talán lesz olyan hely valahol, ahol újrakezdhetem az életem – mondta José, aki beletörődött a megváltoztathatatlanba. A kocsmája, az élete egyetlen értelme Suarezé lesz. Őt vagy megölik, vagy elmenekül, de ha még lehet választani, akkor inkább elmenekül.

– Ne várd Suarezt, nem jön – mondta Jack a lehető legközönyösebb hangon, amire csak képes volt. – Viszont küldött neked egy levelet. Tudsz olvasni? – kérdezte, s ezzel a pultra dobott egy papírlapot.

José felkapta a papírlapot, majd félhangosan elkezdte olvasni a rajta levő szöveget.

– Nyilatkozat. Alulírott Fernando Suarez, Ecuador megbecsült polgára garantálom, hogy amíg élek, addig José kocsmája (bárja) José tulajdonában marad. Azt senki (beleértve magamat is), ismétlem, senki el nem veheti tőle, védelmi pénzt nem szedhet tőle, erőszakos szándékkal a bárba be nem léphet. Aláírás, dátum.

– Mi a szent szar ez? – kérdezte pár perc múlva José, mikorra magához tért a teljes döbbenetből, és végre meg tudott szólalni.

– Ez egy üzlet, amelyben mindenki jól jár. Suarez jól jár, mert én életben hagyom, hiszen a garancia az ő élete végéig szól. Te is jól jársz, mert megmarad a bárod. Én is jól járok, mert végre azzal fogsz foglalkozni, amit már nagyon szeretnék, adsz nekem egy dupla whiskyt jéggel, és egy korsó barna sört. Ezt hívják az üzleti életben win-win szituációnak – magyarázta

Jack mérhetetlen türelemmel, bár az alkohol hiánya már egyre erősebben gyötörte.

– Ki a Jóisten vagy te? – kiáltott fel José. Élete első harminc éve során még nem hallott olyat, hogy valaki szembe mert volna szállni bárkivel is, aki a városban a drogüzletet irányítja, s olyan, hogy valaki még eredményt is érjen el, az végképp a lehetetlen kategóriába tartozott az ő világában.

– Ideje bemutatkoznom – hajolt meg Jack szertartásosan. – A nevem Jack Benneth, amerikai állampolgárként születtem, jelenleg hontalan vagyok. Eljöttem valahonnan valamiért, de ez most nem érdekes, nem tartozik rád. Úgy döntöttem, hogy itt fogok élni, ebben a világvégi porfészekben, ahol remélem nem találkozom senkivel, aki amerikai, és ahol van egy hely, ahol minden nap megihatom a kellő mennyiségű whiskymet és sörömet. Ez a hely a te kocsmád lenne, de az udvariasság kedvéért megkérdem, van ellenvetésed a döntésemmel szemben?

– Azt hiszem, erre most nincs lehetőségem – mormolta José, aki akkor úgy érezte, új ura van a városnak.

Így kezdődött ismeretségük, mely a későbbiekben barátsággá alakult át. Jack minden nap eljött ide nyitásra, és minden nap záráskor elment a szállodájába aludni. A két időpont között támasztotta a söntéspultot, senkihez nem szólva időnként felemelte jobb kezét, ezzel jelezve, hogy kér egy whiskyt természetesen jéggel, és időnként felemelte bal kezét, ezzel jelezve, hogy hígításként kér egy korsó barna sört. Ez az idilli állapot addig tartott, amíg Jack fizetni tudta a szállását. Amikor már nem tellett rá, mert minden megtakarított pénze elfogyott, és a szállodás nem volt hajlandó ingyen szállást adni a továbbiakban, összepakolta cuccait, és a következő nap reggelén megjelent a kocsmánál egy hatalmas bőrönddel. José gondolkodás nélkül felajánlotta, hogy a kert végében – mert a bárhoz egy kert is tartozott – levő fakunyhóban meghúzhatja magát. Amíg a bőrönd tartalma kitartott, addig működött is a dolog, s bár ingyen lakott, legalább az étel és ital árát kifizette Josénak. Természetesen a bőrönd tartalma nem volt véges, és – előbb-utóbb Jack eladta összes ingóságát: már csak annyi ruhája maradt, amennyi rajta volt. Ekkor José újabb gáláns gesztust gyakorolt Jack felé, továbbra is annyit ihat, amennyit akar, fizetni sem kell érte, és ha esetleg úgy érzi, hogy némi munkával – takarítás, mosogatás, kerti tevékenység – ellentételezni szeretné a fogyasztását, akkor ebben senki, legkevésbé José nem fogja megakadályozni.

Jack azonban nem sok kísérletet tett az ellentételezésre az elmúlt időben. Erre igazán csak most döbbent rá, amikor megérezte, José rúgásaiban nemcsak az ébresztés szándéka volt benne, hanem az a kritika is, amellyel José kifejezte egyet nem értését Jack életvitelével kapcsolatban. Jack teljesen lezüllött: már az is csoda számba ment, hogy egyáltalán életben volt. Napokig feküdt a faházban kiütve, öntudatlan állapotban. Néha-néha előmászott, összeszedett némi ennivalót és tetemes mennyiségű innivalót a bárban, aztán visszakúszott a faházba. Ezt is inkább az éjszaka folyamán csinálta, mert már annyira vállalhatatlan volt a kinézete, hogy José nem engedte be a nyitvatartási idő alatt.

Szóval a fejére zúduló víz és a rugdosó lábak ebben a mindennapos és másnapos állapotában találták meg Jacket, amely mostanában olyan jellemző volt rá. Miután nagy nehezen megkülönböztette az álmot a valóságtól, megpróbált felülni, de ez egyáltalán nem sikerült neki. Néhány próbálkozás után fel is adta.

– Mi van? – nyögte a világ összes fájdalmát magán viselve.

– Telefon – válaszolta José, némi türelmetlenséggel a hangjában.

– Nekem nincs telefonom – válaszolta Jack némi gondolkodási idő után. Szüksége volt néhány percre, amíg az agyában megjelent a telefon szó értelmezése, illetve végig tudta gondolni azt, hogy ha neki semmije sincs, akkor értelemszerűen telefonja sem lehet.

– Barom – reagált nyersen José –, a telefon az enyém, viszont egy amerikai téged keres rajta.

– Nem ismerek egy amerikait sem, magamat is beleértve – morogta Jack, s ezzel mély álomba zuhant ismét.

A menekülési kísérlete nem vált be. A víz automatikusan megindult a slagból egyenest a fejére, sőt a rugdosás is folytatódott.

Az ébredése most gyorsabb volt, mint percekkel korábban, és nem előzte meg a megáradt folyóban fuldoklás rémálma sem.

– Mit akarsz már megint? Mondtam, hogy nem ismerek egy amerikait sem! – tért magához Jack, immáron a felülést is sikeresen abszolválva.

– Választhatsz a telefon és a víz között, ez utóbbit némi rugdosással vegyítve – José hangjából a barátság teljesen kiveszett.

– Cseszd meg! – morogta Jack, a telefonhoz nyúlva. – Bárki vagy is, nem ismertelek korábban, nem ismerlek most sem, és a jövőben sem akarlak ismerni – motyogta Jack, nehezen artikulálva mondandóját.

– Ahhoz képest, hogy az embered azt mondta, jelenleg teljességgel képtelen vagy bármilyen kommunikációra, egész szépen összeraktál egy mondatot, még ha az nehezen is érthető – reagált erre egy számára ismerősnek tűnő mély férfihang.

– Ki a túró vagy te? – kérdezte Jack gyanakvóan.

– Peter.

– Peter? Nem ismerek semmilyen Petert, egyébként három napja nem aludtam egy percet sem – füllentette Jack, bár amilyen állapotban volt, ez számára nem tűnt hazugságnak. – Ezért bárki is vagy, most nem fogok veled beszélni, mert alváshiányom van – Jack ezzel lezártnak tekintette a maga részéről a beszélgetést. A telefont odadobta Joséhoz, majd ismét beájult a földön.

Három órával később, mikor José ismét megjelent a telefonnal a kezében, már nem volt szükség sem vízre, sem rugdosásra az ébresztéshez. Jack az első „Amigo" szóra felült és szó nélkül átvette a telefont.

– Valószínűleg a Földön sok millió Peter él, de én egyet sem ismerek közülük – kezdte a beszélgetést.

– Peter vagyok, a főnököd – jelezte az ismerős hang, hogy egy Petert azért ismernie kellene.

– Nincs főnököm, szabadúszó vagyok, szabadon úszok az alkoholban – próbált vicceskedni Jack.

– Peter Hammersmith FBI – váltott komolyra a telefonvonal túlsó végén levő hang.

– Na, aztán téged végképpen nem ismerlek, s erre minden okom megvan – vette továbbra is komolytalanra a figurát Jack.

– Őszintén szólva, nem érdekelnek az okok, beszélnünk kell – válaszolta határozottan Peter.

– Emlékszel 2003-ra? – kérdezte Jack, immáron ő is a maximális komolysággal.

– Ki ne emlékezne? – Peter hangjában most némi nyugtalanság érződött.

2003-ban Jack volt az FBI New-Yorki irodájának a legjobb elemzője. Igazság szerint az FBI legjobb elemzője, sőt Amerika valamennyi ügynökségének a legjobb elemzője volt. Húszas éveinek a végén járt, de senki sem kérdőjelezte meg: ő a legjobb a szakmában. Nem volt olyan részinformáció, adatmorzsa, ami elkerülte volna a figyelmét a nyomozásai során, és ne indította volna be azonnal a vészcsengőt az agyában. Gyakorlatilag az az ügy, amit megkapott, az meg volt oldva, csupán az volt a kérdés, hogy pár napon vagy pár héten belül sikerült neki.

2003-ban több terrortámadás is történt Amerikában, Ázsiában és Európában. Két évvel voltunk túl az Egyesült Államok ellen elkövetett példátlan merényleten, aminek többek között a New York-i ikertornyok is áldozatául estek. A világ rettegésben élt, egymást követték a terrorakciók és katonai ellenakciók. A 2003-as robbantásokat és merényleteket is természetesen az al-Káida illetve bin Laden számlájára írták, de Jack rájött, hogy ebben az eseménysorban van négy kakukktojás. Ezek ugyan nem jártak sok emberáldozattal, de komoly sajtóvisszhangot váltottak ki, s így tökéletesen alkalmasak voltak a feszültség folyamatos fenntartására a nyugati és a közel-keleti országok között. Jack biztos volt benne, ezeket az akciókat a CIA szervezte és hajtotta végre, csupán azért, hogy továbbra is okot adjon a fegyverkezési hajsza fokozására, az arab, iszlám államok elleni harc támogatására.

Mikor előterjesztette egyértelmű bizonyítékait főnökeinek, nagyon gyorsan az Ovális teremben találta magát. Az Elnök esélyt sem adott neki, hogy megszólaljon, kifejtse érveit, előtárja bizonyítékait. Egyértelműen közölte vele: ha van még bármilyen szakmai karriercélja a rövid földi életében, akkor mindent elfelejt, minden bizonyítékot megsemmisít, ami ezzel az üggyel kapcsolatos. Jack még sosem érezte magát ennyire megalázott helyzetben: kifelé jövet csak annyit mondott főnökének, Peter Hammersmith FBI irodavezetőnek: *ez volt az utolsó eset, amikor ezt lenyeli és végrehajtja a parancsot.*

– S ugye 2011-re is emlékszel? – fokozta a nyomást Peteren Jack, mire csak egy halk morgás volt a válasz.

A 2003-as incidens után Jack munkája akadálymentesnek tűnt. Sikert sikerre halmozott, gyakran volt vendége magasszintű nemzetbiztonsági tanácskozásoknak, sőt az Elnök többször személyesen is találkozott vele. Nem szóltak bele a munkájába, nem kapott utasítást, hogy merre vizsgálódjon és merre ne, s bár néha volt olyan érzése, hogy bizonyos ügyektől távol tartják, összességében nem érezte sértve az igazságérzetét.

2011-ben a közvéleményt nagyon foglalkoztatta egy gyilkosságsorozat, ami ugyan a korábbi években történt, de csak abban az évben derült rá fény: Texasban egy farmon találtak öt női holttestet. A farm tulajdonosa egy rosszhírű, erőszakos, többszörösen büntetett fekete fickó volt. Az öt holttest pedig öt luxusprosti, vagy mondjuk inkább escort lány volt, akik az elmúlt években tűntek el nyomtalanul. Bár közvetlen kapcsolatot nehéz volt találni az escort lányok és a fekete farmer között, a rendőrség gyorsan lezárta az ügyet a fekete fickót megvádolva a gyilkosságsorozattal. A bíróság is gyors volt és határozott: halálra ítélte a farmert. S bár Amerikában évek, illetve gyakran évtizedek telnek el úgy, hogy a halálraítéltek ülnek a halálsoron és nem kerül sor a kivégzésükre, itt valamiért minden gyorsan és hatékonyan működött. Júliusban meghozták a halálos ítéletet, s decemberre már ki is tűzték a végrehajtásának napját.

Jack nem volt ebbe az ügybe bevonva: igazán csak annyit tudott róla, amennyi arról a sajtóban megjelent. November elején azonban váratlanul kapott egy levelet egy ismeretlentől. A borítékban néhány fotó volt, amely a meggyilkolt lányokat ábrázolta munka közben fehér férfiak társaságában, illetve egy fotó a fekete farmerről. Ezen kívül csupán egy üres lap volt a borítékban, melyre nagy betűkkel egy szó volt felírva: „*Szerinted?*". Jacknek ennyi elég volt, hogy beinduljon az agya, kért két hét szabadságot Petertől, s elutazott Texasba. Két hét kellett ahhoz, hogy egyértelmű bizonyítéka legyen a fekete farmer ártatlanságáról és egy fehér szenátor bűnösségéről. Az igazát alátámasztó dokumentumokkal a kezében tért vissza New York-ba, és sétált be főnökéhez, Peterhez, aki figyelmesen végig hallgatta, igazat adott neki, s megígérte, hogy haladéktalanul intézkedik. Két nappal később hívatta Jacket. Sajnos a bizonyítékok elvesztek az elmúlt két napban, és ha ezekről bármilyen másolat maradt Jacknél, akkor annak még ma meg kell semmisülni.

Nincs választása.

De, volt. Jack felállt, és „*le vagytok szarva!*" felkiáltással otthagyta főnökét, az FBI-t, Amerikát, és az egész addigi életét.

– Mivel ha jól hallom, pontosan emlékszel erre a két történetre – reagált Jack a morgásra –, nem kérdés, hogy nincs miről beszélnünk egymással.

– Azóta eltelt 5 év, sok minden megváltozott – próbálkozott Peter.

– Semmi sem változott, ugyanolyan faszfejek ülnek ugyanazon székekben, mint korábban.

– S te ezt honnan tudod? A világ legeldugottabb helyén, folyamatos alkoholmámorban úszva? – szemétkedett Peter.

– Tudom és kész, nincs miről beszélnünk – zárta rövidre Jack a beszélgetést, ezzel vissza is adta a telefont Josénak.

Két nappal később csengett a telefon Peter Hammersmith asztalán a New-York-i irodájában.

– Na, mi van? Meggondoltad magad? – vigyorgott a telefonba, amikor a titkárnője bekapcsolta a külföldről jövő hívást.

– Cseszd meg! Cseszd meg, és harmadszorra is cseszd meg! José kidobott – morogta Jack ingerülten.

– S miért tett ilyet? – hangzott a kérdés a világ legártatlanabb hangján.

– Mert egy faszkalap azzal fenyegette meg, ha még egy korty italt ad nekem, akkor a saját farkát nyomja le a torkán. Jose nagyon büszke a férfiasságának méretére: attól fél, hogy ettől esetleg megfullad, ezért inkább felrúgta örök barátságunkat – próbált higgadt maradni Jack, bár a lelkében óriási indulatok dúltak.

– S akkor most mi lesz? – kérdezte Peter, bár tudta a választ előre.

– Majd megyek, pár hét és ott leszek. De előtte pénzt kell szereznem ruhára és repülőjegyre.

– Elég, ha kinézel az ablakon. Ott látsz egy fehér terepjárót, ülj be és holnap már itt kávézol velem a New York-i irodámban.

– Anyaszomorító állat vagy – állapította meg Jack, de mivel nem várt semmilyen reakciót, lerakta a telefont.

2. fejezet

A visszatérés

Az augusztusi nap ezerrel tűzött be Peter irodájába. Peter az ablakánál állva a várost bámulta, amikor megcsörrent az asztalán levő telefonja.

– A szállítmány megérkezett – jelentette az irodaház portaszolgálata.

Peter letette a telefonkagylót, és felvette az amerikai menedzserek menő pozícióját. Leült a forgószékébe, lábát az asztalra rakta, egy fogpiszkálót helyezett el a fogai között. Két perc múlva kopogtak az ajtaján.

– Igen – reagált hangosan Peter.

Jack lépett be az ajtón. A közel huszonnégy órás út során – amennyire lehetett – ismét embert faragtak belőle. Rongyok helyett sötétkék póló és egy farmernadrág volt rajta, haját és szakállát levágták, csupán az arca jelezte az elmúlt évek viszontagságait. Felpüffedt arca, véres és még mindig zavaros tekintete mutatta, hogy egy idült alkoholista áll Peter szobájában.

– Nagyon szarul nézel ki – köszöntette Peter, rápillantva a belépőre. A valamikor sportos, jó erőnlétben lévő férfi csontsoványra fogyott, s bár a negyvenes éveinek elején járt, ránézésre inkább tűnt hatvannak.

– Ezért hívtál, hogy ezt megállapítsd? – morogta Jack, szintén mellőzve a köszönés formaságait.

– Ja, csupán kíváncsi voltam, hová süllyedhet egy ember, aki valaha szakmája legjobbjának számított, de nem bírta elviselni, hogy időnként vannak korlátok a munkánkban, amelyeket tudomásul kell vennünk, s melyekkel együtt kell élnünk.

– Neked köszönhetően süllyedtem oda, ahonnan most jöttem. Amúgy, van egy olyan testrészünk, amit gerincnek hívnak. Nem tudom, hallottad-e ezt a szót valaha is? – vágott vissza

Jack, és tett egy lépést az ajtó felé, egyértelműen jelezve: nincs ínyére a beszélgetés.

– Jól van, jól van, felejtsük el a múltat. Szükségünk van rád, ezért hívtalak – váltott hangnemet Peter. – Kérlek, foglalj helyet! Iszol valamit?

– Whiskyt szódával vagy inkább jéggel – vigyorgott Jack, helyet foglalva az íróasztal mellett levő széken.

– Kettő kávét és kettő narancslevet kérek – szólt Peter a telefonba az asszisztensének.

– Úgy látszik, már angolul sem beszélnek New Yorkban – morgott Jack. – Miért hívtál? – tért a lényegre hirtelen.

– Gondolom, újságot sem olvastál, netet sem néztél mostanában, nem tudsz semmit az elmúlt időszak eseményeiről – mondta Peter.

– Ez most kérdés vagy megállapítás?

– Megállapítás. Az elmúlt nyolc hónapban tizenkettő olyan merénylet történt az országban, amely egy összefüggő terrorista akciósorozat részének tűnik. Ennek során több mint száz ember halt meg, és a sérültek száma is meghaladja a háromszázat. A legtöbb esetben egyértelmű az összefüggés a merényletek között, de van három kakukktojás, melyek esetén nem látjuk az egyértelmű kapcsolatot a többi merénylettel, de azt kizárni sem tudjuk.

– Gondolom, ezeket a CIA hajtotta végre – vágott közbe Jack, emlékeztetve Petert a 2003-as storyra.

– Egyértelműen nem – rázta meg a fejét Peter.

– Mert?

– Mert a CIA kérte, hogy találjunk meg téged, és vonjunk be az ügybe.

– Aha – bólintott Jack. – Biztos kíváncsiak arra, hogy képes vagyok-e kétszer is rájuk bizonyítani aljasságukat.

– Folytatnám, ha nem gond – Peter nem akarta, hogy a régi sebek feltépődjenek, és a beszélgetés rossz irányba forduljon.

– Akartalak is kérni rá! – válaszolta pimaszul Jack.

– Közeleg szeptember 11-e tizenötödik évfordulója. Van olyan feltételezés, mely szerint ezek az akciók esetleg összefüggésben vannak az al-Káida akkori merényletével, és az évfordulón minden korábbinál nagyobb durranásra készülnek.

– Mi az alapja a feltételezésnek? – kérdezett közbe Jack.

– Konkrétan semmi. Megérzés, intuíció – Peter nem akarta bevallani, hogy ez kizárólag az ő érzése, mert egyéként semmilyen jel nem utalt erre. A nyomozás eddig eredménye szerint a merénylők nem kapcsolódtak az iszlám fanatizmushoz, a célpontoknak nem volt köze egyetlen vallási létesítményhez sem, az áldozatok is véletlenszerűen képviselték Amerika lakosságának összetételét, a támadásoknak nem volt behatárolható célcsoportja.

– Szóval ez a te kizárólagos megérzésed – állapította meg Jack, melyre Peter csupán egy grimasszal reagált.

– Itt egy laptop – nyúlt a fiókjába Peter, s tette Jack elé. – Ezen minden rajta van, amit eddig tudunk, ami bizonyítékot összeszedtünk. Fotók, videók, szemtanúk vallomása, az áldozatok adatai, a nyomozás eddigi eredménye. Menj haza, és nézd át.

– Haza? – nézett meglepetten Jack Peterre. – Nekem olyan nincs, de ezt te is tudod.

– Kint van egy ember, aki rád vár, és elvisz az ideiglenes otthonodba, amíg nem szerzel egy megfelelő lakást magadnak. Neked jelenleg nincs semmi más dolgod, mint éjjel-nappal dolgozni az ügyön. Nincs sok időnk.

Jack elvette a laptopot az asztalról. Sejtette, hogy nagy szarban lehetnek a szolgálatoknál, ha visszahívták őt erre a munkára. Biztos volt benne, hogy nincs olyan állami ügynökség az országban, aki ne ezen az ügyön dolgozna –éjjel-nappal: szakemberek, ügynökök, profilozók százaival. S mégis egy alkoholista, egy emberi roncs kell nekik. Gyorsan felértékelte önmagát, nem akart üres kézzel távozni.

– Cserébe?

Peter számított erre a kérdésre, de mégis úgy tett, mintha meglepődne.

– Mit akarsz cserébe? Most mentettük meg az életed. Ha nem hozunk haza, heteken belül beledöglöttél volna az önpusztító életmódodba.

– Még nem váltottam életmódot, csak új ruhát vettem fel – vitatkozott Jack.

– Igen, ezt még nem is mondtam. Nincs pia, egy korty sem. Állandó orvosi felügyelet alatt leszel, hogy az alkoholizmusból mielőbb kigyógyulj.

– Bár ezt nem kértem tőletek. Főleg, hogy miattatok lettem alkoholista – nézett Peter szemébe egyenesen Jack –, szóval mit kapok cserébe?

– Egyelőre civilizált életkörülményeket, aztán egy döntési lehetőséget. Vagy mész vissza a mocsárba megdögleni, vagy itt maradhatsz, s folytatod ott az életedet, ahol öt évvel ezelőtt abbahagytad.

– Ugyanolyan átkozott sötét barom vagy, mint amilyen régen voltál – reagált Jack, bár messze nem okozott neki akkora problémát a visszatérés lehetősége, mint amennyire igyekezett azt kimutatni. Igazság az, hogy azokban a pillanatokban, amikor józan volt, s ami azért az elmúlt években csak másodpercekben volt mérhető, fel-felvetődött benne a kérdés. Mi értelme az önpusztításnak? Kinek jó ez? Mi elől menekül az alkoholba? Talán itt lesz a lehetőség ezeket a kérdéseket megválaszolni.

Peter nem kívánt reagálni Jack becsmérlő szavaira. Felállt a székéből, kinyújtotta a kezét. – Akkor viszlát! – jelezte, hogy nincs több ideje Jackre. Jack is felállt, elfogadta a kinyújtott kezet, de nem szólt semmit, az ajtóhoz ment, és köszönés nélkül távozott. Az előtérben ott állt egy FBI-ügynök Jackre várva. Jack látványosan figyelemre sem méltatta, helyette rámosolygott Peter szőke titkárnőjére.

– Köszi a whiskyt, de legközelebb több jéggel kérem – mondta a szőke szépségnek, akinek mellmérete jóval meghaladta az agyméretét.

– Bocsánat, Uram – rebegte – de én csak kávét és narancslevet vittem be.

– Nos igen, a bajok itt kezdődtek – válaszolta Jack, egyenesen a lift felé tartva.

Az FBI-ügynök arra számított, hogy Jack odamegy hozzá, de látva, hogy Jack látványosan kerüli, felpattant a székből, és még pont időben beugrott a liftbe Jack mellé. Amikor kiszálltak a felvonóból a földszinten, Jack továbbra is levegőnek nézte az ügynököt, határozott léptekkel elindult a kijárat felé. Az ügynök igyekezett megelőzni őt.

– Kérem, kövessen! – szólította fel Jacket.

– Vagy fordítva – nézett rá Jack, de továbbra sem állt meg vagy lassított le.

– Ebből nagy szerelem lesz – állapította meg az ügynök.

– Jack vagyok és hetero – állt meg vigyorogva Jack.

– Szintén – reagált az ügynök, magában komoly sikerként elkönyvelve, hogy sikerült megállítania Jacket. Semmit nem tudott arról az emberről, akit rábíztak, csupán egy idült alkoholistát látott maga előtt, akivel kapcsolatban azt mondták a főnökei, ha bármi történik vele vagy eltűnik a szeme elől, akkor életének hátralevő része elviselhetetlenül kegyetlen lesz. Márpedig Garcia Hernandez FBI-ügynök szerette a kényelmes életet. Elég okos volt ahhoz, hogy az FBI alkalmazza, de elég lusta ahhoz, hogy ne vigye sokra a szervezetben. Pont így volt számára megfelelő, ezért arra kínosan ügyelt, a kirúgását ne kockáztassa. Nem szabad ezt az embert elvesztenie, s ezért a bizalmába kell férkőznie – határozta el.

– Mi szintén? Szintén Jack? – csodálkozott Jack.

– Szintén hetero, amúgy meg Garcia – reagált az ügynök, alkalmazkodva Jack stílusához.

– Nos, akkor kedves Garcia, ha azt akarja, hogy kövessem, akkor haladjon előttem. De szedje a lábát ezerrel, mert Peter Hammersmith irodavezető úr nem sok időt adott nekem arra, hogy a sok kretén hivatalnok helyett megoldjam a világ összes problémáját – mondta Jack, miközben látványosan körbemutatott, érzékeltetve, hogy mit gondol az épületben dolgozók szellemi képességeiről.

Az épület előtt beültek az ott várakozó Chevrolet Orlandóba. Jack a hátsó ülésre vágta be magát, Garcia az anyósülésre, a sofőr indított, de egyikük számára sem volt fontos, hogy köszönésre hajazó szó elhagyja száját. Több mint félórányi autózás után – mialatt Jack szunyókált és legkevésbé sem foglalkozott azzal, hogy merre járnak – elérték New York kertvárosi részét, váratlanul megszólalt:

– A következő sarkon forduljon balra, és a harmadik háznál álljon meg, megérkeztünk.

– Jézusom, ki maga? – kérdezte döbbenten Garcia. Egész úton figyelte Jacket. Biztos volt benne, hogy Jack alszik. A ház az FBI által bérelt menedékház volt. Garcia meg volt győződve róla, hogy a gépkocsiban senki sem tudja a pontos címet, hiszen még neki sem mondták meg, hogy hová kell vinni Jacket. A sofőr is a cím ismerete nélkül vezetett, a fülhallgatóján keresztül követte a waze verbális utasításait, mikor, merre kell kanyarodnia.

– Jack Benneth vagyok, ezek szerint ezt nem mondták meg magának, amikor pincsi kutyának mellém rendelték. Egyébként nem aludtam, csak csukva tartottam a szemem.

Garciának most esett le, kit is bíztak gondjaira. Az FBI-ban legendák keringtek Jackről, a szuperelemzőről, akinek csak sikeresen megoldott ügye volt, s aki öt évvel ezelőtt nyomtalanul eltűnt. Műszak után, mikor az ügynökök összegyűltek a helyi kocsmák valamelyikében, hihetetlen történeteket lehetett hallania azokról az ügyekről, melyeket Jack megoldott, és vad találgatások születtek arról, hogy vajon mi történhetett Jackkel. S íme a valóság, itt van a legenda egy légtérben vele. Él, sőt Garcia Hernandez jövője múlik azon, hogy életben maradjon, és ne tűnjön el ismét. Garcia nem tudta eldönteni elsőre, hogy ennek örülnie kellene, vagy összeszarnia magát a felelősség súlyától. Mindenesetre rövid gondolkodás után úgy döntött, megpróbál megfelelni a kihívásnak.

– Gondolom, járt már itt – mondta közönyösen, leplezve, hogy mekkora érzelmi viharokat váltott ki benne az előbbi információ.

– Nem, nem jártam itt még soha, de ismerem New York-ot.

Közben a sofőr megkapta az utolsó utasítást is arra vonatkozóan, hogy hol álljon meg az autóval, amely pontosan megegyezett azzal a hellyel, amit Jack előre jelzett. New York ezen részén a házak meglehetősen hasonlítottak egymáshoz: aki nem ismerte a környéket, nehezen igazodott ki, így Garcia Hernandez ügynök elismerése Jack képességeit illetően tovább fokozódott.

A Chevrolet megállt a ház előtti feljárón, Garcia kipattant belőle, és kinyitotta Jack oldalán a hátsó ajtót. Mindketten besétáltak az épületbe, melynek ajtaja abban a pillanatban nyílt ki, mikor odaértek.

– Jó napot! – köszöntötte őket egy fiatal hölgy – Julia vagyok, a házvezetőnő. Ő itt dr. Kempler – mutatott a mögötte álló kopasz férfira –, az ön kirendelt orvosa.

– Jack vagyok, és nem vagyok beteg, bár ki tudja – sóhajtotta Jack.

Az épületbe belépve egy tágas nappaliban találta magát, melyből nyíltak a kiszolgáló helységek, konyha, étkező, személyzeti szobák. Fent az emeleten volt Jack dolgozószobája, illetve néhány hálószoba, melyek közül egy Jack számára lett előkészítve.

– Szobafogságban vagyok, vagy szabad amerikai állampolgárként oda megyek, ahová akarok? – kérdezte némi cinizmussal a hangjában Garciától.

– Oda megy, ahová akar – válaszolta Hernandez ügynök –, csak ahhoz el kell viselnie társaságomat is. De ígérem, a házon belül nem követem sehová. Itt teljes szabadságot élvez, minden megfigyelés nélkül.

– Nagyszerű, mindig is vágytam erre a létformára, az amerikai szabadság ismét nem álom számomra – szellemeskedett Jack. – Akkor, ha nincs senkinek ellenvetése, most elvonulok lepihenni a hálószobámba; kérem, lehetőleg ne zavarjanak.

Jack úgy döntött, hogy alvással kezdi a munkáját. Ráér holnap is elkezdeni az átvett laptop tanulmányozását. Bevonult a fürdőszobába, ahol közel egy órán keresztül állt a zuhanyzó alatt. Hol forró vízzel, hol jéghideg vízzel kényeztette testét, élvezve azt, amiben az elmúlt években nem sok része volt. Amikor úgy érezte, hogy az elmúlt öt év mocskától megszabadult, befejezve a zuhanyozást a tükör előtt állva szomorúan állapította meg, az alkohol komoly nyomokat hagyott rajta. Lesz mit dolgoznia azon, hogy visszanyerje régi önmagát. Gyorsan döntött: előbb megpróbál fizikailag helyre jönni, aztán foglalkozik csak a laptoppal. Lesétált a nappaliba, ahol Hernandez ügynök lelkesen bámulta a TV-t, amely éppen egy NBA-meccset adott.

– Konditerem van? – kérdezte a felé forduló Garciától.

– Nincs. Kellene?

– Holnap reggeltől futópad, szobabicikli, erőgépek, súlyzók – adta le a rendelést Jack. – Vagyok olyan rendes, megkímélem magát attól, hogy velem kelljen futnia a környéken – választ nem várva elindult felfelé a lépcsőn, hogy megkezdje rekreációját.

3. fejezet

A felkészülés

Késő délelőtt volt már, amikor Jack úgy döntött, ideje kikászálódni az ágyból, tizennyolc óra talán elegendő volt az alvásból. Örömmel állapította meg, hogy amíg aludt, addig elkészült a konditerem. Pont úgy, ahogy kérte, benne voltak azok a kínzóeszközök, melyek kellettek ahhoz, hogy visszanyerje régi formáját. Két órát küzdött a szerekkel, miközben az összes porcikája folyamatosan tiltakozott a testi erőszak ellen. Az elmúlt években a maximális fizikai terhelése néhány lépés volt a szállása és a bárpult között. Sőt, az utóbbi időben már annyi sem. Két óra testedzés után jött az egy órás zuhanyozás, majd pár óra alvás, s visszatérés a konditerembe. Az elkövetkező pár nap erről szólt: nem beszélt senkivel, és nem foglalkozott a laptoppal. A konditerem, a zuhanyzó, az ágy és időnként az étkezőasztal határozta meg a napi tevékenységét. Garcia Hernandez FBI-ügynök egy idő után aggódni kezdett. Mi lesz így a nyomozással? Hiszen azt közben kiderítette, hogy miért hívták vissza Jacket. Nem is bírta sokáig magában tartani kétségeit, felhívta Petert.

– Uram! – kezdte a tájékoztatást. – Az őrzött személy nem dolgozik a kiadott feladaton. Edz, zuhanyzik és alszik napok óta.

– Azaz dolgozik – válaszolta Peter Hammersmith a lehető legnyugodtabb hangon.

– Nem értem, Uram – lepődött meg Garcia Hernandez ügynök Peter reakcióján.

– Nem baj, más is járt már így – Peter tudta, hogy minden a legnagyobb rendben. Jack megkezdte visszatérését, ami egy hosszú utazás lesz részéről.

Jack az ötödik napon elérkezettnek látta az időt arra, hogy rászánja magát a laptop tartalmának tanulmányozására. Bevonult a dolgozó szobába a laptoppal a hóna alatt. A szoba pontosan úgy volt berendezve, ahogy azt ő szerette. Számítógépek, nyomtatók, falra szerelt képernyők mellett egy heverő és egy kényelmes fotel alkotta a berendezését. Természetesen két asztali telefon és két mobil is volt az asztalon, bár azt nehezen tudta elképzelni magáról, hogy egyszerre négy készüléken folytat megbeszélést.

Amikor kinyitotta a laptopot, megállapította, hogy a készülék tartalmazza mindazon információkat, adatokat, amit a nyomozók és a helyszínelők összeszedtek a munkájuk során. Ahogy Hammersmith említette, fotók, videók, tanúvallomások, rendőrségi jegyzőkönyvek, szakértői megállapítások voltak katalogizálva a gépen, megkönnyítve Jack számára, hogy mielőbb képbe kerüljön az üggyel kapcsolatban. A dokumentumok borzalmas tragédiákról számoltak be. A támadások helyszínei különböző amerikai városok frekventált intézményei voltak: kulturális központok, repülőterek, bankfiókok, egyetemek, kórházak, városi piacok, bevásárlóközpontok, zsúfolt strandok. Az egyértelműen látható volt a képekből és a rögzített nyomokból, hogy a minél nagyobb pusztítás volt az elsődleges cél, s az, hogy a támadásoknak a lehető legtöbb áldozata legyen. Ennek megfelelően lettek az időpontok és a helyszínek kiválasztva. Látszott az alapos előkészítettség a merénylők részéről. Meglepetésként érte a helyszínen tartózkodókat a támadó, s az is egyértelmű volt az adatokból, hogy az elkövetőknek nem volt célja a menekülés, a merénylet túlélése. S bár voltak egyedi eltérések az esetek között, többségükben egyazon séma alapján lettek végrehajtva. Határozottan meglepte Jacket a laptop tartalmának tanulmányozása során, hogy a támadókról nagyon kevés információt sikerült összegyűjteni, s bár összességében Jack alacsony színvonalúnak ítélte meg a nyomozás eddigi menetét, ezt azért nem írta a kollégái számlájára. Ennek oka kellett, hogy legyen. Ez lehet az egyik meghatározó kérdéssor a további nyomozásban. Kik ezek a merénylők? Miért nincs múltjuk? Honnan jöttek? S persze a fő kérdés, ki küldte őket?

Miközben tanulmányozta a rendelkezésére álló nyomozati anyagokat folyamatosan jegyzetelt, teleírta jegyzetfüzetét, a falra feltett flipchartot, rajzokat, skicceket készített. Keményen dolgozott annak érdekében, hogy egy részlet se kerülje el a figyelmét, és mielőbb összeálljon valami értelmesnek tűnő kép, amiből aztán ki lehet indulni. Három nap telt így el, minimális alvási idővel. Egyedül a fizikai állapotának javítására szükséges időt nem sajnálta magától. Napi 2-3 órát mindenképpen az edzőteremben töltött. Amikor úgy érezte, amit ki lehetett olvasni a laptopból, azt megtudta; lesétált a ház nappalijába, ahol Hernandez ügynök szokása szerint a TV-t bámulta. A házvezetőnő és az orvos viszont már nem voltak a házban, vagy legalábbis Jack nem észlelte őket.

– Nos, kedves házőrző kutyám, mehetünk – szólt barátságosan az ügynökhöz, aki nem volt boldog a megszólítástól. Szótlanul, de villámló szemekkel állt fel.

– Ezek szerint kipihente magát a zseniális elemző – Garcia azért nem állta meg, hogy ne vágjon egy kicsit vissza.

– Remekül vagyok – állapította meg Jack –, most mehetünk vissza az irodába. Hammersmith úr már biztosan nagyon vár.

Hernandez telefonon jelezte Peter Hammersmithnek, hogy most indulnak, aki valóban már napok óta erre a hívásra várt, habár tisztában volt azzal, ennyi időre még Jacknek is szüksége van arra, hogy fizikailag és szellemileg összeszedje magát, és felkészüljön a feladatára.

– Nos, mire jutottál? Szeptember 11-ig alig két hetünk van – üdvözölte Peter a belépőt, közben szokása szerint gondosan ügyelt arra, hogy a megfelelő főnöki pózt felvegye: láb az asztalon, fogpiszkáló a szájban.

– Szeptember 11-én nem fog történni semmi, legalábbis összefüggésben azokkal a merényletekkel, melynek anyagait eddig elolvastam – válaszolta Jack, s bár hellyel nem kínálták, leült az asztal melletti székre. Látva Peter csodálkozó tekintetét, folytatta – szeptember 11-e vasárnap, és akkor nem támadnak, a következő akció szeptember 5-én, hétfőn várható, de azt nem fogjuk tudni megakadályozni.

– Kifejtenéd bővebben?

– Rögvest, de kezdjük azzal, hogy szükségem van egy csapatra. Nagyon sok munkára lesz még szükség ahhoz, hogy eredményre jussunk. A rendelkezésre álló információk nem elegendőek a sikeres nyomozáshoz, bár kétségtelenül van néhány ígéretes szál bennük.

– Claire – szólt Peter az asztalán levő telefonba –, küldje be őket.

– A csapat – mutatta be Peter a belépő négy embert. – Talán többeket ismersz is közülük. Julia Bogdanov – mutatott rá elsőként a házvezetőnőre –, aki valójában nem házvezetőnő, bár valószínűleg annak is kiváló. Eredetileg pszichológusnak készült, jelenleg a CIA egyik legígéretesebb elemzője. dr. John Kempler, ő tényleg orvos, orvosszakértő az FBI-tól. – A bemutatott kopasz férfi rávigyorgott Jackre. – Éveket dolgozott Afganisztánban, Iránban. Nála jobban senki nem tudja, hogy mit tud okozni egy robbanás az emberi testtel. Helen Nicholson, számítógépes szakértő a DIA-tól – mutatott rá arra a kicsit duci barna lányra, aki Kempler mellett ácsorgott. – Zseni a kódfejtésben, az adatbányászatban, és ő a legjobb etikus hacker. S végül, de nem utolsó sorban egy régi ismerősöd, Nick Morrison – Nick régi munkatársa volt Jacknek, tagja volt korábbi csapatának. Immáron öt éve nem látták egymást. Átölelte Jacket. – Isten hozott a régi falak között! – üdvözölte meghatottan. Láthatod: erős, válogatott csapatot kapsz. Az FBI, CIA és DIA legjobb emberei állnak rendelkezésedre – fejezte be a bemutatást Peter.

– Rendben, akkor mindenki munkára kész? – kérdezte Jack, bár kérdése költői volt. Biztos volt benne, hogy mindenki alaposan áttanulmányozta már a laptop adattartalmát, valószínűleg inkább többet tudnak nála az ügyről, mint kevesebbet. – Nincs időnk a formális udvariaskodásra. Majd megismerjük egymást munkaközben.

A csapat helyet foglalt az FBI irodavezetőjének szobájában levő tárgyaló asztalnál, Peter is felállt az íróasztala mögül és átült a tárgyalóhoz.

– Mik az elsődleges megállapításaid a laptop tartalmának áttanulmányozása után? – indította a beszélgetést Peter.

– Vannak egyértelmű összefüggések az események között, a sorozatból tulajdonképpen csak a Miamiban és a Philadelphiában történt merénylet lóg ki. Ebben a két esetben nem találtam arra utaló jelet, hogy bármi közük lenne a többihez, de ha megengeded, akkor ezt csak később fejteném ki – kezdte Jack.

– S mik ezek az összefüggések?

– A dátumnak például meghatározó szerepe van az eseménysorban. Minden hónapban egy merénylet, s mindig a hét következő napján, kivéve vasárnap. Az első merénylet január 8-án, pénteken történt, a második február 6-án, szombaton. A harmadik viszont március 7-én, hétfőn, azaz a vasárnap kimaradt. S ez a logika a későbbiekben is folyatódott. Április 5-e kedd, május 4-e szerda, június 9-e csütörtök, július 22-e péntek, augusztus 6-a szombat.

– Szóval ez alapján gondolod azt, hogy szeptember 11-én nem lesz merénylet. Oké, de akkor mi alapján mondtad előbb, hogy 5-én hétfőn lesz és nem 12-én hétfőn?

– Mert mindig a hónap első kilenc napjának valamelyikén követték el a terrortámadást.

– Kivéve május 18-án Salt Lake Cityben és július 22-én Indianapolisban – szólt közbe Nick Morrison.

– Május 18-ra van egyértelmű magyarázatom. Két héttel korábban, május 4-én a merénylet Petersburgban sikertelen volt. A merénylőt – mielőtt lövöldözni vagy robbantani kezdett volna – valaki, pontosabban egy, a helyszínen tartózkodó bankrabló lelőtte. A merényletsorozatban valamiért fontos, hogy minden hónapra essen egy sikeres merénylet, kellett némi idő az újratervezéshez. Arra viszont figyeltek, hogy a hét napjait megfelelően kövessék, ezért is hajtották végre, ugyan két héttel később, de szerdai napon. Ezért is gondolom, hogy a dátumoknak meghatározó szerepe van.

– S Indianapolis? – vágott közbe Peter. – Ha ezt a logikát követjük, akkor július 8-án kellett volna támadniuk.

– Szerintem tervezve volt. Valami történhetett, talán egy baleset, vagy bármi más váratlan, amely megakadályozta a merénylet végrehajtását. Elvileg ugyanúgy, mint Petersburgban, itt is pontosan két hét múlva ismételtek. Nyilván ennek még utána kell nézni, mert az átadott anyagban erre utaló információt nem találtam. Ez csak az én feltételezésem.

– Hacsak el nem nézték a naptárt – szólt közbe Nicholson ügynök –, hiszen július 7-én, csütörtökön Philadelphiában robbantásos merényletet hajtottak végre a Marriott szállodában.

– Ez tény – reagált Jack –, de az a merénylet több szempontból nem illik a sorozatba, és erről később majd bővebben szólok.

– Szóval a merénylők a matematika vagy a kalendárium megszállottjai – állapította meg Peter cinikusan.

– Minden apróságnak lehet szerepe a végső kép összerakásához, akár ennek is – Jack nem vette viccesre főnöke megjegyzését.

– Összefüggésnek látszik az események között, hogy jellemzően a támadó egyedül hajtotta végre az akcióját, ugyanakkor ez alól van két kivételünk – szólalt meg Morrison.

– Igen – értett egyet a megállapítással Jack. – Május 18-án Salt Lake Cityben ketten voltak a támadók, egy testvérpár, de ahogy az előbb mondtam: ezt a merényletet a sorozat részének tekintem, függetlenül attól, hogy a dátum és a támadók száma alapján eltér a többitől. Június 9-én Memphisben is többen voltak a támadók. Szóval ez is lehet kakukktojás, de vannak olyan bizonyítékok is, amelyek alapján most azt mondom, ez is része a sorozatnak. Meglátjuk, később mire jutunk az adatok további elemzésével.

– Van egy tény, ami ellene szól annak, hogy a memphisi támadást a sorozat részének tekintsük. Június 9-én Phoenixben is volt egy támadás, amely véleményem szerint tökéletesen illik a képbe – vetette fel aggályait Bogdanov ügynök. – Az eddig felállított logikai rendszerbe nem illik bele két támadás ugyanazon a napon. Az egyik lehet véletlen egybeesés.

– Egyetértek, a kétely jogos – helyeselt Jack. – Phoenix egyértelműen a sorozat része, s Memphis erősen kérdőjeles, de én nem vetném el továbbra sem, véleményem szerint van kapcsolat a többivel. Ahogy az előbb mondtam: meglátjuk, hogy mire jutunk a későbbiekben.

– Egyéb megállapítás? – sürgette Peter a társaságot, mint aki elégedetlen a haladással.

– A következő egyezőség a merényletek között az, hogy a legtöbb esetben gépfegyver és bomba együttesen volt a támadóeszköz.

Az is szempont volt, hogy a támadó ne maradjon életben, ezért használtak a legtöbb esetben robbanómellényt – folytatta Jack, miután némi hatásszünet kedvéért ivott egy pohár vizet, akaratlanul is reagálva Peter türelmetlenségére. – Tulsa, Dallas, Colorado Springs, Phoenix, Memphis, San Francisco esetén ez egyértelmű. Memphis itt beleillik a sorba. Igaz, hárman voltak a támadók, de előbb gépfegyverrel tüzet nyitottak a fesztivál-megnyitó jelenlévő vendégeire, majd a terveik szerint a testükre szerelt bombát is fel kívánták robbantani. Szerencse a szerencsétlenségben, hogy a három bombából csak egy lépett működésbe. S bár a támadók életüket vesztették, a merénylet jóval kevesebb áldozattal járt, mint amennyi lehetett volna. Ugyanakkor az is igaz, hogy Salt Lake Cityben és Indianapolisban nem használtak bombát, bár ezeket a helyszíneket nem zárom ki az összefüggő sorozatból.

– Vajon miért nem használtak bombát vagy robbanómellényt? – hangzott el az adekvát kérdés Peter részéről.

– Talán nem volt idő elkészíteni vagy eljuttatni a támadóhoz – vélte Jack –, ami arra utal, hogy a támadásokat valahol egy központi helyen készítik elő, beleértve a bombák összeállítását is. A merénylők valamilyen rend, ütemezés szerint kapják meg a támadóeszközöket pár nappal a merénylet előtt. Gondolom ennek biztonsági oka lehet. Ebben a két esetben az az érzésem, hogy ezek póthelyszínek voltak, mert az eredeti tervbe hiba csúszott. Az idő kevés volt a bomba ismételt elkészítésére és célba juttatására. Salt Lake Cityben a támadóknak volt méregampullája, tehát egyértelmű volt az öngyilkos szándék. Indianapolis ebből a szempontból furcsa, mert sem robbanómellény, sem méregkapszula nem volt a támadónál. S bár a támadót lelőtték, meghalt, nem tudom mi történt volna, ha csak súlyosan megsebesül és túléli az akciót. Ha azt a logikát elfogadjuk, miszerint a támadóknak nem szabad túlélni a támadást, akkor itt még keresnünk kell a bizonyítékot a teóriánk helytállóságára.

– S Portland? – kérdezett közbe Helen Nicholson.

– Igen, egy kicsit Portland is kilóg a sorból, hiszen a támadónál nem volt lőfegyver – állapította meg Jack. – A Fle Marketnél végrehajtott támadás tipikus öngyilkos merénylet volt: a támadó a magára öltött robbanómellénnyel ölt meg tizenegy embert. Ugyanakkor az időzítés alapján a merényletsorozat részének tekintem. Ennek is alaposabban utána kell járni: miért nem használt gépfegyvert a robbantás előtt, illetve pontosabban miért nem vitt magával gépfegyvert?

– Más megállapítás? – próbálta új vizekre terelni a beszélgetést Peter, aki továbbra is csalódottan üldögélt a tárgyalóasztalnál, ennél sokkal több eredményre számított.

– Az is összeköti az eseményeket, hogy a merénylők harminc alatti férfiak, amerikai állampolgárok, kettő kivételével fehérek, de ami ennél is érdekesebb, hogy gyakorlatilag múltnélküli, semmiből jött emberek. Nagyon kevés információ áll rendelkezésünkre az esetleges motivációjukról. Nincs vallási szál, sem politikai, sem etnikai. Tehát bármilyen adat, amiből a múltjukra következtetni lehetne. Egyszer csak megjelentek valahonnan, végrehajtottak egy jól megtervezett támadást és meghaltak. Nyomot alig hagytak maguk után, a múltjuk lekövethetetlen. A rendelkezésre álló információk alapján a legtöbb esetben szüleik, rokonaik meghaltak vagy ismeretlenek. Összesen két olyan támadó van azok között, akiket összefüggésbe hozok a merénylet sorozattal, akiknél sikerült megtalálnunk valakit a múltjukból.

– A dallasi merénylő Bill Ewans, egy New York-i fekete srác volt. Szüleivel korán megromlott a viszonya: tizennégy éves volt, amikor elköltözött otthonról. Nem tartotta velük a kapcsolatot, azóta nem találkoztak, nem beszéltek egymással. A szülők meglepetten tudták meg a rendőrségtől, hogy fiúk Dallasban él, és teherautó-sofőrként dolgozik, de egyébként nem érdekelte őket, mi van a fiúkkal – vette át a szót Bogdanov ügynök.

– Illetve a Salt Lake Cityben végrehajtott támadás merénylői esetén. A merénylők Gert Baumann huszonhat éves fehér férfi és testvére a huszonnyolc éves Hans Baumann voltak. Kelet-Németországban születtek, nem sokkal a berlini fal leomlása előtt. Hét évvel ezelőtt turistaként Amerikába jöttek, ennek dokumentumát az amerikai bevándorlási hivatal nyilvántartásában megtalálták. A nyilvántartásban az is felelhető volt, hogy három héttel később a Lufthansa washingtoni menetrendszerinti járatával elhagyták az Államokat. Innentől kezdve nincs több információ hollétükről. Szüleik úgy tudták, hogy Amerikában élnek, s ott dolgoznak. Időnként kaptak tőlük egy-egy levelet, melyben azt írták: jól vannak, jól megy a soruk. Haza egyszer sem utaztak, a szülőket sem hívták meg látogatóba, akik azt gondolták, talán nincs minden rendben a papírjaikkal, ezért nem hagyják el az országot, s ők meg már öregnek érezték magukat ahhoz, hogy a kis németországi faluból Amerikába utazzanak – adott tájékoztatást Nicholson ügynök a másik esetről.

– Valamennyi merénylő esetén megállapítható, a közvetlen és ismert környezetükkel való kapcsolatuk felszínes volt. Volt munkahelyük, dolgoztak valahol, de kerülték a feltűnést: sem a szomszédokkal, sem a kollégáikkal nem barátkoztak; magányos, maguknak való emberek voltak. Az adott városba, ahol a merényletet végrehajtották, pár éve költöztek. Amit a környezetüknek mondtak arról, hogy honnan jöttek és korábban mit csináltak, nem bizonyítható, nem fedi a valóságot. Ez arra utal, hogy ez a terrorakció sorozat hosszú idő alatt tudatosan lett felépítve, megtervezése évekkel, akár évtizedekkel ezelőtt kezdődött – összegzett Jack.

– Emiatt is gondolod, hogy nincs köze szeptember 11-hez? – kérdezett közbe Peter, aki nem szívesen engedte el ezt a lehetséges indokot, amit rajta kívül senki sem osztott.

– Részben igen, s bár nem zárom ki szeptember 11-et, mint motivációs tényezőt, még nem látom az érdemi összefüggést. Nem látom a vallási vonalat sem ebben a történetben, főleg nem az iszlám érintettségét. Semmi jele nincs annak, hogy a támadók kapcsolatban lettek volna iszlám vallási csoportokkal, a lakásaikon nem találtak vallási szimbólumot. Olyan érzésem van, amire persze pillanatnyilag semmi bizonyítékunk nincs, hogy ezek az emberek egy gyerekrablás sorozat áldozatai. Ha igaz a megérzésem, akkor ez még egyértelműen 2001 előtt történhetett, s akkor az indítékot nem szeptember 11-ben kell keresnünk.

– Mire gondolsz? – kérdezte meglepetten Peter. Hozzászokott már Jack nem szokványos gondolkodásához és okfejtéséhez, de ez most nagyon durva ötletnek tűnt elsőre.

– Elképzelhető, hogy ezeket az embereket még kicsi gyerekkorukban, valamikor 1990 és 1995 között rabolhatták el, fogva tartották őket, s időzített bombát, öngyilkos merénylőt neveltek belőlük, aztán idén egyesével élesítették őket, s követtették el velük a támadásokat. Erre utal, hogy a merényleteket egyértelműen öngyilkossági szándékkal hajtották végre. Nem adtak esélyt egyetlen merénylőnek sem, hogy túlélje a támadást. Nagy pusztítást akartak okozni, legfontosabb céljuk az áldozatok számának maximalizálása volt, melyhez hozzátartozik a merénylő halála is. S ennek a tervnek a végrehajtásában a merénylők partnerek voltak.

– De miért volt fontos számukra a merénylők halála? – kérdezett közbe Bogdanov ügynök, aki korábban sokat foglalkozott az öngyilkos merénylők pszichológiájával.

– Elsősorban azért, hogy ne kockáztassák azt, hogy életben maradva a merénylők elvezethessék a rendőrséget a megbízóikhoz. Ahhoz, hogy valaki tudatosan válassza a halált egy ilyen helyzetben, elképesztő fanatizmus kell. Ilyet láttunk korábban a japán kamikázék esetén, vagy mostanában az iszlám fanatikusok öngyilkos merényleteinél. Hogy itt, ebben az esetben mi áll a háttérben, még nem tudom. A fanatizmus mindig valamihez köthető, amit bármi áron imádunk vagy gyűlölünk. Itt nem látom ezt a kötödést, nem tudom ki az ellenség, vagy ki a bálvány. A jelek nem erre mutatnak. Agymosás? – kérdezte önmagától Jack. – Ha kiskorukban kerültek egy elmebeteg szektavezér szellemi befolyása alá, elképzelhető, hogy nincsenek tudatában tettüknek, vagy pontosabban fogalmazva nem maguk irányítják cselekedeteiket.

– Szerinted az egész borzalom mögött egy elmebeteg áll? – kérdezte Peter.

– Igen, lehetségesnek tartom – válaszolta Jack. – A dátumok szerepe például egy rögeszmés emberre utal. Ez persze nem jelenti azt, hogy nincs célja és indítéka ennek az eseménysorozatnak. Természetesen lehet politikai, vallási oka, de erre jelenleg nem utal semmi. Lehet egy beteg elme spontán akciója is. Nyilván ebben az esetben lesz a legnehezebb megoldani az ügyet.

– Ezek azért még nagyon bizonytalan feltételezések – állapította meg Peter – bár kétségtelenül ez már valami, amin el lehet indulni.

– Petersburg lesz a rejtély kulcsa. Ha mindent megtudunk az ott történtekről, akkor sokkal közelebb leszünk a megoldáshoz – dobta be Jack végre azt a mondatot, amire Peter már a beszélgetés kezdete óta nagyon várt.

– Miért is? – kérdezte felfokozott izgalommal.

– Petersburgban egy feltételezett bankrabló megölte a feltételezett merénylőt. Ez így elsőre teljesen értelmetlen, valószínűtlen. Két ember, aki egyidőben két különböző bűncselekmény elkövetésére készül, miért fordul egymással szembe? A szemtanúk vallomása alapján egyértelműnek tűnik: ismerhették egymást. Amiből következik, hogy a bankrabló tudhatta mire készül a merénylő.

– Miből tudhatta? – kérdezett közbe John Kempler.

– Egyelőre ez egy gondolatkísérlet részemről, evidenciák nélkül. Ismerték egymást, mert volt egy közös múltjuk, talán mindkettőjüket gyerekkorukban elrabolták, és áldozatai voltak egy tudatátalakítási programnak. Elképzelhető, hogy az egyikük később megszökött, vagy valamilyen módon önállósította magát a többiektől. A bankrablási kísérlete független lehetett a merényletsorozattól, ugyanakkor valami fatális véletlen következtében térben és időben egybeesett a bankrablás és a merénylet szándéka. Ha elfogadjuk azt az elméletet, hogy a bankrabló tudatosan került távol a többiektől, akkor azt is feltételezhetjük, hogy felismerve volt társát, tudta, hogy mire készül a másik. Ezt akarta megakadályozni azzal, hogy váratlanul lelőtte a másikat, öngyilkosságával viszont el akarta kerülni, hogy leleplezze társait. Ez persze egyelőre még csak feltételezés, hiszen a nyomozás sajnos nem terjedt ki a bankrabló teljes életútjának feltárására.

– A feladat adott. Ennek nagyon gyorsan utána kell járni – adta ki a parancsot Peter, bár tudta ez az ő kijelentése nélkül is meg fog történni, de valamivel le kellett vezetnie a benne felgyülemlő feszültséget.

– Köszönjük a javaslatot, élni fogunk vele – reagált némi cinizmussal a hangjában Jack. – Ami még érdekesebb és talán még fontosabb nyom, hogy mivel a merénylőnek, Joe Kennedynek nem volt ideje és esélye a testére szerelt bomba aktiválására, a helyszínen készült fényképeken jól látszik a kettős zöld-sárga zsinór.

– Az miért érdekes? – kérdezett közbe Julia Bogdanov ügynök, akinek nem a bombakészítés volt a szakterülete.

– A második világháborúban volt egy magyar partizáncsoport, amely több sikeres merényletet hajtott végre német és magyar katonai célpontok ellen. Jellegzetessége volt az akciójuknak, hogy a bomba elkészítése során a szokásos fekete, kék, piros vagy sárga, esetleg zöld egyszínű zsinórok helyett zöld-sárga fonott zsinórt használtak. Az egyik zsinórnál balról jobbra, a másik zsinórnál jobbról balra fonták össze őket. Gyakorlatilag esély sem volt arra, hogy a tűzszerész megfejtse, melyik zsinórt kell elvágni a bomba hatástalanításához, ha időben fel is fedezték a robbanószerkezetet. Százszázalékos sikerrel hajtották végre akcióikat. Természetesen ez rájuk nézve is nagyon komoly kockázattal járt, hiszen műszaki hiba esetén ők sem voltak egyszerű helyzetben, ha mégis deaktiválni akarták az általuk készített bombát vagy aknát. A csoport vezetője és elsőszámú bombaszakértője egy Josef Nagy nevű férfi volt.

– S ez hogy jön ide? – vágott közbe Hammersmith. – Ez az ember már régóta halott lehet, nem valószínű, hogy ezt a bombát, ami nem robbant fel Petersburgban, ő készítette volna. Biztos véletlen egybeesés.

– Az is lehet, de én a véletlent itt kizárnám. Ezt a Nagy nevű embert a második világháború végén az oroszok elfogták és elvitték egy kis munkára, azaz, ahogy oroszul mondják „malenkij robotra". Abban az időben minden munkára fogható férfit Budapesten összeszedtek az oroszok: nem igazán érdekelte őket, hogy ki kicsoda: szökött katona, partizán vagy nyilas. Többségük aztán eltűnt a nagy büdös Szovjetunióban, ahogy ez a Nagy nevű ember sem került haza a későbbiekben. Nem tudjuk, mi történt vele.

– Akkor nincs tovább a történet – állapította meg Peter.

– De, talán mégis van folytatása – állhatatoskodott Jack. –
A nyolcvanas években, amikor az oroszok után bevonultunk
Afganisztánba, több bombatámadás érte az amerikai katonai
konvojokat. A zöld-sárga fonott zsinór, mint a bombák összesze-
relésekor alkalmazott módszer itt is előkerült, és a támadások
eredményességi mutatója sajnos itt is százszázalékos volt. Bár
több esetben sikerült az úton elrejtett bombát vagy taposóaknát
robbanás előtt felfedezni, a tűzszerészeknek egy alkalommal sem
sikerült hatástalanítani őket. Összesen hét tűzszerészünk esett
áldozatául a fonott zöld-sárga zsinórral készített robbanószer-
kezetnek. Nem beszélve arról a több tucat amerikai katonáról,
akinek gépjárműve alatt robbant fel az akna, és így lettek hősi
halottjai az afganisztáni kalandozásunknak.

– Szóval Petersburgban fonott zöld-sárga zsinórral készült
a robbanómellény – állapította meg Peter. – S mi van a többi
helyen, ott is igazolódott ez a tény?

– Nem tudom, a többi helyszínen készült képeken nem lát-
szik semmi, ennek alaposan utána kell járni. Sajnos sok esetben
a laptopon levő információk nagyon nagyvonalú nyomozásról
árulkodnak – kritizált egy kicsit Jack. – Nyilván senkinek sem
tűnt fel ez az apróság, már persze ha igaz az, amit gondolok.

– És Memphis, ott is volt fel nem robbant bomba? – Peter
elengedte Jack megjegyzését, részben mert egyetértett vele,
részben mert nem akart felesleges vitát gerjeszteni.

– Memphisben két merénylőn műszaki okokból nem robbant
fel a testükre szerelt bomba. A zsinórok nem fonottak és nem
zöld-sárga színűek voltak. Amiből arra következtetek, hogy eze-
ket nem az általam előbb említett bombaszakértő készítette,
hanem egyszerű amatőr munka. Persze ehhez bizonyítani kell,
hogy a harmadik merénylőn a robbanómellény tartalmazta a
fonott zöld-sárga zsinórt. Ha nem sikerül, akkor valószínűleg
Memphis nem része a sorozatnak.

– Továbbra sem értem a zöld-sárga zsinór esetleges szere-
pét, mint összekötő elem Magyarország, Afganisztán és a mai
Amerika között. Nem tudhatunk többet ennek a lehetséges

magyarázatáról? Mi köt össze egy, a második világháborúban harcoló partizáncsoportot egy modern terroristával? – kérdezte Nick Morrison.

– Josef Nagy, amikor elvitték az oroszok '45 őszén, a harmincas éveinek elején járt. Valószínűsíthetően nem halt meg a „malenkij robotban", hanem megházasodott valahol a Szovjetunióban, gyereke vagy gyerekei születhettek. Nem hiszem, hogy a nyolcvanas évek elején közel hetvenévesen ő készítette volna a bombákat harctéri körülmények között. Talán átadta a tudást valamelyik fiának, aki a szovjet hadsereg katonája lehetett Afganisztánban. Ez az ember most a hatvanas éveiben járhat, lehet, hogy a Szovjetunió szétesését követően elhagyta az országot, és az Államokban telepedett le. Természetesen nem tudom, hogy mi az összefüggés a személye és a merényletsorozat között, de egy lehetőség, melynek utána kell járnunk. Ez a bombakészítési technika, – annak veszélyessége miatt – nagyon ritkán alkalmazott. Ha itt előbukkant, az nem a véletlen műve; annak oka van.

– Mivel a memphisi és a Salt Lake City-i támadók is kelet-európai származásúak voltak, nem lehetséges, hogy mindez, ami az elmúlt hónapokban történt, a kelet-európai maffiához köthető? – kérdezte Bogdanov ügynök. – Vagy esetleg, ami még rosszabb, közvetlenül Oroszországhoz?

– Nem valószínűsítem, mert nem látok indokot rá, hogy ez miért szolgálná a maffia érdekeit. A maffia általában nem szereti felhívni a figyelmet magára, illetve ha ők lennének a háttérben, már jelentkeztek volna a követelésükkel. Azt, hogy a kelet-európai, orosz, szerb maffia szövetkezne az orosz állammal, és általános káosz kirobbantásával át akarná venni a hatalmat az Államokban, azt még én is elképzelhetetlennek tartom.

– De ne feledjük – vágott közbe Nicholson ügynök –, hogy vannak arra utaló jelek, miszerint az oroszok kibertámadásokkal, fake news-internetoldalakkal befolyásolni akarják az amerikai választásokat annak érdekében, hogy a számukra kedvezőbb elnök kerüljön hatalomra.

– A kibertámadás nem azonos a bombatámadással, ne keverjük a kettőt össze – reagált Jack a kollégája szavaira. – Az oroszok ennyire messze még nem mennek el. Érzésem szerint a kelet-európai szál mellékes, nem itt kell keresni a megoldást. Én inkább valamilyen szektát keresnék, ahol a szektavezér személyes motivációja állhat a háttérben. Sajnos még nem tudjuk, hogy mi ez a motiváció; ahogy előbb mondtam, lehet politikai, vallási, vagy bármi más. Megérzésem szerint ez a történet húsz, huszonöt évvel ezelőtt kezdődött a gyerekrablásokkal, de pontosan mi váltotta ki azt, hogy a háttérben álló irányító idén indítsa a merényletsorozatát, és mikorra tervezi a csúcspontot, arról halvány fogalmam sincs.

– Milyen csúcspontra gondolsz? – kérdezett közbe meglepetten Peter.

– Konkrétan nem tudom még, de ez így önmagában logikailag értelmetlen. Havonta egy merénylet. Miért, mi célból? Kell lenni egy csúcspontnak ebben a folyamatban, amikor valami nagyot fog szólni, drámaian nagyot. Havonta egy merénylet – bocsánat, hogy cinikusan ezt mondom –, egy idő után megszokja a közvélemény. Már nem fog pánikot kelteni: életünk része lesz, mint az influenzajárvány. Nem beszélve arról, hogy az öngyilkos merénylőjelöltek száma sem lehet végtelen. Ez egy felvezető sorozat, ami egy olyan eseménybe fog torkolni, ami romba döntheti Amerikát. Ez lehet egy cél, de hogy miért? Nem tudom, de érzem, hogy van ilyen terv, illetve erre készülnek – jósolta apokaliptikus meglátását Jack, ami láthatóan sokkolta a jelenlévőket.

– Ha már kitaláltál egy szektavezért a semmiből, akkor azt is meg tudod magyarázni, hogy tényleg erre készült 20-25 éven keresztül? – láthatóan fogytán volt Peter türelme, Jack elképesztő okfejtését hallva.

– Nincsenek bizonyítékaim, csak elméleteim. A szektavezér is csak egy elmélet. Lehetséges, hogy erre készült huszonöt éven keresztül. Ezért rabolta el a gyerekeket, és erre készítette fel őket. Nem tudok megmagyarázni semmit. Nem biztos, hogy a történtek mögött egy szektavezér áll, de lehetséges. Lehetséges, hogy sok évvel ezelőtt ezért rabolta el gyerekeket, és erre készítette fel őket. Az is lehetséges, hogy nem ezért rabolta el őket, és nem erre készült, de az idők folyamán az események ebbe az irányba fordultak, és ez lett belőle. Elméleteket gyártok, tornáztatom az agyam, remélve, hogy a jelenlévőknek is van bármilyen lehetséges magyarázata a történtekre. S talán így közelebb jutunk a megoldáshoz. Gondoltam, ebben te is partner lehetsz – vágott oda főnökének.

– A beszélgetésünk elején kategorikusan kizártál két merényletet a sorozatból. Miért? – tette fel a kérdést az irodavezető, mint aki nem hallotta Jack pimaszságát, de azért egy apró fintorral jelezte, hogy megjegyezte.

– Miamit és Philadelphiát zártam ki. Miamiban a helyi Dade Főiskolán egy volt diák lövöldözni kezdett, szerencsére nem volt halálos áldozat. Dátum szerint sem illik a sorba, és bomba sem volt nála. Arról a fontos tényről nem is beszélve, hogy ő túlélte a támadást és a motivációja is kiderült azóta. Kirúgták a suliból és ezen bekattanva bosszút állt. Szóval Miami nem kérdés: semmi köze a többi merénylethez. Philadelphia egy kicsit öszszetettebb. Itt a Mariotte szálloda elleni merényletben meghalt a támadó, és ezenkívül van más hasonlóság is a többi esethez. De nem stimmel a dátum, egy nappal kilóg a sorozatból. Péntek helyett csütörtökön volt a merénylet. Igaz, másnap viszont nem volt támadás, ami azért olyan kérdéseket vet fel, amelyeket még nem tisztáztunk. Nem volt nála más fegyver, csak egy bomba. Igaz, ugyanez volt a helyzet február 6-án Portlandban is, amit viszont a sorozat részének tekintek. A támadó magányos volt, és nem a túlélésre játszott, ami egyezik az általános feltételezéssel az öngyilkos merénylőről. Ugyanakkor jóval idősebb volt a többieknél, és pontosan ismerjük a családi hátterét. Megtaláltuk a rokonait, akik vallomása szerint egyértelműen személyes ügyről lehetett szó. De egyelőre teljesen nem vetjük el ezt a helyszínt sem a sorozathoz tartozók közül.

– Naponta kérek jelentést a munka előrehaladásáról – közölte Peter, lezárva a megbeszélést. – Minden szükséges segítség a csoport rendelkezésére áll. Eredményt akarok, mielőbb.

– Ilyen egy igazi főnök – morogta Jack a többieknek. – Ezzel a maga részéről minden felelősséget átnyomott ránk.

Peter hallotta ugyan a megjegyzést, de ismerte annyira Jacket, hogy ne reagáljon erre. Peter maga is elemzőként kezdte karrierjét az FBI-nál, de messze nem volt annyira tehetséges és sikeres, mint Jack, viszont kiváló politikai képességekkel rendelkezett. Tudta, mit kell mondani felfelé, és mit lefelé. Mikor érdemes megszólalni, és mikor nem. Ennek köszönhetően már fiatalon az FBI New York-i irodájának vezetője lett. Jackkel – akinél csak pár évvel volt idősebb –, sokáig jó viszonyt ápolt, főleg annak köszönhetően, hogy Jack elképesztő tehetségének gyümölcseit elsősorban ő aratta le. Az iroda sikerei gyakori vendéggé tették Washingtonban is, emiatt Peter joggal bízott karrierje további felívelésében. A 2003-as, majd a 2011-es incidens azonban olyan sebeket ütött Jack-ken, amelyek gyógyíthatatlannak tűntek kettőjük kapcsolatában. Jack elhagyta az FBI-t és nélküle az iroda sikersorozata is megszakadt, s ezzel együtt Peter szakmai előre menetele megrekedt az irodavezetői szinten.

A csapat tagjai felálltak, szótlanul kisétáltak az irodából. Tudták, hogy mekkora terhet tettek a vállukra, de azt is tudták: ha valaki megtalálja a megoldást ebben az ügyben, akkor azok csak ők lehetnek. Utoljára Jack hagyta el a szobát, az ajtóban egy pillanatra megállt és visszanézett Peterre.

– Amúgy kezdesz egész emberi formát ölteni – vigyorgott rá Peter búcsúzásul, amire Jack csak szótlanul legyintett. Nem kívánt gesztust gyakorolni Peter közeledési kísérletére. Az az idő még nagyon messze van.

4. fejezet

Az első eredmények

A csapat levonult az FBI manhattani épületének alagsorában található, kifejezetten a számukra berendezett, és minden más részlegtől elkülönített irodába, ahol valóban minden eszköz rendelkezésükre lett bocsátva a sikeres nyomozás érdekében. Nagyteljesítményű számítógépek, nyomtatók, kivetítők tömkelege, s természetesen hűtőszekrény és kávéfőző, hogy minden percük munkával teljen.

– Este nyolc óra van – közölte Jack, de ezzel a megállapítással nagy meglepetést nem keltett. – Most mindenki szépen hazamegy, kialussza magát, reggel nyolckor frissen, fiatalosan, üdén és kívánatosan munkára jelentkezik. Eredményt akarok, most! – vigyorogta el magát.

A csapat nem erre számított, gondolták: lesz valami napi összegzés, értékelés, vagy csak egyszerűen útmutatás, de nem kellett kétszer biztatni őket a távozásra, hosszú nap volt mögöttük. Egyedül dr. Kempler értette félre Jack szavait, s akarta a csapatszellemet fejleszteni.

– Esetleg egy sör a közeli kocsmában? – vetette fel, de látva Jack tekintetét, sűrű bocsánatkérés közepette távozott.

Jack visszament ideiglenes szálláshelyére, ahová természetesen már nem követte se a házvezetőnője, se az orvosa. Garcia Hernandez ügynök is lelépett búcsú nélkül. Magában némi vigyorral megállapította: ezek szerint visszanyerte Peter bizalmát, ellenőrzés nélkül teheti a dolgát. Az élet visszatért a normál kerékvágásába – ahogy régebben is, most is – Jack magára maradt. Kora ifjúsága óta egyedül élt. Főiskolásként, egyetemistaként egyedül bérelt lakást, és ezt a szokását a későbbiekben is megtartotta. Bár voltak barátnői, rövidebb-hosszabb ideig tartó kapcsolatai, odáig sohasem jutottak, hogy összeköltözzenek.

Így Jack számára az élet természetes rendje volt az öngondoskodás, a magány és a csönd. Azt azért örömmel tapasztalta, hogy a hűtő fel volt töltve. Legalább ezzel nem kell foglalkozni. Jack az estét a konditeremben folytatta, majd fizikailag felfrissülve nekilátott jegyzeteket készíteni az elkövetkező napok teendőiről.

Másnap reggel nyolckor már mindenki a helyén volt az irodában, szorgosan kopácsoltak számítógépük billentyűzetén, vagy hangosan telefonáltak a szükséges információk megszerzése érdekében.

– Meg van az első válasz a kérdések egyikére – jelezte tíz óra magasságában Helen. A többiek azonnal abbahagyták munkájukat, és Helen asztala köré gyűltek. – Igaz, nem a legfontosabb kérdésre, de egy apró mozaik, mely beleillik Jack kirakós játékába. A kérdés az volt, Portlandben a merénylő miért nem vitt magával gépfegyvert? Harold Wilson három héttel a robbantás előtt eltörte a jobb kezét. Elesett a jeges járdán, és eltört a csuklója. Esélye sem lett volna, hogy fegyvert használjon, viszont láthatólag fontos volt, hogy a merényletre a kijelölt napon sor kerüljön. Ezért nem halasztották el, csak áttervezték a végrehajtás módját.

– Helyes – kommentálta Jack a hallottakat –, sokkal előrébb ugyan nem vagyunk, de legalább egyértelműen biztosak lehetünk abban, hogy a portlandi merénylet is a sorozat része. Egyúttal megállapítható, hogy képesek rövid idő alatt is egy nagy hatóerejű bombát készíteni, és azt eljuttatni a célállomásra. Mert Portlandben nem robbanómellényt használtak, hanem egy pusztító hatású bombát.

Peter nem sokkal később tiszteletét tette a csapatnál: a hír eljutott hozzá és úgy ítélte meg, bár ez egy apró eredmény, de a csapatszellem erősítése érdekében a személyes gratuláció egy megtérülő befektetés részéről.

– Mi a fő csapásirány jelenleg? – kérdezte, miután meghallgatta Helen ismertetőjét, és kifejezte elégedettségét az elért eredménnyel.

– Julia és John egy arcfelismerő programon dolgozik. A támadókról rendelkezésre álló fotók és videofelvételek alapján rekonstruáljuk, hogyan nézhettek ki a kilencvenes évek elején, aztán ezt összevetjük az akkor eltűnt gyerekek fényképével. Reméljük, lesz találat. Ez persze időigényes munka, napokig eltart.

– És sajnos kevésbé preventív jellegű, azaz az újabb, feltételezett támadók beazonosításában nem segít – állapította meg Peter. – Maximum Jack elméletét támaszthatja alá.

– Ezzel párhuzamosan ennek a fordítottján is dolgozunk – szólt közbe John. – A kilencvenes évek elején eltűnt gyerekek fotójából kiindulva próbáljuk meghatározni a jelenlegi arcvonásaikat. Az így kapott képeket vetjük majd össze különböző adatbázisokkal, közösségi portálokon található képekkel, repülőterek, pályaudvarok biztonsági kamerái által rögzített felvételekkel.

– Tűt keresünk a szénakazalban – sóhajtott fel Peter.

– Igen, az esély kicsi, de ezt is meg kell próbálnunk. Abban az öt évben, amire most koncentrálunk, sokezer gyerek tűnt el. Ha le is szűkítjük a kört a kettő és öt év közötti fiúkra, akkor is a számuk tetemes. Persze az is egy lehetőség, hogy ezek az emberek külföldről jöttek, és akkor ennek vizsgálata zsákutca. Nem beszélve arról, hogy jelenleg semmilyen bizonyítékunk nincs arra, hogy a merénylők elrabolt gyerekek lennének, csak én érzem ezt lehetséges magyarázatnak – mondta Jack önmaga biztatására is. Bár nagyon hitt az elméletében, azért teljesen nem volt biztos benne.

– S az idő eközben vészesen fogy – aggodalmaskodott az irodavezető, aki szíve szerint leállította volna őket erről az irányról, de tudta: Jackkel most összeveszni az egyenlő lenne a csapat bukásával, s ez az ő karrierjére is látványosan kihatna. Bíznia kell Jackben és a megérzéseiben, nincs más választása.

– A másik fő vizsgálati irány – folytatta Jack, anélkül, hogy reagált volna Peter közbevetésére –, melyen Nick dolgozik az Josef Nagy és a leszármazottjai múltjának a felkutatása. Már felvettük a kapcsolatot a magyar és az orosz hatóságokkal, illetve az amerikai bevándorlási hivatallal. Várjuk a válaszukat.

– Azokat az embereket is újra ki kell hallgatni, akik a támadók szomszédjai, ismerősei vagy kollégái voltak – folytatta Bogdanov ügynök. – Olyan konkrét kérdésekkel kell őket felkeresni, amelyek esetleg arra deríthetnek fényt, hogy tartottak-e fent valakikkel olyan kapcsolatot, melyet igyekeztek leplezni közvetlen környezetük előtt. A kérdéssort és az ehhez kapcsolódó útmutatót ma átadjuk az érintett, helyi rendőrségeknek, akik ezzel keresik fel őket. Néhány napon belül remélhetőleg ennek is lesz kézenfekvő eredménye. S természetesen újra átnézzük a bizonyítéktárat, kiemelten keresve a fonott zöld-sárga zsinór nyomát minden egyes merényletnél – fejezte be a tájékoztatót Jack.

Peter felállt a székből. Magában megállapította, hogy a csapat kellő koncentráltsággal dolgozik, s remélhetőleg hamarosan meglesznek az érdemi eredmények is. Bólintott a csapat felé, majd köszönés nélkül távozott, nem tartotta szükségesnek, hogy bármi további elismerőt mondjon a társaságnak. Megtette azt már az elején.

Aznap délután egy órára a CIA New York-i központjába volt összehívva a Hírszerző Közösség (IC) speciális operatív ülése, melyen valamennyi kormányzati hírszerző titkosszolgálat, valamint egyéb védelmi szolgálat képviselte magát a legmagasabb szinten. Hammersmithnek tájékoztatást kellett adni Jack Benneth ügynök csoportjának felállításáról, és a munka beindításáról. Peter tudta, hogy Jack csoportjával párhuzamosan minden szolgálatnál meg van az az operatív csoport, mely a merényletsorozat felderítésén dolgozik. Pont ez a párhuzamosság idegesítette a legjobban. Az ellenség közös volt, de mégis mindenkinek az volt a legfontosabb, hogy a saját szolgálata oldja meg a problémát, és arassa le a babérokat. Természetesen az FBI-nak is megvolt a saját csapata, és az FBI-nak is az volt az érdeke, hogy a saját csapata legyen sikeres. S bár Hammersmith kapta a feladatot, hogy Jack csapatát felügyelje, azt az FBI-on belül sem tudta elérni a főnökeinél, hogy Jacknek alárendeljék az FBI többi egységét. A Benneth-csoport létrehozásában mindenki a konkurenciát látta, s bár az ötlet a CIA-tól jött, és több szolgálat is adott embert a csoportba, ennek ellenére ez nem a közös munkát erősítette, hanem csak az erőforrásokat porlasztotta. A megbeszélésről távozva Peter lesétált az épületben található menzára, evett valamit, majd kocsit kért és elindult a megbeszélt találkozóra.

Pontosan délután egy órakor Burt Wilson védelmi miniszterhelyettes megnyitotta a tanácskozást, és minden érdemi felvezetés vagy bemutatás nélkül átadta a szót Peternek, aki beszámolt a különleges nyomozócsoport felállításáról, az eddigi megállapításokról, és természetesen megemlítette Jack azon teóriáját, hogy a következő támadás szeptember 5-én hétfőn várható.

– Addig négy napunk van – állapította meg Wilson –, tudunk ennél többet?

– Sajnos nem – válaszolta Peter. – Benneth szerint nincs esélyünk arra, hogy ezt megakadályozzuk. Nincsenek hiteles adataink a merénylők valós motivációjáról, a bombaszakértő feltételezett kilététől eltekintve eddig senkit sem sikerült beazonosítani. Semmilyen mozgalomhoz, vallási csoporthoz vagy szektához nem tudjuk kapcsolni őket. Az eddigi támadások alapján azt lehet mondani, hogy bárhol Amerikában bekövetkezhet a hétfői merénylet.

– Valamit akkor is tennünk kell – harciaskodott Wilson –, az Elnök kifejezetten aggódik a nyomozás eddigi sikertelensége miatt: közeleg a választás, s bár ő már nem indul, a választás eredményét nagymértékben befolyásolhatja, hogy lesz-e addigra eredménye a nyomozásnak.

– Több ezer lehetséges célpont van – vélte az NCIS képviselője –, nem tudjuk biztosítani ezeket a helyszíneket, nem tilthatunk be minden közösségi rendezvényt.

– Koncentrálni kellene azokra a rendezvényekre, helyszínekre, melyek leginkább célpontok lehetnek a hétfői napon – javasolta egy hölgy az ONI-tól.

– Például? – nézett rá kérdően Wilson miniszterhelyettes.

– Kórházak, iskolák, repülőterek, pályaudvarok – válaszolta némi gondolkodás után az ONI képviselője.

– Miért pont ezek? Miért nem stadionok, bevásárlóközpont vagy színházak?

– Azt gondolom, hogy nagyobb tömeg hétfőn inkább ezeken a helyeken fordul elő – indokolta meg javaslatát az ONI elnökhelyettese.– És Hammersmith összefoglalójában az hangzott el, hogy minden eddigi támadásnál az áldozatok számának maximalizálása volt az egyik cél.

– Rendben – hagyta jóvá a javaslatot Wilson. – Kérem valamennyi szolgálat vezetőjét, hogy operatívan egyeztessenek egymás között: osszák meg erőforrásaikat, ne legyen egyetlen olyan jelentősebb kórház, iskola, repülőtér és pályaudvar az országban, amely nem kap kiemelt védelmet.

Peter úgy érezte: itt a lehetőség, hogy megossza véleményét a jelenlevőkkel.

– Miniszterhelyettes úr! – kezdte Peter – Rácsatlakozva az ön által imént elmondottakra, egyúttal javasolnám, hogy javítsuk az információáramlást, és az operatív együttműködést a szolgálatok között. Az az érzésem, hogy mindenki visszatartja a legfontosabb információit a többiektől. Sokkal eredményesebben haladna a nyomozás, ha az egyes szolgálatok nem a saját piti érdekeikre koncentrálnának, hanem a közös eredményre.

– Hammersmith, ezt az ostobaságot honnan veszi? – torkolta le a miniszterhelyettes. – Természetesen itt mindenki a közös cél érdekében dolgozik.

– Úgy vélem... – próbálkozott tovább Peter, de nem tudta folytatni a megkezdett mondatot.

– Maga csak ne véljen itt semmit – dühöngött Wilson. – Koncentráljon a munkájára, és szállítsa az elvárt eredményt mielőbb, ne a többiekkel foglalkozzon.

– Igenis, Uram! – semmisült meg Peter. Ő volt itt a legkisebb hal az asztal körül, és nem volt szokás ebben a társaságban, hogy ennyire alulról jöjjön egy kritikai megjegyzés. S bár az általa felvetett probléma mindenkinek a húsába vágott, természetesen senki sem szeretett volna nyíltan Peter pártjára állni. A központi költségvetésből az eredmények arányában osztották szét a tortaszeleteket a szolgálatok között. Az egyéni érdek fontosabb volt a csoporténál. Mindenkinek a saját szolgálatának jutó költségvetési forrás növelése volt a legfontosabb.

– Esetleg kommunikálhatnánk a lakosság felé, hogy lehetőség szerint a fokozott terrorveszély miatt kerüljék tömegrendezvények helyszíneit – javasolta a belbiztonsági minisztériumból a CGI képviselője.

– Nem szeretnék pánikot kelteni – szögezte le Wilson.

– Óvatosan kell fogalmazni, de elterelésnek is jó. Fokozottabb az ellenőrzés azokon a helyeken, amelyeket a kolléganő javasolt, ugyanakkor nagyobb a lakossági figyelem a tömegrendezvényeken, koncerteken, színházakban – védte javaslatát a CGI képviselője. – Tudom így is kevés az esély a támadás elhárítására, de talán csökkenthető annak súlyossága.

– Kockázatos játék – vélte a miniszterhelyettes –, ám legyen. Remélhetőleg jól jövünk ki belőle. Hölgyeim és Uraim, köszönöm megjelenésüket, találkozunk jövő héten, kedden legkésőbb.

Az emberek felálltak és elindultak a kijárat felé. A miniszterhelyettes ránézett Peterre: szemével jelezte, hogy várjon, ne menjen még ki a tárgyalószobából.

– Igaza volt – mondta Peternek, mikor már csak ketten voltak a szobában –, de nyíltan nem adhatok igazat önnek, a politika mindig fontosabb az igazságnál. Szurkolok Jack csapatának. Amúgy Jack hogy van?

– Most már alakul; nagyon rossz állapotban volt mikor megtaláltuk, de ahogy látom, sokat dolgozik azon, hogy ismét visszanyerje régi formáját.

– Helyes, tartsa rajta a szemét, nem szeretném még egyszer elveszteni őt.

– Bár a politika mindig is fontosabb lesz az igazságnál – vigyorgott kesernyésen Peter, s aztán szó nélkül kilépett az ajtón.

– Barom – mondta búcsúzóul Wilson, de hangja sokkal inkább volt baráti, mint bántó.

Jack csapata igyekezett minden idejét és erejét a munkára koncentrálni. Csak aludni, fürödni és ruhát váltani jártak haza. Nick ugyan felvetette, hogy teljesen költözzenek ide az FBI épületébe, de Jack elvetette az ötletet. Kiégés ellen kell némi változatosság, még ha az csak jelképes is. Márpedig szükség van arra, hogy minden nap 100%-on pörögjön az agyuk. Peterrel abban maradtak, hogy vasárnap délután négykor leülnek átbeszélni közösen az addigi eredményeket, s aztán együtt elmennek vacsorázni valahová.

– Nos? – kérdezte Peter, mikor vasárnap délután ismét találkozott Jack csapatával.

– Haladunk, és vannak kisebb eredményeink. Azonban ezek egyelőre inkább az alapteóriát erősítik, és nem visznek közelebb a megoldáshoz – válaszolta Jack.

– Néhány helyszín bizonyítéktárát már sikerült újra átvizsgálnunk, és ezekben az esetekben sikerült egyértelmű igazolást találni a fonott zöld-sárga zsinór jelenlétére – jelentette Morrison ügynök –, ami alátámasztja az események közti összefüggést, illetve Jack teóriáját arról, hogy a Nagy nevű bombakészítőnek lehet köze a történtekhez. Természetesen valamennyi helyszínen rögzített bizonyítékot újra vizsgálunk annak érdekében, hogy az események közötti összefüggést kétséget kizáróan igazolni tudjuk.

– Volt pár perc szabad időm és volt egy kósza gondolatom – kapcsolódott be a beszélgetésbe Helen Nicholson –, megnéztem a szeptember 11-ei áldozatok névsorát. Találtam egyezőséget a Kennedy, Ewans és Bishop nevekre. Ezek a nevek szerepelnek a merényletsorozat ismert elkövetői között is. Arra vonatkozóan még nem találtam bizonyítékot, hogy a névazonos merénylők és áldozatok között volt-e kapcsolat, de természetesen ezt is vizsgálni fogjuk. Ami viszont egy sokkal ígéretesebb nyom, találtam az ikertorony áldozatai között egy Melinda Nagy nevű személyt, aki 2001-ben harminchat éves volt. A Nagy név túlságosan nem gyakori Amerikában, ebből gondoltam, lehet kapcsolat a feltételezett bombakészítővel. Sikerült kideríteni, hogy Melinda Nagy férje egy Frank Nagy nevű ember volt, aki a kilencvenes évek elején érkezett az Államokba a volt Szovjetunióból. Tehát lehetett ő – a Jack által korábban már említett – afganisztáni bombaszakértő. Melinda és Frank a kilencvenes évek közepén házasodtak össze. Melinda terhes volt az első gyermekükkel, amikor a szeptember 11-ei tragédia bekövetkezett.

– S hol van ez a Frank Nagy nevű ember? – vágott közbe izgatottan Peter.

– Nyoma veszett – hűtötte le a kedélyeket Helen. – Egy évvel az ikertornyok megsemmisülése után elköltözött a New York-i bérelt lakásukból. Oklahomába ment, de ott csak pár évig tudtuk életútját lekövetni. Alkalmi munkákból élt, egy kényszerszálláson lakott. Aztán 2006 kora tavaszán eltűnt, azóta semmit sem tudni róla. Az országot feltehetően nem hagyta el, de semmilyen egészségügyi, banki, adózási, temetkezési rendszerben vagy nyilvántartásban nincs nyoma.

– Francba – morogta Peter, s aztán önmaga igazolása érdekében hozzátette –, akkor mégiscsak van kapcsolat a merényletsorozat és szeptember 11. között.

– Igen, ez egyértelműen mutatja a kapcsolatot, ugyanakkor egyáltalán nem bizonyítja, hogy ez lenne az indíték – ellenkezett Jack. – A történet szerintem a gyerekrablásokkal kezdődött a kilencvenes évek elején.

– Ezt már fejtegetted korábban is, de erre persze nincs még semmi bizonyítékunk – vágott közbe Peter.

– Még nincs, de hamarosan lesz – erősködött Jack. – Véleményem szerint Nagy nem lehetett a történet része a kilencvenes évek elején, hiszen 2006-ig egyértelműen lekövethető életet élt itt az Államokban. Az elképzelhető, vagy akár biztosra is vehető, hogy feleségének és születendő gyerekének elvesztése összehozta őt a merényletsorozat szellemi atyjával, és így aktív részese lett a támadásoknak. Ugyanakkor határozott véleményem, hogy nem ő találta ki az egészet, nem ő irányítja a támadásokat. Valaki más, akinek viszont nem szeptember 11. a mozgatórugója.

– Sosem értettem a megérzéseid mögött levő érveket – állapította meg Peter –, de be kell vallanom, a végén mindig igazolást nyert, hogy volt alapja a feltételezéseidnek.

– Hiányolom az iszlám szálat ahhoz, hogy egyértelműen szeptember 11-hez kössem. Az eddigi célpontok nem kapcsolódnak semmilyen vallási intézményhez, emiatt nem feltételezem a bosszút sem. Nem arról van szó tehát, hogy iszlám fanatikusok ünnepelni készülnek a tizenötödik évfordulón, vagy amerikai hazafiak revánsot szeretnének venni. Átlag Amerikát támadják átlag amerikaiak, de azért teljesen nem zárható ki a szeptember 11-ei terrortámadással való összefüggés. Nagy feltételezett részvétele az eseményekben legalábbis erre utalhat – vigasztalta

Jack a főnökét, aki gondolataiban folyamatosan kereste a kapcsolatot az ikertornyok elleni támadással.

– Még egy apró eredmény – szerénykedett Bogdanov ügynök. – Valamivel többet tudunk a petersburgi bankrablóról is. Neve Alan Page, volt tengerészgyalogos, de ezt eddig is tudtuk róla. Arról viszont eddig nem volt információnk, mit csinált korábban, mielőtt tengerészgyalogos lett.

– S mit tudtunk meg, mit csinált korábban? – kérdezte Peter.

– A rendőrségi aktából, ami a nyomozás során készült, csak az alábbi információ derült ki: a bankrabló veterán tengerészgyalogos volt. Az utolsó iraki küldetése óta élt Petersburgban, szép lassan anyagilag és fizikailag leépülve. Az Irakban látott borzalmak okozta lelki sebek nála sosem gyógyultak be, bárhová is ment dolgozni, néhány hónap után mindenhonnan kirúgták, mert a legváratlanabb pillanatban tört ki rajta az őrjöngés. Ilyenkor válogatás nélkül üvöltözött kollégáival, ügyfeleivel, mindenkiben az ellenséget látva. Összeférhetetlensége ebben a négy évben oda vezetett, hogy munkanélkülivé, majd idővel hajléktalanná vált. Ennyi.

– Ez tényleg nem sok – állapította meg Peter.

– Nem – helyeselt Bogdanov ügynök, majd folytatta. – A rendőrségi nyomozás enyhén szólva felületes volt, mivel nem terjedt ki arra, hogy ki volt, és mit csinált nyolc évvel ezelőtt, mielőtt bevonult a seregbe. Pontosabban a feladatot, hogy keressék meg a rokonait, kiadták egy őrmesternek, aki azonban két nappal később egy közlekedési balesetben meghalt. Az autója egy éles kanyarban lesodródott az útról, és egy szakadékba zuhant. A rokonok felkutatása nyitva maradt egy adminisztrációs hiba miatt, mivel más nem kapta meg a feladatot.

– S ehhez képest mi az előrelépés?

– Látszólag semmi, mivel sokkal többet nem tudtunk meg róla, de pont ez az érdekes: hasonlóan a többi merénylőhöz, neki is el lett maszkolva a múltja. A hadseregbe történő jelentkezésekor azt állította magáról, hogy egy denveri középiskolában végzett hat hónappal korábban. Anno a hadsereg nem vizsgálta ennek az információnak a valódiságát, a benyújtott dokumentumokat elégségesnek találták. Most viszont kiderült, hogy annak a bizonyos denveri középiskolának nem volt ilyen nevű tanulója. Magában a városban sem élt olyan család, aki összefüggésbe hozható Alan Page-dzsel – válaszolta Julia.

– Ez alapján azt feltételezzük, hogy Alan Page is egy elrabolt gyerek volt. Talán megszökött a fogságból és a hadseregbe menekült – vette át a szót Jack.

– Vagy az volt a küldetése, hogy a hadseregben rejtőzőn el, és ott képezze ki magát a tökéletes merénylővé – állapította meg Peter.

– Nem hiszem – szögezte le Jack. – A hadsereg veszélyes üzem, nincs garancia a túlélésre, főleg, ha valaki tengerészgyalogosként külföldön szolgál. Az én feltételezésem a következő, amit persze részletekben már többször elmondtam. Ezeket a gyerekeket kicsi korukban rabolták el, valahol egy izolált helyen nőttek fel egészen a húszas éveikig. Kemény agymosásban, illetve agyprogramozásban lehetett részük. Csupán pár évvel ezelőtt engedhették ki őket ebből az elzártságból, amikorra már programozott gépekké váltak, amikor már teljesen uralták az agyukat. Amikor kiengedték őket, láthatóan nagyon nagy energiát nem fordítottak arra, hogy a teljes életútjuk meg legyen tervezve. A fedősztorik felületesek, hézagosak, ami arra utal, hogy határozott céllal lettek elengedve. Van egy küldetésük, amit végre kell hajtaniuk. Ehhez feltűnés nélkül be kell illeszkedniük az adott környezetbe, meg kell tervezniük az akciót, és bele kell halniuk annak végrehajtásába. A küldetésük a pusztítás és a pusztulás volt egyszerre. Az a húsz év, amit beléjük fektettek a felkészítés során, komoly energiát és költséget igényelt. Nevelni, táplálni kellett őket, szállást és ruházatot biztosítani. Ezért Page esetében nem hiszem, hogy őt a seregbe küldték volna. Ahogy előbb mondtam, az túl kockázatos lett volna, könnyen elveszhetett a ráfordított pénz, idő és energia. Meggyőződésem, hogy megszökött tőlük, és menekült. A hadsereg ebből a szempontból jó rejtekhely lehetett, ahol biztonságban érezhette magát. Valószínűleg a gyermekkori trauma, illetve az iraki fronton szerzett élmények együttesen már túl sok volt neki idegileg, érzelmileg.

Amikor leszerelt, képtelen volt a normális életre, a társadalomba való beilleszkedésre. A bankrablás egy kétségbeesett próbálkozás lehetett részéről, hogy legyen annyi pénze, amiből új életet kezdhet. Amikor a bankban felismerte volt gyerekkori társát, és megértette, hogy az mire készül, az az énje került előtérbe, ami a hadseregben meghatározó volt, meg kell védenie az emberek életét, ezért lelőtte volt társát. De a gyermekkori agymosás annyiban sikeres volt az ő esetében is, hogy árulóvá már nem tudott válni. Ezért lett öngyilkos, miután megölte korábbi társát. Neki sincsen fellelhető rokona, egész eddigi életét igazolni tudó kapcsolata, mint ahogy a többi merénylőnek sincs. Tökéletes az egyezőség a többi esettel.

– Azért ne feledjük, hogy van két olyan esetünk is, ahol találtak élő hozzátartozókat, akik információt tudtak adni a merénylő valós múltjáról. Erről már beszéltünk korábban, a dallasi merénylő Bill Ewans, illetve a Salt Lake Cityben gyilkoló Baumann-testvérek rokonait sikerült megtalálni – szólt közbe dr. Kempler. – Ugyanakkor igaz ezekre az esetekre, hogy a szülők kapcsolata már régen megszakadt a gyermekeikkel. –Sok-sok éve nem látták egymást, nem tudják, hogy mi történt a gyerekükkel az elmúlt években, de legalább igazolva van, hogy ők nem a Holdról pottyantak ide.

– Igen, ennek még alaposabban utána kell járni – vallotta be Jack. – Az sem zárható ki, hogy ezekben az esetekben a szülőknek is van valami köze a történethez, vagy a nyomozás volt felületes, de természetesen az is lehetséges, hogy nincs igazam, és az elméletem nem helytálló, vagy az a két támadás mégsem része a sorozatnak. Egyelőre több a kérdőjel, mint a válasz.

– Rendben, egyelőre ennyi – zárta le a megbeszélést Peter. – Foglaltam asztalt a Sparks Steakházban este hétre.

– Nem szívesen megyek – szólalt meg Julia. – Holnap várhatóan újabb támadás éri az országot, mi meg szórakozunk a munka helyett.

– Ahogy már máskor is mondtam, ehhez a munkához megfelelő szellemi és fizikai állapotban kell lenni, ezért szükség van időnként a kikapcsolódásra – fejezte ki ellenvéleményét határozottan Jack. – Ma már többet nem tudunk tenni, a holnapi merényletet nem tudjuk megakadályozni.

– A Hírszerző Közösség döntése értelmében azokon a helyeken, ahol hétfőnként az átlagosnál nagyobb tömegek fordulnak meg, a szokásosnál fokozottabb lesz a rendőri jelenlét; a hírcsatornák, TV és rádió két napja folyamatosan figyelmeztetik a lakosságot miszerint hétfőn, ha lehet, kerüljék a tömegrendezvényeket – tette hozzá Peter.

– Ez jelzés lehet a merénylőnek, hogy nyomában vagyunk. Eltéríteni céljától nem fogja, de talán hibázik – remélte Jack.

– Gyűlölöm a tehetetlenségemet – mondta Bogdanov ügynök, bár tisztában volt azzal, hogy Jacknek és Peternek igaza van.

5. fejezet

Merénylet Seattle-ben

Rick Harmon szokása szerint ezen a napon is reggel hatkor kelt. Minden napját futással kezdte a lakhelye közelében levő Volunteer Parkban, ezen a hétfőn sem tett másként. Szeptember eleje volt, nyár vége, de reggelente már határozottan érezni lehetett az ősz közeledtét. A levegő friss volt, emiatt Ricknek a futás jobban is esett a megszokottnál. Közel egy órát futott a parkban, majd hazament, lefürdött, majd megkezdte a felkészülést élete legfontosabb napjára. Erre készült egész életében, erre készítették fel őt az egész életében. Egy pillanatra átfutott az agyán, hogy kilenckor a főnöke az autóműhelyben idegesen fogja megkérdezni a többiektől, hogy hol van, de ez már egyáltalán nem érdekelte. Két éve dolgozott abban a szervízben, mint karosszérialakatos. Ugyanazok az emberek, ugyanazok a mozdulatok, ugyanazok a mondatok – elege volt már ebből. Az ő élete másról szól, nagyon másról. Neki van egy feladata, melyet a *Nagymester* bízott rá, amelyre felesküdött, hogy mindenáron végrehajtja. Az ágya alatt levő táskából elővette a rövid csövű gépfegyverét, melyet két héttel ezelőtt vett át egy pályaudvari értékmegőrzőben. Előtte pár nappal kapta meg a régóta várt üzenetet, hogy közeleg az ő ideje, s ezzel együtt fontos részleteket tudott meg a teendőkről. Melyik szekrénykében találja meg a neki szánt csomagot, illetve a szekrényhez tartozó kulcsot hol leli meg. Gondosan átnézte a fegyvert, megállapította működőképességét, majd visszatette abba a sporttáskába, melyből elővette. Biztos volt benne, hogy hatékonyan tudja majd használni, hiszen tavaly is részt vett a szokásos kiképzésen, nem felejtette a korábban tanultakat. Miután a fegyvert visszatette a táskába, a szobájában levő szekrényhez lépett. A szekrény alján, mindenféle dobozok alatt volt a robbanómellénye. Ezt ugyanott vette át, ahol a fegyvert, csak ezt három nappal ezelőtt. Az értesítési folyamat is ugyanaz volt, mint a fegyver esetén. A megbeszélt kommunikációs csatornán megkapta az üzenetet, hol és mikor veheti át a mellényt, illetve a csomagmegőrző szekrény kulcsát. Különösebb okát nem látta, hogy a fegyvert és a mellényt elrejtse a szobájában, hiszen egyedül élt, senki nem látogatta, kulcsa a lakáshoz csak neki volt, illetve a bérbeadónak. A lakás tulajdonosa nem ebben a városban élt, személyesen még nem találkoztak, sőt amióta bérelte tőle a lakást, még nem is járt itt, a saját tulajdonában levő lakásban. Felvetette a mellényt, gondosan ellenőrizte a mellénybe varrt robbanóeszközöket és zsinórokat, majd felvette a pulóverét is, mely tökéletesen rejtette el a rajta levő szerkezetet. Kisétált a konyhába, hogy indulás előtt igyon még egy pohár vizet. S közben lekapcsolta a rádiót, amely éppen sokadjára hívta fel a lakosság figyelmét, miszerint a fokozott terrorveszély miatt a mai napon kerüljék a tömegrendezvényeket.

– Szerencsétlen barmok – sóhajtotta, minden különösebb érzelem nélkül.

Kézbe vette a sporttáskát, s miközben távozott, gondosan bezárta a bejárati ajtót. A siker érdekében minden apró részletre oda kell figyelni. Az autója, amely egy közel tízéves Ford Fusion volt, az utcán parkolt. Kinyitotta a csomagtartót, behelyezte a sporttáskát, majd beült a vezetőülésbe és indított. Éppen időben volt, ezért nem sietett, egyébként is igyekezett feltűnés nélkül vezetni. Kicsi volt az esély erre, de azért nem szeretett volna egy rendőri intézkedésbe belekerülni. A város a hétfő reggeli szokásos csúcsforgalmi időszakát élte, lassan lehetett csak haladni a zsúfolt utakon, de ez pontosan megfelelt Rick szándékának. Majdnem kilenc óra volt, amikor elérte a King Street-i vasútállomást, leparkolta az autót, kivette a sporttáskát és kényelmesen sétálva bement a pályaudvaron található férfimosdóba.

A pályaudvaron a hét első napjára jellemző zsúfoltság volt, folyamatosan érkeztek a külvárosi vonatok, melyekből özönlöttek a munkába igyekvő emberek. A rendőri jelenlét azonban a megszokottnál jóval nagyobb volt, mely Ricknek is feltűnt, és ez némi nyugtalanságot okozott neki. A helyszín kiválasztása az ő döntése volt, az elmúlt hónapokban többször is kijött a pályaudvarra, hogy megfigyelje a tömeg mozgását és azokat a pontokat, ahol esetleg rendőrök vagy biztonsági őrök lehetnek és megakadályozhatják tervének sikeres végrehajtását.

Miközben a férfi WC-ben megigazította és élesítette a robbanómellényét, kivette a fegyvert a táskából és pulóvere alá rejtette. Nagydarab férfi volt, és a pulóvermérete bőven lehetővé tette, hogy feltűnés nélkül elrejtse a mellényt és a fegyvert is magán. Az üres táskára már nem lett volna szüksége, de magával vitte, ezzel is csökkentve a kockázatot, nehogy valakinek feltűnjék egy elhagyott csomag a WC-ben, és ezzel esetleg idő előtt felhívja magára a figyelmet. Látva a számítottnál nagyobb rendőri jelenlétet a pályaudvaron úgy döntött, kis mértékben módosítja az eredeti elképzelését az akció sikere érdekében.

A korábban kidolgozott terve az volt, hogy beáll a pályaudvar központi helyén levő újságosbódé mögé, majd a megfelelő pillanatban kilép a bódé mögül a csőre töltött fegyverrel a kezében. De most a bódé közelében álldogált két rendőr, akik láthatóan nem szándékozták a helyüket elhagyni. Ezért módosított a tervén. Nem messze onnan volt egy vegyesbolt, ahol vett néhány guriga egészségügyi papírt és pár doboz sört, ezzel sikerült a sporttáskáját megfelelően kitömni. Visszasétált az újságoshoz, letette a táskát maga mellé a földre, és az újságokat kezdte el nagy érdeklődéssel lapozgatni. Szerencséjére éppen akkor egy férfi lépett a rendőrökhöz valamit kérdezve, a két rendőr hátat fordított neki és nagy hévvel magyarázták a kérdezőnek, hogy merre kell mennie.

Tökéletes volt az időzítés Rick számára ahhoz, hogy feltűnés nélkül otthagyja a táskáját, és arrébb sétáljon. Körülbelül tizenöt-húsz lépést tehetett meg, amikor a rendőrök észrevették az elhagyott csomagot. Egyikőjük figyelemfelhívás céljából a sípjába fújt, a másik hangosan kiabálni kezdett, hogy mindenki hagyja el a helyszínt, amilyen gyorsan csak tudja. Pár másodpercre megállt az élet a várócsarnokban, az emberek nem fogták fel azonnal, hogy mi is történik körülöttük. A pillanatnyi zavart kihasználva Rick előkapta a gépfegyverét a pulóver alól és tüzet nyitott abba az irányba, ahol legtöbben álldogáltak. Tőle pár lépésre állt egy civil ruhás nyomozó, akit Rick nem vett észre korábban. A férfi a fegyverropogásra gyorsan reagált, előkapta szolgálati fegyverét és felszólítás nélkül rálőtt Rickre. Balszerencséjére azonban az első lövése nem volt halálos, így Ricknek maradt ereje és ideje, hogy megrántsa a robbanómellény gyújtózsinórját.

A Hírszerző Közösség speciális operatív ülését délután négyre hívták össze a Fehér Házban. Minden szolgálat igyekezett a legmagasabb szinten képviseltetnie magát, de technikai okokból ez nem mindenkinek sikerült. Eredetileg keddi találkozóra készültek, a meghívás óta eltelt három óra nem volt elegendő mindenki számára, hogy Washingtonba érjen, így aztán azon ügynökségek esetén, amelyeknek nem Washingtonban volt a központja, csak a helyi irodavezető volt jelen.

A megbeszélés kezdése csúszott, mivel Wilson miniszterhelyettes nem érkezett meg időben. A várakozás perceiben az egymással beszélgető titkosszolgálatosok eléggé eltérően fogalmazták meg véleményüket a Seattle-ben történtekről. Voltak, akik a tizenkét halálos és tizenhat sebesült áldozat ellenére sikeresnek ítélték meg a rendőrség felkészültségét. Ők alapvetően a balszerencsével magyarázták, hogy a közbeavatkozó civil ruhás rendőr első lövése nem volt halálos, ezzel lehetőséget adott a merénylőnek a robbanószerkezet működésbe hozatalára. Érvelésük szerint a beavatkozás gyors volt, hiszen pár másodperccel azt követően, hogy a merénylő lövöldözni kezdett, reagálni tudtak rá. Enélkül az áldozatok száma jóval több is lehetett volna. Egyébként is a King Street-i pályaudvart négyszer annyi rendőr védte, mint azt általában szokásos, de a rendelkezésre álló erőforrások száma véges. Ennél többet nem lehetett tenni. Mások számára egyetlen egy áldozat sem volt elfogadható: csak akkor lett volna sikeres a rendőrség, ha megakadályozták volna a merényletet. Őket az az érv sem hatotta meg, hogy nem volt semmilyen információ a birtokukban a lehetséges helyszínről, az országban bárhol bekövetkezhetett volna a támadás. A beszélgetés e téma körül forgott, amikor nem sokkal fél öt után nyílt az ajtó.

– Az Egyesült Államok Elnöke – jelentette be a belépő tisz-tiszolga, majd ezt követően megjelent az Elnök, meglehetősen feldúltan.

– Maguk barmok, szerencsétlen barmok! – kezdte magából teljesen kikelve. – Ki volt az az idióta, aki kitalálta, hogy a lakosságot terrorveszéllyel ijesztgessék? Ráadásul tömegrendezvényekre hivatkozva, miközben a támadás egy pályaudvaron történt.

Senki nem jelentkezett, igaz az ötletet felvető CGI képviselője nem is volt jelen ezen a napon.

– S maguk annyira elmebetegek, hogy jóváhagyták ezt az egész kommunikációs öngólt – folytatta az Elnök, nem mérsékelve a benne fortyogó indulatot. – Wilsont azonnali hatállyal kirúgtam, mert ő a legnagyobb barom mindannyiuk közül. Annyi realitásérzéke sincs, hogy elismerve hibáját, csöndben maradt volna. Ehelyett azt magyarázta nekem, hogy tulajdonképpen a szolgálatok sikeresen kezelték a helyzetet. Tömegrendezvény helyett pályaudvar – dühöngött tovább –, Istenem, mekkora szerencsétlenek maguk.

Ezzel láthatólag elfogyott az ereje és a mondandója, lerogyott a karosszékbe, magában roskadva ült hosszú perceken keresztül. A közelben ülők még hallhatták, hogy azt motyogja maga elé „*Istenem, az Államok legbalfékebb elnökeként fogok hamarosan leköszönni, ezen idióták miatt*". Egy idő után a CIA főnöke vette a bátorságot, hogy megszólaljon, megtörje a csendet, remélve, hogy nem jut Wilson miniszterhelyettes sorsára.

– Uram! – köszörülte meg a torkát – Tökéletesen igaza van, de kérem, engedje meg, hogy némi magyarázattal szolgáljak a történtekre.

Az Elnök nem reagált, de mozdulatlansága inkább tűnt jóváhagyásnak, mint tiltakozásnak.

– Valóban nem sikerült megakadályoznunk a támadást, s ez a mi hibánk és felelősségünk. De beazonosítottuk a támadás napját, és a lehetséges helyszínét, ezzel sikerült csökkentenünk az áldozatok számát. A kommunikációs stratégiánk elhibázott volt, de Uram, ígérem, a választásokig megtaláljuk Amerika elsőszámú közellenségeit, és megakadályozzuk a további támadásokat.

Erre a mondatra az Elnök felkapta a fejét, és felállt a székből.

– Remélem is, mert egyébként mindannyian mennek a levesbe. Az utolsó elnöki intézkedésem az lesz, hogy mindannyijukat kirúgom – s ezzel szó nélkül kiviharzott a teremből.

A többiek döbbenten nézték a CIA főnökét, vajon mire alapozta merész és megalapozottnak egyáltalán nem tűnő vállalását.

– Időt nyertünk, ennyi – mondta halkan és követte az Elnököt.

Peter másnap délelőtt – miután értesült a Fehér Házban történtekről az FBI főnökétől –, úgy érezte, erről haladéktalanul tájékoztatnia kell Jacket is.

– Két hónapotok van – közölte telefonon, majd röviden elmesélte azt, amit az FBI igazgatójától hallott a Fehér Házban történtekről.

– Annyi elég lesz – reagált Jack, s ezzel maga részéről befejezte a beszélgetést.

A csapat megfeszített erővel dolgozott minden nap az ügyön, abban maradtak, hogy péntek este adnak egy átfogó tájékoztatást Peternek arról, hogy hol tartanak.

– Remélem, komoly eredményeket sikerült elérnünk a héten – jelezte várakozásait Peter Hammersmith, amikor leült a tárgyalóasztalhoz. – Kezdjük a hétfői merénylettel, mit tudunk eddig?

– Rick Harmon 27 éves karosszérialakatos volt a hétfői támadó – kezdte a tájékoztatást Bogdanov ügynök. – Két évvel ezelőtt érkezett Seattle-be. Munkáltatója szerint Chicagóból jött, de a referenciaként megadott korábbi munkahelyén nem ismerték. Felvételekor egyáltalán nem foglalkoztak a múltjával, nem ellenőriztek semmit, csak rögzítették a számítógépes rendszerükbe azt, amit szóban mondott nekik. Az elmúlt pár nap alatt szinte semmit nem sikerült kinyomozni az életéről. Albérletben lakott a városban, főbérlője személyesen nem ismerte. Szomszédjaival nem tartotta a kapcsolatot. Munkatársaival nem volt jó viszonya. A munkáját rendesen elvégezte, főnöke elégedett volt vele, de munkaidőn kívül nem állt szóba senkivel, nem tartott együtt a többiekkel a délutáni sörözgetéseken, nem volt barátnője sem. Reggel munkába ment a Ford Fusionjával, délután a műszak lejártával azonnal távozott. Egyik kollégája szerint valami nagyon nyomaszthatta, mert gyakran motyogott magában, de nem sikerült senkinek kiderítenie, hogy miről beszél. Ha kérdezték tőle, nem válaszolt, illetve elütötte azzal a kérdést, hogy verseket memorizál.

– Ezek szerint a fickó beleillik a többi merénylő sorába – állapította meg Peter.

– Igen, a profil szerint egyértelműen, a támadáskor használt eszközök is beleillenek az eddig megismert képbe. Megtaláltuk a fonott zöld-sárga zsinór nyomát is a robbanószerkezeten – mondta Jack.

– Elkészült az első nyolc arcrekonstrukció a tettesekről – folytatta a tájékoztatást dr. Kempler témát váltva – sőt, már két esetben találatunk is van.

– Igen? – élénkült meg Peter.

– Igen. A tulsai támadót, Gary Smith-t eredetileg Donald McFairnek hívták. 1993-ban, háromévesen tűnt el Verbena nevű városkából, amely Alabama államban található. A gyerek a házuk mögötti kertben játszott, amikor nyoma veszett. A vallomások szerint csak percekre hagyták magára a szülők, s azonnal keresni kezdték, amikor észrevették, hogy nincs a kertben. Hamarosan a helyi rendőrség is bekapcsolódott a felkutatásába, de nem jártak eredménnyel. Sosem derült ki, mi történt vele. A másik beazonosított személy Harry Harrison. Ő volt a Colorado Springs repülőterének támadója. Eredeti neve Bob Regan. Maine állam Lincoln városában született és élt eltűnéséig. 1991-ben szintén hároméves volt, amikor nyoma veszett. Ő a városka egyik boltjából tűnt el, a szülők a boltban vásárolgattak, és nem figyeltek a gyerekre. A nyomozás természetesen az ő esetében is eredménytelen volt. A mai napig eltűnt személyként van nyilvántartva.

– Ki kell menni a helyszínekre információt gyűjteni, hátha van közös szál a két esemény között, bár időben és térben jelentős a távolság – szólt közbe Peter.

– Természetesen – reagált Jack. – Ezek még friss információk, pár órával ezelőtt sikerült az azonosítást befejezni, de már felvettük a kapcsolatot mindkét helyi seriffel, segítségüket kértük a még élő rokonok, szemtanúk felkutatásában. Hátha újabb, eddig még nem ismert információk kerülnek elő, de nyilván válaszok még nem érkeztek.

– A rendelkezésre álló dokumentumok alapján mindkét helyszínen felbukkant egy ismeretlen Volkswagen furgon – folytatta dr. Kempler. – A bibi csupán az, hogy a tanúk Verbena-ban fehér furgonra, Lincolnban viszont zöld furgonra emlékeztek. Meglátjuk, hogy ez a furgon, legyen bármilyen színű is, a későbbiekben előkerül-e ismét, amennyiben lesznek újabb sikeres beazonosításaink.

– Ahogy múltkor már említettem, összeállítottunk egy speciális kérdéssort, mellyel ismét felkeressük a merénylők ismerőseit, kollégáit, szomszédjait – folytatta Julia a tájékoztatást egy újabb témával. – Az adatok folyamatosan jönnek, és a feldolgozásuk is folyamatos, eddig egy érdekes azonosság merült fel három merénylővel kapcsolatban. Harold Wilson, Harry Harrison és Eric Bishop kollégái is említették, hogy tavaly decemberben váratlanul két hétre szabadságra utaztak. Wilson kollégáit ez az azért lepte meg, mert Wilson nemrégiben kezdett csak dolgozni azon a helyen, mint könyvügynök, és itt nem volt szokás, hogy a kolléga szabadsággal kezd. Harrison esetén azért került ez említésre, mert egy fontos projekt határideje december vége volt, melyben Harrison fontos feladatokat kapott, mint programfejlesztő. Két hetes kiesése veszélyeztette a projekt sikerét, de semmilyen fenyegetés vagy nyomásgyakorlás nem tántorította el attól, hogy elutazzon. Bishop is a színházi évad csúcsidőszakában ment szabadságra, amikor minden emberre szükség lett volna. Habár Bishop csak egyszerű kellékes volt, de abban az időben az ő pótlása is nehezen volt megoldható. Az időpontok tökéletesen egyeznek, december 1. és 13. között voltak távol a munkahelyüktől. Távozási szándékuktól még akkor sem voltak hajlandók eltekinteni, amikor a főnökük kirúgással fenyegette őket, bár végül erre egyik esetben sem került sor.

– Mi lehetett ez a rejtélyes esemény, ami ennyire fontos volt számukra? – kérdezte Peter.

– Még nincs válaszunk rá, talán valamilyen összetartás vagy kiképzés lehetett – vélte Jack. – Lehet, hogy ekkor kapták meg azokat az instrukciókat, amelyek alapján a merényletek végrehajtásra kerültek. Az információgyűjtésben résztvevő kollégákat kértük, hogy konkrétan kérdezzenek rá erre az időpontra a többiek esetében is, illetve azt is vizsgáljuk, hogy az utazás helyszínéről bárkinek van-e valamilyen információja.

– Ez egy nagyon ígéretes fejleménye a nyomozásnak – állapította meg Peter –, elvezethet a megoldáshoz. Hogyan tovább?

– Dolgozunk hétvégén is, illetve csak vasárnap délig. Délután közös kikapcsolódás, sporttevékenység és aztán vacsora.

– Még jó, hogy senkinek sincs családja – vigyorgott Peter. – S reménykedjünk abban, hogy szeptember 11-e vasárnap eseménytelenül múlik el.

– Nem jó, de vagy a család vagy a munka – reagált Jack Peter megjegyzésének az első felére. – Nekünk Amerika biztonsága a családunk – váltott patetikus stílusra, bár ezt a megjegyzést Hammersmith inkább csak Jack cinikusságának tudta be.

6. fejezet

A kínai ételfutár

A hétfő reggeli programjuk nem az előzetes tervek szerint alakult: mire beértek a csapat tagjai a munkahelyükre, Peter már várta őket, és jól láthatóan nem volt rózsás kedvében.

– Mi történt? – kérdezte Jack, mikor belépett a szobába, s meglátta az FBI irodavezetőjét.

– Egyelőre nem publikus az információ – válaszolta Peter –, tegnap kora délután a Mojave-sivatagban két M1 Abrams harckocsi aknára futott: nyolc katona vesztette életét, négyen súlyosan megsérültek.

– Mit kerestek ott? Miért hagyták el a támaszpontot? – kérdezte Morrison ügynök.

– Üzenetet kaptak a főparancsnokságtól, hogy haladéktalanul végre kell hajtaniuk egy akciót, amely egy esetleges merénylet megelőzését szolgálná. Utólag kiderült, az üzenet hamis volt, de tökéletes hamisítvány. Valamennyi kötelező protokollt betartva mentek ki a katonák, sem ők, sem a parancsnokok nem hibáztak az eddigi vizsgálat szerint. Az üzenet titkosított volt: azt tartalmazta, hogy a sivatagban egy terrorcsoport gyakorlatozik.

– S hogyan lehetséges, hogy mindkét jármű egyidőben aknára futott? – tette fel a kérdést Jack. – Ez azért nem Afganisztán, ahol annyi a telepített akna, mint a bolondgomba eső után az erdőben.

– Az utasítás része volt, hogy a feltételezett ellenséget két különböző úton kell megközelíteniük. A két akna egyszerre robbant fel, egymástól pár száz méterre, tökéletes időzítéssel.

– Frank Nagy? – kérdezte félve Jack.

– Úgy tűnik, a fonott zöld-sárga zsinór nyomait mindkét aknánál megtalálták. Az NCIS és az FBI közösen nyomoz az ügyben, és egyelőre nem szándékszik a közvélemény elé tárni az ügyet.

– Pontosan milyen távolságban történt a robbantás a támaszponttól? – kérdezte Nick.

– Körülbelül tíz kilométerre, a legközelebbi lakott település is harminc kilométeres körön kívül van.

– Tehát minden feltétel adott volt, hogy az aknákat észrevétlenül elhelyezze – állapította meg Jack. – Oda kell mennem. Lehet, hogy ez Nagy magánakciója volt, talán nem függ össze a többi merénylettel. Nickkel megyek, a többiek folytassák a munkájukat. Holnap estére visszajövünk.

Pár órával később Jack és Nick már a helyszínen voltak. A terület teljesen le volt zárva, katonai rendészek többszörös ellenőrzésén kellett átesniük az utolsó kilométereken, mire a helyszínre jutottak. A robbanás nyomai még jól látszódtak, bár az áldozatokat és a járműveket már elszállították.

– Ron Wagner különleges ügynök, NCIS – lépett egy magas sovány férfi Jackhez. – Minek köszönhető az FBI eltűnt legendájának felbukkanása a világ ezen a nem létező részén?

– Csak a szakmai kíváncsiság hozott ide – válaszolta mosolyogva Jack. – Érdekel, hogy mit keres az NCIS egyik legjobb különleges ügynöke a világnak azon a részén, amely nem létezik, miközben valamennyi szolgálat valamennyi ügynöke az év eleje óta a terrortámadás sorozaton dolgozik.

– Tudok valamiben segíteni? – kérdezte Wagner különleges ügynök komolyra fordítva a beszélgetést.

– Nem hiszem, viszont azt gondolom, hogy én tudok önnek segíteni – válaszolta Jack, majd látva Wagner kérdő tekintetét hozzátette. – Van egy határozott elképzelésem, hogy ki követhette el a robbantásokat.

– Ki?

– Megmondom, ha kapok pár órát, amikor is szabadon mászkálhatok a környéken, valamint bármilyen, már rögzített nyomra rátekinthetek.

– Ez a nyomozás akadályozásának is tűnhet – jegyezte meg Wagner ügynök –, s akár le is tartóztathatnám.

– Akár – értett egyet Jack –, de miért tenne ilyet? – tette fel a költőinek szánt kérdését, majd rögtön meg is válaszolta. – Ha most mondok egy nevet, attól az NCIS nem lesz közelebb a megoldáshoz az elkövetkező tizenkét órában, viszont ha kapok tizenkét órát, ami után megmondom a nevet, mindketten jóval közelebb leszünk a megoldáshoz. Nem tizenkét órával, hanem remélhetőleg napokkal. Áll az alku?

– Áll az alku – vigyorgott Wagner –, de ezen a terepen most én vagyok a főnök. Mindenről tudnom kell, ami itt történik, s természetesen elvárom, hogy tizenkét óra múlva nem csak a tettes nevét, hanem nyomozásának összes eredményét ossza meg velem.

– Túlbeszélve – zárta le a beszélgetést Jack.

Jack és Nick a környék tanulmányozásával kezdték a vizsgálatot, megfigyelési pontokat kerestek a homokdűnék között, ahol a merénylő elhelyezkedhetett, miközben átlátta a környéket, ezeknek a lehetséges rejtőzködési helyeknek a megközelíthetőségét vizsgálták, majd alaposan átnézték a felrobbantott aknák helyszínét is. Munkájuknak a lemenő nap vetett véget, sötétben sok értelme már nem volt a sivatagban való bóklászásnak. Este még az ideiglenesen felállított közösségi sátorban beszélgettek a jelenlévő helyszínelőkkel, nyomrögzítőkkel, majd másnap reggel átnézték a már rögzített nyomokról készült felvételeket. Délelőtt tíz órakor Jack úgy érezte, mindent tud, amit itt megtudhatott, ideje leülni Wagner különleges ügynökkel.

– Az elkövető neve Frank Nagy – kezdte kertelés nélkül, majd elmondott mindent, amit tudott róla, beleértve a feltételezett kapcsolatát azzal a merényletsorozattal, amiben nyomoz.

– De ezt tegnap is tudta – vélekedett Wagner ügynök.

– Tegnap feltételeztem, ma biztos vagyok benne. Pontosítok, tegnap is biztos voltam a személyében, de ma abban is biztos vagyok, hogy ez egy önálló akció volt a részéről, s nincs közvetlen köze ahhoz a merényletsorozathoz, amiben nyomozunk. Egyébként, ha tegnap azt mondom, hogy 100%-ig biztos vagyok a személyében, kaptam volna lehetőséget a helyszín szabad tanulmányozására?

– Nem kapott volna – ismerte el vigyorogva Wagner.

– Hálánk jeleként beavatjuk önt a munkamódszerünkbe, s röviden elmondjuk következtetéseinket – Jack pimaszsága nem ismert határokat.

– Egyértelműen megállapítható – vette át a szót Morrison ügynök –, hogy a robbanások idején Nagy itt volt a közelben. Megtaláltuk azt a helyet, ahol abban az időben tartózkodott, amikor a harci járművek aknára futottak. Kiváló rálátása volt a robbanások helyszínére, illetve már messziről követni tudta az érkező harckocsik mozgását. Az aknákat távirányítással robbantotta fel, ami rendkívüli szervezőképességre utal, hiszen a két gépjárműnek egyszerre kellett az aknához érni. A rögzített nyomok alapján megállapítható, hogy körülbelül három nappal ezelőtt érkezett ide a környékre. Ez alatt volt ideje a tökéletes robbantási helyszín kijelölésére, a terv részleteinek pontosítására, és természetesen az aknák kitelepítésére. Egyedül volt, nem volt társa, egy régi Ford Merkurral érkezett. Nem tudom, hogy mi volt a pontos álcája, de ha bárkivel is találkozott volna, azzal az autóval bármiből kimagyarázta volna magát, annyira jelentéktelen. Hóbortos kaktuszkutató kinek tűnik fel a sivatag kellős közepén?

– Miből gondolja, hogy nincs köze ennek az akciónak a merényletsorozathoz? – kérdezte Wagner, aki túltette magát Jack előbbi megjegyzésén, s úgy döntött, hogy minél többet tud meg a merénylőről, annál jobban haladhat a saját nyomozásában. S ki tudja, ki találja meg előbb az elkövetőt?

– Mert nem illik a sorozatba sem az eszköz, sem a dátum, sem a célpont, sem a módszer, sem a támadó személye. Azaz semmi sem azonos, kivéve a robbanóeszköz elkészítésének módja, a fonott zöld-sárga zsinór. Minden kétséget kizáróan ez egy önálló, magányos akció volt. A merénylet indoka természetesen még nem világos. A dátum alapján lehet kapcsolat azzal a tragédiával, ami tizenöt évvel ezelőtt érte, amikor elvesztette családját az ikertornyok elleni terrorakció során. A végrehajtás módja egyértelműen az afganisztáni múltjára utal. Ebből feltételezem: lehet, hogy az amerikai hadsereget teszi felelőssé a családja elvesztéséért. De sok a nyitott kérdés. Miért éppen most? Miért az amerikai hadsereg a felelős a családja elvesztéséért? Még azt is el tudom képzelni, hogy ez a robbantás vagy egy nagyobb akció próbája volt, vagy egy erős üzenet felénk, hogy ő is benne van a merényletsorozatban.

– Miért tenne ilyet? – kérdezett közbe Wagner.

– Nem tudom, feltételezhetően labilis a személyisége: valami olyan hatás érhette, amitől úgy érezte, most kell lépnie. Nem gondolom, hogy önmagában a tizenötödik évforduló lett volna, az, ami beindította őt. Azt sem gondolom, hogy tisztában van azzal, hogy a fonott zöld-sárga zsinór története ismert előttünk. Szóval az üzenetes megjegyzésemet felejtsük el, értelmetlen hülyeség. Időnként, gondolkodás nélkül beszélek. A próba, vagy főpróba a lehetséges magyarázat.

– Hmm, oké, és akkor most – morogta Wagner, akit nem különösebben érdekelt Jack őszinteségi rohama –, merre és hogyan tovább?

– Mi most visszamegyünk New Yorkba – válaszolta Jack –, folytatjuk a munkánkat. Maguk meg a megkapott információval kezdjenek azt, amit tudnak. Gondolom az ön csapatában is van értelmes ember, s például foglalkozhatnának azzal, hogyan sikerült meghekkelni a hadsereg belső kommunikációs rendszerét – gúnyolódott Jack, aki az eltelt egy nap alatt nem zárta a szívébe Wagner különleges ügynököt, s magában már nagyon visszaszívta az önmagára vonatkozó megjegyzését.

– Kapja be – búcsúzott el Wagner, – de azért kösz a segítséget.

Jack és Nick késő este érkezett vissza New Yorkba. Másnap, szerda reggel, mikor beértek a munkahelyükre, Peter már várta őket az irodájukban.

– Mindent elmondtál nekik? – szegezte Peter a kérdést Jacknek a részletes beszámolót követően.

– Szerinted?

– Szerintem nem – állapította meg Peter nem túl boldogan. Saját emberei sem érzik kötelességüknek, hogy minden rendelkezésükre álló információt megosszanak a többi ügynökséggel.

– A Ford Merkur által hagyott keréknyomokban találtunk olyan földmintát, ami nem illik a sivatagba. Már leadtam elemzésre. Talán segít abban, hogy megtaláljuk, honnan érkezett Nagy, s merre járt korábban.

– Hacsak nem bérelt egy autót valahol, és a nyom félrevezet – kételkedett Peter.

– Meglepne, ha ez a modell bármely autókölcsönző kínálatában benne lenne 2016-ban – reagált vigyorogva Jack.

– Jogos, hülye megállapítás volt részemről. Én sem mindig gondolkozom, mielőtt kérdezek – vallotta be őszintén Peter, miután Jack azt is elmondta főnökének, hogy Wagner ügynök felé túlzottan megnyílt. – Egyéb fejlemény?

– Újabb három merénylőt sikerült beazonosítanunk – kezdte a tájékoztatást dr. Kempler. – Harry Peterson indianapolisi merénylő 1992-ben tűnt el Convay városából, ami Arkansasben található. Eredeti neve Marty Gillan. A gyereket a saját szobájából rabolták el, miközben a szülők is a lakásban tartózkodtak: a hálószobájukban aludtak. A tanúk itt is említettek egy ismeretlen Volkswagen furgont, de itt kék színre emlékeztek. Harold Wilson, a portlandi támadó eredeti neve John Lucas. 1991-ben veszett nyoma a Vermont állambeli Stowe városkából, illetve pontosabban egy, a városkához tartozó farmról. A szülők a ház körül dolgoztak, a gyerek – a szülők vallomása szerint – a házban aludt, amikor eltűnt. A rendőrség sokáig a szülőket gyanúsította a gyermek megölésével és eltűntetésével, mert sok volt a szülők közötti konfliktus, gyakoriak voltak a veszekedések. De végül ejtették a vádakat bizonyíték hiányában. A dokumentumokban itt nincs említve gyanús, idegen jármű. S most jön a slusszpoén. A harmadik beazonosított személy Alan Page, akit ugyancsak 1991-ben raboltak el a New Hampshire-i állam székhelyéről, Concord városából. Eredeti neve Frank Jonathan: ötéves volt az eltűnése idején.

– Azaz egy kicsit idősebb a többi gyereknél – szólt közbe Bogdanov ügynök.

– Igen, talán ez is lehet az oka annak, hogy később megszökött a fogvatartóitól. Neki már lehettek emlékei arról, hogy ki is volt valójában. Egyébként őt a város egyik óvodájából rabolták el. A gondozóknak nem tűnt fel azonnal a gyerek eltűnése, nagyjából tizenöt perce lehetett a gyerekrablónak tette végrehajtására, ennyi időről nem tudtak elszámolni az óvónők. Itt is említésre kerül egy Volkswagen furgon, melynek a színe zöld volt.

– És a furgon, mint közös pont a gyermekrablásokban, nem került sosem a vizsgálat célkeresztjébe? – kérdezte Peter Hammersmith.

– Úgy tűnik, sajnos nem – válaszolta Julia. – Mindegyik, eddig feltárt gyerekrablás más és más államban történt. Az ügyeket nem vonták össze országosan abban az időben.

– A '91-es rablások az északi államokban, míg a '92-es és a '93-as gyerekrablás jóval délebbre történt, ebből feltételezhető, hogy az emberrabló vagy emberrablók folyamatos mozgásban voltak, időnként arrébb vándoroltak az országban, talán, hogy ezzel is csökkentsék a lebukásuk kockázatát.

– Egyéb fejlemény? – kérdezte Peter, aki nem érezte, hogy az elhangzó információk közelebb vinnék a megoldáshoz.

– Elkészült néhány olyan arcrekonstrukció is, amit a kilencvenes években elrabolt gyerekek fényképei alapján készítettünk, hogyan nézhetnek ki napjainkban. Ezeket összevetjük valamennyi rendelkezésre álló adatbázissal, illetve közösségi médián megtalálható fényképpel. Ezt a munkát ma kezdtük meg, értelemszerűen még nincs eredmény – mondta Helen Nicholson.

– A munkahelyükről beszerzett információk alapján Gary Smith, Bill Ewans, Joe Kennedy és Harry Peterson esetén is igazolódott, hogy december elején két hét szabadságra mentek ismeretlen helyre – folytatta Bogdanov ügynök. – Ewans és Peterson esetén azt is megtudtuk, hogy egy évvel korábban ugyanebben az időszakban, azaz december elején szintén elmentek két hét szabadságra.

– Akkor ez igazolja azt a teóriát, miszerint évente egyszer, egyelőre egy számunkra ismeretlen helyen összegyűlnek, ahol feltehetőleg kiképzésen vesznek részt – állapította meg Jack.

Alig fejezte be utolsó mondatát, mikor megcsörrent a mobilja.

– Igen, értem, köszönöm – mondta némi szünetekkel a telefonba. Majd a többiek felé fordult – persze az is lehet, hogy nem is annyira ismeretlen helyen.

– Jó hír? – élénkült fel Peter.

– Úgy tűnik – mosolygott Jack. – Most kaptam az infót a laborból, hogy beazonosították a keréknyomban talált földmintát.

Olyan fenyőnek, a Lodgepole-nak a gyantáját tartalmazza, amely legnagyobb valószínűséggel a coloradói hegyekben található. Ez a fa nagy kiterjedésben megtalálható a Yellowstone Parkban, Oregon és Washington államokban is. De talán a Mojave-sivataghoz, ahol a katonáinkat megtámadták, Colorado van a legközelebb.

– Eszerint ott lehet a bázis, a kiképzőközpont, és ott élhet Nagy is – állapította meg Peter Hammersmith.

– Ha szerencsénk van, igen, és akkor jó nyomon járunk, de ünnepelni még korai, hiszen Coloradóban rengeteg olyan nemzeti erdőpark van, amely kiválóan alkalmas a tartós rejtőzködésre.

– Intézkedem, hogy légifelderítéssel, valamint a helyi rendőrség bevonásával kezdjék meg a terep átvizsgálását – mondta Peter.

– Ne kapkodjunk – reagált gyorsan Jack, mielőtt főnökén teljesen úrrá lenne a vadászszellem –, a nagy zajra könnyen odébbállhatnak. Egyelőre gondoljuk át a teendőket, dolgozzuk ki a szükséges lépéseket, de ne riasszuk fel az alvó vadat. Még nem tudhatják, hogy talán már közel járunk hozzájuk.

– Rendben, legyen elképzelésed szerint – hagyta jóvá Peter a javaslatot, várt még egy percet, és kisétált a szobából.

A csapat folytatta munkáját. Jack este kilenc körül ért haza az ideiglenes szálláshelyére. Fáradtan roskadt le a nappaliban levő karosszékbe, ismételten megállapítva magában: a rendelkezésére bocsátott ház túl nagy neki. Bár kevés időt töltött itt, azért esténként nagyon magányosnak érezte magát, és nagyrészt a ház mérete miatt voltak ilyen érzései. Szerencsére sok dolga nem akadt a lakás körüli teendők ellátásában, mivel számára ismeretlen személyek mindent elintéztek helyette, egyedül a vacsorájáról kellett magának gondoskodnia, de ez nem volt túlzottan nagy kihívás.

Minden este a közeli kínaiból rendelt valamit. Ezen a napon is így tett, s miközben várta az ételfutár érkezését, az elmúlt időszakon töprengett. Közel egy hónapja tért vissza az önkéntes száműzetéséből. Azóta nem ivott egy korty alkoholt sem, minden nap rendesen megdolgozta testét, aminek köszönhetően fizikailag már jól érezte magát, arcáról is eltűntek az idült alkoholizmus látványos jelei. Az agyának működésével azonban elégedetlen volt. Az információmorzsák összekapcsolása volt korábban a legnagyobb erőssége; olyan lehetséges összefüggések feltárása, melyre senki sem gondolt volna. Bárhol, bármikor hallott, látott valamit, ami akkor önmagában jelentéktelennek tűnt, az agyában összekapcsolódott azzal az üggyel, amiben éppen nyomozott – feltéve persze, hogy volt közöttük összefüggés. Sokszor maga is meglepődött azon, hogy milyen apróságok jutottak eszébe, és segítették nyomozásában. Most viszont csak azt érezte, hogy valaminek be kellene ugrani, valaminek eszébe kellene jutni, de nem történik semmi. Tudta, hogy valamikor a múltban tudomására jutott olyan információ, ami segítené a merényletsorozat kitervelőjének a beazonosítását, de képtelen volt ezt felidézni. Tűnődéséből a megérkező ételfutár csengetése ugrasztotta ki.

– Jó napot! – köszönt a kínai fiatalember, kezében egy dobozzal. – A Mennyei Birodalom mennyei konyhája elkészítette ön számára a világ legízletesebb vacsoráját. Hoztam egy Hun-tun levest és egy édes-savanyú sertéshúst pekingi módra – pontosan úgy, ahogy rendelte.

– Basszus! – kiáltott fel Jack. – Megvan.

– Jézusom, mit csináltam? – kérdezte teljesen kétségbeesve a futár, reszkető kézzel átadva a csomagot.

– Nincs semmi gond, ön csak a megoldást szállította a vacsorával együtt – vigyorgott Jack, a szokásos borravaló dupláját nyomva a kínai fiatalember kezébe, majd mielőtt szegény bármit reagálhatott volna, rácsapta a bejárati ajtót.

Az ételt futtában az asztalra dobta, és már nyitotta is ki a laptopot.

„Google a jóbarát" – morogta magában. Az elkövetkező két órát az interneten való szörfözéssel, orvosi, pszichológiai weblapok tartalmának tanulmányozásával töltötte, majd mikor úgy érezte, minden információ a birtokában van, az ételt egy laza mozdulattal az asztalról a kukába hajította anélkül, hogy egy falatot is evett volna a Mennyei Birodalom mennyei konyhájának remekművéből. Már majdnem éjfél volt, amikor elindult az edzőterme felé levezetni a nap összes feszültségét.

Másnap reggel nyolckor – az éjszaka megküldött sms hatására – az egész csapat Peterrel kiegészülve izgatottan várta Jack érkezését. Látható volt belépésekor, hogy nagy bejelentésre készül, mert a szokásosnál is nagyobb hévvel érkezett, arcán az őrá oly jellemző önelégült vigyorral.

– Jack bácsi agya újra működik – adott tájékoztatást szellemi képességeinek örömteli javulásáról. Majd feltette a nagy kérdést –, mond nektek valamit ez a név: a Mennyei Poklok Szellemi Vezére?

Látva az üveges tekinteteket, úgy gondolta, nem csigázza túl sokáig a kedélyeket, bár láthatóan élvezte a helyzetet.

– Nyilván senkinek semmit, de ez nem a ti hibátok, a fonott zöld-sárga zsinórról sem hallottatok korábban – hencegett a szellemi fölényével. – Tegnap eszembe jutott valami, ami elvezethet a megoldáshoz, persze ha a tévedhetetlen megérzéseim most az egyszer nem hagynak cserbe.

– Az ki van zárva – morogta Peter, aki nagyon nehezen viselte ilyenkor Jacket –, mert ha igen, akkor ki vagy rúgva.

– Köszönöm a belém helyezett bizalmat – mosolygott Jack –, szóval a történet röviden a következő. 2005-ben megjelent egy új webportál, amely a magát Mennyei Poklok Szellemi Vezérének nevező személy gondolatait közvetítette. Alapüzenete az volt, hogy a világban tomboló erőszak egyetlen felelőse az Amerikai Egyesült Államok, amely az erőszakos demokrácia-exportáló tevékenységével a fehér faj kipusztulását fogja okozni.

– Ez így első hallásra nettó baromság – állapította meg Peter.

– Igen, annak tűnik. Amikor a weblap először megjelent ezzel az üzenettel, természetesen felkeltette az FBI érdeklődését – én is olvastam pár cikket az első időszakban erről a weboldalról. Az FBI nyomozása annyit állapított meg, hogy a honlap üzemeltetése valószínűleg külföldről történik, mert hol kínai, hol orosz IP-címeket tudtak beazonosítani, de aztán az írások a weboldalon olyan mértékben zavarossá váltak, hogy ez a döntés született az FBI-nál: ártalmatlan elmebeteg lehet, aki ezt az oldalt üzemelteti, nem kell a továbbiakban vele foglalkozni. A látogatottsága is jelentéktelen volt, nem jelenthet veszélyt az amerikai demokráciára. Ezt a döntést igazolta az is, hogy körülbelül fél évvel később a honlap magától megszűnt. Azóta nincs hír róla, az internet megfigyelésével foglalkozó szakszolgálatok nem tapasztalták annak jelét, hogy ez a személy, aki ezt az épületes nevet kitalálta magának, újrakezdte volna eszméinek megosztását a világhálón.

– Akkor ez most hogyan jön ide? – vágott közbe Peter.

– Várjál – intette türelemre főnökét Jack. – Előbb hadd ismertessem részletesen a honlap üzeneteit, melyeknek tegnap alaposan utánanéztem. A honlap működése egyszerű volt: minden héten megjelent rajta egy új véleménycikk, kínosan ügyelve arra, hogy ez mindig vasárnap este nyolc órakor történjen. Az új cikknek *„Aktuális vasárnapi üzenet”* volt a főcíme. Ezekben az apokaliptikus írásokban azt fejtegették, hogy Amerika hamarosan meg fog semmisülni, és ezért maga az Egyesült Államok a felelős. Ami érdekes ezzel kapcsolatban, hogy ezeket a cikkeket feltehetőleg egy fehér, keresztény ember írhatta. Ugyanis maguk a cikkek inkább voltak segélykiáltások, mint fenyegetések. Üzeneteiben megpróbálta felrázni Amerikát, hogy ébredjen fel, védje meg magát önmagától. Említenék néhány jellegzetes írást a honlapról. Az egyik például a világ vallásainak elemzéséből levonta azt a következtetést, hogy a keresztény vallás az egyetlen, amely nem törekszik hitének és véleményének kizárólagos érvényesítésére, ezzel megteremtve a lehetőséget az emberiség számára a legélhetőbb társadalmi rendszer a demokrácia létrehozását. Ezt követően hosszan ecsetelte, hogy ezzel a történelmi lehetőséggel Amerika visszaél, mert eltérve a kereszténység alapértékeitől, az egész világra rá akarja kényszeríteni a saját elképzelését az ideális társadalmi rendről. S ezzel szembe megy azzal a tézissel, hogy a kereszténység nem törekszik kizárólagosságra. Természetesen én nem foglalnék érdemben állást ennek a gondolatnak a helytállóságáról. Szerintem a keresztlovagok is a keresztény kultúra részei voltak, akik nem éppen barátságos szellemben folytatták a hittérítést, de az én véleményemnek nincs jelentősége ebben az ügyben. Egy másik írásban az előbbi gondolatmenethez kapcsolódva azért ostorozta Amerikát, mert az egész világra rákényszeríti a saját kultúráját, zenei ízlését, étkezési szokásait. Arra a következtetésre jutott, hogy az a tény, miszerint mindenhol van McDonald's, mindenhol isszák a Coca Colát, mindenütt hallgatják a rock and rollt, és mindenki farmerban jár, az is Amerika bűnének minősíthető, mert ezzel megöli a világ sokszínűségét, és ezért a világ hosszabb távon bosszút fog állni. Más kultúrák, más vallások, más népek ezt nem fogják sokáig tűrni, fel fognak lázadni a kultúra diktatúra ellen, lázadásuk erőszakba fog torkollni, s elpusztítják az Amerika által uniformizált világot, de elsősorban természetesen Amerikát. Egy következő írás Amerikát a Római Birodalomhoz hasonlította, melyben azt elemezte, miszerint a világ meghódítása és uralása közben az állampolgárai elkényelmesednek, eltespednek, ami Amerika törvényszerű bukásához vezet. Az amerikaiak a kábítószer rabjaként tengetik az életüket, nem sportolnak, nem edzik testüket, csak az élet élvezeteit hajszolják, esznek, isznak és szexelnek. A túlsúlyos, agyilag bódult amerikai fiatalok nem lesznek képesek megvédeni magukat és az országot az új barbároktól, akik alatt az ázsiai és arab népeket értette. Ezért átnevelő táborokat kell létrehozni, ahol leszoktatjuk őket jelenlegi életvitelükről, felkészítjük őket az ellenséggel szembeni ellenállásra, harcra.

– Ez mind nagyon érdekes, de továbbra sem látom az összefüggést ennek a tizenvalahány évvel ezelőtt működő honlapnak az üzenetei, és a mostani merényletsorozat kitervelői és végrehajtói között – türelmetlenkedett Peter. – Egyúttal megjegyzem, hogy egyetlen mondatodnak sem volt semmi értelme, de gondolom, ez nem a kínai vacsorád okozta ételmérgezés következménye, csupán hitelesen próbáltad visszaadni egy elmebeteg zavaros gondolatvilágát.

– Az összefüggés az átnevelő tábor. Több írásában is megjelent az a javaslat, miszerint a gyerekeket egészen kiskorukban el kell szakítani a szüleiktől, központilag irányított nevelésben kell részesíteni őket. A központilag irányított nevelés célja olyan magatartás normát adni az amerikai fiataloknak, amely lehetővé teszi, hogy Amerika visszanyerje szabadságát. Amerika akkor lesz szabad, ha saját magával foglalkozik; ha lemond a világ csendőre és a demokrácia exportőre szerepéről, lemond mindenről, amivel jelenleg a világot irányítani és befolyásolni próbálja. Ez ugyanis az egyetlen lehetséges megoldása annak, hogy Amerika továbbra is létezhessen mint szabad ország, mint önálló kultúra, egyébként a világ összefog ellene és elpusztítja, ahogy a római birodalmat is elpusztították a barbárok.

– Olyan meggyőződéssel mondod, mint aki maga is hisz ebben a marhaságban – szólalt meg ismét Peter. – Véleményem szerint ezek a gondolatok nem vezetnek napjaink terrorakcióihoz.

– De igen, odavezetnek, csak végig kellene hallgatnod engem, és megértenéd az összefüggést – védte makacsul álláspontját Jack. – Az átnevelő táborokkal kapcsolatban jelent meg az élő robot gondolata az egyik írásában. Itt arról értekezett, hogy az emberi agy a végtelenségig manipulálható, amennyiben időben elkezdenek ezzel foglalkozni hozzáértő emberek. Bárkiből lehet olyan robotot nevelni, aki távirányítással is irányítható, bármikor néhány szóval aktivizálható, rábírható akár egy terrorakció végrehajtására is. Gyakorlatilag hasonlóan a japán kamikázékhoz, életük feláldozása valami vagy valaki érdekében, számukra természetessé tehető. Két fontos megjegyzésem lenne ehhez kapcsolódóan, az egyik, hogy szemben az agy külső eszközökkel – például elektromágnessel történő manipulálásával – a honlap egyedül az agy, egy másik agy általi manipulálásában hitt, mint egyedüli lehetséges megoldás a biorobotok létrehozásában és nevelésében. Ezzel kapcsolatban a koragyermekkori agy átprogramozását javasolta, mint eredményre vezető módszer. A másik megjegyzésem, hogy szemben a japán vagy iszlám fanatizmussal, elméletének lényeges eleme volt a biorobotok célnélküli feláldozhatósága. Amíg egy japán katona a második világháborúban, vagy egy iszlám öngyilkos merénylő napjainkban valamilyen szent cél érdekében áldozza fel az életét, melyben személyesen hisz, addig a honlapon azt fejtegették, hit és meggyőződés nélkül is feláldozható a biorobot élete, csak ki kell adni a parancsot rá, s ő azt gépiesen végre fogja hajtani.

– Ez azért erősen ellentmondásos – szólt közbe Bogdanov ügynök. – Az előbb azt mondtad, hogy az átnevelés célja Amerika megmentése, most azt mondod, hogy az általad biorobotoknak nevezett lények cél nélkül is feláldozhatók.

– Mielőtt az a hír fog elterjedni rólam, hogy én vagyok a Mennyei Poklok Szellemi Vezérének a reinkarnációja, szeretném jelezni, hogy csupán ismertettem a honlap üzeneteit, melyek kétségtelenül zavarosak, ellentmondásosak. Nem azonosultam a gondolataival.

– Szóval, te azt állítod – próbálta összefoglalni az elhangzottakat Peter, aki meglehetősen ingerülten hallgatta Jack beszámolóját –, hogy valaki a kilencvenes évek elején elrabolt egy csomó kisgyereket, csak azért, hogy bizonyítsa elméletét, azzal, hogy az agyuk manipulációjával létrehozza a tökéletes biorobotokat. 2005-ben megjelentette zavaros eszméit Amerika bűnösségéről és hamarosan bekövetkező pusztulásáról egy fél éven keresztül működő honlapon, majd megszüntetve a honlapot eltűnt a külvilág elől. Gondolom, azért ezen idő alatt továbbdolgozott az agyak manipulálásán, tökéletesítette biorobotjait, majd 2016-ban megkezdte elméletének bizonyítását, azaz egyenként feláldozta az általa létrehozott élő robotokat. Ezzel rengeteg amerikai állampolgár halálát és sebesülését okozta csupán azért, hogy megmentse Amerikát a végső pusztulástól. Jól értem?

– Tudom, nem tűnik logikusnak, de mégis igen a válaszom – bólintott Jack. – Fel lehet tenni számtalan kérdést, amelyre még nem tudok válaszolni. Nem tudom megmondani, hogy már a kilencvenes évek elején konkrétan ez volt-e a terve, amit most végrehajt 2016-ban. Nem tudom megmondani, hogy miért csak fél évig működött a honlap 2005-ben. Nem tudom megmondani, hogy a mostani akcióihoz miért nem kapcsolódik semmilyen kommunikáció a külvilág felé. Nem tudom megmondani, hogyan tudott huszonöt éven keresztül észrevétlenül működni ez az átnevelő központ. Feltételezésem szerint legalább 30-50 ember élt együtt valahol az országban egy táborban. Nem tudjuk, hogy pontosan hány elrabolt gyerek került ebbe a táborba. Ha elfogadjuk azt a feltételezésemet, miszerint ezzel a történettel összefüggésben levő gyerekrablások a kilencvenes évek első felében történtek, és megnézzük, hogy abban az időszakban hány gyerek tűnt el Államok-szerte, ezt összehasonlítjuk a korábbi és későbbi időszakokban történt gyermekrablások számával, semmilyen eltérést nem tapasztalunk. Ebből én arra következtetek, hogy maximum 20–25 gyerek kerülhetett ebbe a táborba, ez bőven belefér a statisztikai hibahatárba, ezért ennyire gondolok. Ennyi gyerekből nevelhetett biorobotot. Ugyanakkor van egy-két olyan merénylőnk is, akik a rendelkezésünkre álló információk alapján később kerülhettek a táborba. Nem tudjuk, hogy önszántukból csatlakoztak, vagy esetleg ők is erőszak következményeként kerültek oda. Hajlamos vagyok azt gondolni, hogy önszántukból lettek terroristák. Számosságukról nincs semmi adat, de talán 5-10 emberről lehet szó. Nem tudjuk, hogy az agyuk átprogramozása náluk hogyan működött, hiszen nem kisgyerekként kerültek bele a programba. Lehet, hogy ők nem igazi biorobotok, hanem a Szellemi Vezér eszméjének hívei. Feltehetőleg főleg az első időszakban kellett még néhány ember, aki a felügyeletet ellátta, a gyerekekről gondoskodott. Gondolom ők is lehettek páran, de nem hiszem, hogy tíznél többen. Nem tudjuk, mi volt az ő motivációjuk a programban való részvétellel kapcsolatban. Pénzért csinálták vagy meggyőződésből? Ennél többen nem lehetnek, hiszen még ennyi ember esetén is nehéz elképzelni, hogy huszonöt éven keresztül észrevétlenül éltek és utaztak az Államokban. Hol voltak huszonöt éven keresztül? Még ezt sem tudom megválaszolni.

– Na és akkor hogyan tovább? – tette fel a szokványos kérdését Peter, akit egyáltalán nem nyűgözött le Jack elmélete. – Továbbra is a vaksötétben tapogatózunk. Nem látom, hogy ez a nagyívű elméleted, melynek véleményem szerint semmi értelme, hová vezet.

– Erre térjünk vissza pár nap múlva, amikor az elméletet megerősítő bizonyítékkal előállunk. Addig, ha megengeded, dolgozunk tovább – vágott vissza Jack, aki meglehetős csalódottsággal vette tudomásul főnöke reakcióját. Tudta, hogy elmélete nagyon meredeknek tűnik, de több megértésre számított.

– Nagyképű barom vagy – foglalta össze röviden véleményét Hammersmith, majd köszönés nélkül, meglehetősen feldúlva távozott.

A teremben távozása után vágni lehetett a feszültséget. Mindenki meglepetten hallgatta Jack elméletét, de láttak benne rációt, ezért sem értették az irodavezető ingerültségét.

– Kit keresünk, Főnök? – kérdezett rá Helen Nicholson a lényegre, pár perces csöndet követően.

– Egy pszichiátert vagy pszichológust, aki a hetvenes években, vagy a nyolcvanas években agykutatással foglalkozott, akinek esetleg voltak olyan gondolatai, melyek összefüggésbe hozhatók az agy egy másik agy általi programozásával, és a kilencvenes évek elején vagy a nyolcvanas évek végén eltűnt. Munkára fel! – Jack úgy érezte, hogy most határozottságot kell mutatnia, ha kollégái észreveszik mérhetetlen csalódottságát, melyet Peter szavai, reakciója keltettek benne, akkor az egész csapat demotiválttá válhat, melyet később nehéz lesz megváltoztatni.

7. fejezet

Hunt halála

A coltoni vasúti pályarendező Bloomington közelében végtelen számú sínpárból állt, s bár a teherforgalma óriási volt, azért voltak ritkábban használatos sínpárok is közöttük. Ezeknek elsősorban nem az átmenő forgalom biztosítása volt a céljuk, hanem az ideig-óráig várakozó vasúti szerelvények számára adtak átmeneti parkolási lehetőséget. John Feldmann vonatvezető azt az utasítást kapta, hogy a 3200-as számú mozdonnyal húzza be a huszonhatos vágányra a Los Angeles felé tartó, építési anyagokat szállító szerelvényt. Az építkezés, ahová az anyagokat szánták, pár napra sztrájk miatt leállt: az építésvezető úgy ítélte meg, az a legolcsóbb megoldás ebben a helyzetben, ha Coltonban pihentetik a szállítmányt. Feldmann a szerelvényt az előírt sebességhatár betartásával tolta be a kijelölt vágányra, s már nagyon közel volt a manőver befejezéséhez, amikor a környéket hatalmas robbanás rázta meg. Egyszerre repült a levegőbe a hármas és a tizenkettes számú vasúti kocsi, magával rántva a szerelvény többi részét is. Óriási szerencsére éppen abban a pillanatban a pályarendezőn más vasúti jármű nem haladt át, így a robbanás relatíve kevesebb kárt okozott, de azért a közeli vágányokon álló vasúti kocsik némelyike így is megrongálódott. John Feldmann szerencsés ember volt, könnyebb sérülésekkel megúszta a robbantást.

A pályaudvar szélén álló többemeletes szürke épület árnyékában álldogáló férfi elégedetten bólintott, látva a robbanás erejét és hatását. Szívott még egy utolsót a cigarettájából, majd elegáns mozdulattal a sínek közé dobta a csikket. Nem várta meg a kiérkező rendőröket, tűzoltókat, elsétált a pár száz méterre arrébb parkoló kékszínű Ford Merkurhoz, és anélkül, hogy bárki felfigyelt volna rá, elhajtott vele északkeleti irányba.

Késő este, valahol a coloradói erdőparkok egyikében több kilométeres földút megtétele után leparkolt egy faház mellett. Még ki sem szállt a kocsiból, amikor egy idősebb, kopasz férfi feldúltan rohant ki a házból. Ruházata meglehetősen hiányos volt, konkrétan egy agyonhasznált alsónadrágból és egy szakadt, koszos fehér pólóból állt.

– Hol a fészkes fenében voltál az elmúlt nyolc nap során? – vonta kérdőre az érkezőt.

– Közöd? – szólt a viszontválasz.

– Mi az, hogy mi közöm hozzá? – üvöltötte a kopasz férfi – Nem adtam engedélyt a távozásodra. Készülünk a következő akcióra és még nem készültél el a robbanómellénnyel.

– Tisztázzunk valamit – mondta most már ő is ingerülten, – nem vagy a főnököm, én nem vagyok a beosztottad, vagy a biorobotod. Egyszerűen a társad vagyok, nem több és nem kevesebb. Ebből következően oda és akkor megyek, ahová és amikor akarok. Az én munkám miatt meg nem szükséges aggódnod, kész leszek időre.

– A tervemet veszélyezteted, és én azt nem tűröm – hadonászott az alsónadrágos. – Közeleg az „X” nap, és azt nem kockáztathatjuk, hogy nem vagyunk rá tökéletesen felkészülve.

– Marhaság, a terved egy értelmetlen agyrém, az általad „X” napra keresztelt és dátumozott ötleted meg egy gyenge kis pukkanás. Mit csináltál eddig? Feláldoztál tizenkét vagy tizenhárom embert a biorobotjaid közül. Maradt még tizenöt embered. Bennük van huszonöt éved munkája. S mi az eddigi eredmény? Kevesebb az áldozatok száma, mint amennyi ember meghal közlekedési balesetben egy rosszabb hétvégén. Gondolod, hogy Amerika összeszarja magát tőled és megváltozik? Semmi sem fog változni, ráadásul ezzel az idióta ötleteddel, hogy egyesével áldozod fel őket, egyre nagyobb az esélye, hogy megtalálnak minket, vagy valahol hiba csúszik a gépezetbe. Ahogy apró figyelmeztető jelek már voltak némelyik akciónál.

– A lebukásunkat egyedül te okozhatod azzal, hogy engedélyem nélkül elhagyod a bázist, és ellenőrizetlenül kószálsz az országban. A tervet meg jól ismered: még három magányos akció, aztán januárban jön a csúcspont. Egyidejűleg tizenkét helyen támadunk, Amerika össze fog omlani a támadás erejétől. S az azt követő napon megkezdjük kommunikációs hadjáratunkat Amerika felszabadítása érdekében.

– És aztán? Beindul a nagy kommunikációs hadjáratod, de elfogytak a katonáid, akiket felhasználhatnál a harcban. Rohadtul gyenge lábon állnak az elképzeléseid. De te sosem voltál katona, fogalmad sincs a hadviselésről, a tervezésről, a stratégiáról.

– A tervemet évek óta ismered, miért csak most kritizálod? Eddig egy szavad sem volt ellene.

– Mellette sem volt, csak tudomásul vettem. Most viszont minden megváltozott bennem. Tizenöt évvel ezelőtt vesztettem el azt a két személyt, akik mindennél fontosabbak voltak a számomra: a feleségemet és a születendő gyermekemet. Tizenöt éve küzdök önmagammal, hogy elfelejtsem a veszteségemet, és megbocsássak a bűnösöknek. Nem megy, nem tudok felejteni, és nem tudok megbocsátani. De most már nem is akarok. Bosszút akarok, még pedig iszonyatosan véres bosszút! S ez érdemben változtatja meg az eddigi hozzáállásom. Elég volt a gyerekes játékodból, melyhez eddig asszisztáltam, vagy valami érdemi csapást mérünk erre a rothadt világra, vagy önállósítom magam, s egyedül fogom végrehajtani elképzeléseimet.

– Kiken, az arabokon akarsz bosszútállni? – kérdezte meglepetten az alsónadrágos kopasz férfi.

– Nem rajtuk. Amerikán, mert ebben az egyben egyetértek veled, minden fájdalomért, veszteségért, ami engem és az emberiséget ért, Amerika a felelős. Kérdezed hol voltam? Megmondom neked. Jártam a Mojave-sivatagban, s felrobbantottam két harckocsit. Kipróbáltam és még mindig működik mindaz, amit Afganisztánban csináltam, nem felejtettem el semmit az akkori technikámból. Sőt, sikerült találnom egy régi ismerőst még azokból az időkből, akinek a segítségével feltörtem a hadsereg kommunikációs rendszerét. Kedvem szerint irányítottam őket, miközben a szerencsétlenek a biztos halálba tartottak. S hogy fokozzam a meglepetésed, jártam Coltonban is, és ha már arra jártam, felrobbantottam egy teljes vasúti szerelvényt. Ilyet korábban sosem csináltam, de a próba sikeres volt. Nézz utána a neten, biztos vezető hír valamennyi hírportálon.

– S ha lebukunk, az ismerősöd elvezetheti a rendőröket hozzád? S ha téged megtalálnak, akkor engem is megfognak, s akkor a terv elbukott.

– Már nem fogják tudni kihallgatni őt – vigyorgott Frank Nagy, mert természetesen ő volt az a férfi, aki a Ford Merkurral érkezett. – Nyomokat sosem hagyok magam mögött.

A kopasz, alsónadrágos embernek a megdöbbenéstől elakadt a szava. Levegőért kapkodott, szó szerint fuldoklott, de mielőtt gutaütést kapott volna, megfordult, és vöröslő fejjel berohant a házba. Frank Nagy minden sietség nélkül kivette a sporttáskáját a csomagtartóból, és követte társát a faházba.

A ház kényelmes, sok szobával rendelkező, hatalmas faépítmény volt az erdő közepén. Egy szűk, rossz állapotban levő földúton volt csak megközelíthető. Olyan messze volt minden rendes úttól, vagy településtől, hogy az elmúlt pár évben idegen nem járt erre. Ha mégis elkövette volna ezt a hibát, akkor az sok kellemetlenséget okozott volna számára. A ház körül ugyanis két tökéletesen idomított véreb őgyelgett. A házat húsz méternél nagyobb távolságra sosem hagyták el. Nem foglalkoztak azokkal a kisebb-nagyobb vadállatokkal, akik az erdő természetes lakóiként arra jártak, kizárólag embervadászatra voltak kiképezve. Aki nem a házhoz tartozott, annak esélye sem lett volna a túlélésre. A háznak amúgy több lakója volt. Az alsónadrágos kopasz öregúr, aki önmagát a Mennyei Poklok Szellemi Vezérének nevezte, környezetétől elvárta az általa kitalált elnevezéshez illő tiszteletet, amit Frank Nagy kivételével a többiektől meg is kapott. Kinézete öltözködése alapján első pillanatra őrültnek, egzaltáltnak tűnt, de rendkívül szuggesztív egyéniség volt, könnyen férkőzött az emberek bizalmába, és nagyon könnyen tudta az embereket manipulálni. Amikor a '80-as évek legvégén kivonult a társadalomból, hogy megvalósítsa nagy álmát, úgy döntött, hogy erre a legalkalmasabb helyszín az Államok számtalan erdőparkjának valamelyike. Az erdőparkok biztosították számára a rejtőzködés lehetőségét, s a távolságot attól a világtól, amely nem adta meg neki a lehetőséget, hogy bizonyítsa elméletét. Az általa kiválasztott erdőparkban igyekezett az életet komfortossá tenni a folyamatosan növekvő csapata számára, de az állandóság, melyre mindig is vágyott, nem adatott meg számukra. 3–4 évente költözködniük kellett egy újabb erdőparkba. A költözést mindig a lebukás veszélye indukálta. Amikor a Vezér bármilyen jelét érzékelte, hogy felfedezhetik őket, azonnal döntött a tábor áthelyezéséről. Előreküldött egy –két fős csapatot az új táborhely kijelölésére egy másik erdőparkban, majd kis csoportokban átmozgatta a tábort a régi helyről, kerülve minden feltűnést. A '90-es évek közepére kialakult az a létszám, amelyet elégségesnek gondolt a tervének megvalósításához. Az elrabolt gyerekek, a közreműködő kollégák és a kisegítő személyzet, de a későbbiekben nem tervezett események miatt a tábor lakóinak összetételében is történtek változások. Még Montanában történt, hogy a táborból négy gyerek megszökött, ők egy-két évvel idősebbek voltak a többieknél, nehezen viselték a tábor életét, az átnevelést; nekik még voltak emlékfoszlányaik arról a szabad világról, melyből elrabolták őket. Ez komoly érzelmi válságot okozott benne, mert egyrészt saját kudarcának tartotta, hogy nem sikerült mindenkit teljeskörűen a szellemi hatalmába keríteni, másrészt tartott tőle, hogy ez az árulás a tervének kudarcához vezethet. Hasonló esetek megelőzése érdekében ezt követően több szigorítást vezetett be a tábor életében, többek között ekkor kezdte a tábort idomított vérebekkel őriztetni, akiknek a feladata nemcsak a külső behatolás, de a belső távozás lehetőségének a megakadályozása is volt. 2010 környékén csatlakozott a táborhoz néhány fiatal, akik pár évvel ezelőtt találkoztak a Vezér eszmevilágával, melyet a neten hirdetett, és amely annyira megragadta őket, hogy tevékeny részesei akartak lenni a tábor életének. A tábor állandó lakói közül az idők folyamán néhányan betegségben haltak meg, főleg az idősebb felnőttek közül, hiszen érdemi orvosi ellátásra az adott körülmények között nem volt lehetőség. Aztán 2013-ban megkezdődött a kiképzett fiatalok kitelepítése a külvilágba, a feladatuk végrehajtására. Ezt követően költöztek jelenlegi rejtekhelyükre, Coloradóba, ahol már csak nyolcan éltek együtt.

Frank Nagy is a faház állandó lakója volt. Szintén idősebb, a hatvanas éveinek elején járó férfi volt. Ősz haját varkocsba fogva hordta, kockás ing és farmernadrág volt az állandó ruhatára. Önfejű, öntörvényű, magába forduló ember volt, aki a többiekkel nem nagyon tartotta a kapcsolatot. Egyedül a Mennyei Poklok Szellemi Vezérével beszélgetett rendszeresen, de ezek a beszélgetések is inkább a következő akciójuk előkészítésével voltak kapcsolatosak. Nagy családja elvesztése után, New Yorkból Oklahomába költözött. Azt remélte, hogy az új környezet segít az élete újrakezdésében, de nem így történt. Csak annyit dolgozott, ami a létfenntartásához szükséges volt, alapvetően ház körüli, takarítói munkákat vállalt. Az élete teljesen tönkrement, egész nap a felesége és a meg nem született gyermeke járt a fejében, mindent és mindenkit vádolt és gyűlölt a bekövetkezett tragédiáért. A szovjet hadsereg katonájaként korábban megjárta Afganisztánt, majd a tálibok fogságába esve életét úgy tudta megmenteni, hogy amerikaiak ellen harcolt a fogvatartóival együtt. Később megszökött a fogságból, de nem a hazájába tért vissza, hanem több hónapos utazás után Amerikába érkezett. Itt új személyiséget szerzett magának, igyekezett elfelejteni múltját, beilleszkedni az amerikai életformába, egyszerű átlagos polgárként élve. Megismerkedett a későbbi feleségével, várták gyermekük születését, amikor az ikertornyok elleni támadás mindent elpusztított, amit az elmúlt években felépített. Nem tudta eldönteni, hogy kik a felelősök a személyes tragédiájáért: az arabok, akik a merényletet elkövették, az oroszok vagy az amerikaiak, akik nagyhatalmi játszmáikban Afganisztántól Kuvaitig folyamatosan háborút kezdeményeznek saját geopolitikai érdekeiknek megfelelően. S melynek következményeként elvesztette családját. Ebben a lelkiállapotában talált rá arra a honlapra, melyben a Mennyei Poklok Szellemi Vezére hirdette zavaros eszméit Amerika felelősségéről, bűnösségéről. Könnyen és gyorsan azonosult az ott leírtakkal, a továbbiakban nem volt kérdés számára, hogy ki a felelős az őt ért tragédiáért. Amerika. S bár nem volt egyszerű feladat, hiszen az FBI-nak sem sikerült, megtalálta a honlap üzemeltetőjét és 2006 tavaszán csatlakozott hozzá. Abban az időben a tábor a Montana állambéli Flathead Nemzeti Erdőparkban rejtőzött, valamivel több mint negyven ember élt akkoriban ott. Harminc fiatal, akiket még kisgyerek- ként a kilencvenes években a Mennyei Poklok Szellemi Vezére elrabolt, és néhány felnőtt, akiknek többsége szintén a kilencve- nes években csatlakozott a Vezérhez, azonosulva eszméivel. Ők a gyerekek nevelésében és a tábor működtetésében vettek részt. A táborban szigorú rend uralkodott, minden nap reggel hatkor volt ébresztő, reggeli torna, majd a reggeli, melyet követően a gyerekek számára csoportos oktatás zajlott, amely kizárólag a Vezér módszereire épült. Ezt követően több órás testerősítő gyakorlatok következtek. Ebéd után pedig megkezdődtek az egyéni foglalkozások, melyek keretében a Vezér és a gyerekek nevelésében segítő felnőttek dolgozták meg a gyerekek agyát, s aki éppen nem vett részt az egyéni foglalkozáson, annak pedig a Vezér írott tanait kellett tanulmányoznia. A foglalkozások min- den nap szigorúan este hatig tartottak, ezt követte a vacsora, majd a közös elmélkedés Amerika bűnösségéről. Nagy csatla- kozásakor, és az ezt követő első pár évben még szó nem esett a táborban arról, ami aztán a későbbiekben bekövetkezett, azaz a terrorakciókról. Ekkor még senki sem tudta, mi a végső célja a nevelési programnak. Nagy napközben a táborban őgyelgett, ahol tudott ott segített, legyen az bármilyen fizikai munka, de sem a gyerekek szellemi, sem a fizikai nevelésében nem vett részt az első időben. Néha esténként beszélt a múltjáról a Ve- zérnek, aki nagy érdeklődéssel hallgatta őt, főleg azokat a tör- téneteket, amelyeket az Afganisztánban töltött éveiről mesélt. Valamikor a 2010-es évek környékén a Vezér elmondta neki körvonalazódó elképzeléseit egy esetleges támadásról Ameriká- val szemben, – ami értelmet adott mindannak, ami a táborban korábban történt, – és azt, hogy ebben milyen szerepet szán Nagynak. Innentől kezdve közösen dolgoztak a részleteken, bár Nagy sosem fejtette ki részletesen a véleményét az elképzeléssel kapcsolatban, szigorúan csak a saját feladataira koncentrált, ami ezt követően a gyerekek katonai felkészítése volt, megtanította őket a lőfegyverek használatára és a különböző robbanóeszközök üzembe helyezésére. Nagy radikalizmusa a 2001. szeptember 11-i események közelgő évfordulója kapcsán erősödött meg, és vált a Vezérnél is sokkal vérszomjasabbá. Ahogy közeledett a tizenötödig évforduló, úgy növekedett benne a gyűlölet Amerika iránt. A Mennyei Poklok Szellemi Vezére érzékelte ezt a változást, hiszen egyre gyakrabban tapasztalta Nagy fokozódó aktivitását az akciók megtervezésében, előkészítésében, azonban arra, ami a Mojave-sivatagban és Coltonban történt, egyáltalán nem számított. S ez rengeteg kérdést vetett fel benne.

A tábor lakója volt Tim Hirsch is, aki Mennyei Poklok Szellemi Alvezérének tartotta magát és ennek megfelelően ragaszkodott ahhoz, hogy mindenki elsőszámú helyettesként tekintsen rá. Még a nyolcvanas években került kapcsolatban a Mennyei Poklok Szellemi Vezérével, aki akkor még a sokkal szerényebb Ken Petrocelli nevet viselte. Egy jónevű chicagói klinikán dolgoztak együtt pszichiáterként. Petrocelli volt az idősebb, megszállottan hitt az emberi agy programozhatóságában, s erre az elméletére Hirsch vevő volt. A nyolcvanas évek legvégén együtt tűntek el az ismeretlenbe, és kezdték meg elméletük gyakorlati megvalósítását. A tábor további lakója volt Greg Hunt, ötvenes éveinek végén járó pszichológus, aki az egyetemi tanulmányai során találkozott Ken Petrocelli elméletével, amikor vendégtanárként tartott néhány előadást a chicagói egyetemen. Bár abban az időben nem kerültek személyesen kapcsolatba egymással, pár évvel később a kilencvenes évek közepén megkereste Petrocellit, és csatlakozott hozzá. A jelenlegi helyszínen velük együtt élt még egy, az ötvenes éveiben járó házaspár, Helen és John: ők a ház körüli teendőket látták el, illetve a bevásárlás volt a feladatuk. Havonta egyszer hagyták el a házat, igyekeztek mindig más és más helyen megejteni a nagy bevásárlást, kerülve mindennemű feltűnést. S volt még két, a húszas éveiknek második felében járó fiatal a táborlakók között. Ők kisgyerekként a kilencvenes évek elején kerültek kapcsolatba a Mennyei Poklok Szellemi Vezérével, amikor elrabolta őket otthonukból. Fred Mosley volt az egyik: szőke, alacsony srác, Bob Carthy volt a másik. Szőke volt ő is, de jóval magasabb Frednél. A sok gyerek közül, akik az évek során a táborban éltek, ők voltak a legnagyobb kedvencei Petrocellinek. Okosabbak voltak a többieknél, és képesek voltak a többiek irányítására. Petrocelli ezért nem csak arra fordított komoly energiát, hogy átprogramozza az agyukat, hanem arra is, hogy az általa gyakorolt manipuláció művészetét átadja nekik. Sokkal többet foglalkozott velük, mint bárki mással a táborban. Emiatt is döntött úgy, hogy őket nem áldozza fel, mint öngyilkos merénylőt, hanem átmenti őket a jövő feladatainak végrehajtására. Szerepük és feladatuk a külvilágba telepített társaikkal való kapcsolattartás, illetve a téli felkészítő tábor megszervezése volt. Fontosnak tartották, hogy időről időre felfrissítsék a kiképzettek katonai tudását és Petrocelli is ellenőrizni tudja, hogy tanai sziklaszárdan rögzültek-e a fejekben. Biztonsági okokból a biorobotokat sosem odahívták össze, ahol az alaptábor volt, hanem egy másik helyszínre, ami a mexikói határ közelében, Texas államban, egy Catarina nevű településtől délnyugatra, a semmi közepén volt található. Kiválasztásánál hasonlóan minden korábbi táborhoz, itt is meghatározó szempont volt, hogy nehezen megközelíthető, jól elrejthető helyen legyen, de itt nem az erdőben, hanem a sivatagban hozták létre. Ez a tábor csak ideiglenesen létezett, amikor megérkezett a csapat, akkor sátrakban laktak, s mikor távoztak, minden nyomot eltűntettek maguk után.

Petrocelli és Nagy hangos vitájára, amelynek zaja behallatszott a faházba, a többiek is felfigyeltek, de Petrocelli olyannyira feldúlt volt, hogy egyelőre nem mertek hozzászólni, amikor visszajött a házba.

– Történt valami? – kérdezte Tim Hirsch, amikor már Nagy is belépett a házba.

– Ez a barom – mutatott a belépő Nagyra Petrocelli – előzetes egyeztetés nélkül magánakciózik, veszélyeztetve a gondosan felépített tervünket. Ugyanakkor – folytatta hirtelen lehiggadva –, nem feltétlenül beszélt hülyeséget. Új lehetőségeink nyíltak, és ezeket átgondolva újra kell tervezni a következő lépéseinket. Sokkal nagyobb csapást mérhetünk Amerikára, mint amit eddig elterveztünk.

– S mindezt hogyan? – kérdezte Greg Hunt.

– Egyidőben, több helyen fogunk robbantani Nagy aknáival – mondta izgatottan Petrocelli, teljesen megrészegülve saját ötletétől. – A hatása százszorosa lesz az eddig tervezettnek. A főbb vasútvonalak egyszerre fognak az égbe repülni. Nincs sok időnk; három hónap alatt meg kell szerveznünk, hogy ne csak tizenkét helyszínen legyen a támadás végrehajtva Amerika ellen, hanem sokkal több, pontosan harminc helyen.

– Ez lehetetlen – jelentette ki Nagy –, még ha a bombákat el is tudom készíteni ennyi idő alatt, egyszerre több helyszínen nem tudom telepíteni és működésbe hozni őket.

– Az új terv megszületett – vázolta rögtönzött elképzelését Petrocelli, nem foglalkozva Nagy közbevetésével. – Az „X” napon, azaz 2017. január 6-án tizenkét gyermekünk végrehajtja feladatát az eredeti elképzelés szerint annyi módosítással, hogy a merényletekre pontban tizenkét órakor kerül sor. Megnézzük a vasúti menetrendet, s a robbanóaknákat azokon a pontokon helyezzük el, ahol azon a napon, pontban déli tizenkét órakor személyszállító vasúti szerelvény halad át. Tizennyolc ilyen helyet kell találnunk. Harminc merénylet egy időben, pontban déli tizenkét órakor.

– Miért pont tizennyolcat? – kérdezte Nagy csodálkozva.

– Mert tizenkettő meg tizennyolc az pontosan egyenlő harminccal – válaszolta némi értetlenséggel a hangjában Petrocelli, számára egyáltalán nem volt értelme a kérdésnek.

– Ezt én is tudom – reagált Nagy –, de miért kell pont harminc helyen támadni az „X” napon?

– Mert harminc meg tizenkettő pontosan egyenlő negyvenkettővel, ha ehhez hozzáadunk tizenhetet, akkor az eredményünk ötvenkilenc lesz, és akkor már csak hat hiányzik ahhoz, hogy megkapjuk a kívánt eredményt, azaz a hatvanötöt.

– Aha, most már majdnem értem – válaszolta üveges szemmel Nagy. – De, ha más számokat adnál össze, akkor is megkaphatnád kívánt eredményként a hatvanötöt, és akkor nem kellene ragaszkodnod a tizennyolchoz. Vagy ha nagyon ragaszkodsz a tizennyolchoz, mint robbantási helyszín, akkor felejtsd el január 6-át és jelöld ki az „X" napot valamikor áprilisra, akkorra talán meg tudom csinálni az általad kért mennyiséget aknákból és robbanómellényekből.

– Úristen, hogy lehet valaki ilyen ostoba! – sóhajtott Petrocelli megvetően nézve társára. – Elmondom még egyszer. 2017. január 6-án, azaz az „X" napon leszek hatvanöt éves. Ebből gondolom érthető számodra a hatvanötös, a hatos és a tizenhetes szám jelentősége, illetve talán az is, hogy az „X" nap kizárólag 2017. január 6-án lehet. Az egyik tizenkettes szám a képletben a vasúti robbantások időpontját jelenti, azaz tizenkét órát, a másik tizenkettes szám a merényleteket azon a napon elkövető gyerekek számát jelenti. Így matematikailag már csak tizennyolc hiányzik a hatvanöthöz, ezért kell tizennyolc személyszállító vonatot felrobbantani aznap. Tudsz követni?

– Feltétlen – vigyorgott Nagy. – Bár ha pár perccel ezelőtt nem találod ki a vasúti robbantásokat, mint a terved elengedhetetlen részét, akkor nem jön ki a matematikád, hiszen akkor hiányzik harminc a hatvanötből. Mivel nincs tizennyolc robbantás pontban tizenkét órakor.

– Tévedsz, barátom. A matematika akkor is működött, a korábbi tervhez is tartozott egy képlet, mely a hatvanötöt kiadta, de most új terv van, amihez új képlet társul.

– S mi volt a régi képleted?

– Elmagyarázom ezt is – sóhajtott ismét Petrocelli. – Hatvanötből elveszünk tizenhetet, hatot és tizenkettőt, mert ugye az év, a nap és az önmagukat feláldozó gyerekeink száma nem változik, akkor az eredményünk harminc. A régi képletben a harmincat az adta, hogy a tizenkettő öngyilkos merényletet harminc percenként követtük volna el, de az új képletben ennek már nincs jelentősége, mivel mind a harminc támadást pontban déli tizenkét órakor fogjuk elkövetni. A tizennyolc aknatámadás és az új, fix időpont, azaz a tizenkét óra adja ki a harmincat. Az a fontos, hogy a tervünk matematikailag megalapozott képleten alapuljon, ez a régi, illetve az új tervnél is egyértelműen biztosított – zárta fejtegetését Petrocelli önelégülten nézve a többiekre.

– Matematikailag biztosan igazad van, gyakorlatilag viszont nincs. A tizennyolc helyszínen történő aknatelepítéshez, feltételezve, hogy ezek az ország egymástól távol levő helyszínein lesznek, minimum kettő, de inkább három hét kell. Ennyi idő alatt tudom az aknákat elhelyezni, ráadásul az aknák több napig a helyszínen lesznek, ami mind az előállításuk, mind a telepítésük szempontjából rendkívüli intézkedéseket igényel. Ne robbanjanak fel idő előtt, de amikor kell, akkor felrobbanjanak. Az „X" napig hátralevő időben – ami kevesebb, mint három hónap – el kell készítenem őket, de el kell készítenem még tizenöt darab robbanómellényt is, amit még nem tettem meg. Ez több mint lehetetlen. Javaslom, hogy változtass a képleteden. A tizennyolcas szám kijöhet úgy is, hogy beszámolod a képletedbe azt a tizenkét merényletet, amit végrehajtottunk már, illetve végre fogunk hajtani az „X" nap előtt, és akkor már csak hat kell, hogy meg legyen a tizennyolcad. A hat pedig lehet a vonatrobbantások száma. Annyit meg tudok csinálni a rendelkezésemre álló idő alatt.

– Nem lehet a képleten változtatni – üvöltötte Petrocelli, magából teljesen kikelve. – A terv csak akkor működik, ha a képlet az elsőre összerakott matematikai modellen alapul. Ha változtatunk a képleten, akkor ahhoz új tervet kell kidolgozni, a régi terv nem valósulhat meg új képlettel.

– Akkor kell egy új terv egy új képlettel – közölte Nagy nyugodt hangon –, a mostani terved egyszerűen nem kivitelezhető.

– Nem lehet – rikácsolta egyre vörösebb fejjel Petrocelli –, nem lehet a terveken változtatni. Ez a terv hat évvel ezelőtt született, de most új körülmények merültek fel, amely új lehetőségeket teremtett számunkra. A régi terv megszűnt, és most egy új terv született. Ugyanarra a tervre nem lehet új képletet számolni. Most nincsenek még újabb körülmények, ezért új terv sem lehet létrehozni.

– Akkor cseszd meg a terved, a képleted, meg önmagad, de főleg önmagad – reagált ingerülten Nagy, felállt és otthagyta a társaságot.

– Nem lehetne az új terv az, hogy befejezzük ezt a merényletes baromságot – törte meg a csendet Greg Hunt, aki eddig sem szimpatizált az emberek feláldozásával és meggyilkolásával járó elképzelésekkel. – Semmi értelme ezeknek a merényleteknek. Húsz évvel ezelőtt, amikor csatlakoztam a csoporthoz, nem Amerika megbüntetése volt a cél, hanem annak bizonyítása, hogy az emberi agy mennyire programozható és irányítható mások által. Én ezért dolgoztam veletek együtt a gyerekek nevelésén, de pár éve minden megváltozott. Ezzel a félkegyelművel – mutatott az ajtó felé, melyen keresztül nem sokkal korábban Nagy távozott –, csak azon törtétek a fejeteket az elmúlt években, hogy lehet minél tökéletesebben végrehajtani a merényleteket, és minél több ember életét kioltani. Miközben feláldozzuk azokat az embereket, akik nevelésére huszonöt évünket fordítottuk.

– Miről beszélsz? – nézett rá döbbenten Petrocelli. – Te is áruló lettél? A terv nem változtatható meg, s a küldetésünk sem. Ti mindannyian és a gyerekek is azért vagytok, hogy végrehajtsátok azt a tervet, amit én alkottam meg Amerika megmentése érdekében.

– A kilencvenes években nem ez volt a terv, ha volt egyáltalán – állította továbbra is Hunt. – Hiszen akkor még nem beszéltünk Amerika megbüntetéséről, nem beszéltünk a gyerekek feláldozásáról, nem beszéltünk merényletekről, robbantásokról. Kizárólag egy tudományos elméletről és annak bizonyításáról beszéltünk.

– Ez igaz – hagyta jóvá Petrocelli. – A kilencvenes években nem volt terv, abban az időben csak egy kísérlet volt, amelyen együtt dolgoztunk. A terv, az első terv 2001-ben született, amikor bin Laden megtámadta Amerikát. Annak a tervnek is volt egy képlete, ami akkor egyszerű volt: 65=24+10+11+9+11, azaz huszonnégy Amerikában működő arab nagykövetséget és konzulátust fogunk megtámadni az ikertornyok elleni támadás tizedik évfordulóján, 2011. szeptember 11-én.

– S mi a hatvanöt jelentősége ebben a képletben? Hiszen akkor mégsem a korod számít, ahogyan most állítod? – kérdezte Hunt.

– Az ikertornyokban hatvanöt olyan ember halt meg, akiket személyesen ismertem, s ez mindörökre meghatározta a képlet számítási módját. A tervhez tartozó képlet végeredményének hatvanötnek kell lennie, különben a terv nem működőképes.

– De 2011. szeptember 11-én nem támadtunk meg senkit – vitatkozott továbbra is Hunt. – Sőt, ha jól emlékszem, nem is készültünk rá.

– Nem, mert az első terv hibás elméleten alapult – válaszolta Petrocelli, miközben tekintete egyre zavarosabb lett, jól láthatóan egyre inkább kiütköztek rajta az elmebetegségének tünetei. – Akkor azt gondoltam, hogy az arabokon, illetve az iszlámokon kell bosszút állni mindazért, ami szeptember 11-én történt, de 2003-ban rádöbbentem, hogy nem az arabokat kell büntetni, mert ők csak eszközök egy piszkos játszmában. A világ vallásait tanulmányozva rájöttem arra a mérhetetlen ellentmondásra, mely az önmagát kereszténynek tartó fehér ember hitvallása és gyakorlata között feszül, s melynek leghangsúlyosabb reprezentánsa Amerika. Amikor erre az ellentmondásra rádöbbentem, megértettem, hogy Amerikát kell büntetni, mert Amerika felelős minden amerikai állampolgár haláláért, akik merénylet áldozatai lettek az elmúlt évtizedekben, történt is az amerikai földön vagy külföldön. A probléma 2003-ban az volt, hogy az első terv összeomlott a hibás elméletem miatt, de nem született meg a második terv, mert nem találtam meg az új képletet. Erre hét évig kellett várni, addig terv nélkül éltünk, mondhatjuk, hogy életünk értelmetlen volt ebben az időszakban. De egy csodálatos napon, Isten végtelen bölcsességének köszönhetően megszületett a második terv, melynek végrehajtásán ez idáig dolgoztunk. S ma újabb csodát éltünk meg. Új körülmények, illetve lehetőségek merültek fel, melyek ugyan a második terv összeomlásához vezettek, de most nem kellett várnunk éveket az új tervre, mert a harmadik terv létrejött azonnal a második romjain, és ez így egy sokkal nagyobb szabású terv lett. Ez az igazi terv.

– Több mint húsz éve vagyok veled, de még sosem beszéltél nekem semmilyen tervről, sem képletről. Mindig egy programról beszéltünk, melyet végre akarunk hajtani: a tökéletes biorobot létrehozásának programjáról, képletek és mindenféle matematikai hókuszpókuszok nélkül – Hunt arcán látszott a mértéktelen elkeseredés és értetlenség.

– Nem tartottam fontosnak, hogy mindenről tudjatok és most sem tartom fontosnak. Nagy lázadása kényszerített arra, hogy beszéljek nektek a tervről. De ezt nem kell értenetek, csak közreműködni a végrehajtásában – Petrocelli kísérletet sem tett arra, hogy Huntot partnerként kezelje.

– Azt hiszem, ebből én kimaradok – közölte Hunt. – Nem kívánok tömeggyilkos hajlamaid kiszolgálója lenni a továbbiakban. Ennek az egésznek semmi értelme, és régen túlmutat azon az eredeti elképzelésen, ami miatt a kilencvenes években csatlakoztam hozzád. A te célod nem annak az elméletnek a sikeres bizonyítása, hogy az ember bármire rávehető, ha megfelelő módszereket alkalmazunk, hanem egyszerűen csak a pusztítás. Tömeggyilkos őrült vagy, és én nem asszisztálok ehhez tovább; távozom, nem maradok itt veletek egy percet sem, visszatérek a normalitásba a te elmebeteg, zavaros világodból.

– Nem mész sehová – üvöltötte Petrocelli, s amikor látta, hogy Hunt határozottan elindul az ajtó felé, az íróasztalhoz ugrott, előkapott a fiókból egy pisztolyt és gondolkodás nélkül hátba lőtte az ajtót éppen kinyitó Huntot. – Esetleg más is távozni készül? – tette fel a kérdést, miközben eszelősen hadonászott a fegyverrel.

8. fejezet

Az agykutatók

Péntek délután Jack és csapata a szokásos megbeszélésre, tájékoztatásra készült, s amikor Peter befutott a megbeszélt időben, egyszerre pattantak fel székükből, s foglaltak helyet a tárgyalóasztal körül.

– Colton? – kérdezte Peter különösebb bevezető nélkül – Mi a vélemény? Véletlen, vagy egy összefüggő folyamat része?

– Több lehetséges verziót elemzünk – kezdte a tájékoztatást Nick Morrison. – A Mojave-sivatagban történtek után az volt a véleményünk, hogy az a támadás Frank Nagy magánakciója és személyes bosszúja a 2001-es al-Káida merényletéért, illetve pontosabban Amerika ebben játszott felelősségéért. A coltoni vasúti robbantás jól láthatóan nem erről szólt, az akció itt nem az emberi élet kioltására irányult. A pályaudvar azon a részén – pontosabban azon a sínpáron, ahol a robbanás történt – személyvonatok nem haladnak át, sőt tehervonatok is csak parkolási célból használják. Itt egyértelműen nem a gyilkolás volt a cél. Szerintem ez csak egy próba volt. Azt tesztelhette, hogy milyen hatékonysággal tud vasúti célpont ellen támadást végrehajtani: részben az aknák elhelyezhetősége, részben a szükséges robbanóerő szempontjából. A kérdés az, hogy a Mojave-sivatagban, illetve a Coltonban történtek után hogyan alakul Nagy és a Mennyei Poklok Szellemi Vezérének együttműködése.

– Van bizonyítékunk arra, hogy a Mennyei Poklok Szellemi Vezére áll a merényletsorozat mögött? – kapta fel a fejét Peter.

– Nincs, semmi konkrétum – sóhajtott Jack –, egyelőre csak az én fejemben jött össze a két személy.

– Az egyik lehetséges verzió, hogy Nagy bár önállósította magát, és a jövőben saját maga is hajt végre független merényleteket – folytatta Morrison ügynök –, de ezzel párhuzamosan továbbra is együtt dolgozik a Mennyei Poklok Szellemi Vezérével, vagy azzal a személlyel, aki ennek az eseményláncolatnak a szervezője.

– Ha nincs konkrét bizonyítékunk a két személy azonosságára, akkor ne nevezzük nevén – mondta ingerülten Peter.

– Rendben, figyelni fogok erre a jövőben. – vonta meg a vállát Nick Morrison – Folytatnám. Szóval ez a változat azt jelenti, hogy továbbra is lesznek egyéni, öngyilkos merényletek, de új frontot nyitva lesznek elsősorban járműveket érintő robbantásos merényletek is. Ez a véleményünk szerint katonai célpontok ellen fog irányulni.

– Ez utóbbi megjegyzésed mire alapozod? – kérdezett közbe Peter.

– Nagy múltja alapján feltételezzük – vette át a szót Jack. – Afganisztánban akár az oroszok, akár a tálibok oldalán követett el robbantásos merényleteket, mindig katonai járművek voltak a célpontok. Most a Mojave-sivatagban is katonai járműveket támadott, holott civil áldozatokkal járó támadás elkövetése sokkal egyszerűbb és veszélytelenebb lett volna számára. A vasúti robbantás, ahogy előbb Nick mondta, alapvetően nem támadás, hanem gyakorlat volt. Várhatóan katonai szerelvényeket fog támadni a jövőben.

– A második lehetséges változat szerint – folytatta Morrison –, Nagy önállósította magát, és szakított korábbi társával. Ez esetben a magányos merényletsorozat nem folytatódik, vagy nem fog robbantással járni. Esetleg átmenetileg szünetel, amíg nem találnak új robbantási szakértőt, azaz az októberi támadás várhatóan nem fog bekövetkezni. Ez adhat nekünk egy kis többletidőt a csoport felderítésére, de ezzel a változattal komolyan nem számolunk. A harmadik, és talán a legrosszabb szcenárió, hogy valami közös nagy akció készül, amely méretében, illetve számosságában is minden eddiginél brutálisabb lehet.

– Arra gondolsz, hogy a magányos merényletek, illetve a robbanóaknás támadások egyszerre következhetnek be? – tette fel kérdését Peter.

– Igen, tulajdonképpen erre, illetve ebben az esetben az is feltételezhető, hogy a robbanóaknás támadások célpontjai nemcsak katonai járművek lehetnek, hanem mondjuk személyszállító vonatok. Ennek az összevont, nagy hatásfokú támadás-szcenáriónak gyakorlati szempontból lehet korlátja Nagy kapacitása. A bombák összeállítása kizárólag Nagy feladata, aki láthatóan ragaszkodik a saját szokásaihoz, például a zöld-sárga fonott zsinórhoz. Nem feltételezhető, hogy rajta kívül bárki képes lenne a csapatukban ilyen bombákat készíteni. A bombák eljuttatása a merénylőkhöz időigényes feladat, hiszen jelentős távolságokról van szó, ha elfogadjuk, hogy a tábor egy fix helyen található, s onnan kell a bombákat eljuttatni a merénylet színhelyére. Az aknák telepítése sem bízható másra, és ez is időigényes feladat, rengeteg utazással jár. Ha mindent Nagy csinál, márpedig most azt feltételezzük, az egyszerűen túl sok egy embernek.

– Akkor ez a harmadik verzió technikailag kivitelezhetetlen – sóhajtott fel Peter megkönnyebbülve.

– Igen, a három változat közül ezt tartom legkevésbé valószínűnek – reagált Jack –, de sajnos nem zárható ki teljesen. Nemcsak Nagy teljesítőképességét nem ismerjük, de jelenleg azt sem tudjuk, hogy mennyire vannak a robbanómellények, aknák előkészítve a következő akciókhoz. Nem zárható ki az sem, hogy mostanra már csak a logisztikai feladat maradt hátra, és akkor ez már nem lehetetlen küldetés. Nem beszélve arról, hogy a várható támadások számosságát sem tudjuk.

– Rendben – vette tudomásul az eddig elhangzottakat Peter. – Egyéb fejlemények, melyek megosztását fontosnak gondoljátok?

– Bill Ewans történetét sikerült pontosítani. Ő volt a dallasi merénylő. Eszerint 2001-ben a New York-i támadást követő zűrzavarban tűnt el otthonról. A szülei biztosak voltak benne, hogy nem esett áldozatul a tornyok összeomlásának, hiszen aznap este még látták otthon, de utána eltűnt, s többet nem vette fel velük a kapcsolatot. A nyomozás adatai alapján 2002 és 2005 között Miamiban élt, azt követően van egy év, amelyben nincs információnk arról, hogy mi történt vele. 2007 elején Washingtonban bukkant fel, ahol taxisofőrként dolgozott 2010-ig, majd eltűnt újra, három évre. 2013 késő nyarán került elő ismét, ekkor már Dallasban élt és dolgozott, mint teherautósofőr.

Mivel a washingtoni időszaka jól lenyomozható volt, sok információhoz jutottunk személyiségéről. Már 2007-ben, amikor felbukkant Washingtonban, meglehetősen radikális nézeteket vallott Amerikával kapcsolatban. Sokszor beszélt egy honlapról és egy Szellemi Vezérről, aki egyedül és kizárólag képviseli az igazságot Amerika bűnösségével kapcsolatban. Többször hangoztatta, hogy egyetlen célja, hogy felvegye a kapcsolatot vele, és támogassa abban, hogy folytassa az igehirdetést a honlapon. Meggyőződése volt, hogy ha megtalálja a Szellemi Vezért, akkor együtt nagyszerű dolgokat fognak végrehajtani annak érdekében, hogy Amerikában győzhessen az igazság, és a jelenlegi állami vezetés, politikai elit elnyerje méltó büntetését. Ebben az időszakban kifejezetten szerette véleményét hangoztatni, minden lehetőséget megragadott álláspontjának terjesztése érdekében. Ehhez képest 2013-at követően, amikor ismét felbukkant immáron Dallasban, személyisége teljesen megváltozott, minimálisra csökkentette a másokkal való kommunikációt. Senkivel sem osztotta meg nézeteit, sőt, ha bármilyen politikailag szenzitív téma vetődött fel, igyekezett a teljes érdektelenséget mutatni a téma iránt. Ezekből az információkból arra a következtetésre jutottunk, hogy a 2001-es New York-i támadás személyesen érintette – talán valaki, számára fontos személy is az áldozatok között lehetett. Ennek a személynek a kilétét eddig nem sikerült megállapítani, szülei, volt barátai nem tudtak senkit megnevezni. De mégis valaki, aki fontos volt neki, a romok közt veszett. A tragédiát nem tudta feldolgozni, ezért menekülhetett el otthonról. Abban az életkorban volt, amikor irracionális döntésekre képes az ember ilyen helyzetben. 2005-ben a Mennyei Poklok Szellemi Vezére által működtetett honlap felkeltette a figyelmét és teljesen a rabjává tette. Washingtonból 2010-ben azért tűnhetett el, mert megtalálta a honlapot korábban üzemeltető személyt, akihez csatlakozott. Ott megkapta a szükséges szellemi és fizikai felkészítést, majd 2013-ban Dallasba költözött, hogy várja a merényletre szólító üzenetet. Nyilván az új helyen már mindent meg kellett tennie annak érdekében, hogy kerülje a lebukást, ezért is vált a nagyhangú taxisból, magába húzódó teherautósofőrré – összegezte az Ewansról összegyűjtött információkat Nicholson ügynök.

– Ha jól emlékszem, korábban már említésre került, hogy az ikertorony áldozatai között volt Ewans nevű – jelezte Peter ezzel is, hogy ő mindig figyel.

– Igen, de az az Ewans nem állt rokoni kapcsolatban Billel, valószínűleg csak egyszerű névazonosságról lehet szó, bár történetünk szempontjából most már lényegtelen.

– Amit megtudtunk Bill Ewansról, az alátámasztja azt a feltételezést, hogy a merénylők nem csak a kilencvenes években elrabolt gyerekek közül kerülnek ki, hanem lehetnek olyan fiatalok is, akik felnőttként tudatosan csatlakoztak a csoporthoz – állapította meg Jack. – A kérdés az, hogy ők hányan vannak? Korábban a számukat én 5-10 főre becsültem, most sem tudok mást mondani.

– Van egy másik fejlemény is a nyomozással kapcsolatban, bár még ez sem vezet a végső megoldáshoz – folytatta a tájékoztatót Bogdanov. – Kovac múltjáról szóló, eddig ismert történet nem igaz. Ő volt a memphisi támadók egyike. A rendőrségi dokumentumokban az szerepel, hogy egy-két évente újabb és újabb gyermekintézményben, később pedig különböző nevelőszülőknél lett elhelyezve azt követően, hogy a családja hajóbaleset áldozata lett. A hajóbaleset sem igaz, mert bár abban az évben valóban volt egy hajószerencsétlenség a Michigan tavon, de az áldozatok vagy eltűntek között nem volt Kovac nevű, vagy bármilyen kelet-európai származású személy. A nevelőotthonok és a gyámhatóság nyilvántartásaiban nem bukkantunk Kovac nevű gondozottra, akire igaz lehetne a történet, miszerint hajóbalesetben árvult meg.

– Újabb és újabb megállapításokkal bizonyítjátok, hogy Jack feltételezései helytállóak, de a megoldáshoz nem kerültünk közelebb – reagált kicsit ingerülten Hammersmith. – Mi lenne, ha a nyomozást abba az irányba folytatnátok, amerre a tetteseket keresni kell?

– Egyrészt a feltételezéseket igazolni kell tényekkel, de te ezt pontosan olyan jól tudod, mint én, hiszen te is elemzőként kezdted, bár sosem voltál abban túl jó. Másrészt, bár a tévedhetetlenség mintapéldánya vagyok a tökéletes feltételezések felállítása terén, vannak olyan információink is, amelyek a korábbi elképzeléseim minimális korrekcióját igénylik – vágott vissza Jack, akiből teljesen váratlanul bármikor képes volt kitörni Peter iránt érzett frusztráltsága.

– S mi lenne az? – tért nyugodtabb hangnemre Peter, aki ismét nem hajolt le a földre dobott kesztyűért.

– A beazonosított merénylők egyrészéről vannak fotóink, melyeket elkezdtünk átfuttatni különböző adatbázisokon, közösségi médiákon, repülőterek, buszpályaudvarok, vasútállomások biztonsági felvételein. Ez egy hihetetlenül sziszifuszi munka, akár hetekig is eltarthat, de most az egyszer szerencsénk volt.

– A San Antonio-i buszpályaudvar biztonsági kamerái rögzítettek a múlt év novemberének utolsó napján egy olyan felvételt, amelyen egyértelműen felismerhető Harold Wilson, a portlandi merénylő, valamint december 1-én készült egy felvétel Gert Baumannról is, aki a Salt Lake City-i merénylők egyike volt – vette át a szót Helen. – A szerencsénk az volt az ő esetükben, hogy normál körülmények között ezeket a felvételeket háromhavonta törlik, de egy munkatárs hanyagsága miatt tavaly szeptember és idén február között nem törölték a felvételeket, illetve pontosabban az akkor használt kazetták nem lettek felülírva.

– Mivel tudjuk, hogy december elején valamilyen közös programjuk volt – folytatta Nick –, valószínűsíthető, hogy éppen erre a programra igyekeztek.

– S itt merül fel a kérdés: mit kerestek San Antonioban, ha a tábor Coloradóban van? – szólt közbe Jack, – mert ugye Portlandból vagy Salt Lake Cityből nem San Antonión keresztül vezet az út Coloradóba.

– Az úgynevezett felkészítő tábor ezek szerint nem Coloradóban van – állapította meg Peter.

– Nos, valószínűleg igazad van. Az új információk alapján a korrigált feltételezésem a következő. Frank Nagy és a még ismeretlen főszervező, akit nem nevezhetünk nevén – Jack nem hagyta ki, hogy kicsit ne vágjon vissza főnökének –, néhány

társukkal együtt valamelyik Coloradóban található erdőpark-
ban rejtőzik. Ott lehet az állandó bázisuk. Viszont az összetar-
tó vagy felkészítő tábor – valószínűsíthetően valahol délen – a
mexikói határ közelében lehet. Ez azért összességben nekünk
rossz hír. Ugyanis ha két külön helyszínről beszélünk, akkor az
a hely, ahonnan az akciókat szervezik, sokkal kisebb és jobban
elrejthető lehet. Míg az összetartó tábor valószínűleg csak ide-
iglenes, azaz a közös program lebonyolítása után minden nyo-
mot eltakarítanak maguk után. Esélyünk sincs arra, hogy ezt
megtaláljuk, kivéve azt a pár napot, amikor a tábor működik.

– Ezek szerint egyre távolodunk a megoldástól – fejezte ki
csalódottságát ismételten Peter. – Nincs sok időnk, és csak rossz
hírek vannak.

– Tények vannak – mondta szárazon Jack –, s minden tény,
amit megismerünk, közelebb visz a megoldáshoz.

– Az elmúlt napokban átnéztük, hogy vannak-e olyan pszi-
chológusok, pszichiáterek, akik a nyolcvanas években dolgoztak,
vagy éppen egyetemen tanultak, majd a kilencvenes években
eltűntek. Alapvetően olyanokat kerestünk, akik a nyolcvanas
években húszas, harmincas éveikben járhattak – folytatta a
tájékoztatást Julia Bogdanov. – Nos, az eredmény a következő.
Tizenhét olyan személyt találtunk, akikre ráhúzható ez a keresé-
si modell. Ebből négy személy esetén megállapítást nyert, hogy
a kilencvenes években betegségben vagy balesetben elhunyt.
Találtunk három olyan személyt, akik feladták a praxisukat a
kilencvenes években, őket sikerült lenyomozni, ma is élnek, meg-
találtuk őket, mással foglalkoznak, mint amivel a nyolcvanas
években, így őket is kizárnánk a keresett személyek listájából.
Maradt tíz ember, akiről nincs semmi információnk; nem tudjuk,
mi történt velük azóta. Közülük kizártunk ötöt, mert részben
ők nem foglalkoztak specifikusan az emberi agy kutatásával,
ezzel kapcsolatban semmilyen információ nem merült fel az ő
esetükben, részben mert az akkori életvitelük alapján kizárható
az összefüggés köztük és a merényletek között.

– Így a szóba jöhető személyek köre már csak öt főből áll –
kapcsolódott be a beszélgetésbe ismét Jack –, akiket számításba

vehetünk a nyomozásunkban, és akiknek életútját aprólékosan
fel kell tárnunk.

– Most nem mennénk bele a részletekbe, mert a teljes kép
még nem állt össze – folytatta Julia Jack közbeszólása után –,
csak röviden ismertetnénk, kikről is van szó. Ron Wakemann
pszichológus az UCSF orvosi központban dolgozott San Franciscóban. Elsősorban deviáns gyermekekkel foglalkozott. Szilárd meggyőződése volt, hogy azok a rossz háttérrel született
gyerekek is, akiknek alkoholista, kábítószeres, vagy akár szellemileg korlátozottak voltak a szüleik, akiket a környezetükből
csak negatív hatások értek, kimenthetőek ebből a halmozottan
hátrányos helyzetből. Célzott, programozott neveléssel megmenthetők, és az esélyegyenlőség biztosítható számukra. 1992-
ben harmincöt évesen tűnt el. S bár volt családja, életjelet nem
adott magáról a későbbiekben. Nincs olyan információ, ami öngyilkosságra utalna az ő esetében. Természetesen lehet véletlen
és szerencsétlen baleset, de lehet tudatos döntés is az eltűnése.

– A következő személy, illetve személyek, akik szóba jöhetnek – folytatta Nick –, Tim Hirsch és Ken Petrocelli pszichiáterek.
Mindketten a UChicago klinikán dolgoztak, értelemszerűen Chicagóban, és egyszerre tűntek el 1989-ben. Petrocelli eltűnésekor
harminchét éves volt, Hirsch harmincnégy. Mindketten nőtlenek voltak, rossznyelvek szerint a saját nemükhöz vonzódtak.
Bár ők ketten nem éltek együtt, mégis eltűnésükkor szexuális
szempontok is felmerültek magyarázatként, de bizonyítást sosem nyertek. Petrocelli komoly szaktekintélynek számított az
agy kutatásában: több publikációja is megjelent neves szaklapokban, rendszeres vendégelőadója volt jónevű egyetemeknek.
Fő kutatási témája az emberi agy programozhatósága volt, biorobotok képzése és esetleges felhasználása – főleg katonai célokra.
Hirsch lelkes tanítványként dolgozott vele együtt, de személyes
szakmai eredményei meg sem közelítették Petrocelliét. Akkori
feltételezések szerint kapcsolatban álltak kétes hírű hadiipari
cégekkel, akiknek szerették volna eladni elképzeléseiket anyagi
támogatásért cserébe. Petrocelli gépkocsiját pár héttel eltűnésük után megtalálták az Erie-tóban, de egyikőjük holtteste sem

került elő, ezért pár évvel később a rendőrség lezárta az aktákat, eltűnt személynek nyilvánítva mindkettőjüket. Mindenesetre ők tűnnek leginkább szóba jöhetőnek nyomozásunk szempontjából.

– A pennsylvaniai egyetemi kórház pszichológusa volt Grey Hunt – vette át a szót Bogdanov. – Ismerte Petrocellit, lelkes hívének vallotta magát. A kórházban általános pszichológusi feladatokat látott el: elsősorban olyan felnőttekkel foglalkozott, akik komolyabb műtétek után szorultak pszichológus segítségére. Sikeres módszere volt, hogy a csonkolásos műtéten átesett emberekbe beleszuggerálta, hogy minden testrészük megvan és ép. 1994-ben tűnt el egy családi drámát követően. Pár hónappal korábban felesége autóbalesetben meghalt, amit Hunt nem tudott feldolgozni. Eltűnésekor harminckét éves volt, hagyott maga után egy búcsúlevelet, de abból nem derült ki egyértelműen, hogy öngyilkos szándékozott-e lenni, vagy csak el akart tűnni a világ szeme elől. Mindenesetre holtteste sosem került elő, s élve sem jutottak nyomára. A rendőrség eltűnt személyként tartja nyilván a mai napig.

– S végül az ötödik személy, akire fókuszálunk, Carlos Diaz mexikói származású pszichiáter, akinek utolsó ismert munkahelye a Washingtoni Nemzeti Gyermekegészségügyi Központ volt – folytatta Morrison ügynök. – Diaz olyan gyerekek kezelésével foglalkozott, akik korábban komoly lelki traumán estek át, elsősorban szülői erőszak következtében. Diaz célja az volt, hogy megakadályozza, hogy ezek a gyerekek ugyanolyan szörnyeteggé váljanak, mint amilyenek a szüleik. Úgy vélte, a negatív hatások okozta személyiségtorzulás korrigálható az agy programozásával. A valós emlékek törölhetőek, s helyettük olyan emlékképek ültethetők el az agyba, amelyek ha nem is történtek meg velük a valóságban, mégis segítik a gyermek pozitív irányú fejlődését. Diaz 1993-ban Mexikóba utazott egy orvosi konferenciára, de oda sosem érkezett meg, és azóta sem tudni róla semmit. Eltűnésekor negyvenéves volt.

– Akkor ezek szerint hárman biztosan ismerték egymást – foglalta össze Peter.

– Igen, Wakemann-nal és Diaz-zal kapcsolatban még nincs erre vonatkozó információnk – válaszolta Jack. – Viszont ami összeköti őket, hogy mindannyian a nevelésben és a szellemi befolyásolásban hittek, szemben azokkal az emberkísérletekkel, melyek frekvenciákkal, különböző hullámhosszokon sugárzott mágneses vagy elektromos jelekkel próbálják az agy működését befolyásolni. Mondhatjuk úgy is, hogy az agy programozásának egyetlen lehetséges eszközét egy másik agyban látták.

– Szóval akkor itt van még min dolgozni – állapította meg Hammersmith. – De ha jól értem, mindenáron össze akarod kötni a merényletsorozat kitervelőjét és irányítóját a Mennyei Poklok Szellemi Vezérével, aki szerinted az eltűnt öt pszichológus vagy pszichiáter valamelyike lehet.

– Igen, egyelőre hiszek ebben az elméletemben, de természetesen még sok mindent pontosítanunk kell. De vannak más irányok is. A coloradói erdőparkok közül néhányat kijelöltem, ahol célszerű lenne a keresést először kezdeni. Az Uncompahgre, az Arapaho, a Pike, a San Isabel, és a Gunnison erdőparkokra gondoltam. Ezekben az erdőparkokban nagy kiterjedéssel megtalálható a Lodgepole-fenyő. Még ma felvesszük a kapcsolatot a helyi FBI-jal, hogy kezdjék felkeresni a helyi seriffeket információgyűjtés céljából. Keressük a Ford Merkurt, keresünk olyan korábban elhagyott házakat, amely környékén az utóbbi időszakban rendszeres mozgás tapasztalható, keresünk idegeneket, akik rejtőző életmódot folytatnak. Természetesen ezt diszkréten, észrevétlenül kívánjuk végrehajtani, nehogy elriasszuk őket.

– Azaz tűt keresünk a szénakazalban – mondta Peter.

– Igen, tűt keresünk a szénakazalban, de nem mindegy, hogy mekkora az a szénakazal. Ez a szénakazal pedig nem egész Amerika, csupán annak egy szelete – igaz, ez sem kicsi.

9. fejezet

Búcsú Coloradótól

A szobában tartózkodók döbbenten meredtek Petrocellire, aki miután lelőtte társát, összeroppant, leroskadt a székre és üveges szemekkel bámult maga elé. A jelenlévők közül a két fiatal, Fred és Bob mozdult meg elsőként: szótlanul felálltak, kitárták teljesen a félig nyitott ajtót és kivitték a holttestet a szobából. Amikor az ajtó becsukódott utánuk, csak akkor szólalt meg Hirsch.

– Muszáj volt? – kérdezte, de hangja inkább volt közönyös, mint izgatott.

– Nem tűröm az árulást – jelentette ki határozottan, de mégis némileg összetörten Petrocelli. – De emlékezz Ronra. Nagyon sokat dolgozott a gyerekekkel, nagyon sokat tett azért, hogy az agyukat birtokolni tudjuk, de a döntő pillanatban gyengének bizonyult, és ezt már akkor sem tűrtem.

Ron Wakemann 1992 végén csatlakozott Petrocelli táborához. Régóta ismerték egymást, évek óta leveleztek egymással, folyamatosan egyeztetve álláspontjukat az agy programozhatóságáról vallott nézeteikről, illetve a témában elért eredményeikről, az ebben rejlő lehetőségek kihasználásáról. Mikor 1992 őszén Wakemann megtudta, hogy Petrocelli táborában már tizenkét gyerek van, idejét látta, hogy ő is bekapcsolódjon a munkába. Egy decemberi reggelen, anélkül, hogy elköszönt volna feleségétől és a hároméves kisfiától, autójával egyenesen a San Franciscói repülőtérre hajtott. A gépkocsit a parkolóban hagyta, ahol azt pár nappal később a rendőrség megtalálta. Azt gondolta, hogy ha néhány napig céltalanul utazgat az országban, akkor előbb-utóbb lekövethetetlenné válik, ezért előbb repülővel New Yorkba ment, onnan vonattal Washingtonba, majd repülővel tovább ment Miamiba, ahonnan busszal utazott Atlantába, ahol autót bérelt, mellyel Dallasba vezetett, majd ott,

egy szakadt, városszéli autókereskedésben vásárolt egy lepuk-
kant Chevrolet-et. Ekkorra már úgy vélte, hogy már kellően le-
nyomozhatatlan, senki nem fogja megtalálni, ezért innen már
egyenesen Petrocelli táborába ment, amely abban az időben az
Ouachita Nemzeti erdőparkban rejtőzött. Wakemann családja
nem talált semmilyen értelmes magyarázatot eltűnésére, fele-
ségével és gyerekével jó volt a viszonya, senki sem tudott titkos
szeretőről vagy kétes pénzügyekről. A felkutatására indított
rendőrségi nyomozás egészen Dallasig tudta követni az útját,
addig a pontig, amíg a bérelt autót le nem adta a Hertz dallasi
irodájában. Ezt követően többet nem került a nyomozóhatóság
látókörébe, amely egy idő után lezárta a keresését, Ron Wake-
mann felkerült az eltűnt személyek népes listájára. Kapcsolata
Petrocellivel nagyon sokáig harmonikus volt a táborban. Tu-
lajdonképpen ő tudott a leghatékonyabban segíteni a gyerekek
nevelésében, szoros szakmai barátság alakult ki köztük az évek
során. Amikor 2006-ban megjelent Frank Nagy a táborban, és
pár évvel később Petrocelli egyre gyakrabban kezdett céloz-
gatni arra, hogy merényletsorozatot kell Amerika ellen indí-
tani, a kapcsolatuk fokozatosan megromlott. Egyre hevesebb
viták zajlottak közöttük, mivel Wakemann nem értett egyet a
gyerekek feláldozásával. Eleinte magát a merényletsorozatot
is ellenezte, később ugyan már elfogadta, de olyan megoldást
szeretett volna, amely lehetőséget adott volna a gyerekek szá-
mára, hogy a támadást túléljék, és visszatérhessenek a táborba
a merénylet végrehajtása után. De, Petrocelli hajthatatlan volt,
fel akarta áldozni tanítványait, mert ezzel akarta bizonyítani,
hogy az agy programozásával az öngyilkosság elérhető fanatikus
meggyőződés nélkül is. A japán öngyilkos pilóták vagy az iszla-
mista öngyilkos merénylők saját életüket egy szent cél, hazájuk
vagy hitük érdekében áldozzák fel, de ezeket a gyerekeket úgy
nevelte, hogy semmiben se higgyenek, semmi se legyen fon-
tos számukra, csak az üzenet, amit majd ő eljuttat a fejükbe, s
melynek hatására életüket fogják feláldozni. Csak azért, mert ő
ezt akarja. A vita egyre gyakoribb és élesebb lett Wakemann és
Petrocelli között, már a táborban folyó napi nevelési munkát is

zavarta. A többiek is többször részeseivé váltak a kettőjük között zajló konfliktusnak, amely láthatóan gyengítette Petrocelli
vezető szerepét a tábor életében. Egyik este, amikor Wakemann
a szokottnál is élesebben kérte számon Petrocellin, hogy miért
akarja a gyerekek életét is feláldozni a tervezett merényletek
során, miért nem biztosít számukra menekülési útvonalat, Petrocelli váratlanul felkapott egy vasrudat a földről, teljes erővel
fejbe vágta vele Wakemannt, majd az eleső férfi fejére további
ütéseket mért. Az esetnek több szemtanúja is volt a felnőttek
és a gyerekek között egyaránt, de senki nem avatkozott közbe.
Amikor Wakemann már az élet egyetlen egy jelét sem adta,
Petrocelli közönyös tekintettel intett két gyereknek, hogy takarítsák el a holttestet. A gyilkosságot senki sem hozta szóba
a későbbiekben, de mindenki számára intő jel volt, Petrocelli
elszántsága nem ismer határokat.

– S Naggyal mi lesz? – kérdezte Hirsch.

– Egyelőre semmi – válaszolta Petrocelli –, szükségünk van
rá a terv végrehajtásához, egyébként sem fog elmenni innen.
Nincs hová mennie, jól érzi itt magát. De ő nem része a tervnek,
csak eszköz a terv végrehajtásához. Ha a tervet végrehajtottuk,
likvidálni fogom.

– Hmm, s így már csak ketten maradtunk – morogta Hirsch.

– Igen, de Diaz halálára nem számítottam, ő sosem árult
volna el. A betegsége váratlanul jött, és nem volt esély a megygyógyítására.

– Talán, ha kórházba visszük, lett volna esélye – vélte Hirsch.

– A kórházi kezelés veszélyeztette volna a terv végrehajtását,
a csoport lebukásához vezethetett volna. Hiába volt Diaz megbízható, ki tudja, milyen tudatmódosítókat kap a gyógykezelése
alatt. Elég egy véletlenül kimondott szó, s beláthatatlan annak a
következménye. Így alakult, sajnálom, de jól van ez így. Mi ketten
is elegendőek vagyunk a terv végrehajtásához, és ne feledkezzünk meg az utódokról. Hamarosan Fred és Bob a csapat teljes
körű tagjává válhat. Négyen együtt, mindenre képesek leszünk.

– S tőlük nem tartasz? – kérdezte Hirsch, miközben egy ajtóra
mutatott, amely mögött Helen és John tartózkodott.

A házaspár nem volt jelen a vitán, és a lövés zajára sem jöttek elő szobájukból, bár azt nyilván hallották.

– Nem tartok – válaszolta egyértelműen Petrocelli –, de ők sem részei a tervnek. Teszik a dolgukat a ház körül addig, amíg tehetik. Ártalmatlan bolondok csupán, de természetesen eljön az idő, amikor tőlük is elbúcsúzunk, ahogy Nagytól is el fogunk, de egyelőre még szükségünk van rájuk.

Nagy a történtek alatt az autójában üldögélt, hallotta a lövést, s nem sokkal később látta a házból kijönni a két fiatalt, amint egy emberi testet húznak maguk után. A háztól nem túl messze, az erdőben ástak egy gödröt, melybe a testet beledobták. Majd, mint akik jól végezték a dolgukat, egymás tenyerébe csaptak és visszamentek a házba. Nagy úgy döntött, hogy az éjszakát az autóban tölti, szüksége volt a magányra, szüksége volt arra, hogy gondolkozhasson. Nem tudta, hogy Hunt vagy Hirsch volt az áldozat, abban viszont biztos volt, hogy Petrocelli a gyilkos. Már az első találkozásuk során felfedezte Petrocelli szemében az őrült, mindenre képes gyilkost, de neki most már pont ilyen emberre volt szüksége. Petrocelli elszántságából azonban hiányzott a gyakorlatiasság, kész volt mindent elpusztítani, és mindent feláldozni, de a hogyanra már sosem gondolt. Ehhez kellett Frank Nagy, aki folyamatosan csiszolgatta, pontosította Petrocelli elképzeléseit, és képes volt arra, hogy azoknak a fizikai megvalósíthatóságát kidolgozza. Amikor végül Petrocelli fejében összeállt a terv, azt saját szellemi produktumának tekintette. Frank Nagy támogatásáról biztosította Petrocellit, de eleinte nem gondolt többet annál a tervnél, mint amit Petrocelli megfogalmazott. Az idő múlásával azonban Nagy folyamatosan radikalizálódott, s egyre többet akart. A napokban végrehajtott két sikeres, robbantásos akciója bizonyította számára, hogy képes saját elképzeléseinek megvalósítására. Nem volt kétsége afelől, hogy el tudja készíteni a bombákat abban a mennyiségben, amennyiről Petrocelli ma beszélt, és azokat telepíteni is tudja egyedül, külső segítség nélkül, de meg akart győződni Petrocelli elszántságáról, hogy bármekkora árat is hajlandó fizetni a terv sikeréért és ez ma megtörtént. A mostani gyilkosság is ennek az elkötelezettségnek a megerősítése volt, olyan ráadás, amire Nagy nem is számított. Amikor végig vette a történteket, elégedetten állapította meg, hogy minden az ő elképzelése szerint alakul. A nap végén még elszívott egy cigit, könnyített magán a kocsi mellett, majd visszaült az autóba és reggelig aludt.

Reggel mikor felébredt, a házban még nagy volt a csönd. Kiszállt az autóból, nyújtózott párat, megtornáztatta elgémberedett tagjait, mert azért az autó nem biztosította egy ágy kényelmét, és besétált a házba. Petrocelli volt az egyetlen, aki már ébren volt, íróasztalánál a számítógépén dolgozott valamin.

– Jó reggelt! – köszönt Nagy, amikor belépett az ajtón. – Mintha a tegnap este egy kicsit zajosra sikeredett volna – állapította meg.

– Nem tudom, mire gondolsz – reagált közönyösen Petrocelli –, én nem vettem észre semmi szokatlant.

– Akkor jó – helyeselt Nagy –, gondolom a reggeli sorakozónál hiánytalan lesz a létszám.

– Nagyon vicces figura vagy – állapította meg Petrocelli –, de neked csak egy dolgod van, a bombák elkészítése. Azt számold folyamatosan, hogy mennyivel vagy kész, és ne azt, hogy hányan vagyunk a házban. Remélem sikerült kitalálnod annak módját, hogy időben elkészülj.

– Dolgozom rajta – vigyorgott Nagy. – A következő támadáshoz a robbanómellény holnapra kész, vihetik a fiúk a rendeltetési helyére. Az aknák telepítéséhez szükségem lesz egy lakókocsira, azzal fogom körbejárni az országot. Szerezzétek be minél előbb, mert el kell majd végezni rajta némi átalakítást. Lakhely, műhely és raktár funkciót fog betölteni egyszerre. S még egy fontos szempont, ne legyen feltűnő, ami nem egyszerű abban a méretben, amire szükségem lesz, de te csodákra vagy képes.

A Hírszerző Közösség soron következő ülését, a változatosság kedvéért, most a Pentagon washingtoni központjában rendezték. Szokás szerint a szolgálatokat legfelső szinten képviselték, vagy az első ember vagy valamelyik helyettese. A megbeszélést Hans Friedrich, az új védelmi miniszterhelyettes nyitotta meg, rögtön átadva a szót Peter Hammersmithnek, aki röviden összefoglalta az elmúlt napok eredményeit és azokat a feltételezéseket, melyek mentén Jack és csapata haladt. Tájékoztatása után Friedrich röviden összefoglalta, és értelmezte az elhangzottakat.

– Ha jól értem, akkor részben beazonosításra kerültek a merényletsorozat feltételezett kitervelői. Frank Nagy személye biztosra vehető, illetve öt eltűnt pszichiáter, pszichológus is képben van, és a feltételezések szerint valahol a coloradói hegyekben bujkálnak.

– Igen – reagált Peter – ezekben erősen biztosak vagyunk, bár konkrét bizonyítékaink még nincsenek.

– S ha jól értem, Benneth különleges ügynök jelenleg ellenzi a tettesek intenzív felkutatását?

– Igen Benneth határozott véleménye, hogy egyelőre csak információkat gyűjtsünk, és ne vessünk be komolyabb erőket az erdőparkok átfésülésére, mert ezzel felhívnánk a figyelmüket arra, hogy a nyomukban vagyunk, ami lehetőséget adna nekik, hogy számunkra ismeretlen helyre költözzenek.

– Mikorra várható a következő támadás, ha elfogadjuk az eddigi menetrendet, amely meghatározza a következő támadás időpontját?

– Októberben és kedden, azaz október 4.-én.

– Ha jól értettem, Benneth felállított három lehetséges változatot a következő időszak vonatkozásában – folytatta Friedrich. – A második változat esetén valószínűsíthető, hogy erre az akcióra nem kerül sor október 4.-én, vagy ha mégis, akkor robbantás nélkül.

– Igen – reagált Peter.

– Az első és a harmadik változat viszont a helyzet eszkalálódását vetíti előre, több és nagyobb méretű támadást. Ugyanakkor a támadások előkészítése nagymértékben függ Nagy kapacitásán, ami korlátozott, és amennyiben igaz Benneth ügynök feltételezése, mással nem pótolható.

– Igen – bólintott ismét Peter.

– Akkor viszont Benneth álláspontja, miszerint ne keressük minden erőnkkel a merénylőket, egy nagy baromság – szögezte le a miniszterhelyettes. – Véleményével ellentétben bevetjük a hadsereget, óriási zajt csapunk a coloradói erdőkben. Ha megzavarjuk őket, akkor lassítjuk az előkészületeket, és időt nyerünk a megtalálásukhoz. Az akciót holnap indítjuk. Van elképzelés arra vonatkozóan, hogy hol kezdjük?

– Mi azt véljük, hogy legesélyesebb a Pike és San Isabel, az Uncompahgre, a Gunnison és az Arapaho erdőparkok valamelyike – válaszolta Hammersmith, meg sem próbálta védeni Jack álláspontját. Politikai érzéke azt sugallta, ebből a döntésből ő csak jól jöhet ki. Jack meg gondoljon, amit akar.

– Rendben – Friedrich miniszterhelyettes rendkívül élvezte, hogy operatívan intézkedhet, miközben a szolgálatok vezetőinek csak az egyetértési jog adatott meg. – Akkor kezdjük a Pike és San Isabel erdőparkkal. Földön és levegőben módszeresen át kell vizsgálni a területet, egyetlenegy négyzetméter sem maradhat felderítetlen. Valamennyi szolgálat mozgósítsa az ehhez szükséges erőforrásait. Erdőparkról erdőparkra fogunk járni, felverjük a rejtőzködő vadat, és levadásszuk a menekülő gyilkosokat.

– Uram! – szólt közbe a CIA igazgatóhelyettese – lehet egy észrevételem.

– Hallgatom – bólintott Friedrich.

– Akkor lehetünk sikeresek, ha az elejétől fogva a hálót szorosra tudjuk zárni. Legnagyobb igyekezetünk ellenére sem leszünk erre képesek holnapra. A Pike és San Isabel nemzeti erdőpark körülbelül 4500 négyzetkilométer. Minimum három napra lenne szükségünk a megfelelő felkészüléshez.

– Uraim, ezzel kapcsolatban mi az önök véleménye? – fordult a többi szolgálat képviselőihez Friedrich, de látva bólogatásukat, nem várta meg a szóbeli reakciókat. – Elfogadom az igazgatóhelyettes kérését. Kapnak három napot a felkészülésre.

A megbeszélés végeztével Peter azonnal felhívta Jacket, és tájékoztatta a miniszterhelyettes döntéséről.

– Nem vagyok meglepve – mondta Jack. – Igazi politikus. Mindegy, hogy mit, de valamit csinálnia kell, a lényeg a látszat, és nem az eredmény. Akiket keresünk nagyobb eséllyel fognak időben lelépni onnan, mint amennyi annak a valószínűsége, hogy megtalálják őket. S aztán a kutatást a nagyképességű miniszterhelyettes kiterjesztheti egész Amerikára, ami egy picit nagyobb terület, mint Colorado.

– Ebben van némi igazságod – óvatoskodott Peter, igyekezve elkerülni saját szerepének említését a döntés meghozatalában –, ugyanakkor Friedrichnek is igaza van abban, hogy ezzel az akcióval megzavarhatjuk és lelassíthatjuk az előkészületeket, hiszen amíg menekülnek, addig nem tudnak bombákat készíteni és telepíteni.

– Az idő majd eldönti, hogy kinek van igaza, szerintem nekem, de ez most már lényegtelen – mondta Jack. Nem akart a témával többet foglalkozni, lesz még rá módja, hogy azok orra alá dörgölje a hibás döntés következményeit, akik szerepet játszottak a meghozatalában.

Eközben a coloradói táborban Petrocelli, Johnnak adta ki a feladatot a Nagy által igényelt lakókocsi beszerzésére. John reggel Helennel és a két fiatallal együtt indult, s egészen Puebloig mentek az 50-es főúton. Minden útbaeső autókereskedésben megálltak, hogy megnézzék a választékot. Igyekeztek minden feltűnést kerülni, ezért az autójukkal a kereskedéstől távolabb álltak meg, és mindig másvalaki ment be a kereskedőhöz, aki jövetele célját csak akkor fedte fel, ha volt esély a megfelelő lakókocsi beszerzésére. Több helyen nem jártak sikerrel, mert vagy egyáltalán nem árusítottak lakókocsit, vagy az nem felelt meg a célnak, mígnem Puebloban rátaláltak a megfelelő lakóautóra. Gyorsan nyélbe ütötték az üzletet, az illem kedvéért egy kicsit alkudoztak az áron, de nem vitték túlzásba. Amint megszerezték a Nagy számára megfelelő gépjárművet, igyekeztek vissza a táborba, hogy még sötétedés előtt odaérjenek. A visszafelé vezető 50-es úton a fegyveres erők szokatlan csapatmozgását észleltek, rendőrautók, katonai csapatszállító járművek, állami szervekhez tartozó buszok tömkelegével találkoztak, melyek láthatóan ugyanabba az irányba, a Pike és San Isabel nemzeti erdőpark felé tartottak. Bár a konvoj jelentős feltűnést keltett az utakon és nagymértékben lassította a forgalmat, ők túlzottan nagy jelentőséget nem tulajdonítottak a látottaknak. Terveiktől eltérően csak késő este érkeztek meg a szállásukra, de az útközben tapasztaltakat nem említették meg a többieknek. Másnap reggel a coloradói erdő csendjét kisrepülőgépek és helikopterek zaja verte fel. Ilyen erős légiforgalom nem volt jellemző erre a környékre, a légi járművek iránya egyértelműen azt mutatta, mindenki a Pike és San Isabel erdőpark felé tart. Bob Carthy úgy vélte, hogy a tegnapi és a mai események között összefüggés lehet, és némi hezitálás után úgy döntött, tapasztalatairól be kell számolnia Petrocellinek.

– Lehet, hogy semmi jelentősége, de tegnap nagyon komoly gépjárműmozgást tapasztaltunk a Pike és San Isabel nemzeti erdőpark irányába. Katonai csapatszállító járművek, rendőrautók, buszok vonultak konvojban az 50-es főúton. Egyik részük Canon City-nél, másik részük Salidanál kanyarodott le az 50-esről, mintha körbe akarnák venni az erdőparkot. S ma ez az erőteljes a légiforgalom ugyanabban az irányban. Ennek oka van szerintem – osztotta meg megérzését Petrocellivel.

– Mire gondolsz? – kérdezte Petrocelli, nem túl nagy érdeklődést mutatva az elmondottak iránt.

– Mi van akkor, ha minket keresnek?

– Semmi sincs, nem találnak meg – állapította meg Petrocelli. – Azt mondtad, hogy a Pike és San Isabel erdőpark irányába mentek, mi egy másik erdőparkban vagyunk.

– Ez igaz, de mi van akkor, ha erdőparkról, erdőparkra járnak – erősködött Bob –, s ha már ez az erdőpark kerül sorra, késő lesz menekülnünk. Nagyon komoly erőket mozgósíthattak a gépjárművek és légijárművek mennyisége alapján.

– Hülyeség – vitatkozott Petrocelli. – Biztos szökött bűnözőket keresnek, vagy hadgyakorlatot tartanak.

– Mi a hülyeség? – kérdezte Frank Nagy, aki ekkor lépett a szobába, és csak az utolsó két mondatot hallotta.

Bob röviden összefoglalta tegnapi és mai tapasztalását, és az ezzel kapcsolatos aggodalmát.

– Igazad van fiam – reagált Nagy –, azonnal távoznunk kell Coloradóból.

– Nem megyünk sehová – jelentette ki Petrocelli. – A tervet végre kell hajtanunk határidőre, és abba nem fér bele, hogy új lakhelyet keresve magunknak hetekig tartóan bolyongjunk az országban.

– A tervet, egyedül te veszélyezteted a mérhetetlen ostobaságoddal – válaszolta határozottan, de még nyugodt hangon Nagy. – Ha a hadsereg és a rendőrség minden erőt bevet, hogy megtaláljanak minket, akkor meg is fognak találni. Valószínűleg tudhatják, hogy Coloradóban vagyunk.

– Mert te felelőtlenül kószálsz az országban – üvöltötte Petrocelli –, és idevonzod őket, mint a tehénszar a legyeket. Biztosan megtalálták a nyomaid Coltonban vagy a Mojave-sivatagban.

– Az is lehet, hogy én miattam van, de az is lehet, hogy a robbanómellények terítése során a fiatalok nyomára bukkantak. Teljesen lényegtelen ki miatt van. Miután nem itt kezdték a kutatást, valószínűleg csak Coloradót azonosították be, és nem ezt a szűkebb környéket. De, ha minket keresnek, akkor végül ide is eljutnak. Ebben biztosak lehetünk. S akkor megtalálják a tábort és véget vetnek a te híres tervednek.

– Ha innen mennünk kell, akkor a körülmények megváltoznak, és akkor egy új tervet kell alkotnunk – próbált Petrocelli hozzászokni a költözés gondolatához, mert a veszélyérzete jelezte, hogy Nagynak igaza lehet. – Új tervet kell készítenem.

– Egyelőre tűnjünk el innen minél gyorsabban. Aztán korrigáljuk a terved, ha szükséges. Még ma indulnunk kell.

– De nincs meg az új tábor helyszíne, hová megyünk, amíg ezt nem tudjuk? Előbb meg kell találni, és kijelölni az új tábort, s aztán tudjuk megtervezni a költözést – mondta Petrocelli, aki igyekezett lassítani Nagy tempóját. Egész élete a tervszerűségről szólt, mindig a legapróbb részletekig megtervezte, hogy mikor mit fog csinálni. Az ilyen jellegű rögtönzések pánikot keltettek benne, és átmeneti idegösszeomlásához vezettek.

– Nyugalom, ne pánikolj! – szólította fel Nagy. – Intézkedj, hogy mindenki készüljön fel a költözésre! Én majd mindent megszervezek. A tábort úgy kell elhagynunk, hogy amikor megtalálják, akkor egy régebb óta üresen álló házra bukkanjanak!

Olyan nyomot nem hagyhatunk magunk után, amiből arra következtethetnek, hogy mi éltünk itt! Ha szerencsénk van, hetekig elbohóckodnak itt Coloradóban a keresésünkkel, s mi nyugodtan berendezkedhetünk az új helyen. Egy óra múlva legyen itt mindenki, s elmondom a teendőket.

Egy óra múlva, mikor Nagy ismét belépett a faházba, már mindenki ott volt, rávárva. Petrocelli állapota az eltelt időben nem javult, jól látszottak rajta az idegösszeomlás egyértelmű jelei, amíg a többiek inkább közönyösen várták Nagyot, addig ő fel – alá járkálva motyorászott magában.

– Sürgősen el kell hagynunk a táborunkat és Coloradót. Komoly rendészeti, katonai erőket vonhattak össze a felkutatásunk érdekében. Szerencsére úgy tűnik, nem ezzel az erdőparkkal kezdték a keresést, de ez is sorra fog kerülni. Ha van eszük, s márpedig miért ne lenne, akkor Colorado útjait mielőbb lezárják, szoros ellenőrzés alá vonják, ezért nincs sok időnk a távozásunk megszervezésére – kezdte Nagy rögtön a lényegre térve. – Mindent összepakolunk, semmit, a legkisebb szemetet sem hagyhatjuk itt magunk után! Amikor megtalálják ezt a házat, nem találhatnak olyan nyomot, ami ránk utalhat. Ha Isten is úgy akarja, akkor szerencsénk lesz, ugyanis ma éjszakára és holnapra nagyobb esőt ígér az időjárás előrejelzés, ami sok nyomot eltűntethet. Ez sokat segíthet nekünk. Nyilván, ha megtalálják a házat – és higgye el mindenki, meg fogják találni –, akkor nem lesz nehéz rájönniük, hogy itt emberek éltek pár nappal, héttel korábban. De azt kell gondolniuk, hogy vadászok vagy csavargók jártak itt. A holttestet is ki kell ásni! – nézett a két fiatalra –, őt is magunkkal visszük.

– Jézusom, mi történt? – kérdezte Helen, aki semmit sem tudott az előző napok eseményeiről, bár Hunt hiánya azért feltűnt neki is. Kérdésére azonban senki nem reagált.

– A lakókocsival én megyek egyedül – folytatta zavartalanul Nagy. – A Chevrolet Van-nal ti mentek – intett a két fiú felé –, és természetesen a hullát is ti viszitek magatokkal abban a kocsiban. Helen és John a Ford Merkurral megy. Hirsch és Petrocelli a Nissan Qashqait viszi magával, feltéve, ha Hirsch magára vállal akkora kockázatot, hogy Petrocellivel beül egy autóba – szúrt oda egyet a Szellemi Vezérnek, aki jelen állapotában inkább volt egy orvosi kezelést igénylő szociális gondozott, mint Amerika romba döntését levezényelni szándékozó hadvezér. Teljesen összeomlott, mivel tudatában volt annak, hogy a csoport irányítása pillanatok alatt átkerült az ő kezéből Nagy kezébe, de nem érezte magában azt az erőt vagy képességet, amivel ezt a folyamatot most meg tudta volna állítani vagy legalább következményeiben mérsékelni.

– S a kutyákkal mi lesz? – kérdezte Hirsch.

– A kutyák velem jönnek, a lakókocsiban elférnek – válaszolta Nagy. – Most van délelőtt kilenc óra, a két fiú délben indul, a többiek este. A Ford Merkur kilenckor Helennel és Johnnal, aztán én tíz órakor, s végül a Nissan indul tizenegykor.

– Nem lenne jobb a holttesttől minél előbb megszabadulni? – kérdezte Bob Carthy. – Minél tovább tartjuk magunknál, annál nagyobb a lebukás veszélye.

– Egyetértek, minél előbb meg kell szabadulni tőle, de ez csak az állam határain túl lehetséges – helyeselt Nagy. – Az 50-es úton mentek Texas irányába, ahogy elhagytátok Coloradót, ássátok el valahol, lehetőleg úgy és olyan helyen, hogy ne találják meg néhány héten belül. Időt kell nyernünk, minél több időt töltenek a keresésünkkel itt Coloradóban, annál kisebb eséllyel találnak meg minket másutt.

– S hová megyünk? – kérdezte Hirsch.

– Lényeges kérdés, de erre most nem válaszolok. Konspirálnunk kell, amíg ki nem jutunk Colorado államból, illetve azért minden részletet még nem dolgoztam ki. Induláskor mindenkinek megmondom egyenként, hová menjen, illetve hol várakozzon. Én, vagy a fiúk fogják a többieket összeszedni a várakozási helyeken. Az indulási sorrend adott, addig pedig mindenki pakoljon, lehetőleg este nyolcra legyünk kész, hogy még egyszer körbe nézhessek, hogy minden rendben van-e! Senki ne felejtse, nyomot nem hagyhatunk magunk után!

A váratlan esemény, amely a csoport költözéséhez vezetett, nagyon jól jött Nagynak. Már régóta tervezte, hogy átveszi a csoport operatív vezetését, mert erre már Petrocelli egyre kevésbé volt alkalmas. Az elmebetegség jelei egyre gyakrabban ütköztek ki rajta, zavarossá váltak a gondolatai, gyakran kezdett el mondatokat, amit nem fejezett be sosem. S ezeknek a mondatoknak egyre kevesebb volt az értelme. Máskor órákat töltött el szótlanul, anélkül, hogy észlelte volna a körülötte zajló eseményeket. Az a képessége, hogy egy-egy mondattal vagy egyszerűen a tekintetével embereket irányítson, egyre kevésbé működött. A terv részleteinek folyamatos csiszolgatása teljesen elhatalmasodott az agyában, és ez megakadályozta abban, hogy pragmatikusan gondolkodjon. A többiek egyre gyakrabban nem értették, hogy mit akar, s egy idő után már nem is foglalkoztak vele. Már képtelen volt arra, hogy szellemileg uralva a társaságot, mindenkit ő irányítson, valójában mindannak, ami mostanában a táborban történt, egyre inkább már nem vezetője, hanem csupán szemlélője volt. A briliáns elme, aki a tábort és ezt a programot létrehozta, és hosszú éveken át irányította, már csak szánalmas utánzata volt korábbi önmagának. Nagy látva Petrocelli látványos összeomlását, amely ebben a váratlan helyzetben bekövetkezett, megragadta az alkalmat, hogy a többiek felé egyértelműen jelezze, mostantól ő az úr a házban. De azt is tudta, hogy a terv Petrocelli nélkül nem működhet, együtt kell vele dolgozni. Emiatt kezelnie kell a pillanatnyi helyzetet, – melyben egyértelmű volt, hogy az út során ebben az állapotában Petrocelli komoly kockázatot jelent, s ami a lebukásukhoz vezethet. A Mennyei Poklok Szellemi Vezérét meg kell nyugtatni.

– A terv miatt ne aggódj – lépett hozzá Nagy barátságosan –, a körülmények ugyan változtak, de a terv érdemben nem változik. Együtt átgondoljuk, ha megérkeztünk az új bázisunkra, lehet, hogy szükség lesz kisebb módosításokra, de amit a te briliáns agyad megszült, meg fog valósulni az eredeti határidőre.

– Biztos? – kérdezte reménykedve Petrocelli.

– Az októberi merényletre felkészültünk, a robbanómellény és a fegyver célba ért, a januári születésnapi tűzijáték is megrendezésre kerül, pontosan úgy ahogy te megtervezted. A terv és a képlet változatlan. Csupán annyi történik, hogy az eseményeket máshonnan fogod irányítani.

– Akkor jó – sóhajtott boldogan Petrocelli, miközben bárgyún vigyorgott Nagy szavait hallgatva –, akkor megyek csomagolni én is.

Ezt követően Nagy felkereste Tim Hirscht, akit ugyan nem tartott sokra, de az elkövetkező hetekre, hónapokra fontos szerepet szánt neki Petrocelli kezelésében. Petrocellit ki kell mozdítani a jelenlegi bénult állapotából és hadra kell fogni, mert a Szellemi Vezér nélkül a terv nem hajtható végre. A merénylők aktiválásához csak ő értett, egyedül ő ismerte azokat a kulcsszavakat, melyektől a biorobotok beindultak és végrehajtották a parancsot. A merényletek előkészítése egy hosszabb, és Petrocelli által jól megtervezett folyamat volt. A merénylet potenciális helyszínének kijelölése a merénylők feladata volt. Ebben a munkában elsősorban Nagy segített nekik. A cél mindig egyértelmű volt, a támadást minél kevesebb körülmény zavarhassa meg, és a pusztítás minél nagyobb legyen. Havonta egy alkalommal telefonon egyeztettek, mígnem a helyszín és az akció lebonyolításának módja véglegesen meghatározásra került. Egy hónappal a merénylet tervezett dátuma előtt Petrocelli hívta fel a soron következő végrehajtót, és többórás beszélgetést folytatott le vele. Ekkor történt gyakorlatilag a biorobotok élesítése. Petrocelli a beszélgetés során meggyőződött az öngyilkos merénylő elszántságáról, eltökéltségéről, arról, hogy az akciót mindenképpen végrehajtja, s kész az életét áldozni a tervért. Az ezt követő pár hétben Fred vagy Bob eljuttatta a fegyvert és a bombát hozzájuk. Végül a támadás napjának előestéjén Petrocelli kiadta a végső utasítást, gyakorlatilag megnyomta az élesítő gombot a bioroboton. Innen már nem volt visszaút, a beprogramozott merénylő elindult és végrehajtotta Petrocelli utasítását. Ebbe a tökéletesen kitalált és megtervezett gépezetbe háromszor került olyan oda nem illő csavar, amely Petrocelliben fokozatosan elindította a szétesését, melynek következményeként idegileg egyre kevésbé volt képes kontrollálni magát, és ezáltal irányítani a tábor és a csoport működését. Először

Petersburgban alakultak az események a tervtől eltérően, amikor Joe Kennedyt valaki váratlanul lelőtte az akciója kezdetén. A sikertelen merénylet miatt Petrocellinek rögtönöznie kellett, mert ahhoz kínosan ragaszkodott, hogy minden hónapban kell egy merénylet és abban a hónapban a merényletnek szerdára kell esnie. Ez a terv egyik legfontosabb eleme volt számára. Abban a szituációban akkor nem volt más választása, mint hogy feláldozta a Baumann testvéreket, akik pár évvel korábban csatlakoztak hozzá. Nem elrabolt gyerekek voltak, hanem olyan fiatalok, akik keresték a helyüket a világban, és amikor találkoztak Petrocelli eszméivel a világhálón, azt érezték, hogy ezzel a gondolatvilággal teljes mértékben azonosulni tudnak. Kezdetektől fogva őszinte hívei és nagy rajongói voltak Petrocellinek, aki felismerte bennük az elszántságuk mellett azt a képességet is, hogy alkalmasak mások irányítására, befolyásolására, emiatt a jövőben komoly szerepet szánt a két német származású fiatalnak. Ezért is tartotta őket maga mellett a táborban, de abban a helyzetben nem volt más választása. A terv azt kívánta, hogy azonnal induljanak Salt Lake Citybe egy rögtönzött merénylet végrehajtására. S mivel a két testvér ragaszkodott ahhoz, hogy az akciót együtt hajtsák végre, mindkettőjüket feláldozta korábbi szándéka ellenére. A bomba elkészítésére sem volt már idő, ezért az öngyilkosság biztosítása érdekében méregtablettával látta el őket, biztos volt benne, hogy mindketten tudják a kötelességüket, s ebben nem tévedett. A második eset júniusban történt. Eredeti terv szerint Jan Kovacnak kellett volna Memphisben a merényletet végrehajtani. A telefonos beszélgetések során az derült ki Nagy és Petrocelli számára, hogy Kovac másokat is be kíván vonni az akcióba. Megpróbálták erről Kovacot lebeszélni, de nem jártak sikerrel. Petrocelli számára ez azért is komoly kudarc volt, mert ez volt az első példa arra, hogy az általa megalkotott biorobot önálló életre kelt, jelezve, hogy mégis maradt saját akarata. Sőt, ami a legfájóbb volt számára, megpróbálta Petrocelli tervét módosítani. Kovac ugyanis hitt abban, hogy képes az újonnan választott társaival mindenkinél látványosabb és sikeresebb akciót végrehajtani. Úgy gondolta, hogy ezzel ő lesz Petrocelli számára a legkedvesebb áldozat. Kovac rajongott Petrocelliért, Istenként tisztelte, és meggyőződése volt, hogy azt a sok jót, amit Petrocellitől kapott, oly módon tudja csak meghálálni, ha az ő nevéhez fűződik a legnagyobb és legsikeresebb merénylet. Látva ezt a megszállottságot, végül Petrocelli nem állította le a fiút, de komolyan aggódott az akció sikeréért, ezért kitalálta, hogy biztonsági tartalékként aktiválják Eric Bishopot Phoenixben. Bishopnak az eredeti elképzelések szerint később kellett volna végrehajtani a merényletet, de készen állt már a feladatra, így logikusnak látszott, hogy ő lesz a „B" terv, ha Kovacéknál mégis problémák adódnak. A felkészítésük párhuzamosan zajlott az utolsó pillanatig, anélkül, hogy Kovac és Bishop tudott volna erről. Nagy és Petrocelli abban egyezett meg egymással, hogy Bishopot csak akkor vetik be, ha Kovac kudarcot vall, azaz idő előtt lebukik, hiszen másik két ember bevonása óriási kockázatot jelentett Petrocelliék számára. A dolgok azonban jól alakultak, úgy tűnt Kovac akcióját nem veszélyezteti semmi, ezért a támadás előestéjén Petrocelli úgy döntött, hogy Bishopot leállítja. A telefonhívását azonban Bishop nem fogadta a megbeszélt időpontban. Ezt Petrocelli úgy értelmezte, hogy Bishop nem fog csinálni semmit, hiszen a végső utasítást a merényletre nem adta ki számára, ehhez képest a másnap történtek sokkolták őt. Azon a júniusi napon, két különböző helyen két merénylet végrehajtására került sor. S bár az akciók alapvetően sikeresek voltak, ez Petrocelli számára egyértelműen a terv összeomlását jelentette, hiszen a képlet ebben a helyzetben már nem állt össze. 65 = 17 + 6 + 12 + 30. Ebben a képletben tizenkettő azon helyszínek számát határozta meg, ahol egyéni merényletet kell végrehajtani, havonta egyet, a megadott napon az „X" nap előtt. De ezzel a kettős támadással a tizenkettőből tizenhárom lett. Napokig nem szólt senkihez, bezárkózott a szobájába, megszakított minden kapcsolatot a külvilággal. A negyedik napon megszületett a megoldása. A terv akkor működik, ha átértékeli a képletet, és a számoknak más magyarázatot ad. Tizenkettő nem az „X" nap előtti helyszínek száma, hanem az „X" napon merényletet elkövető gyerekek száma. Mondjuk sokat kellett töprengenie azon, hogy szabad-e átértelmeznie a számokat és más jelentést adni nekik, de a negyedik napra meggyőzte magát. Neki, mint a terv és a képlet megalkotójának jogában áll kisebb átértelmezéseket végrehajtani. Ez a döntése azonban meglepő módon nem az önbizalmát, hanem a bizonytalanságát erősítette, és viselkedése még inkább kiszámíthatatlanná vált. A harmadik eset, amikor az események nem a terv szerint alakultak a következő hónapban történt. Július 8-án New Orleansban egy Kirk Penny nevű srácnak kellett volna végrehajtania a soron következő merényletet, de Kirk Penny egy nappal korábban eltűnt. Petrocelli először árulástól tartott, attól, hogy valaki képes volt ellenállni akaratának, és a gondos nevelés ellenére megtagadta a parancs végrehajtását. Petrocelli kénytelen volt megint rögtönözni, mivel a terv nem engedte meg, hogy egy hónap is kimaradjon a sorozatból, az elmaradt merényletet pótolni kellett még ugyanebben a hónapban. S erre két hete volt, végül ugyanazt a megoldást választotta, mint Bishop esetén, egy későbbi időpontra tervezett merénylőt kellett előrángatnia. Harry Petersont aktivizálta Indianapolisban. De, mivel a dátum szentsége fontosabb volt az akció előkészítettségénél, az akció nem volt kellően kidolgozva, a robbanómellényt sem lehetett már eljuttatni Petersonnak. A merénylet ugyan végrehajtásra került, de ez volt az egyik legkevésbé sikeres akció a sorozatban. Ráadásul Petersonnál méregtabletta sem volt, ami külön fejfájást okozott neki, mi lesz abban az esetben, ha a fiú túléli a támadást, de Petrocelli szerencséjére ez nem következett be. Petrocellit nem hagyta nyugton az esetleges árulás gondolata Kirk Pennyvel kapcsolatban, ezért Fred Mosleyt elküldte New Orleansba, derítse ki mi történt Kirk Pennyvel. Fred egy hét múlva jött vissza, Kirk Penny nem árulta el Petrocellit, csupán egy fatális tragédia áldozata lett. A merénylet tervezett dátumát megelőző napon hazafelé tartva egy autó halálra gázolta. A megnyugtató hír ellenére Petrocelli sosem tudta teljesen feldolgozni a történteket. Meggyőződése, – miszerint az általa kidolgozott terv minden részletében tökéletes – megingott, hiszen egy egyszerű hétköznapi esemény, egy baleset is mindent felülírhat.

– Petrocelli teljesen szétesett – mondta Frank Hirschnek, amikor oda ment hozzá –, ez komoly kockázatot jelent számunkra, amit kezelnünk kell. Egy autóval mentek, próbáld meg gyógyszeresen leszedálni az úton. Nem érintkezhet, nem beszélgethet idegenekkel. Ha ellenőrzés során a hatóság megállít titeket, lehetőleg ne adj neki lehetőséget, hogy megszólaljon. Az 50-es úton menjetek Puebloig, ott forduljatok délre a 25-ösön. Raton környékén szálljatok meg valamelyik motelben, reggelre odaértek, pihenjetek, másnap reggel menjetek tovább Los Lunas irányába. Az már kisebb távolság, ott a Quality Innben szálljatok meg, várjatok, amíg én vagy a fiúk nem jelentkeznek. Rendben?

– Természetesen – válaszolta Hirsch –, Petrocelli miatt ne aggódj, tudom őt kezelni. Egyébként, ha hozzászokik az új helyzethez, visszanyeri korábbi önmagát. Az a fontos, hogy folyamatosan tájékoztasd a fejleményekről, a következő lépésekről. Azt egyelőre elfogadja, hogy átvetted a csoport operatív irányítását, de ha nem látja cselekvéseidben a tervszerűséget. és az nem igazolódik számára, hogy a terve mentén haladunk, sok bajunk lesz még vele. Erre kell figyelni most, és azzal is legyél tisztában, hogy ez nála átmeneti állapot, amit ez a váratlan helyzet okozott. Amint megszűnik a bizonytalanság körülöttünk, újra a régi lesz, és visszaveszi a csoport irányítását tőled.

Nagy bólintott, nem kívánta Hirsch orrára kötni, hogy esze ágában sem lesz engedni Petrocellinek a hatalom visszavételét. Felesleges olyan dolgokról beszélni, amik csak zavart okoznának a fejekben a jelenlegi nehéz helyzetben. Hadd higgye mindenki, ez csak átmeneti szükségmegoldás. Elindult megkeresni a két fiút, akik nem sokkal korábban fejezték be a gödör kiásását. Éppen azzal voltak elfoglalva, hogy mibe csomagolják Hunt testét, amikor Nagy odaért hozzájuk.

– Minden rendben? – kérdezte tőlük.

– Természetesen – válaszolta Fred –, hamarosan ezzel itt készen leszünk – mutatott Hunt földi maradványaira. – Aztán összeszedjünk a dolgainkat, és délben indulunk a megbeszéltek szerint.

– Rendben, ahogy mondtam az 50-esen menjenek Texas felé. Ha megszabadultatok a csomagtól, akkor forduljatok délre. A 25-ösön vagy a 40-esen menjetek Santa Rosaig. A Route 66 Inn motelben találkozunk három nap múlva. Vigyázzatok magatokra, és semmi feltűnősködés, különösen a közlekedési szabályok betartására figyeljetek! – figyelmeztette őket befejezésül Nagy.

– Ne aggódjon Főnök – vigyorgott Fred –, bennünk abszolút megbízhat.

Már csak Helen és John eligazítása volt hátra. Mindketten a házban takarítottak, amikor felkereste őket, hogy követve Nagy utasításait, ne maradjon semmi nyom utánuk.

– Ide leírtam a teendőket – adott át egy papírszeletet Johnnak. – A 285-ös úton menjetek Antonitóig. Ott jobbra kell fordulni Chama irányában. Nyugodt tempóban haladva ez körülbelül kilenc óra, azaz kora reggelre lesztek ott. Keressetek valami eldugott motelt, s egy napra szálljatok meg benne. Másnap a 84-esen menjetek Santa Fe-ig, majd onnan a 25-ösön Belenig. Ott megtaláljátok a Super 8 by Wyndham motelt, ahol vegyetek ki egy szobát, és várjatok rám vagy a fiúkra.

– Meddig? – kérdezte Helen.

– Amíg nem jövünk. Négy, de inkább öt nap. De ha több, akkor is várjatok. Meg fogunk érkezni. A lényeg a nyugalom és a hidegvér megőrzése, és természetesen a feltűnés kerülése. Utazgató házaspár vagytok, akik szabadságukat töltik a vidéken.

– Minden rendben lesz, utasításod szerint fogunk eljárni – nyugtatta meg John.

Nagy nem aggódott miattuk, megbízhatóak voltak. Biztos volt benne, hogy maguktól nem fog eljárni a szájuk, de egy kihallgatás során valószínűleg hamar megtörnének. Nagy sosem értette, hogy miért tartanak Petrocellivel. Alkalmazottak voltak, de fizetést nem kaptak. Láthatóan a csoport küldetése nem érdekelte őket, a megbeszéléseken, felkészítéseken nem vettek részt. Nagy abban bízott, hogy mivel sok konkrétumot az akciókról és a tervekről nem tudnak, ezért esetleges lebukásuk esetén érdemben nem veszélyeztetik a tervezett merényletek végrehajtását. Egyébként is a csoport menekülését Coloradóból úgy szervezte meg, hogy senki ne tudja, merre tartanak, és merre vannak a többiek. Reményei szerint ez elég biztonságot adott a csoport számára, hogy szerencsésen kijussanak Coloradóból. A két fiatalban sem látott jelentős kockázatot. Fanatikusak voltak a végtelenségig, úgy hittek Petrocelliben, mint az Istenben, bármit megtettek volna érte. Ha ők lebuknak az út során, hallgatni fognak, mint sír, soha senki nem fogja megtudni tőlük, mire készülnek. Egyedül attól tartott, ha rosszul élik meg ezt az új helyzetet, amiben átvette a csoport irányítását Petrocellitől, akkor ellene fordulhatnak. De egyelőre ezzel a problémával nem akart foglalkozni. Minden gondolatát lekötötte a jelenlegi helyszín biztonságos elhagyása, és az új tábor kijelölése. Este nyolckor mégegyszer körbejárta a házat és a környéket. Megállapította, hogy nem hagytak maguk után semmi olyasmit, ami arra engedne következtetni, hogy ők voltak itt korábban. Időt kellett nyerniük, ezért volt fontos a számára, hogy a keresés Coloradóban ne álljon le. Minél több erőt összpontosítanak erre az államra, annál kisebb a lebukásuk esélye. Persze csak akkor, ha szerencsésen kijutnak ebből az államból.

10. fejezet

Harry Robson

Jack az elmúlt napokban sokat töprengett Friedrich miniszterhelyettes döntésén. Egyik pillanatban dührohamot kapott, hogy ilyen dilettáns módon megnehezíti a munkáját, és a terroristacsoport felfedezését. Azt gondolta, hogy csendben, nagyobb feltűnés nélkül hamarabb megtalálták volna őket. A másik pillanatban meg egyetértett a döntéssel, remélve, hogy a katonai akció sikeres lesz. A napok múlásával ez utóbbiban egyre kevésbé bízott, de mivel más lehetősége nem volt, beletörődött a döntésbe. Egy dolog nem változott az elmúlt időszakban, a csapatának munkamorálja. Mindenki mindent megtett annak érdekében, hogy mielőbb biztos nyomra bukkanjanak. Eltelt egy hét a legutóbbi péntek délutáni szeansz óta, a csapat ismét összegyűlt, várták Peter Hammersmith-t, az FBI New York-i irodavezetőjét a szokásos vezetői tájékoztatásra. Peter azonban nem kis meglepetésükre nem egyedül érkezett, magával hozta az FBI igazgatóját Harry Robsont. Robson magas, vékony férfi volt az ötvenes éveinek elején. Belépve a szobába, némán bólintott, nem érezte szükségesnek a bemutatkozást.

– Ez most a bizalom vagy a bizalmatlanság jele? – kérdezte Jack, akit felbőszített a váratlan vendég érkezése; pontosabban nem a személlyel volt baja, hanem azzal a ténnyel, hogy erről őt előzetesen nem tájékoztatták.

– A múlt érdemei nem garantálják a jövő sikereit – reflektált Robson Jack megjegyzésére. – Helyzet van, vészhelyzet, ami megoldásért kiált. Eredményt kell produkálni sürgősen. Nem azért, mert az Elnöknek, vagy bármely idióta politikusnak erre van szüksége a politikai karrierje szempontjából, hanem azért, mert Amerikának van erre szüksége a társadalmi béke érdekében. Azért jöttem, hogy első kézből értesüljek a fejleményekről és segítsek, ha ezt a csoport igényli.

– Uram, éjt nappallá téve dolgozunk a siker érdekében, s örömmel veszünk minden segítséget – válaszolta Jack visszafogottan, úgy gondolta, hogy Friedrich miniszterhelyettes döntésével kapcsolatos véleményét egyelőre nem mondja el az igazgatónak.

– S hol tartanak a nyomozásban? – kérdezte Robson, miután helyet foglalt az asztalnál.

– Vannak érdemi és kevésbé érdemi eredményeink – válaszolta Jack a kérdésre. – Kerestünk olyan agykutatással, pontosabban az agy programozásával foglalkozó pszichológusokat, pszichiátereket, akik a nyolcvanas években aktívak voltak, majd a későbbiekben nyomtalanul eltűntek. Keresésünk eredményeként öt olyan személyt azonosítottunk be, aki felkeltette érdeklődésünket. Mára már sikerült bizonyítékot találni arra, hogy volt közöttük szakmai kapcsolat a nyolcvanas években, tehát nem zárható ki, hogy a mai napig is együtt dolgoznak.

– További érdekesség, amire az elmúlt napokban derítettünk fényt – folytatta Bogdanov ügynök –, miszerint Hirschnek és Petrocellinek, akik a nyolcvanas években közeli munkatársak voltak Chicagóban, van családi összekapcsolódása is. Mindkettőjük apja Auschwitz foglya és túlélője volt. Hirsch zsidó származású, apja orvostanhallgatóként került a náci haláltáborba. Petrocelli olasz származású, apja kezdő pszichiáter volt Milánóban, és tagja volt az olasz kommunista pártnak, a háború alatt csatlakozott egy olasz partizáncsoporthoz a Mussolini elleni harcban. Amikor elfogták őt az olasz fasiszták, az auschwitzi haláltáborba vitték. A táborban Mengele felfigyelt rájuk, kiemelte őket a foglyok tömegéből, és mindketten segítették a náci orvost az emberkísérleteiben a túlélésük reményében. Azt nem tudni, hogy lelkes hívei voltak-e Mengelének szakmailag, de az tény, hogy minden kérését teljesítették a kísérletek során. A túlélő foglyok visszaemlékezései nem voltak megértőek velük kapcsolatban, kíméletlen megalkuvóknak tartották őket. A tábor felszabadítását követő zűrzavarban sikerült meglépniük, valószínűleg tisztában voltak azzal, hogy a többiek a nácikhoz, és nem az áldozatokhoz fogják őket sorolni. Pár évvel később Amerikában bukkantak fel mindketten, de már új néven, más személyazonossággal. A nácivadászok a hatvanas évek végén találtak rájuk, és azonosították be őket. Hirsch apja ekkor már halott volt, egy évvel korábban rákban hunyt el. Petrocelli apját azonban megtalálták, bíróság elé állították. Végül öt év letöltendő börtönbüntetést kapott, ahonnan 1976-ban szabadult. 1988-ban hunyt el szívrohamban. Arra nincs bizonyítékunk, hogy ők ketten tartották-e a kapcsolatot Amerikában is. Hirsch apja Las Vegasban, Petrocelli apja a floridai Orlandoban élt, de talán a két gyerekük találkozása Chicagóban nem a véletlen műve.

– Visszatérve az öt eltűnt személyhez – vette vissza a szót Jack –, ahogy korábban mondtam, sikerült bizonyítani, hogy ismerték egymást a nyolcvanas években. Az információk alapján megállapítható, hogy Petrocelli volt az, aki ennek a kapcsolati rendszernek a központi figurája volt. Írásos nyomát találtuk annak, hogy Petrocelli egy kísérleti intézet felállítását javasolta a hatóságoknál. Az volt az elképzelése, hogy az Egészségügyi és Emberi Erőforrás Minisztérium keretein belül hozzanak létre egy olyan, az agy kutatásával foglalkozó intézetet, amelyben gyerekeken végeznek kísérleteket. Javaslata szerint szüleik által elhagyott, vagy árva gyerekeket kellett volna az intézet rendelkezésére bocsátani, amelyben az ő általa kidolgozott nevelési, agyprogramozási módszerrel a jövő tökéletes katonáját hoznák létre. A többiek támogatták az ötletet, és jelezték is Petrocelli felé, hogy szívesen részt vennének az Intézet munkájában. Petrocelli ezen felbuzdulva ötletével megkereste a minisztériumot, de nem kapott zöld utat. A minisztérium határozott álláspontja szerint nem lehetséges ilyen jellegű kísérleteket gyerekeken végezni. Petrocelli azonban nem adta fel elképzeléseinek megvalósítását, megpróbálta azokat a hadiipari cégeket lobby-célokra felhasználni, melyekkel akkoriban kapcsolatban állt. Azt bizonygatta nekik, hogy a jövő hadserege jól képzett biorobotokból fog állni, melyhez elengedhetetlenül szükséges, hogy már kora gyerekkortól megkezdjék a leendő katonák felkészítését.

Ennek az egyetlen lehetséges módszere az agy programozása.
Az intézetben, melynek felállítását javasolta, ezeket a kísérleteket végeznék el. Egyes hadiipari cégeknek tetszett Petrocelli ötlete, de természetesen ők sem tudtak semmilyen eredményt elérni sem a Védelmi, sem az Egészségügyi Minisztériumnál. A végére már odajutott erőszakos lobby-tevékenységével, hogy munkahelyén határozott felszólítást kapott, miszerint ha nem hagy fel az általa megálmodott intézet létrehozásának ötletével, sor fog kerülni munkaviszonyának megszüntetésére, mivel nézetei elfogadhatatlanok és komoly presztízsveszteséget okoznak a kórháznak. Az írásbeli figyelmeztetés után három hónappal tűnt el Petrocelli és Hirsch nyomtalanul. Kapcsolatuk a többiekkel ezt követően sem szakadt meg, de sajnos semmilyen adatot nem találtunk arra vonatkozóan, hogy Petrocelli és Hirsch ezen idő alatt hol tartózkodott. A közöttük zajló levelezésben arra sem történt utalás, hogy Petrocelli és Hirsch mivel foglalkozott konkrétan abban az időszakban, tehát nincs bizonyítékunk arra ezekben a levelezésekben, hogy gyerekeket rabolnának el, hogy megkezdjék Petrocelli elméletének gyakorlati megvalósítását.

– Tehát akkor lehetséges, hogy mégsem ők állnak a mostani merényletsorozat mögött? – kérdezte csalódottan Peter.

– Tény, hogy ez nem erősíti a feltételezésemet velük kapcsolatban, de valószínűleg ez a tökéletes konspiráció része volt. Elképzelhető, hogy a többiek nem tudták, mit csinálnak Petrocelliék, nekik meg talán akkor még nem volt érdekük, hogy ezt elárulják. Lehet, hogy nem bíztak annyira egymásban – védte meg álláspontját Jack.

– Az, hogy nem találtunk erre vonatkozóan bizonyítékot, nem jelenti azt, hogy ne tudtak volna róla. Wakemann ’92-ben, Diaz ’93-ban és Hunt ’94-ben tűnt el. Ahogy növekedett az elrabolt gyerekek száma, úgy nőhetett az igény olyan szakképzett munkaerőre, akik a nevelésükkel foglalkozni tudnak – kapcsolódott be Nick Morrison a beszélgetésbe. – Véleményünk szerint Petrocelli hívta és kérte a csatlakozásra őket. Tudniuk kellett, hová mennek, mire vállalkoznak, mert egyrészt igyekeztek lenyomozhatatlanul eltűnni, s erre legjobb példa Wakemann, másrészt későbbiekben sem kerültek elő, azaz elfogadták azt, amivel szembesültek, amikor csatlakoztak Petrocellihez.

– Hacsak nem váltak ők is áldozatokká – szólt közbe dr. Kempler, aki általában nem szólalt meg ezeken a beszélgetéseken, de most Robson jelenléte arra ösztönözte, hogy ő is a csapat aktív tagjának tűnjön. Alighogy kimondta az utolsó szót, rádöbbent, hogy a hallgatás most jobb lett volna, ezért gyorsan korrigált – persze ennek semmi értelme.

– Értelme mindennek van. Ha valóban Petrocelli azzal foglalkozott, amit Jack feltételez, akkor akár meg is ölhették őket, hogy ne kockáztassák a lebukásukat – védte meg Robson Kempler megjegyzését.

– Diazzal kapcsolatban van még egy érdekesség – folytatta Bogdanov ügynök. – Azon a mexikói konferencián, amelyre elindult, de oda sohasem érkezett meg, „Agyprogramozás a születés pillanatától kezdve" címen tartott volna előadást.

– A merénylők egyik része a kilencvenes években elrabolt gyerekekből nevelődött ki, másik része olyan fiatal, aki már ifjú felnőttként csatlakozott a terrorcsoporthoz – kezdett egy új témába Helen Nicholson. – Az eddigi merénylők között mindkettőre találtunk egyértelmű bizonyítékot. Azt feltételezve, hogy az önként csatlakozók csoportja olyan személyekből állhat, akik a 2005-ös weblap szorgos olvasói, kommentelői voltak, megpróbáltunk ezen a nyomvonalon némi kutatást végezni. A hozzászólások gyakorisága, és a honlap üzeneteivel történt szellemi azonosulás alapján úgy véljük, tizenegy ember jöhet számításba. A Baumann testvérek és Bill Ewans egyértelműen beazonosításra kerültek. Kicsit meglepő módon felhasználónevük megválasztásakor nem sokat foglalkoztak azzal, hogy ne legyenek könnyen beazonosíthatóak, így tulajdonképpen nem volt nehéz dolgunk. A többiek személyazonosságának megállapítása még folyamatban van. Négy esetben már elég közel vagyunk ahhoz, hogy megállapítsuk, hogy ki lehet a keresendő személy.

– Ha jól értem, azt a feltételezését, hogy az öt eltűnt pszichiáternek, illetve pszichológusnak köze lenne a gyermekrablásokhoz, és ezáltal köze lenne a merényletsorozathoz, még nem sikerült bizonyítani – állapította meg az FBI igazgatója.

– Nem, még nem – vallotta be Jack, – de ebben a lehetőségben továbbra is hiszek, mivel minden egyéb nyomozati eredmény erre enged következtetni.

– Áttételesen, és nem konkrétan – pontosította Jacket a főnöke, amire Jack nem kívánt reagálni.

– Gondolom, az az információ eljutott önhöz – mondta Bogdanov, Robson felé fordulva –, hogy a kilencvenes években elrabolt gyerekekről készült fotók alapján arcrekonstrukciót hajtunk végre annak megállapítása céljából, vajon hogyan nézhetnek ki napjainkban.

– Igen, Hammersmith említette már korábban – bólintott az FBI igazgatója.

– Ezt a munkát dr. Kemplerrel együtt kezdtük, illetve végezzük. Több mint ezer eltűnt gyerekről van szó, akik abban az időben csupán pár évesek voltak, és a mai napig sincs hír róluk. A munka felgyorsítása érdekében felvettük a kapcsolatot a Berkeley Egyetemmel és a Delaware Orvosi Egyetemmel. Mindkét egyetemről tíz-tíz orvostanhallgató csatlakozott hozzánk. Útmutatásaink alapján elkezdték ők is az arcrekonstrukciós munkát. Jelenleg ott tartunk, hogy több mint háromszáz esetben elkészült a feltételezett arcképről egy fotó, ezeket a fotókat folyamatosan futtatjuk az összes létező közösségi médián, és olyan adatbázisokon, ahol ipari kamerák felvételeit tárolják. Eddig tizenhárom esetben volt találatunk közösségi médián, elsősorban a Facebookon. Sajnos tíz esetben kiderült, hogy tévedtünk, a fotónk nem volt tökéletes. Bár a hasonlóság meglepő volt, de az a személyt, akit beazonosítottunk nem rabolták el gyerekkorában. Mentségünkre szolgáljon, hogy hat esetben rokoni kapcsolatban voltak egy eltűnt gyerekkel. Három esetben viszont megtaláltuk a kilencvenes években eltűnt gyereket. Kihallgatásuk megtörtént a helyi rendőrség által. Eddig nem merült fel olyan információ, hogy kapcsolatban álltak volna terroristákkal. Ők is egy gyermekrablás áldozatai voltak, de az elkövető nem nevelt biorobotot belőlük. Természetesen velük kapcsolatban folyik az ilyenkor szokásos hatósági eljárás, de az egy másik történet.

– S biztos, hogy nem csak konspiráció részükről a kapcsolat tagadása? – kérdezte Robson.

– Természetesen ezt a lehetőséget sem zárhatjuk ki – válaszolta Julia –, egy speciális egység folyamatosan figyeli őket. Ha bármi olyasmit tapasztalnak, mely kapcsolatba hozhatja őket a terroristákkal, azonnal lépünk, de egyelőre nincs ilyen információnk.

– Annyit tennék hozzá – folytatta Jack –, hogy ezt a három személyt is a Facebookon azonosítottuk be. Azt gondolom, hogy amennyiben ők potenciális merénylők lennének, akkor nem lenne Facebook-profiljuk A biztosabb eredményt az ipari kameráktól várom, bár ott a legkisebb a találati arány valószínűsége. Mindenesetre, ha azt elintézné nekünk, hogy a repülőtereken, vasútállomásokon, buszpályaudvarokon átmenetileg ne töröljék a biztonsági felvételeket, sokat tudna nekünk segíteni, Uram – fordult Robsonhoz.

– Meglátom, mit tehetek a kérés teljesítése érdekében – válaszolta szárazon az FBI igazgatója, aki érkezésekor felajánlotta a segítségét, de valójában nehezen viselte, ha egy beosztott feladatot ad neki. Főleg, ha a feladat a végrehajthatatlan kategóriába tartozik. Nincs az a vészhelyzet Amerikában, amikor a jogvédők szó nélkül tudomásul vennék az ilyen jellegű hatósági intézkedéseket.

– Természetesen megértem, hogy kérésem nem könnyen teljesíthető – fűzte hozzá Jack, feszítve a húrt még egy kicsit.

– Mi az elképzelésük, hol készül a következő támadás? – terelte a beszélgetést más irányba Robson, nem teljesen értette, hogy Jack most miért bosszantja, de nem akarta, hogy a pengeváltás köztük folytatódjon.

– Nincs érdemi elképzelésünk – válaszolta Jack. – Az eddigi tapasztalatok alapján bárhol megtörténhet. A dátumban természetesen biztosak vagyunk: október 4-e, kedd. Javasolhatnám, hogy erősítsük meg a nagyforgalmú helyek védelmét, de ehhez nincsenek erőforrások, mert mindenki a coloradói hegyekben bóklászik a fenyőfák között.

– Szóval ez a baja? – nézett rá csodálkozva Robson. – Miért nem ezzel kezdte? Megsértettük az önérzetét, hogy véleményével ellentétben Friedrich miniszterhelyettes más döntést hozott?

– Téved Uram, nem az önérzetemmel van baj – válaszolta Jack –, hanem a dilettantizmussal.

– Szóval úgy véli, hogy Friedrich védelmi miniszterhelyettes úr, és valamennyi szolgálat vezetője dilettáns?

– Természetesen nem, Uram, én ilyet nem feltételezek. Bár ahogy a múlt érdemei nem garantálják a jövő sikereit, úgy a hierarchiában elfoglalt hely sem garantálja, hogy az lát a legmesszebbre, aki a legmagasabban ül – emlékeztette Jack az FBI igazgatóját, hogy a találkozásuk első percei nem sikerültek tökéletesre.

– Elég legyen Jack! – szólt közbe határozottan Peter. – Vegyél vissza egy kicsit magadból.

– Nos, folytatná? – kérdezte Robson, ezzel jelezve, hogy nem akar tovább rugózni kettőjük konfliktusán.

– Ahogy mondtam, bárhol lehet a következő támadás – folytatta a kérésnek megfelelően Jack –, illetve annyiban pontosítanék, hogy azokat a városokat kizárnám, ahol eddig már végrehajtottak egyet. Nem valószínűsítem, hogy ugyanabban a városban két merényletet kövessenek el. Washingtont és New Yorkot is kizárnám, mert feltételezésem szerint, ha ott készül valami, akkor arra később kerül sor. Talán a záróakció lesz ebben a két városban, utalva ezzel szeptember 11-re. Ha ezeket a kizárásokat megteszem, akkor is rendkívül sok hely jöhet szóba, ahol a következő merényletre sor kerülhet.

– Rendben, javasolni fogom a Hírszerző Közösség következő ülésén, hogy október 4-én a fentiekben nem említett városokban valamennyi repülőtér, tömegközlekedési állomás, pályaudvar, illetve rendezvényközpont felügyeletét erősítsék meg. Ebbe valamennyi civil biztonsági szervezetet is megpróbáljuk bevonni, megpróbálom elérni, hogy a coloradói hegyekben kutató rendfenntartó és katonai erők is kerüljenek átcsoportosításra, hacsak átmenetileg is – tett egy apró gesztust Robson Jack felé.

– Feltéve, ha addig nem érnek el eredményt a hatóságok Coloradóban, és megtalálják a terroristacsoportot – tette hozzá Peter, ezzel jelezve Robsonnak, hogy nem azonosul Jack álláspontjával. Ez ugyan nem volt teljesen igaz, de Hammersmith szerette volna főnöke értésére adni, hogy nem támogatja Jack mostani viselkedését.

– Ha jól értem Jack, ezzel a coloradói kutatással az a baja, hogy felhívja a terroristák figyelmét arra, hogy a nyomukban vagyunk, így adva lehetőséget a számukra, hogy elmeneküljenek onnan, s ez megnehezíti a felderítésüket? – tette fel a nyilvánvaló kérdést Robson.

– Pontosan ez a bajom – reagált Jack.

– Bár számtalan érv szól a kutatás értelme mellett, én azzal most nem foglalkoznék, hogy önt meggyőzzem. Tételezzük fel, hogy önnek van igaza. Nagy és a többi terrorista szagot fogott, és még időben leléptek. Hová mehettek?

– A leglogikusabb válasz erre a kérdésre az lenne, az ideiglenes táborukba mennek. Mivel most menekülniük kell Coloradóból, nincs sok idejük új helyszín kiválasztására, az idő is sürgeti őket a következő merénylet előkészítése miatt. Ebből a megközelítésből logikus, hogy már ismert helyre menjenek, azaz abba a felkészítő táborba, ami feltehetőleg a mexikói határ környékén található.

– Miért pont ott? – Robson nem ismerte eddigi eredményeik minden apró részletét.

– A mexikói határt feltételeztük az alapján, hogy San Antonióban beazonosítottunk két merénylőt, akik a táborba tarthattak. Nyilván a mexikói határ azon szakaszára gondolok, amely San Antonio irányába esik. Ez a vidék viszont eléggé kies, kevésbé alkalmas arra, hogy tartósan elrejtőzzenek. A mexikói határ környékén San Antonióhoz legközelebbi erdőség a Big Bend Nemzeti Erdőpark. Az viszont nagyon messze van San Antoniótól, annak megközelítése El Pasóból talán észszerűbb lenne. Ha az ideiglenes tábor mégsem a mexikói határ környékén van, akkor még Houston környéke jöhet szóba, ahol a Sam Houston Nemzeti Erdőpark található.

– Bár az is lehet – szólt közbe Morrison –, hogy a tábor megközelítésére nem a legrövidebb útvonalat optimalizálták, hanem a legbonyolultabbat.

– Bármi lehetséges – hagyta jóvá ingerülten Jack kollégája megjegyzését –, de az biztos, hogy fogalmunk sincs, hová mentek, míg pár nappal ezelőtt biztosak voltunk abban, hogy Coloradóban vannak. Jelenleg nincs semmi konkrétum a kezünkben, csak feltételezések.

– Azok, akik a múltból ismerték magát, azt mondták, borzasztóan nehezen kezelhető figura. Ma megtapasztaltam, igazuk volt – állapította meg Robson, miközben felállt az asztaltól. – További jó munkát és mielőbbi eredményeket várunk önöktől.

Távozása után Peter mérgesen támadt Jackre.

– Mi a fene volt ez? Miért kellett szórakoznod Robsonnal? Nem ő találta ki a coloradói kutatást – dühöngött az FBI New York-i irodájának vezetője.

– Te is bekaphatod! – válaszolta Jack, majd szó nélkül elhagyta a szobát.

Peter lemerevedett. A konfliktus, amely sok éve keletkezett közöttük, az utóbbi egy-másfél hónapban enyhülni látszott. Most viszont nagyon durván újra előtörtek a régi sérelmek okozta indulatok. Peter érezte, hogy Jack belül sokkal dühösebb, mint ami kívülről látszott rajta, s félt, hogy ez megint Jack távozásához vezethet, ami a nyomozás jelen szakaszában óriási kudarc lenne az ő karrierje szempontjából is. Valószínűleg Jacknek volt egy terve Coloradóval kapcsolatban, amit még nem osztott meg senkivel, de Friedrich védelmi miniszterhelyettes döntése ezt a tervét felülírta. Ráadásul a helyzet kényelmetlenségét fokozta, hogy ez a pengeváltás a csapat többi tagja előtt történt. Peter egy pillanatig hezitált, hogy szóljon-e hozzájuk, de végül a könnyebb utat választotta, felállt és ő is kirohant a szobából.

– Szerintetek most mi van? – tette fel a kérdést Helen mindenki nevében.

– Szerintem Jack elment a közeli kocsmába – válaszolta Morrison, aki talán legjobban ismerte Jacket –, megiszik pár pohár vizet, majd két óra múlva visszatér, mintha mi sem történt volna. Ez az ügy sokkal fontosabb számára annál, hogy ismét megsértődjék. De hogy az ügy lezárása után mi lesz, azt nem tudom. Mindenesetre mi folytassuk a munkánkat, s várjuk ki, míg Jack lenyugodva visszatér.

11. fejezet

Úton

Nagy, miután elköszönt Hirschtől és Petrocellitől, akik egy órával később indultak, beengedte a két vérebet a lakókocsi hátsó részébe, majd beült a volán mögé, és elindult az általa megtervezett útvonalon. Szándékosan más irányba ment mint a többiek, remélve, hogy ezzel is csökkenti a lebukásuk veszélyét. Miután kiért a betonútra, az 50-es úton északnyugatra, Utah állam irányába fordult. Grand Junction után kanyarodott rá a 70-es főútra, majd Thompson Springsnél délre vette az irányt a 191-esen. Éjszaka az országút csendes volt, alig-alig találkozott forgalommal. Grand Junction, amely egy nagyobb város volt útja során, este tizenegy óra után már csendes és kihalt volt, ami teljesen megfelelt Frank elképzelésének. Lassú, nyugodt tempóban haladt, ügyelve arra, nehogy egy járőr figyelmét is felkeltse.

Monticellónál beállt egy motel parkolójába, aludt pár órát, majd keresett egy üresen álló telket, ahol kiengedte a kutyákat, egy kicsit hadd mozogjanak. Délelőtt tízkor már ismét úton volt, egészen Saint John's-ig hajtott. A kisváros egyik autókereskedésének közelében, a forgalomtól távolabb eső területen leparkolta a lakókocsit, majd besétált az autókereskedésbe, ahol hosszas hezitálás után kiválasztott magának egy húszéves Ford Mustangot. Ezután megkereste a Rode Inn Motelt, ahol készpénzben kifizetett három éjszakát előre, majd néhány sör legurítása után aludni tért. Az elmúlt napok meglehetősen megviselték fizikailag, hiszen már nem volt húszéves. Szükségét érezte, hogy kipihenje magát, és így folytassa útját.

A tábor új helyszínének kijelölése nem tűnt egyszerű feladatnak. Rövid idő alatt kellett megfelelő helyet találni a csapat számára. Másnap kora reggel előbb a lakókocsihoz ment, ahol a két véreb már nehezen viselte a bezártságot. Megfuttatta őket, hogy

lenyugodjanak, majd a Ford hátsó ülésére engedve őket elindult a
Gila Nemzeti Erdőpark irányába. Egész nap az erdőparkot járta,
de az általa korábban térképen és interneten kinézett lehetsé-
ges helyszínek a valóságban nem annyira tetszettek nekik. Este
úgy döntött, hogy mivel a keresést másnap folytatni kell, nincs
értelme, hogy visszatérjen a motelbe. A két kutyát kiengedte a
szabadba, ő pedig a kocsiban töltötte az éjszakát. Másnap kora
délután végre sikerrel járt. Az erdőpark délnyugati részén talált
egy olyan helyet, melyet alkalmasnak tartott a tábor kijelölé-
sére. Kellően messze volt minden betonúttól, de azért autóval
megközelíthető földúton, és ami még fontos szempont volt, távol
esett minden kijelölt turistaútvonaltól. A két kutyát otthagyta
a leendő tábor helyszínén, majd elindult visszafelé. Jó ötórás út
várt rá, hogy Santa Rosában összeszedje a fiúkat. Estére meg is
érkezett. A Route 66 Inn parkolójában ott állt a fekete Chevro-
let Van. Ezek szerint a fiúknak sikerült a feladatuk teljesítése,
nyugtázta elégedetten önmagában.

– Minden rendben? – kérdezte, mikor belépett a szobába.

– Problémamentes volt – válaszolta Fred az ágyon fekve. –
Szerintem évekig nem fogják megtalálni Hunt holttestét.

– Megtaláltam a következő szálláshelyünket, de arra most
nincs idő és lehetőség, hogy ott faházat építsünk magunknak.
El kell mennetek Catarinába, ahol a sátrakat tároljuk. Hozzatok
el öt darab kétszemélyeset meg egy nagyot, illetve minden olyan
praktikus dolgot, amire szükségünk lehet a közeljövőben, és ami
belefér az autóba. Holnap estére legyetek Saint John's-ban a Rode
Inn-nél. Addig én összeszedem a többieket. Ott találkozunk.

Frank keresett magának egy másik motelt, hogy minél ke-
vésbé tudják őket összekapcsolni, majd kora reggel elindult a
többiekért. Előbb Los Lunasba ment, ahol Hirsch és Petrocelli
várta őt a megbeszélt helyen. Petrocelli az előző pár naphoz vi-
szonyítva teljesen összeszedettnek tűnt. Kérdés nélkül tudomá-
sul vette, hogy megvan az új szálláshely, és azt is, hogy egyelőre
sátrakban fognak lakni. Frank, mielőtt tovább indultak volna,
eladta egy autókereskedésben a Ford Mustangot, majd beült a
Nissanba és elmentek Belenbe a házaspárért. Megbeszélte velük,

hogy Saint John's-ban a KC Motelben szálljanak meg és várják, amíg jelentkezik. Ezt követően a Nissan-nal hármasban mentek Saint John's-ba, a közel négyórás út alatt senki sem szólt senkihez, ami kicsit meglepte Nagyot, mivel arra számított, hogy Petrocelli folyamatosan érdeklődni fog az új helyszínről. Amikor megérkeztek a kisvárosba, Frank megállt a Budget Inn Motelnél, kirakta Hirscht és Petrocellit, majd elhajtott a Rode Innhez. A két fiú már várta őt a parkolóban. Késő délután volt, de Frank nem akart további időveszteséget, ezért úgy döntött, hogy nem szállnak meg a motelben, hanem továbbmennek.

– Mi továbbmegyünk az új szállásra – közölte Freddel és Bobbal. – Előbb elmegyünk a lakókocsihoz, ahol Fred átpakol minden cuccot a Chevrolet-ből a lakókocsiba. Ott van hely elegendő, és kevésbé feltűnő, ha tele van turista cuccokkal, a Van amúgy is kell más célokra. Amíg Fred pakol, addig mi Bobbal elmegyünk a többiekhez, amikor visszajöttünk, azonnal indulunk.

Előbb a házaspárt keresték fel, akik a megbeszéltek szerint a KC Motelben várták őket.

– Elvisszük a Fordot, de még ma visszahozzuk a Chevrolet helyette – közölte velük. – Holnap reggel vásároljatok be legalább két hétre elegendő élelmiszert. A 191-esen, majd a 180-oson menjetek a Gila Nemzeti Erdőpark felé. Lerajzoltam erre a papírra, hogy hol kell letérnetek az útról, s aztán merre kell mennetek. Nem lesz egyszerű egyedül megtalálnotok az új szállást, de nem mehetünk konvojban. A fiúk az erdőben valamennyi keresztútnál el fognak helyezni egy kis fakeresztet holnap reggel. Ahol a kereszt van, az a jó út, arra kanyarodjatok mindig rá. Figyeljetek nagyon oda, nem tévedhettek el, és nem kérhettek segítséget senkitől. Ha mégis, valami probléma támad, s nem értek oda időben, akkor három nap múlva ugyanitt találkozunk.

– Nem lesz semmi probléma – nyugtatta meg John Franket, aki utolsó mondatai ellenére nem nagyon izgult a házaspár miatt.

Miután a szükséges információkat átadták a házaspárnak, megkeresték a két pszichiátert is.

– Mi most indulunk az új táborba, ti holnap reggel. A Fordot
itt hagyjuk, azzal jöttök – mondta Nagy, majd elmagyarázta
nekik is az útvonalat.

– S miben fogunk lakni az új helyszínen? – élénkült fel Pet-
rocelli, mint akihez még nem jutott el semmi a Frank által ko-
rábban elmondottakból.

– Sátrakban. A fiúk hoztak sátrakat Catarinából.

– De jön a tél, s hideg lesz a hegyekben – ellenkezett Petro-
celli, mint egy kisgyerek.

– Ez tény – helyeselt Nagy. – Döntsd el, mi a fontos neked: a
terv végrehajtása vagy a kényelmed?

– Természetesen a terv végrehajtása az elsődleges, de mégis
meddig kell sátorban laknom?

– Amíg be nem költözöl a New York-i Ritz Szállodába – közöl-
te ingerülten Nagy. – Egyelőre lesznek sátrak, aztán meglátjuk
a következő lépéseket: ha sok szabad időnk lesz, építünk neked
faházat, de az elkövetkező időszak nem az építkezésről szól,
hanem a felkészülésről a tervezett akciókra.

Nem várta meg Petrocelli esetleges reakcióját, kiment a szo-
bából, otthagyva őket. Bobbal visszament a lakókocsihoz. Nagy
vonalakban elmagyarázta nekik is az útvonalat a tábor új hely-
színéhez, abban maradtak, hogy az országúton láthatósági távol-
ságon belül követik őt. Az országútról való letérést követően ami
várhatóan már sötétedés után lesz leoltott lámpákkal, egymást
szorosan követve fognak haladni. Az éjjellátó szemüveg meg-
oldja a tájékozódási problémáikat. Közben átgondolta korábbi
tervét, annak nincs értelme, hogy a fiúk reggel visszamenjenek
a fakeresztek elhelyezése miatt, ezért abba maradt velük, hogy
ezeket most útközben fogják kitűzni.

12. fejezet

Jack gondjai

A Hírszerző Közösség következő ülésére szeptember utolsó szerdáján került sor. A terrorcsoport utáni kutatás eddigi sikertelensége miatt komoly indulatok feszültek egymásnak. Többen, akik korábban nem szólaltak fel Friedrich miniszterhelyettes javaslatával szemben, most felesleges erőforrás-pazarlásnak tartották az akciót, és a kutatócsapatok visszahívását követelték. A meglehetősen viharosra sikerült megbeszélést követően Hammersmith telefonon hívta fel Jacket.

– Mivel kezdjem: a jó, vagy a rossz hírekkel? – kérdezte Peter, miután Jack felvette a telefont.

– Gondolom, van nulla darab jó híred és tíz rossz. A számsor elején van a nulla, szóval kezd azzal – Jack hangja érzelemmentes volt, bár ennek biztosítása komoly erőfeszítésébe került.

– Jó hírből a nullánál több van, főleg a te szempontodból. Három erdőparkkal végeztek a keresőegységek, a Pike és San Isabel, az Uncompahgre, a Gunnison erdőparkokat átfésülték. Nem találták meg őket, de találtak nyolc olyan elhagyott faházat, amelyben hetekkel vagy akár napokkal korábban is lakhattak valakik. Sajnos olyan nyomra nem bukkantak, amely az adott helyszín és a merényletek közötti összefüggésre utalna. A nyolc faház közül hatnak beazonosították a tulajdonosát, aki hitelt érdemlően igazolta, hogy ő, illetve általa ismert emberek jártak ott az elmúlt időszakban. Kettőnél nem sikerült a tulajdonost felderíteni, de nem találtak semmi érdemlegeset a nyomozás szempontjából. Mindkét helyszínen természetesen találtak ujjlenyomatokat is, de ezek nem találhatóak az adatbázisainkban. Ugyanakkor az feltűnő volt, hogy mindkét helyszín meglepően tiszta volt. Akik korábban ott voltak, távozásuk előtt nagytakarítást tartottak.

– Lehetséges, hogy mindkét helyszínt ugyanaz a társaság lakhatta? Milyen messze volt egymástól az a két faház? – kérdezett közbe Jack.

– A távolság köztük több, mint ötven kilométer, és nem ugyanabban az erdőparkban vannak. Az egyikük az Uncompahgre-ben, a másik Gunnisonban. Mindkét faház 8-10 ember kényelmes elhelyezésére alkalmas. Gondolod, hogy esetleg két csoportra váltak volna? – tette fel a kérdést Peter.

– Nem tudom, biztonságosabb, de logisztikailag nehézkesebb megoldásnak tűnne. Nem tartom valószínűnek, inkább csak véletlen egybeesésnek.

– Összegezve a kutatás eddigi eredményeit, semmivel sem vagyunk előbbre – állapította meg Peter.

– S ebben mi a jó hír? – kérdezte álnaivan Jack.

– Téged igazol a kutatás feleslegességéről. A keresést folytatják ugyan az Arapaho erdőparkban, és ehhez kapcsolódik a valódi jó hír, hogy csak szombat estig. Utána leállítják, pontosabban felfüggesztik a kutatást, az erőket átcsoportosítják annak érdekében, hogy minél inkább fel lehessen készülni az október 4-ei támadás megakadályozására. Elég kemény vita zajlott erről, de Robson jól érvelt, és végül a javaslata elfogadásra került. A felfüggesztés is inkább csak tipikus politikusi döntés volt, szerintem nem fogják folytatni a kutatást. Azt is elfogadták, hogy mely városokban, és mely helyszíneken legyen a hatósági jelenlét megerősítve, pontosan úgy, ahogy javasoltad múltkor Robsonnak.

– Értem, s akkor mi a rossz hír ezek után? – kérdezte Jack.

– Robson kizárólag a saját ötleteként adta el az egészet. Sőt, a vita egy pontján úgy érvelt, hogy a te szakértői véleményed ellenére javasolja New York és Washington kihagyását a szigorú ellenőrzés alól.

– Ki nem szarja le Robson igazgató urat? – kérdezett vissza Jack. – A sok idióta hivatalnok között nem tűnik ki a szemétségével. Ő is csak egy a sorban, egy karrierista barom.

– Nem akarod túltenni magad ezen az önsajnáló, főnökgyűlölő világlátásodon? – kérdezte barátian Peter.

– Sokat kellene azon dolgoznotok, hogy egyáltalán megfontoljam a kérdést. Gondolom a nagyember azt nem hozta szóba, hogy átmenetileg ne töröljék a megfigyelő kamerák felvételeit.

– Látod, ez is egy jó hír – mondta Peter. – Szóba hozta, de nem ért el vele átütő sikert, ami kevésbé jó hír. A javaslatot elvileg mindenki támogatta, de tisztában voltak azzal, hogy ez megvalósíthatatlan. Ami viszont tényleg jó hír, hogy többen vállalták, hogy saját hatáskörben, és természetesen nem hivatalosan, de meg fogják oldani a kérést.

A beszélgetést követően Jack Helent kereste meg, aki szokása szerint meredten bámulta az előtte levő számítógépek képernyőit. Helen imádta magát képernyőkkel és billentyűzetekkel körbevenni. Hol az egyik billentyűzeten ütött be egy parancssort, hol a másikon. Hétköznapi ember számára követhetetlen volt, hogyan képes kezelni egyszerre ennyi feladatot, de Helen számára ez volt az igazi boldogság. Úgy érezte, ilyenkor övé az egész világ, a számítógépek csak neki dolgoznak, nincs olyan feladat, amit ne tudna megoldani. Magányos, egyedül élő nő volt, aki számára ez jelentette élete értelmét, ha már az emberekkel nem tud megfelelő kapcsolatot kiépíteni, nem tud társat találni magának, a számítógépek világa mindenért kárpótolja.

– Nos, hogy állunk? – kérdezte Jack.

– Rengeteg hírem van – mondta izgatottan Helen –, de ha nem haragszol kezdem a kevésbé izgalmasokkal. Volt ugye tizenegy olyan személy, akik 2005-ben a honlap kommentálásában nagyon aktív volt. Közülük hármat, mint merénylőt beazonosítottunk már korábban, velük most nem foglalkozom. Múltkor említettem, hogy van négy olyan ember az aktív kommentelők között, akiknek sikerült megállapítani a személyazonosságát, és folyik a felkutatásuk. Ez mostanra megtörtént. Kizárható a kapcsolat köztük és a merényletsorozat között. Valószínűleg idétlen tinédzserek voltak, és tetszett nekik, hogy hülyeségeket lehet írni következmények nélkül. Mára már megkomolyodtak, családjuk van. Egyébként sem illenek abba a profilba, amit a merénylőkről kialakítottunk. Múltkor még négy olyan személy volt, akit nem tudtunk beazonosítani, mára mind a négyet sikerült. Kettő esetén a jó hír az, hogy ők is kizárhatók az előbb említett indokok alapján, viszont van két srác, akikre igaz, hogy 2010 környékén eltűntek.

– Az egyikőjük neve Marvin Lord, washingtoni srác. 2011-ben tűnt el otthonról, akkor volt huszonkétéves. Zűrös családból származott, ennek ellenére a család nem tudja elképzelni róla, hogy ezeket az eszméket komolyan vette volna – szólt közbe Julia, aki Helen mellett ült, és együtt dolgozott Helennel ezen a témán. – Mindenesetre az anyja szerint könnyen befolyásolható gyerek volt, aki hajlamos volt mindig abban hinni, amit utoljára mondtak neki. Szakmai véleményem szerint egy ilyen típusú ember, ha Petrocelli bűvkörébe kerül is, sosem válik anynyira megbízhatóvá, hogy egy ilyen komoly akciósorozatban szerepet kapjon. A másik srác neve Jon Brown. Ő Los Angeles-i, huszonnégy évesen tűnt el szintén 2011-ben. Ő már inkább lehet érdekes számunkra. Drogügyletei voltak, börtönben is ült, igazi kemény gyerek volt. Utoljára 2011-ben látták, amikor letöltötte legutolsó börtönbüntetését. A börtönből távozva írt egy levelet szüleinek, hogy ne keressék, mert többet nem tér vissza hozzájuk. Küldetése van, amivel korábbi bűneit fogja letudni. Az ő esetében elképzelhető, hogy köze van Petrocellihez, illetve a merényletsorozathoz.

– Az elrabolt gyerekek közül újabb tízre van arcrekonstrukciós találatunk – folytatta Helen. – Ebből kilenc Facebook-os, valószínűleg itt sem lesz érdemi eredmény, hasonlóan a korábbi esetekhez. Viszont van egy arcunk, amely az elmúlt három hónapban többször is előfordult egy Kansas City-i buszpályaudvar ipari kameráján. Ez a buszpályaudvar a 10. utca és a Fő utca kereszteződésénél van. A felvételek tanúsága szerint a srác nem busszal érkezett vagy busszal távozott, de valamilyen okból kifolyólag többször átment a pályaudvaron.

– Esetleg a következő merénylet előkészítésével foglalkozott? – kérdezte Jack.

– Nem valószínű, mivel az útja során céltudatosan keresztezte a buszpályaudvart, nem nézelődött, nem próbált információt gyűjteni a buszpályaudvarról. Szerintem egyszerűen arra volt dolga, ugyanakkor ez nem a munkahelyével vagy a lakhelyével függhet össze, mert nagyjából nyolc- tíz naponként ismétlődik előfordulása a felvételeken. Igaz, nagyjából ugyanabban az időben, délután négy óra után nem sokkal.

– Ki kell adni a fotót a helyi FBI-nak, gyűjtsék be a fiút. A nyolc-tíznapos ciklus alapján mikorra várható felbukkanása ismét? – kérdezte Jack.

– Jövő hét közepén, szerda és péntek között – válaszolta Helen.

– Más? – kérdezte ingerülten Jack. – Azt mondtad, rengeteg híred van.

– Ennyi volt – reagált csalódottan Helen. – Azt hittem, pezsgőt bontunk az általam elmondottakra, hiszen két fontos lépést tettünk előre. Pont olyan elviselhetetlen alak vagy, mint Peter Hammersmith.

– Igen, köszönöm – korrigált Jack. – Szép munka volt.

Jack mostanában egyre frusztráltabban viselkedett, ez nem csak múltkori összezördülésén a főnökeivel derült ki, de a csapattal is egyre több volt a konfliktusa, amely szinte mindig az ő bántó megjegyzéseiből indult ki. Nyomasztotta a kudarc, mert úgy érezte, hogy nem az ő tempójában haladnak. Őszintén szólva nem sok esélyét látta, hogy az elnökválasztásig eredményt fognak elérni, bár önmagában ennek hatása az elnökválasztásra egyáltalán nem érdekelte. Legnagyobb problémája a saját egoja volt. Sikerei csúcsán úgy érezte, hogy nincs olyan ügy, amely ne lenne nyitott könyv számára az első perctől kezdve. A nyomozás egyszerű csuklógyakorlat csupán. Most, hogy öt év kihagyás és komoly szellemi tompulás után visszatért, nem tudta eldönteni, vajon most találkozott-e élete legnagyobb kihívásával, vagy az öt év önpusztítás ennyit vett volna el zsenialitásából? Bosszszantotta, hogy Petrocelliben vagy aki ezt az egészet kitalálta, megszervezte, nem érezte azt a szellemi képességet, ami igazi kihívás lenne számára, de mégis nehezen megfogható ellenfélre talált benne. Az akciók tökéletesen meg voltak tervezve, nem maradtak elvarratlan szálak, amelybe kapaszkodva könnyen nyomukra bukkanhatott volna. Ráadásul az elmúlt napokban egyre gyakrabban érezte, szüksége lenne egy pohár italra. Eddig ennek a kísértésnek viszonylag könnyen ellenállt, inkább még egy órát kínozta magát az edzőteremben, de most érezte, hogy az ellenállás falai omladoznak. Pénteken, amikor elrohant a megbeszélés végén, és New York egyik kocsmájában kötött ki, nehéz és hosszú küzdelmet folytatott önmagával: víz vagy sör whiskyvel hígítva? Végül győzött a buborékos ásványvíz, de a győzelem nem tűnt véglegesnek.

13. fejezet

Az új csapat

Ronald Wright átsétált a Bouleward W-n a lámpás kereszteződésnél. A busz indulásáig volt ideje bőven, nem sietett. A buszpályaudvarhoz érve meglepetten tapasztalta a korai időponthoz képest mennyi rendőr sétálgat a környéken, de nem tulajdonított neki különösebb jelentőséget. Az út Richmondból Lynchburgba – ahová tartott – közel három óra, ezért vett magának valami olvasnivalót az újságosstandnál, hogy az út közben ne unatkozzon. Állásinterjúra ment, de nem akart ezzel foglalkozni az utazás során. Ismerte magát annyira, hogy tudta: az csak az esélyeit rontaná, ha azon rágódna, hogy milyen kérdéseket tehetnek fel neki, és arra ő mit fog válaszolni. Jobb a spontaneitás, döntötte el magában.

Pár perc volt a Greyhound busztársaság menetrendszerinti járatának indulásáig, amikor odaért a buszhoz. Csak az első ajtónál lehetett felszállni a buszra, ahol egy *Mason Security* feliratú kabátot viselő fekete férfi minden felszálló utas csomagját és ruházatát ellenőrizte. A ruházat ellenőrzése felületes volt, csak arra terjedt ki, hogy a kabát vagy a pulóver alatt nem visel-e valamilyen speciális mellényt. Ronald az ellenőrzést követően felszállt a buszra, s valahol a busz közepén elfoglalta a helyét. A busz már tele volt utasokkal, s nem sokkal azt követően, hogy Ronald Wright kezébe vette a nemrégen vásárolt képesújságot, a busz elindult. A Greyhound járata a megengedett sebességhatár figyelembevételével haladt a közepes forgalmú 64-es számú autópályán. Charlottesville-ben volt egyedül megállója, ahol pár utas leszállt, illetve néhányan felszálltak. Ebben a megállóban Ronald nem látott ellenőrzést a felszálló utasoknál, de igazából nem is foglalkozott ezzel. Charlottesville-nél a busz rákanyarodott a 29-es főútra Lynchberg irányába. Körülbelül félórát haladhattak a célállomás irányába, amikor a busz váratlanul megállt, a sofőr az útszélére kormányozta a járművet.

– Bocs, csak pár perc, s folytatjuk az utunkat – szólt bele lazán a mikrofonba.

Ronald agyán átfutott a műszaki probléma lehetősége, ettől kissé nyűgös lett. Az állásinterjúra kilenc órára várták, nem szeretett volna elkésni. A sofőr fehér bőrű, szőkésbarna hajú, fiatal férfi leszállt a buszról, kényelmesen hátrasétált a busz végéhez, ahol pár percig valamit matatott. Ezt követően ismét felszállt a buszra, s megállt a sofőrülés mellett.

– Minden rendben, már itt is vagyok – közölte nyugodt hangon szembe fordulva az utastérrel, de ezzel egyidőben egy rövidcsövű gépfegyvert rántott elő a sofőrkabátja alól.

Az utasok az első pillanatban fel sem fogták, mi történik. A fiatal férfi először a hozzá legközelebb ülőkre tüzelt, majd szép lassan elindult a busz vége felé. Fokozottan figyelt rá, hogy mindkét oldalra jusson a golyózáporból, és egy üléssor se maradjon ki. A busz megtelt az emberek üvöltésével, sikoltozásával. Senkinek sem volt esélye, hogy megakadályozza a merénylőt a tette elkövetésében, mert senkinél sem volt fegyver a buszon. Az ülések szűkek voltak, elbújni sem lehetett sehová a golyózápor elől, s a férfi cselekedete tökéletesen megtervezett és végrehajtott volt. A busz végéhez érve visszafordult, megállt a busz közepén. Elégedetten körbenézett, majd meghúzta a robbanómellény zsinórját. Ronald Wright sosem ért oda az állásinterjúra.

A robbanás pillanatában állt meg az első arra járó személygépkocsi a busz közelében, de szerencsére a robbanás ereje a benne ülőkben nem okozott kárt. Ezt követően egyre több autós érkezett, hogy a szerencsétlen utasok segítségére siessen. Rövid időn belül az első mentő- és rendőrautó is megérkezett.

Jack nem sokkal reggel kilenc óra után kapott információt a merényletről. Az első jelentések még csak húsz halottról és harminc súlyos sérültről szóltak. Sajnos ez a későbbiekben pontosításra került, a merényletnek negyvenkét halálos áldozata, és tizenöt súlyos sérültje volt. Jack utasította a csapatát, hogy intenzíven folytassa tovább a munkáját, s egyúttal Nick Morrisont bízta meg azzal, hogy folyamatosan tartsa a kapcsolatot a helyszínen dolgozó nyomozók parancsnokával, információt szerezve a már megszokott bizonyítékokról, ami összeköti ezt a merényletet is a sorozattal. Azt tervezte, hogy másnap délben találkozik Peterrel, ahol megosztja vele a legfrissebb információkat, s egyúttal kihasználva a négyszemközti találkozót, a nyomozással egészével kapcsolatos problémáit is megbeszéli főnökével.

Másnap pontosan délben lépett be Hammersmith irodájába, ahol Peter a szokott pózban várta. Láb az asztalon, fogpiszkáló a szájban.

– Bekövetkezett az, amire számítottunk: nem tudtuk megakadályozni a merényletet – dühöngött Jack, amikor leült Peterrel szemben az íróasztal elé. – A buszra felszállókat ellenőrizték Richmondban, ugyanakkor az ellenőrzés elmaradt Charlottesville-ban, ami sajnos mutatja, hogy nincs elegendő kapacitásunk a merényletek megakadályozására. A legnagyobb hiba azonban amit elkövettünk, a sofőrre nem gondolt senki, ő pedig kényelmesen elrejtette a gépfegyvert és a robbanómellényt a buszban. Az nem jutott eszébe senkinek, hogy indulás előtt a buszt is ellenőrizni kell. Az akció tökéletesen lett megtervezve és kivitelezve, sajnos. Amíg egy hónappal ezelőtt Seattle-ben viszonylag sikeresen mérsékeltük a merénylet által okozott károk, veszteségek nagyságát, itt teljesen csődöt mondtunk. Az egyik legsikeresebb akciójukat hajtották végre az orrunk előtt, az amatőrségünknek köszönhetően.

– Tudunk már a merénylő személyéről valamit? – Peter igyekezett érzelemmentes maradni, látva Jack kifakadását.

– A busztársaság tájékoztatása szerint Herb Moore-nak hívták a sofőrt. Két éve dolgozott náluk, megbízható, nyugodt fickónak ismerték, akinek sem az utasokkal, sem a közlekedési szabályokkal nem volt soha konfliktusa. Ennél többet pillanatnyilag nem tudunk róla. Természetesen folyik múltjának feltárása, de az eddigi esetekhez hasonlóan túl sok mindenre nem számítok.

– Bármi konkrét bizonyíték, ami ezt az esetet összekötheti a sorozattal? – kérdezte Peter.

– Természetesen a dátum önmagában bizonyíték, de a felrobbant buszon a robbanómellény maradványain megtalálták a fonott zöld-sárga zsinór nyomait. Ez elegendő számomra ahhoz, hogy kijelentsem, a tegnapi merénylet része a sorozatnak.

– Ennyi? – kérdezte Peter. Úgy érezte, hogy Jack most több információval nem rendelkezik, de úgy látta még nem akar távozni.

– Lenne egy személyes ügy is, illetve részben személyes – ültette vissza Jack Petert a székébe.

– Éspedig?

– Ezzel a csapattal nem tudom a feladatot megoldani – kezdte Jack.

– Mi bajod velük? – kérdezett vissza meglepetten Peter – Mindegyik csapattag kiváló szakember a maga területén.

– Nem vitatom, sőt ezt én is elismerem. Lehet, hogy velem van a baj, talán berozsdásodott az agyam az elmúlt öt évben, talán nagyobb külső segítség kell ahhoz, hogy megtaláljam a megoldást. Nem tudom, pontosan mi a bajom, de semmi sem működik úgy, ahogy szeretném.

– Talán nagy a kabát? – kérdezte provokatívan Peter.

– Bármi lehet, de egyelőre ezt a lehetőséget kizárnám – vágott vissza Jack. – S nem csak azért, mert az egóm hatalmas, hanem mert az ellenfél nem legyőzhetetlen. Kétségtelenül tökéletes a tervezés és kivitelezés, ahogy az embereket felkészítette a merényletekre, ahogy megszervezte azokat, s amilyen pontossággal végrehajtják őket, már-már zseniálisnak is nevezhető. De ez a felkészülés elméletem szerint immáron huszonöt éve zajlik, legalább ötven vagy inkább több ember bevonásával. Teljes mértékben kizárom, hogy ezen idő alatt egyszer sem hibáztak volna, és nem hagytak olyan nyomot maguk után, amely alapján már régen a nyakukban kellene lihegnünk. Ezzel szemben fogalmunk sincs, hol vannak, hol lesz a következő akció, és ami a legfontosabb: nem tudjuk, hogy mi a céljuk ezzel az egésszel. Mire megy ki ez a játék?

– Ez így van – hagyta jóvá Jack összegzését Peter –, de mi a problémád a csapatoddal?

– Egyszerűen nem inspirálnak, elismerem, rengeteget dolgoznak, és valóban kiváló szakemberek, ahogy mondtad, de nem indítják be az agyamat.

– S ezt nekik kellene?

– Igen, nekik kellene. Hiányzik az a szellemi műhely, ahol röpködnek az ötletek, a kérdések, a lehetséges válaszok, s ahol egyszer csak én ráérzek a megoldásra.

– Gondolod, hogy ez ilyen egyszerű?

– Meggyőződésem, hogy igen. Az elmúlt néhány napban igyekeztem átgondolni, hogy régen mitől találtam meg a megoldást, bonyolultnál bonyolultabb ügyekben is. Beláttam, hogy nem én voltam a zseni: azok voltak a zsenik, akikkel együtt dolgoztam. Inspiráltak engem ötleteikkel, én csak lecsaptam ezekre, kiválasztottam a gyöngyszemet az üveggömbök közül. A munka könnyebb részét végeztem, összeraktam a képet, amihez ők szállították a részelemeket.

– A szerénységed megdöbbentő – mondta Peter, tényleg meglepődve. Régóta ismerte Jacket, de ilyen sebezhetően őszintének még sosem látta. – Mi a konkrét javaslatod a csapat összetételére vonatkozóan?

– Kempler a munkája nagy részét elvégezte az arcrekonstrukciókkal. Ezenkívül nem tud semmit hozzáadni a közös munkához, szürke, unalmas figura. Nincs már további hozzáadott értéke a csapatban, őróla lemondok. Nick Morrisont régóta ismerem, de sosem ő volt az a briliáns elme, aki igazán inspirált volna engem a korábbi csapataimban. Megbízható fickó, kedvelem is, de őtőle is megválnék. Helent és Juliát megtartanám, de nem csak azért, mert a szebbik nemet képviselik – vigyorgott Jack –, hanem azért, mert Helen számítógépes tudása valóban elképesztő. Ő sem az a személy, aki képes lenne inspirálni engem, de a technikai tudása alapján őt nem engedhetem el a csapatból. Julia okos, kreatív nő, de még nem bontakozott ki. Rá számítok, szerintem egy jó csapatban csodákra lesz képes az én inspirálásomat illetően.

– Értem – reagált Peter a Jack által elmondottakra. – Te vagy a főnökük, tied a felelősség a csapat összeállításában. De, ha jól gondolom, nem hárman akarjátok folytatni, beszéljünk az új tagokról is. Meglepne, ha nem lenne néhány név a tarsolyodban.

– Igen, természetesen megvannak az új jelöltjeim is. Pár évig együtt dolgoztam Alan Atkinsonnal. Remekül megértettük egymást, zseniális ötletei voltak, ezek között rengeteg volt olyan, ami az elsőre ősbaromságnak tűnt, de valami értelme mindig volt annak, amit mondott. Tudtommal most a belbiztonságiaknál van, a CGI-nál. Ugyancsak régóta ismerem Jimmy Tylert, vele is sokat dolgoztam korábban. Eredetileg jogi végzettségű, ebből adódóan rendkívül csűrcsavaros a gondolkodása. Ha minden igaz, akkor most az Igazságügyi Minisztériumnál, az NSB-nél csillogtatja nem hétköznapi képességeit. Egyikkel sem beszéltem előzetesen, nem akartam megkerülni a szolgálati utat.

– Te tényleg átalakulóban vagy – mosolygott Peter–, felveszem a kapcsolatot az illetékesekkel, és remélem, hogy legkésőbb hétfőn már itt kezdenek nálunk.

– Ez még nem minden – folytatta Jack. – Van még két név, akiket szeretnék a csapat névsorában látni. Velük még nem dolgoztam együtt, de információim szerint a csapat erősségei lehetnének. Monica Carter a Védelmi Minisztérium egyik szolgálatánál, az ONI-nál dolgozik elemzőként. Állítólag bomba jó nő, ami lényeges, de nem szükséges feltétele a csatlakozáshoz. A hírek szerint szellemi képességei még a fizikai képességeit is jócskán meghaladják. S végül mondok egy fiú nevet, hogy a nemek aránya kiegyensúlyozott legyen a csapatban, Andrew Gillan matematikus. Jelenleg a Pénzügyminisztérium szakszolgálatánál, a TFI-nál dolgozik. Azt mondják róla, hogy Einstein óta nem volt ekkora lángész a Földön, bár ha jól tudom, Einstein nem matematikus volt.

– Valóban nem az volt – hagyta jóvá Peter, Jack kívánságlistáját. – A lecke fel van adva nekem. Négy szolgálat vezetőjét kell meggyőznöm arról, hogy adja nekünk az egyik legjobb emberét. Nem kérsz keveset tőlem.

– Nem én kérem, az *ügy* kéri.

– Értem én. Amint kapok válaszokat, jelzem feléd. Gondolom, addig a mostani csapattagok felé hírzárlat van.

Jack bólintott egyetértését kifejezve, felállt, s miközben távozott, az ajtóból visszafordult.

– Azért kösz előre is, függetlenül attól, hogy milyen eredményt érsz el – mondta grimasszal az arcán.

14. fejezet

Közeleg a tél

Petrocelli elégedetten üldögélt a hatalmas méretű sátorban, melyet kizárólag ideiglenes megoldásnak tekintett a tábor elhelyezésével kapcsolatban. Az elmúlt pár napban a kis csapatának sikerült berendezkedni az új táborban, felépítették a központi sátrat, amely méretét tekintve alkalmas volt arra, hogy a közös megbeszéléseket itt tartsák, a központi sátor köré pedig felállították az öt hálósátrat. A házaspár és a fiúk ketten-ketten laktak egy-egy sátorban, a többiek egyedül a sajátjukban. A hálósátrak nem voltak megfelelőek arra, hogy napközben kényelmes tartózkodást biztosítsanak számukra, ezért inkább mindenki vagy a szabadban foglalatoskodott, vagy a központi sátorban téblábolt. Az év ezen időszakában az időjárás még kellemes volt, akár a 25–27 °C-ot is elérte nappal a hőmérséklet, de éjszaka már mínuszba ment át a mutató. S közelget a tél, novemberben éjszaka már a -10 fok is gyakori volt. Petrocellit komolyan aggasztotta ez a kérdés, bár eddig még nem volt sok ideje ennek a problémának a megoldására koncentrálni.

Az elmúlt időszakban inkább a keddi merénylet részleteivel, annak előkészítésével foglalkozott. A sátortábor felállításában amúgy is inkább csak mint szellemi irányító vett részt. Kora és fizikai állapota alapján a többiek nem is várták el az aktív közreműködést tőle. Hirsch is inkább nézte a munkálatokat, mint építette a sátrakat. A két fiú, valamint John és Frank végezte a munka dandárját. Estére Frank érezte is minden csontjában, hogy túl öreg ő már a kemény fizikai munkához. A sátrak felállítása nem lett volna önmagában nagy munka, de a megfelelő környezet kialakítása, a fák kivágása és a tereprendezés igazi kihívást jelentett a számukra a vadonban. De elkészültek időben, és az előző két napban Petrocelli számára még inkább adottak voltak a feltételek, hogy kizárólag Herb Moore aktiválására koncentráljon. S most, hogy újra minden a terv szerint alakult, s megérkezett a számára örömteli hír, hogy a merénylet sikeres lett, úgy látta: itt az idő, hogy a táborral kapcsolatos aggályait elővezesse.

– Ez az állapot nem tartható fent sokáig – mondta Nagynak, aki éppen akkor lépett be a központi sátorba.

– Milyen állapotra gondolsz? – kérdezte Nagy, bár kérdése csupán költői volt, tudta jól, mi zavarja Petrocellit.

– Nem maradhatunk tovább a sátrakban, hamarosan jön a tél. Két lehetőségünk van: építünk egy megfelelő házat, vagy keresünk egyet itt a környéken.

– Igazad van, valóban ezek az alternatívák előttünk, viszont nekem a bombák elkészítésével kell foglalkoznom. Eddig a sátrakat építettem, amit te tétlenül néztél. Gondolom, nem akarod a terv végrehajtását veszélyeztetni újabb idővesztéssel.

– Dehogy! – rémült meg egy pillanatra Petrocelli. – Viszont ha megfagyunk, akkor sem tudjuk a tervet végrehajtani.

– Ez is tény – bólintott Nagy. – Elküldhetjük a fiúkat körbenézni, hátha találnak megfelelő helyen, megfelelő szálláslehetőséget valahol itt, az erdőparkban, de esélyük annyi, mint amennyi Herman Göringnek volt a felmentő ítéletre a nürnbergi perben. Ezzel biztosan nem tölteném az időt. Építeni egy házat itt a vadonban, ez a másik lehetőség. Szerszámunk nincs, de az beszerezhető, építőanyagunk sincs és feltűnés nélkül ideszállítani sem tudjuk, viszont fa van bőven a környéken, s ha szerzünk szerszámot, még meg is tudnánk csinálni. A kérdés csupán az, hogy kivel? Te és Hirsch használhatatlanok vagytok bármilyen fizikai munkára. Én a bombákat gyártom. A két fiú és John hármasban száz év alatt sem készül el a házzal. Úgyhogy marad a sátoros megoldás egyelőre.

– Nekem van ötletem, illetve pontosan fogalmazva részletesen kidolgozott tervem van – mondta büszkén Petrocelli.

– Halljuk – nézett rá érdeklődve Nagy.

– Toborzunk munkásokat, akik pár hét alatt megfelelő méretű házat tudnak nekünk felhúzni.

– Honnan toborzunk munkásokat? – kérdezte Frank.

– El Paso tele van munkát kereső, illegális mexikói bevándorlóval. Felbérlünk vagy tizenkét embert, szerintem két hét alatt összedobnak nekünk egy, a sátornál élhetőbb faházat a télre. Egyébként is, már csak pár hónapot kell kihúznunk az erdőben, aztán úgyis rendes, civilizált körülmények közé költözünk.

– S mit csinálsz az emberekkel, ha kész a ház? – kérdezte Nagy, bár tudta előre a választ.

– Eltűntnek nyilvánítjuk őket. Nincs más választásunk – felelte közönyösen Petrocelli.

– Rendben. Megbeszélem a részleteket a többiekkel – mondta Nagy, majd vigyorogva hozzátette: – Mindenesetre hosszú idő után most tapasztaltam először, hogy valami értelme is van az itt-tartózkodásodnak.

Kiment a sátorból, s odahívta magához Fredet és Robot, akik pár méterrel arrébb éppen a kutyák képzésével foglalatoskodtak.

– Feladat van – mondta nekik. – Egyikőtök vigye a lakókocsit, másikótok a Chevrolet-t. Menjetek el Tucsonba, ott rakjátok le olyan helyen, ahol senkinek sem tűnik fel két autó, ha pár napig ott parkol: lehet két különböző hely is, az talán még jobb. Béreljetek két mikrobuszt, de ne ugyanabban a kölcsönzőben, majd menjetek El Pasóba. Szedjetek össze vagy tizenkét mexikóit, akik jó fizikai állapotban vannak, és értenek az ácsmunkához. Mondjátok nekik, hogy legalább egy hónapos meló, szállással, ellátással, jó fizetéssel valahol Phoenix környékén. Fontos, hogy ne egy banda legyen, maximum 2-3 ember ismerheti egymást a csoportban. Tucsonban adjátok vissza a bérautókat, aztán gyertek vissza, de ne együtt, minimum félóra különbséggel kövessétek egymást az országúton. Ha ügyesek vagytok, holnap estére itt lesztek.

A két fiú bólintott, és indult is azonnal a feladat végrehajtására. Ezt követően Nagy a házaspárhoz lépett.

– Vigyétek a Nissant, vásároljatok tizenkét munkás részére két hétre elegendő enni- és innivalót. Több helyen szerezzétek be az élelmiszert, kisebb mennyiségekben. Ha visszajöttetek, akkor holnap felkerestek néhány barkácsboltot. Mindent vegyetek meg, ami szükséges egy faház felépítéséhez. Szerszámokat tizenkét emberre vegyetek. Ha kell, forduljatok többször, de az autó sosem lehet feltűnően telepakolva. Senki sem következtethet arra, hogy mire készülünk itt az erdőben, ha véletlenül meglát benneteket.

– Az álcázás nagymesterei vagyunk – jegyezte meg Helen –, ezt megtanultuk az elmúlt húsz évben.

– Tudom – bólintott Nagy –, de mindennél fontosabb az óvatosság, főleg mostanában.

Miután mindenkit eligazított, visszatért a munkájához, és folytatta az aknák és robbanómellények elkészítését. Petrocelli és Hirsch egy darabig ott téblábolt körülötte, de egy idő után, mivel nem volt semmi dolguk, bementek a sátrukba, és a nap további részét alvással folytatták. Legalábbis ez volt a szándékuk, de egy jó óra múlva Nagy megzavarta nyugalmukat.

– Nincs semmi dolgotok? – kérdezte kissé ingerülten.

– Nincs – válaszolta a legnagyobb természetességgel Hirsch. – A bombák készítésében nem tudunk segíteni neked. Várjuk a többieket vissza.

– Esetleg foglalkozhatnátok a ház megtervezésével. Azzal is időt nyerünk, ha nem akkor kezdünk azon vitatkozni, hogy mekkora legyen, hány helyiségből álljon. Tudom, hogy nincs semmi műszaki érzéketek, hiszen csak egyszerű mezei agyturkászok vagytok, de talán van fantáziátok, és rajzolni is tudtok. Csináljatok valami hasznosat a heverészés helyett.

– Kikérem magamnak, hogy agyturkásznak nevezz minket – üvöltött fel Petrocelli – számára ennél nagyobb sértés nem is létezett.

– Elnézést kérek, professzor úr – gúnyolódott Nagy. – Papírt és ceruzát adjak, vagy találtok magatok is?

Petrocelli remegett a dühtől, de nem válaszolt Nagy szavaira. A terv végrehajtása érdekében hajlandó volt félretenni minden egyéni sérelmet, tudta: a siker kulcsa ma már egyre inkább Nagy kezében van. Amikor Nagy visszajött a Mojave-sivatagból és Coltonból, az első gondolata az volt, hogy végez Naggyal, de aztán rájött, hogy a Nagy által felkínált lehetőség sokkal elégedettebbé fogja tenni a Megrendelőt. Az „X" nap az új terv alapján sokkal nagyobb káoszt fog előidézni Amerikában, mint amit ő ígért korábban, és ha ez így lesz, akkor az ő szerepe is sokkal jelentősebb lesz az új világ kialakításában. De természetesen minden sérelmet meg fog bosszulni, ami őt érte az elmúlt időszakban. Nagy likvidálásának részletes tervét is kidolgozta már magában. Addig viszont hagyja, hogy átvegye az irányítást tőle, ő meg eljátssza az öregedő és egyre jobban hülyülő pszichiáter szerepét.

15. fejezet

Chris Morgan

Jack hétfő reggel nagy várakozásokkal ment be az irodába. Az új csapat összeállt és már munkára készen várta, de ez nem volt meglepetés számára, hiszen Hammersmith még péntek délután tájékoztatta, hogy valamennyi általa kért ember hétfőtől a rendelkezésére áll. Jacknek így volt ideje arra, hogy Morrisontól és Kemplertől elköszönjön még péntek este. Nagy bulit nem csaptak ebből az alkalomból, de kölcsönösen biztosították egymást, a jövőben is számíthatnak egymásra, szívesen dolgoznak együtt, ha úgy adódik. A csapat másik két tagját is felhívta telefonon még az éjszaka folyamán, tájékoztatta őket a fejleményekről, és kivételesen szabad hétvégét rendelt el számukra. Magának természetesen nem, mert mindkét napot egy prezentáció elkészítésével töltötte. Az volt a szándéka, hogy hétfő délelőtt minden érdemi információt átad az új tagoknak, s ehhez igyekezett felhasználni a modern prezentációs technika összes vívmányát.

– Új hét, új csapat, új remény – köszöntötte Jack a többieket. – Remélem, az újonnan csatlakozók is rendelkeznek némi információval arról, hogy milyen kihívással állunk szemben, de talán célszerű lenne, ha összefoglalóan bemutatnám, mi történt eddig, mit tudunk, mire jutottunk. S aztán tietek a pálya, találjátok meg a helyes válaszokat az előttünk álló kérdésekre.

Jack prezentációja jó kétórásra sikeredett. A mindenki, de főleg a négy új csapattag számára hasznos összefoglalóban ismét bebizonyította, hogy az elemzői szakmában ő a legjobb. Olyan pontossággal rámutatni a legkisebb apróságok fontosságára és azt beilleszteni a nagy összefüggések közé senki nem volt képes. A kávé és ásványvíz is jó ütemben fogyott az előadása közben, s mikor a végére ért mondandójának, a csapat valamennyi tagja szó nélkül rohant a mellékhelyiség irányába. Mikor visszatértek, s újra elfoglalták helyüket, Jack egyértelműen jelezte, hogy öt perc szünet bőven elegendő volt, s ideje folytatni a munkát.

– Remélem mindenki kiszellőztette a fejét. Ideje egy kicsit dolgozni. Várom a kérdéseket, megjegyzéseket.

– Mi lehet a céljuk? – tette fel elsőként a kérdést Alan Atkinson, majd egy rövid hatásszünetet tartva folytatta. – Amennyiben Petrocelli és társai múltjából indulunk ki, lehetséges cél annak az elméletnek a bizonyítása, hogy az emberi agy a végtelenségig manipulálható, azaz a tökéletes élő katonai robot létrehozható, aki gondolkodás és hit nélkül is képes ölni: akár úgy is, hogy eközben önmagát is feláldozza. Ez a válasz azonban több sebből is vérzik. Egyrészt ha ezt akarták volna bizonyítani, ehhez nem kellett volna ennyit várni. Erre a merényletsorozatra pár évvel korábban is sor kerülhetett volna.

– Nem biztos, hogy a feltételek adottak voltak korábban – szólt közbe Bogdanov.

– Nem feltétlen az a bizonyítás, hogy egyszerre ölnek gépfegyverrel és bombával. Ez csak egy többlet lehetőség lett számukra, amikor Nagy csatlakozott hozzájuk. Fegyvert szerezni ebben az országban nem nagy kihívás, bármikor megtehették volna. Szóval egyértelműen azt gondolom, hogy ha csak az elméletük bizonyítása lett volna a cél akkor, már korábban akcióba léptek volna. Emellett annak aztán végképp semmi értelme, hogy egyesével áldozzák fel a neveltjeiket. Egyszer bebizonyították sikeresen, ezt még kétszer-háromszor megismételték, rendben van, ez még érthető. De ennyiszer?

– Lehet, hogy meg akarnak szabadulni az összes biorobottól, hogy ne maradjon élő tanú – szólt közbe ismét Bogdanov.

– Mire ne maradjon tanú? Bebizonyították, hogy megteremtették a tökéletes katonát, aki gondolkodás nélkül áldozza fel az életét. És? Hogyan tovább? Ha csak az elmélet bizonyítása lenne a cél, akkor ezt kinek bizonyítanák be, és mihez kezdenének ezzel a ténnyel? Valamelyikük megírná egy folyóiratban, hogy volt egy elméletük a nyolcvanas években, amit az elmúlt 20–30 évben sikerült bizonyítania? A kísérlet valamennyi szereplőjét feláldozták, a siker százszázalékos, és akkor most kérik a Nobel-díjat? Az is lehetne egy lehetséges válasz, hogy néhány biorobot feláldozásával bizonyítják elméletüket, s ezt követően a többieket eladják terroristáknak, vagy jó esetben a hadseregnek. Ha ez lenne a helyes válasz, akkor megint felvetődik a kérdés: miért nem álltak meg a második vagy harmadik sikeres merénylet után?

– Talán nem volt vevő rá, vagy a vevő még nincs kellően meggyőzve – vélte Carter ügynök.

– Akkor kivártak volna, mert ha feláldozzák az összes katonájukat, akkor már nem lesz mit eladniuk. Nem, ez a történet nem erről szól. Abban nem vagyok biztos, hogy az első időben, amikor a gyerekeket elrabolták, ugyanaz volt-e a céljuk, ami most. Lehet, hogy teljesen más módon akarták bizonyítani az elméletük megvalósíthatóságát. De az idők során valami megváltozott, s ma már teljesen más az irány. Szerintem a cél a kaotikus helyzet kialakítása az országban. Olyan mértékű káosz, bizonytalanság megteremtése az emberek között, ami már zsarolhatóvá teszi az államhatalmat. S ez szép pénzt hozhat a konyhára.

– De eddig semmi jelét nem adták a zsarolási szándékuknak – szólt közbe Jack. – Nincs semmiféle kommunikáció a részükről, üzenetet nem hagynak a tetthelyeken, a sajtót nem keresik.

– Még nem jött el ennek az ideje, véleményem szerint – válaszolta Alan. – De el fog jönni, amikor ezzel a káosz tovább fokozható. A kommunikáció mindig növeli a lebukás veszélyét, hiszen egy olyan kapcsolódási pont az üldöző és üldözött között, ami lehetőség nekünk, kockázat nekik. Ezt még nem vállalják, de lesz az eseményeknek egy olyan szakasza, amikor előbújnak a napfényre, és benyújtják a számlát, előadják követeléseiket.

– Ha elfogadjuk Alan álláspontját a céllal kapcsolatban – vette át a szót Jimmy Tyler –, akkor adódik a kérdés, hogy ez a helyzet hogyan következhet be? Ha a mostani sorozat folytatódik, azaz havonta lesz egy öngyilkos merénylet, akkor ebből nem alakul ki olyan mértékű vészhelyzet az országban, ami zsarolhatóvá teszi az államot. Az ország szépen lassan hozzászokik az állandó fenyegetettséghez – sajnos volt már erre példa számtalanszor. Ugyanakkor számukra a lebukás veszélye növekszik minden egyes merénylettel. Előbb-utóbb elfogynak a potenciális merénylők is: kész, vége, kifújt az egész történet. Alan elmélete akkor állja meg a helyét, ha hamarosan egy gigantikus méretű támadást tudnak végrehajtani, ami alapjaiban rengetheti meg Amerikát. S az, ami eddig történt, csak az előjáték volt részükről, felkészülés a nagy akcióra, figyelmeztető jelek küldése az Állam felé, melyek a nagy támadás bekövetkezte után hatásos érvként mondhatóak. „–Lám-lám, eddig sem tudtál megállítani, viszont én bármire képes vagyok. Mit ér az neked, ha nem folytatom tovább?"

– De mikorra várható az a bizonyos nagy támadás? – folytatta a kérdéssort Monica Carter, majd rögtön meg is válaszolta saját kérdését. – Erre több választ is lehet adni. Lehetett volna szeptember 11-én, hiszen most volt a tizenötödik évfordulója Amerika megtámadásának. Kerek szám, de mint tudjuk, nem ez a dátum volt a nagy támadás napja.

– Ami abból a szempontból érthető is – szólt közbe Bogdanov –, hogy nincs érdemi információnk arról, hogy a terroristák egyértelműen kötődnének ehhez az eseményhez.

– És Nagy? – kérdezte Helen – neki egyértelmű a kapcsolata szeptember 11-gyel.

– Igaz, de mivel a mostani kerek évforduló volt, nem hiszem, hogy ez az esemény a későbbiekben szóba jöhet a nagy támadás napjaként – válaszolta Carter. – Nem fognak öt vagy tíz évet várni ezzel. A következő lehetséges dátum november 8. Ekkor lesz az elnökválasztás, ami tökéletes alkalom az állam rendjének megbontására egy jól megszervezett támadással. Gondoljatok bele, micsoda lehetőség a választások megzavarása a legfontosabb választókörzetekben! Amerika nehezen heverne ki egy ilyen sokkot.

– Ha teljesíteni akarjuk a CIA igazgatójának az ígéretét – szólt közbe Jack –, akkor már a választás előtt szállítjuk az eredményt, és ezt meg tudjuk akadályozni.

– Erre nincs sok időnk – állapította meg Monica –, és ma reggel, hallottak alapján, sok remény sincs a megakadályozására, ha a céldátum az elnökválasztás napja.

– Hivatalból nem osztom a pesszimizmusod – mondta Jack –, de hivatalon kívül én sem vagyok naiv. Kevés az esélyünk pillanatnyilag, hogy megtaláljuk őket az elkövetkező pár napban. Szóval, ha november 8. a céldátum, akkor nagyon nagy szarban vagyunk.

– Azért mondanék még más dátumot is – folytatta Monica. – 2017. január 20-a a megválasztott Elnök beiktatásának napja. Ez is egy tökéletes alkalom az államhatalmi gépezet működésének megzavarására, az államba vetett állampolgári bizalom megygyengítésére. Ezen a napon, amely az ország életében egy fontos dátum, a biztonsági erőket Washingtonba és a különböző politikai intézmények köré koncentrálják. A stadionok, pályaudvarok szinte kínálják magukat a terroristák számára. Gondoljatok bele, milyen fantasztikus kommunikációs lehetőség ez számukra. A politikusok körbeveszik magukat rendőrökkel, testőrökkel, miközben az egyszerű állampolgárra senki sem vigyáz.

– Ez a két dátum, azaz november 8. és január 20. egy új szálat is hozhat a történetbe – szólt közbe Alan –, egy nagyon erős belpolitikai szálat.

– Igen – helyeselt Jack –, ez felveti a politikai összeesküvés lehetőségét is. Lehet, hogy nemcsak egyszerűen pénzszerzésről van szó, hanem egy hatalomátvételi kísérletről. Ebben az esetben olyan erők állhatnak a merényletek mögött, akiknek nincs esélyük vagy szándékuk demokratikus úton hatalomra kerülni. Azt hiszem, hogy ez egy olyan lehetőség, amivel komolyan foglalkoznunk kell.

– De az Egyesült Államok nem egy dél-amerikai vagy afrikai banánköztársaság – szólt közbe Bogdanov ügynök.

– Nem, de az ország tele van militáns csoportokkal, vallási őrültekkel, szektákkal. Nem tudhatjuk, hogy melyik mikor kezdi el komolyan venni magát és lép ki a maga kis homokozójából. S ne feledjük: van néhány ország, akinek tetszene, ha Amerikában elszabadulna a pokol. – Jacknek egyre inkább tetszett ez az elképzelés. *Puccs készül az Államok ellen.*

– Eszerint, arra keressek információt – adott feladatot magának Helen –, hogy Petrocelli állt-e kapcsolatban a nyolcvanas években olyan hadiipari, üzleti érdekeltségekkel, akiknek érdekében állhat egy erőszakos hatalomátvétel.

– Ez is egy lehetőség – hagyta jóvá Jack –, de persze nem az egyetlen. Ne feledjük, még nem nyert bizonyítást, hogy Petrocellinek, vagy bármely eltűnt pszichiáternek lenne bármi köze a merényletsorozathoz. De ha van, akkor sem biztos, hogy ez a kapcsolat a nyolcvanas években alakult ki: lehetett az később is. Mindenesetre össze kell szedni minden információt azokról a szervezetekről, mozgalmakról, akik az elmúlt időszakban nyíltan hirdették a jelenleg fennálló társadalmi rend erőszakos felszámolását. Anarchisták, kommunisták, fasiszták, fajgyűlölők, katonai milíciák, vallási prédikátorok, bárki. Sajnálatos módon rengeteg van belőlük. Azt hiszem a CIA-t az eddigieknél jobban be kell vonnunk a közvetlen együttműködésbe. Beszélek erről Peterrel.

– Nem biztos, hogy ennyire túl kellene bonyolítani az indítékokat és a célokat – szólt közbe Bogdanov ügynök. – Mi van akkor, ha az egész mögött egyszerűen csak Petrocelli megbomlott elméje áll? – kérdezte, majd látva a többiek értetlenkedő tekintetét, folytatta: –, mert akkor van még egy dátum-változatunk.

– Mire gondolsz? – kérdezte Monica.

– 2017. január 6-ra – válaszolta Julia –, ekkor lesz Petrocelli hatvanötéves. Beleillik a sorba, ha azt nézzük, hogy a merényletek dátumai hogyan követik egymást a hét napjai sorában. Január 6-a jövőre pénteki napon lesz. Az eddigi ütemezés logikáját tekintve a novemberi merénylet szerdára, a decemberi csütörtökre fog esni, s a januári eszerint péntekre, amikor Petrocelli a hatvanötödik születésnapját ünnepli.

– Ebben kételkedem, bár én vagyok a legszilárdabb híve annak, hogy ezeknek az eltűnt agykutatóknak van közük a merényletekhez – szólt közbe Jack. – De ezt a dátumot még az én kreatív agyam sem tartja valószínűnek, mint a nagy támadás napját. De legyünk nyitottak minden ötletre: bármennyire meglepő is a felvetés, egyelőre ne vessük el – tett egy apró gesztust a kollégája felé.

– Meglep, hogy nem csaptál le erre a következtetésre. Ha a merényletsorozat öncélú, és ugye még ez sem zárható ki – érvelt Bogdanov, aki úgy érezte, fontos szempontot talált, s amit nem akart elengedni, függetlenül Jack reakciójától –, akkor igenis van értelme. Petrocelli bizonyította elmélete helyességét: megteremtette a tökéletes öngyilkos katonát. Minden hónapban egy biorobot feláldozásával az elméletét átültette a gyakorlatba, az utolsót, a tizenharmadikat feláldozza a hatvanötödik születésnapján, s ezzel befejezi művét. Kész, vége a történetnek. Nincs összeesküvés, zsarolás, hatalomátvétel, csak egy megbomlott elméjű tudós.

– Oké – reagált Jack, nem túl nagy meggyőződéssel –, ahogy előbb mondtam, ne zárjuk ki ezt a verziót sem, bár ehhez mindenekelőtt bizonyítani kellene, hogy Petrocelli a főszereplő.

– Van egy kérdés, amivel még nem foglalkoztunk – vette át a beszélgetés kezdeményezését Andrew Gillan –, ez pedig a piszkos anyagiak kérdése. Egy ilyen méretű projekt finanszírozása nem kevés pénzt igényel. A tábor a feltételezések szerint huszonöt éve létezik. Ez idő alatt 40-50 ember ellátását biztosítani kellett, a fegyverek és robbanóeszközök beszerzése sem olcsó mulatság. Alsó hangon számolva is ez több millió dollár. Nincs olyan információ a ma elhangzottak között, ami unatkozó milliomosok homokozójára utalt volna. Az öt pszichológus vagy pszichiáter egyike sem lehetett képes önmagában az anyagi háttér biztosítására – feltéve persze, hogy ők állnak az akció mögött. Egyébként mindegy, valaki finanszírozza ezt a projektet a mai napig.

– Na, ezért kellett valaki a Pénzügyminisztériumból – bólintott Jack elégedetten. – Jogos a felvetés, ezzel a kérdéssel még egyáltalán nem foglalkoztunk. Pénz, mégpedig sok pénz nélkül ez nem működik. Ezért sem tartom Julia elméletét a megbomlott elméjű pszichiáter magánakciójáról igazán releváns verziónak.

– S ha tudjuk, hogy ki finanszírozza ezt a projektet– állapította meg Alan –, akkor tudni fogjuk a célt is, és természetesen sokkal közelebb kerülünk a hogyan és mikor kérdésének megválaszolásához is a nagy támadás napjával kapcsolatban.

– Így van – bólintott Jack, kissé elkeseredve. Egyrészt Alan megjegyzése annyira egyszerű volt, hogy a szíve szerint a falba verte volna a fejét, hogy erre eddig miért nem gondolt. Másrészt azzal is tisztában volt, hogy csoda kell a gyors eredményhez.

Márpedig a rendelkezésükre álló idő vészesen fogyott. – Helen, a feladat adott számodra. Old meg a lehetetlent, találj olyan rendszeres pénzügyi tranzakciókat, melyek számunkra ismeretlen személyek között bonyolódtak az elmúlt 20-25 évben, és összefüggésbe hozhatóak a nyomozásunkkal. De mielőtt végképpen elmenne a kedvünk az egésztől, és bemennénk az irodavezető úrhoz közölni, hogy visszaadjuk a megbízást, próbáljuk meg összefoglalni, mit gondolunk most erről a történetről. Julia, tied a szó!

– Tehát összefüggést látunk Petrocelliék nyolcvanas években vallott nézete és a mostani terrorakciók között. Azt feltételezzük, hogy a kilencvenes években egy emberkísérletbe kezdtek. Gyermekeket raboltak el, hogy belőlük biorobotokat neveljenek, és bizonyítsák elméletüket. Nincs információnk arról, hogy miképpen akarták ezt akkoriban bizonyítani, de feltehetőleg nem öngyilkos merényletek sorozatával. Akkor még egy szimpla emberkísérletről lehetett szó, de ma már egy államellenes akciósorozatról beszélünk, ami vagy hatalmas pénzösszegek kizsarolására, vagy a politikai hatalom erőszakos átvételére irányul. Ebből következhet, hogy a Petrocelliéket finanszírozó személy vagy csoport az idők során megváltozhatott. Erre nyilván választ kapunk, ha Helen kutakodása sikeres lesz. Mindenesetre azzal számolunk, hogy a jelenlegi sorozat, amely havi egy öngyilkos merényletből áll, ebben a formában a közeljövőben véget ér. Fel kell készülnünk egy nagy, átfogó támadásra Amerika ellen, melynek feltételezett dátuma az elnök választásának, vagy az elnök beiktatásának a napja – Bogdanov szándékosan csak azokat a feltételezéseket mondta el, amikben Jack hitt. Nem volt kedve újabb vitát nyitni a többi alternatíváról.

– Azt hiszem, hogy röviden ennyiben foglalható össze az, hogy ma hol tartunk. Nem sok, de talán az elkövetkező napokban szert teszünk olyan információkra is, amelyek segítenek abban, hogy a nagy támadást megelőzzük. Bízzunk abban, hogy az nem most novemberben lesz – mondta Jack az órájára tekintve. – Itt az ideje, hogy keressünk egy büfét, ahol kiváló hamburgereket árulnak.

A csapat ketté vált, régiekre és újakra, de Jack egyikhez sem csatlakozott – egyedül fogyasztotta el a kedvenc büféjétől vásárolt marhaburgert, majd sétált egy félórát a közeli parkban. Szüksége volt arra, hogy kiszellőztesse egy kicsit a fejét a délelőtti agytorna után, mert kemény délutánnak nézett elébe.

A Kansas City-i tipp bejött, pénteken a késő délutáni órákban a helyi hatóságok lekapcsoltak egy fiatalembert, akit az arcrekonstrukciós program beazonosított. A fiatalember kihallgatása megtörtént a helyi hatóságok által, de nem vezetett eredményre. Pontosabban a fiatalembernek nem sikerült eloszlatni minden kételyt a személye körül, ezért Hammersmith elrendelte a fiú Washingtonba szállítását. Ma délután három órára tervezte Jack, hogy megkezdi kihallgatását. Kollégáit megkérte, hogy kívülről figyeljék a gyanúsítottal zajló beszélgetést, Juliától külön kérte a kihallgatott személy viselkedésanalízisét. Amikor belépett, a kihallgatóban egy, a húszas éveinek közepén talán már túl levő, kicsit kövérkés fiatalembert látott a széken ülve, aki közönyösen bámult a semmibe.

– Jack Benneth, FBI – ült le Jack az asztal másik oldalára, majd rápillantott a maga elé tett irattömbre –, ha jól tudom, Chris Morganhez van szerencsém.

– Ügyvédet kérek – válaszolta a férfi határozott, de nyugodt hangon.

– Chris, beszélgessünk egy kicsit. Szeretném tudni, hogy ön pontosan kicsoda: megmondaná nekem, hogy hol és mikor született?

– Ügyvédet kérek – ismételte önmagát, a Chris Morgannek nevezett személy.

– Talán félreértett valamit – jegyezte meg Jack szomorúan –, én csak a születési dátumát és helyszínét kérdeztem, ennek megválaszolásához nem kell ügyvéd.

– Ügyvédet kérek – mondta immáron harmadszor a kihallgatott személy anélkül, hogy Jackre nézett volna.

– Hmm. Úgy látom, hogy sokat néz krimit a TV-ben – mosolyodott el Jack, és ezzel sikerült egy pillanatra kizökkenteni a fiatalembert a felvett szerepéből.

– Miért? – kérdezte Morgan meghökkenve.

– Mert a kihallgatottak csak a filmekben kérhetnek ügyvédet – csapott az asztalra váratlanul Jack, majd felállva az asztal fölé tornyosult. – Ez itt az FBI. Itt magának nincsenek jogai, nincs ügyvédje, és nincs kibúvás lehetősége a válaszok alól. Én kérdezek, ön válaszol, ez az egyszerű játékszabály létezik kizárólag. Ha majd válaszolt a kérdéseimre, akkor én eldöntöm, hogy hazamehet-e Kansas Citybe, vagy itt marad, s élvezheti vendégszeretetünket mindaddig, amíg én úgy látom jónak. És azt is én döntöm el, hogy mikor hívhat ügyvédet. Szóval adok két jó tanácsot magának. Egyrészt ne nézzen annyi krimit, amikor a jövőben lesz erre lehetősége, másrészt válaszoljon a kérdéseimre, ha azt szeretné, hogy legyen erre egyáltalán lehetősége. Értettük egymást?

– Igen – rebegte Chris Morgan. Meglepte Jack hirtelen hangulatváltása, nem is tudott jól reagálni rá. Elveszettnek érezte magát, az az általa felépített tárgyalási stratégia, amit a Washingtonba vezető úton kigondolt, pillanatok alatt omlott össze.

– Rendben, akkor kezdjük elölről. Hol és mikor született?

– 1992 április 25-én Iowában.

– Mit csinál Kansas Cityben?

– Raktáros vagyok egy vállalkozásnál a Troost sugárút környékén.

– Az nincs messze a Greyhound buszpályaudvartól – állapította meg Jack. – Szokott arra járni?

– Alkalmanként, amikor az E 12. utcában levő templomba megyek.

– Mit csinál ott?

– Néha önkénteskedem, ételosztásban segítek a templomban.

– S mióta él Kansas Cityben? – kérdezte Jack, akit kicsit meglepett Morgan válasza, de úgy döntött, ezen most túllép, ez nem lehet lényeges szál a nyomozásban.

– Két és fél éve.

– Előtte hol élt, merre járt? – hangzott a következő kérdés Jack részéről.

– Előtte? – Chris egy pillanatra elgondolkodott, mielőtt válaszolt volna. – Nashville-ben éltem pár évig, alkalmi munkákból.

– S hová járt iskolába? – kérdezte gyorsan Jack.

– Iowában jártam általános és középiskolába is.

– Melyikbe?

– Melyikbe? – kérdezett vissza ismét Morgan – ki emlékszik arra már.

– Hány éves?

– Huszonnégy.

– Akkor nem volt az annyira régen, szóval melyikbe? – Jack gyorsan és határozottan kérdezett, igyekezett nem sok gondolkodási időt adni Morgannak.

– Hát a városi középiskolába jártam.

– Milyen színű az épület kívülről?

– Tán sárga – mondta némi gondolkodás után Morgan – de tényleg nem emlékszem rá. Nem szerettem odajárni, igyekszem elfelejteni mindazt, ami azokra az évekre emlékeztet.

– S az általános iskolája merre volt?

– Nem tudom, a szülők vittek mindig suliba, nem figyeltem meg az utat.

– Tényleg, a szüleivel mikor találkozott utoljára? – hangzott el az új kérdés.

– Régen, már nem élnek.

– Mikor haltak meg?

– Hmmm. Amikor tizenhat éves voltam. Nem sokkal múltam el tizenhat.

– Miben haltak meg? – kérdezte Jack.

– Autóbalesetben.

– Mindketten?

– Igen, mindketten – bólintott Morgan.

– Egyszerre?

– Igen, egyszerre – Morgan kezdett kiakadni. – Ember! Mit faggat? Ezért raboltatott el Kansas Cityben, hogy idióta kérdéseket tegyen fel nekem?

– Csak a válaszokra koncentráljon – reagált Jack, miközben feszülten figyelte Morgan reakcióit a válaszadások közepette. – Azt mondja, autóbalesetben meghaltak a szülei, nyolc évvel ezelőtt. Hol történt ez a baleset?

– Valahol vidéken, azt hiszem a 80-as autópályán – mondta
kis bizonytalansággal a hangjában Morgan.

– Gondolom, ha utánanézek a nyolc évvel ezelőtti baleseti
híreknek az újságokban, megtudom, hogy pontosan mi történt –
állapította meg közönyösen Jack.

– Mi köze a szüleim balesetének ahhoz, hogy maga most itt
faggat engem? – kérdezte Morgan nyugtalanul.

– Annak semmi, csak kíváncsi vagyok valamire – nézett erő-
sen Morgan szemébe Jack.

– Mire? Akkor azt kérdezze, amit tudni akar – mondta Mor-
gan, némileg visszanyerve magabiztosságát.

– Azt kérdezem – mondta Jack, némi derűvel az arcán.

– Ne szórakozzon velem, ember! Mit akar tudni? – emelte
meg a hangját egy kicsit Morgan.

– Azt szeretném tudni, mikor hagyja abba a hazudozást.
Mikor ébred rá, hogy egy szavát sem hiszem?

– Miért hazudnék? – kérdezte magabiztosan Morgan. – Kér-
dezze meg a munkáltatómat, ott dolgozom-e, ahol mondtam.
Az vagyok-e, akinek mondom magam. Nézzen utána, benne
vagyok-e bármilyen bűnügyi nyilvántartásban. Ha kell, vegyen
ujjlenyomatot tőlem vagy DNS-mintát.

– Ezek a kérdések nem érdekelnek – mondta Jack, ismét
felállva az asztaltól. Sétált pár lépést a szobában, majd megállt
Morgan mellett. – Engem a maga múltja érdekel. De az a legap-
róbb részletekig. Tudni akarom, hogy hol dolgoztak a szülei, mi-
előtt baleset érte volna őket! Hogy hívták a történelemtanárát a
középiskolában? Milyen színű volt élete első nőjének a bugyija,
amikor megdugta? Érti, ember, engem az ön múltja érdekel. Nos,
hajlandó arra, hogy válaszoljon ezekre a kérdésekre?

– Nincs mit mondanom. Ez zaklatás, a hatalmával való visz-
szaélés – heveskedett Morgan. – Lehet, hogy ügyvédet maga
szerint csak a TV-sorozatokban szoktak hívni, de én ügyvéd
nélkül nem válaszolok több kérdésére. Jogaim vannak, és élni
akarok ezekkel az állampolgári jogokkal.

– Ahogy gondolja – vonta meg a vállát Jack, elindult az
ajtó felé, de mielőtt kilépett volna rajta, egy kérdés erejéig

visszafordult. – Arra esetleg emlékszik, hogy milyen színű a szeme a Mennyei Poklok Szellemi Vezérének?

Nem várta meg a választ, nem is igazán érdekelte Morgan reakciója. Biztos volt abban, hogy a többiek az üvegfal mögött tökéletesen látják Morgan arcán a kétségbeesést.

– Helen, Julia, gratulálok, szép munka volt! – mondta Jack, amint belépett a megfigyelő szobába. – Megvan az első emberünk, köszönhetően elsősorban nektek. A kérdés most az, hogy meddig hagyjuk főni a saját levében és mikor kezdjük el még jobban megdolgozni?

– Addig kell ütni a vasat, amíg meleg – vélte Jimmy –, amúgy sem tarthatjuk bent indoklás nélkül a végtelenségig, nem beszélve arról, hogy tényleg joga van az ügyvédhez.

– Ez igaz, viszont nagyon keresni sem fogja senki. Főleg itt nem. Jogvédőket, ügyvédeket senki sem fog a nyakunkra küldeni. Ha megtörjük, s ez vezet a megoldáshoz, utólag már ki nem szarja le, hogy néhány emberjogi harcos mit prédikál? – tette fel a kérdést Jack.

– Nocsak, új arcodról ismerlek meg – vigyorgott Alan –, már nem számít a törvény valamennyi betűje?

– Vészhelyzet van – állapította meg Jack –, most csak az eredmény számít. Amúgy Jimmynek igaza van, most kell megtörni, amíg nincs ideje új tárgyalási stratégiát kidolgozni. Monica, Julia, ti következtek. Monica, ne vedd zokon a kérésem, de vesd be női bájad is: ahogy elnéztem a fickót, nem sok nővel volt dolga az életében.

– Kösz – mondta pikírten Monica –, szóval ez lesz a szerepem a csapatban?

– Ennél azért egy picivel több – vigyorgott Jack. – Kérlek, ne csak a nőiességed villantsd fel, hanem az éles eszedet is használd.

– Dugd fel! – vágta rá Monica gondolkodás nélkül, miközben középső ujját mutatta Jacknek.

– Ez egy új szerelem kezdete – állapította meg kajánul Jimmy –, bár házinyúlra nem lövünk. Ugye, Jack?

Carter és Bogdanov ügynökök bementek a kihallgatóba, míg a többiek maradtak a megfigyelőben. Morgan-en még látszott a Jack által utoljára feltett kérdés sokkhatása, amit tovább fokozott a két nő megjelenése.

– Bogdanov ügynök és Carter ügynök – mutatta be magukat Julia. – Jól van? Esetleg nem kér vizet? Sápadtnak tűnik.

– Kérek, ha lehet – nyögte Morgan teljesen magába zuhanva, Julia felállt és egy-két perc múlva visszatért a kezében egy üveg ásványvízzel. Eközben Monica érdeklődve, némileg kihívóan fixírozta Morgant, akinek ettől a zavara tovább nőtt.

– Nos, szóval honnan ismeri a Mennyei Poklok Szellemi Vezérét? – kérdezte Julia, amikor mindketten kényelembe helyezték magukat a kihallgatott személlyel szemközt.

– Mit? – kérdezett vissza zavartan Morgan – azaz kit? Én nem ismerek semmilyen Vezért.

– Talán az a név, hogy Ken Petrocelli, többet mond magának – vélte Bogdanov –, ez ugyanis a polgári neve.

– Kinek? – kérdezte Morgan.

– Akit nem ismer.

– Hát lehet, ha önök mondják – kezdte visszanyerni a magabiztosságát Morgan. – De ha nem ismerem azt a nem is tudom, hogy hívják Vezért, akkor logikus, hogy nem tudom a polgári nevét sem.

– Esetleg Tim bácsi neve rémlik? Hívják doktor Hirschként is – dobta be a következő nevet Julia.

– Apámnak volt egy barátja, akit Tim bácsinak hívtam, de nem emlékszem, hogy doktor lett volna – próbálkozott Morgan.

– Vicces fiú – sóhajtott fel Monica. – Olyan édes, amikor humoros akar lenni – mondta Bogdanovnak, amitől Morgan láthatóan megint zavarba jött. Néhány izzadságcsepp jelent meg az arcán, nagyon erőlködött, hogy kezelni tudja a helyzetet, amibe került.

– Talán Carlos Diaz neve mond valamit – mondta Morgannek Julia –, doktor Diaz.

– Mit akarnak ezzel a sok doktorral? Nem ismerem őket, sosem találkoztam velük – védekezett kicsit harciasan Morgan.

– Rendben. Akkor már meg sem kérdezem, hogy doktor Huntot vagy doktor Wakemannt ismerte-e – mondta Monica, miközben jól látta, hogy minden egyes név hallatán egy apró izom rándul meg Morgan arcát.

– Esetleg szokott újságot olvasni, vagy időnként hírműsorokat nézni? – kérdezte Julia témát váltva.

– Ritkán – szólt a válasz. Morgant meglepte a kihallgatás váratlan fordulata, értetlenkedő arccal nézett a vele szemben ülő ügynökökre.

– De azért talán hallott arról, hogy az elmúlt hónapokban az Egyesült Államok több városában gépfegyverrel és robbanómellénnyel merényleteket követtek el – vélte Carter. – Hallott róluk?

– Kellett volna? – kérdezett vissza Morgan, miközben az arcán az izzadságcseppek kis patakocskákká alakultak át.

– Nem tudom, csak kérdezem – mondta közömbösen Carter ügynök. – Gondoltam, az elmúlt hónapokban ebben az országban élt.

– Nem. Nem hallottam – válaszolta szárazon Morgan. – Ennyire nem követem a napi eseményeket. Nincs TV-m, újságot ritkán olvasok, biztos elkerülte a figyelmemet.

– Akkor nyilván azt sem tudja, hogy mi lehet az összefüggés a Mennyei Poklok Szellemi Vezére és a merényletek között – állapította meg Bogdanov közönyös hangon.

– Nem. Nem tudom – helyeselt Morgan.

– Rendben – fogadta el Carter Morgan válaszát. – Akkor önnek semmi köze a merényletekhez, és az általunk korábban említett urakhoz.

– Nem, nincs közöm – hagyta jóvá Morgan fellélegezve. – Elmehetek?

– Hamarosan – ígérte meg Bogdanov mosolyogva.

Mindketten felálltak az asztaltól és az ajtóhoz mentek. A nyitott ajtóból Bogdanov ügynök váratlanul visszafordult.

– Csak rutinból kérdezem. Ugye, 2017. január 6-a sem mond önnek semmit? – kérdezte, de a választ már nem várta meg.

Amikor visszatértek a megfigyelőbe, Jack rávigyorgott Bogdanovra.

– Ügyes húzás volt a végén – állapította meg –, Morgan teljesen belevörösödött a kérdésedbe. Ezzel azt is igazoltad, hogy január 6-án lesz a nagy támadás. Szép munka volt.

– Köszönöm – reagált Bogdanov. – Én voltam az, aki a január 6-át mint lehetséges dátumot felvetettem, de most mégsem látom ennek egyértelmű igazolását. A fiú próbálta a helyzetet kezelni, de láthatóan nem lett felkészítve egy rendőrségi kihallgatásra. Ezért nem tudja, hogy hogyan hárítsa a kérdéseket, mikor hazudjon, és mikor mondjon igazat. Ugyanakkor nem vagyok meggyőződve arról, hogy mindent tud a részleteket illetően. A dátumra való reagálása szólhatott annak is, hogy ezek szerint mindent tudunk Petrocelliről. Számára ez a dátum a születésnapját és nem a nagy támadás napját jelenti. Bár kétségtelenül az elvörösödése egy kicsit túlzott reakciónak tűnik.

– Igen, láthatóan nincsenek felkészítve arra, hogy ilyen helyzetbe kerülhetnek, valószínűleg arra nem számítottak, hogy valaki a merénylet előtt a látókörünkbe kerül. A merényletet meg úgysem élik túl. Talán ez az a lehetőség, amellyel ha élni tudunk, felgöngyölíthetjük a teljes csoportot, s megakadályozhatjuk a további merényleteket – állapította meg Jack reménykedve. – Mindenesetre erősödött a feltételezésem létjogosultsága, Petrocelliék állnak a merényletek mögött. A Mennyei Poklok Szellemi Vezére pedig valószínűsíthetően maga Petrocelli.

16. fejezet

Kansas City

Az elmúlt napok mozgalmasan teltek Petrocelliék számára a Gila Nemzeti Erdőparkban. Fred és Bob sikeresen megoldotta a rábízott feladatot: meghozták a mexikói munkásokat, akik gyakorlatilag napkeltétől napnyugtáig dolgoztak a ház felépítésén. Nagy a biztonságuk növelése céljából kiépített egy megfigyelő rendszert a tábor körül. Keresett a környéken néhány olyan helyet, ahonnan messzire el lehetett látni, ami lehetőséget biztosít a többiek figyelmeztetésére, ha esetleg idegen járna arrafelé. Nem szerette volna, ha az építkezés zajára felfigyelne bárki is, márpedig a hatalmas fenyőfák kivágása, feldolgozása, a ház felépítése nagy zajjal járó tevékenység volt. Az őrködési feladatot a két fiú és a házaspár látta el felváltva, de néha Hirscht is be kellett vonni, hiszen időnként a többieknek más feladatot is el kellett végezni.

Helennek akadt munkája bőven a háztartás körül, mivel közel húsz ember ellátása nem egy egyszerű dolog. A két fiú dolgozott a következő merénylet logisztikai előkészítésén is, időnként el kellett hagyniuk a tábor területét. Egyedül Petrocelli maradt ki az egészből, egyrészt számára az őrködés fizikailag is megterhelő lett volna, másrészt az ő személyisége nem viselte volna az ilyen „alantas" munka elvégzését. Így aztán a nap nagyobb részét a központi sátorban töltötte, készülve a következő merényletekre, s amikor nem volt más dolga, akkor az építkezésen kószált. Igyekezett hasznos tanácsokkal ellátni a munkásokat, akik azért hamar rájöttek, hogy tisztelni kell az öregurat, de nem kell foglalkozni azzal, hogy mit beszél. A mexikói vendégmunkások angolja amúgy sem volt tökéletes, sokszor nem is értették pontosan, hogy mit is akar mondani. A ház tizenöt nap alatt készült el, s ebbe az időbe az is belefért, hogy a terepet a ház körül némileg rendezzék, egészen lakályos környezetet kialakítva a csoport számára.

Két nappal a ház elkészülte előtt Nagy váratlanul elutazott, a többiek – Petrocelli kivételével – nem tudták, hová ment. Akkorra ért vissza, amikor a ház építése befejeződött, és a munkások összegyűltek, hogy átvegyék a fizetésüket.

– Emberek, jó munkát végeztek, a tervezettnél rövidebb idő alatt elkészültek – mondta Nagy a felsorakozott munkásoknak. – Egy hónapos munkát ígértünk, de csak a fele telt le az egy hónapnak. Lenne egy másik munka, egy másik helyen. Az talán egy picit hosszabb, maximum három hét. De így valamivel több pénzhez is jutnak. Az a munka is építkezés egy másik államban, ahová mi elvisszük önöket. Nagyon fontos, hogy a csapat együtt maradjon, mert együtt jól dolgoznak, és a barátomnak, aki már várja magukat, megígértem, hogy a teljes csapat vállalja a munkát, ezért ezzel a lehetőséggel csak akkor tudnak élni, ha valamennyien vállalják az új feladatot. Most odaadom egyheti bérüket, s amikor megérkezünk a másik építkezés helyszínére, megkapják az eddig megszolgált bérük maradékát is. Az a munka messzebb lesz Mexikótól, talán egy picit nehezebb körülmények között, ezért ott 10%-kal magasabb bérért dolgoznának. Rendben lesz ez így?

Az emberek pár percig tanácskoztak egymás között, akik nem pontosan értették az elhangzottakat, azoknak az, aki jobban beszélt angolul, elmagyarázta a Nagy által mondottakat spanyolul is. Végül mindenki értett mindent, és jelezték Nagy felé, hogy áll az alku.

– Rendben, emberek. Akkor készüljenek, egy óra múlva indulunk! – mondta Nagy. – Tud valaki buszt vezetni önök közül?

Ketten is jelentkeztek. Nagy bólintott, majd odament a két fiatalhoz.

– Az embereket osszátok el a lakókocsi és Chevrolet között. Egy óra különbséggel induljatok, és egyenest menjetek Flagstaffba, ott keressétek meg a Buffalo Parkot. A park bejáratánál várlak benneteket. Az út odáig kényelmes tempóban öt, maximum hat óra. Nem kell száguldozni, nem kell a figyelmet felhívni magatokra. Rendben?

A két fiú bólintott, indultak felkészülni az útra. Nagy eközben benézett Petrocellihez.

– Pár nap múlva visszajövök, ne aggódj, csak elvarrom a szálakat – mondta Petrocellinek, majd beült a Nissanba és elhajtott.

Kora este volt még csak, de már sötétedett, amikor Fred és Bob a tizenkét mexikóival megérkezett Flagstaffba. A Buffalo Park környéke kihalt volt, senkinek sem tűnt fel ez a nagyobb társaság. Nagy már ott volt a park bejáratánál, várta őket egy Mercedes kisbusszal, és a Nissan is ott parkolt a busz mellett közvetlenül. Miután a mexikóiak kiszálltak a lakókocsiból és a Chevroletből, Nagy visszaküldte a két fiút a táborhelyükre. Az embereket felszállította kisbuszra, a két sofőrrel megbeszélte, hogy kövessék őt, aki a Nissannal előttük fog haladni. Mivel éjszakai vezetésre kellett felkészülni, és az emberek már fáradtak voltak, azt kérte a két sofőrtől, hogy két óránként váltsák egymást, nehogy probléma legyen útközben. Azt ígérte nekik, hogy kora reggelre megérkeznek az új munkahelyükre, és természetesen a két sofőr dupla pénzt kap az aznapi munkájáért. A sebességhatár maximális betartásával haladtak észak, északkelet irányába.

Időnként egy elhagyatott parkolóhelynél megálltak, hogy a sofőrök cserélhessék egymást a volánnál. Ilyenkor adott lehetőséget Nagy az embereknek, hogy könnyítsenek folyó ügyeiken, de úgy számolt, és úgy készítette fel a két gépjárművet, hogy tankolni ne kelljen megállni sehol.

Gunnison városát elhagyva Ohio Citynél fordultak rá egy alsóbbrendű útra, majd hamarosan bekanyarodtak az erdőbe. A földút bár járható volt, nagy kihívás volt a Mercedes kisbusz számára, a sofőrök amennyire tudtak igyekeztek kikerülni a gödröket, hogy az utasoknak elviselhetőbb legyen az utazás. Emiatt lassabban is haladtak, mint a Nissan, így az erdőben több száz méter volt már a két gépjármű között a távolság: pontosan annyi, amennyire Nagy a terveiben kalkulált.

Több mint félóra telt el azóta, hogy letértek a betonútról, és már jócskán bent jártak már az erdő sűrűjében, amikor hatalmas robbanás rázta meg a környéket. A Mercedes busz a levegőbe emelkedett, majd visszazuhant a földre. Nagy meghallva a robbanás hangját megállította az autót, kényelmesen kiszállt a kocsiból, a csomagtartóból kivett egy feszítővasat és egy párnát. Komótósan megigazította pisztolyát a derekánál, majd lassan odasétált a buszhoz. A robbanás ereje olyan nagy volt, hogy több utas kirepült a járműből. Néhányan még adtak életjeleket magukról, de a többség mozdulatlanul feküdt a földön. Nagy egyesével ment oda hozzájuk: mindenkit leellenőrzött, él-e még, s ahol életjeleket tapasztalt, ott a párnát az illető arcára szorította addig, amíg a szerencsétlen meg nem fulladt. Amikor végzett a busz körül fekvő emberekkel, megvárta, amíg a buszban a robbanás hatására keletkezett kisebb tűz magától elalszik, majd a busz kettéhasadt oldalán belépett a járműbe. Ott is megvizsgált alaposan mindenkit, a még élő áldozatokat megfojtotta a párnával, majd visszasietett a Nissanhoz. Itt volt az ideje a távozásának, hátha valaki felfigyelt a robbanás hangjára. Abban csak reménykedni tudott, hogy a következő betonútig az erdőben nem találkozik senkivel, de szerencséjére minden csendes és kihalt volt. Nathropnál rákanyarodott a főútra, majd Poncha Springs-ig vezetett, ahol behajtott az első szembejövő motel parkolójába. Kivett egy szobát és másnap reggelig aludt. Kora estére érkezett vissza a táborba.

– Minden rendben zajlott – mondta Petrocellinek, aki láthatóan izgatottan várta visszaérkezését. Nem szándékozott több információt megosztani senkivel, a többiek még annyit sem tudtak, mint amennyit Petrocelli. Ha a rendőrség kihallgatta volna őket, nyugodt lelkiismerettel mondhatták volna: tudomásuk szerint a mexikóiakat visszaszállították El Pasóba.

– Hogy állunk a novemberi támadáshoz való felkészülésben, a robbanómellény kész van? – kérdezte Petrocelli, mit sem törődve a közölt információval.

– Cseszd meg, amíg te itt a fenekedet vakargatod napi huszonnégy órában, addig én háromszor körbeautóztam Amerikát – válaszolta durván Nagy.

– Tudom, hogy nem voltál itt – reagált Petrocelli –, de ez nem ment fel senkit a határidők betartása alól. Téged sem. November

2-a már nincs messze. A robbanómellénynek időben célba kell érnie.

– Oda fog érni – bólintott Nagy –, holnapután vihetik a fiúk.

– Elég későn – morgott továbbra is Petrocelli –, de rendben, ennyi még belefér az időbe. A decemberi tábor szervezését is meg kell kezdeni, ez lesz az utolsó ilyen összejövetelünk.

– Ez nem az én dolgom – válaszolta Nagy –, én mostantól kizárólag a mellények és aknák elkészítésére tudok és fogok csak koncentrálni.

– Nem is azért mondom, hogy a te dolgod, csak tájékoztattalak. Hirsch-sel és a fiúkkal mindent megoldok – mondta önelégülten Petrocelli.

– Hogy dugnád fel magadnak – reagált rá Nagy ott hagyva a vigyorgó Petrocellit.

Az elkövetkező néhány napban tényleg kizárólag a robbanóeszközök készítésével foglalkozott, időben átadta a robbantómellényt Bobnak, aki a kiszállítását végezte. Teljesen belemerült a munkájába, amikor Petrocelli váratlanul, feldúltan rohant be hozzá.

– Lehet, hogy van egy kis gondunk. Körbehívtam a fiúkat, hogy tájékoztassam őket a decemberi összetartó táborról, de egyvalakit nem tudok elérni. Chris Morgan tegnap nem volt ott a telefonnál.

– Azaz tegnap hívtad, és nem érted el? – kérdezett vissza Nagy, kicsit értetlenkedve.

– Igen, ilyen még sosem fordult elő. Háromszor hívtam egy órán belül, de nem vette fel a telefonkagylót.

– Nyugalom, ennek lehet bármilyen egyszerű magyarázata is. Próbáld meg ma is, holnap is a szokott időben. Lehet, hogy csak elnézte a naptárt. Ha holnap sem sikerül, akkor kezdhetünk aggódni, de egyelőre még korai a vészharang kongatása – próbálta megnyugtatni Petrocellit, nem sok sikerrel.

Mivel Morgan másnap sem reagált a keresésre, Petrocelli és Nagy úgy döntött, hogy Fredet elküldik Kansas Citybe, járjon utána annak, mi történhetett Morgan-nel. Négy nap feszült várakozás után érkezett meg Mosley, nem túl jó hírekkel.

- Nagyjából három hete tűnt el Chris – kezdte a tudomására jutott információ megosztását Fred. – Azóta sem a munkahelyén, sem a szállásán nem látták, nem is tudnak róla semmit. A munkahelyén azt mondták, hogy pénteken a munka végeztével elment, akkor még minden rendben volt vele, de hétfőn nem vette fel a munkát, azóta nem jelentkezett. A munkahelyén azt is elmondták, hogy tudomásuk szerint időnként önkénteskedett egy templomban. Elmentem oda is, ott sem tudtak róla semmit. Aznap, amikor eltűnt, várták kora estére, de nem érkezett meg.

– Francba – sóhajtott idegesen Petrocelli –, arra lettek képezve, hogy ne nagyon építsenek ki emberi kapcsolatot senkivel, mert az érzelmi kötődés veszélyekkel járhat. Így most nem is hiányzik Chris senkinek, senki sem keresi. Tényleg – fordult Fred felé –, a munkahelye nem kerestette esetleg a rendőrségen vagy a kórházakban?

– Nem – rázta meg a fejét Mosley. – Javasoltam ezt a főnökének, de nem volt hajlandó rá. Azt mondta, neki különösebben nem hiányzik, ha nekem hiányzik, kerestessem én.

– Az veszélyes lenne – mondta Nagy. – Ha esetleg a rendőrség kapcsolta volna le, akkor így nyomot hagynánk magunk után. Bár azt nem hiszem, hogy a rendőrség lenne az eltűnésének az oka.

– Ezt én sem gondolnám – helyeselt Petrocelli –, arra lettek utasítva, hogy feltűnésmentesen éljenek, semmi olyasmit nem csinálhatnak, amivel felhívnák magukra a rendőrség figyelmét. Talán baleset érte, mint ahogy szegény Kirk Pennyt is egy baleset akadályozott meg a küldetése végrehajtásában.

– Reménykedjünk – bólintott Nagy. – A helyi kórházak végigtelefonálásában nincs kockázat. Telefonjaink lehallgatásbiztosak, még ha valaki figyelné is a kórházak telefonforgalmát, akkor sem találnának kapcsolatot velünk.

– Ha a rendőrség kapcsolta le Christ – morogta Petrocelli félhangosan –, akkor nagy bajban vagyunk. A kihallgatásra nincsenek felkészítve. Hála Istennek a jelenlegi helyünkről semmit sem tudnak, a dátumokkal kapcsolatban sincs érdemi információjuk, kivéve a decemberi tábort, annak ismerik a helyszínét és a várható időpontját. S ha napra pontosan nem is, de megközelítőleg ezt Morgan is tudja.

– Igen, ismerik az összetartó tábor helyszínét, ami felveti azt a kérdést, hogy megtartható-e idén is a szokásos összejövetel? Abban biztos vagyok, hogy amennyiben az elkövetkező néhány napban nem kapunk egyértelmű információt Chrisről, döntenünk kell, idén vagy nem lesz tábor, vagy ha lesz, akkor más helyszínen.

– Ennyi idő alatt nem lehet új helyet találni – szólt közbe Hirsch, aki eddig csak néma megfigyelője volt a megbeszélésnek.

– De a felkészítésre, összetartásra szükség van – makacskodott Petrocelli –, folyamatosan ellenőriznünk kell az állapotukat, ez elengedhetetlen a terv végrehajtásának sikeréhez.

– A fizikai felkészítés szempontjából mellőzhető – vélte Nagy –, annyira már megtanulták a lőfegyver és robbantómellény használatát, hogy nem vállalunk extra kockázatot, ha kihagyjuk ezt az eseményt az életünkből.

– A szellemi felkészítés és a szellemi állapot kontrollja fontosabb, mint a fizikai. Erre mindenképpen szükség van – védte a tábor szükségességét Petrocelli.

– Ezt meg lehet próbálni kivételesen telefonon keresztül is – támogatta Nagy álláspontját Hirsch a tábor elhalasztásáról, ami meglepte Petrocellit, hiszen Hirsch sosem fejtett ki vele ellentétes véleményt.

– Nekem személyesen kell meggyőződnöm arról, hogy a tanítás mindenkiben ott van-e még, vagy valaki önállósulni próbál. Kovac esetén is hibáztam, nem voltam eléggé alapos, későn vettem észre ennek jeleit, és majdnem baj is lett belőle. Személyesen kell látnom azokat a szemeket, amelyben látom a végtelen hűséget és az elkötelezettséget *irántam*. De rendben, azt javaslom, várjunk még pár napot a döntéssel – húzta az időt Petrocelli, bár a lelke mélyén tudta, nincs más választás: ha Morgan lebukott, a tábor nem hívható össze. Túl közel volt már a „X" nap, és a remélt teljes siker, nem lenne értelme feleslegesen kockáztatni.

Október utolsó péntekjén a szokásos megbeszélését tartotta Peter és Jack csapata. A hangulat meglehetősen vegyes volt: az elmúlt időszakban rengeteg eredményt értek el, de a fényt még mindig nem látták az alagút végén.

– Jövő hét végén lesz a Hírszerző Közösség következő ülése – mondta Peter a megbeszélés elején. – Az utolsó a november nyolcadikai elnökválasztás előtt. Az Elnök is ott lesz. Ha addigra nem találjuk meg őket és ezzel nem akadályozzuk meg a további merényleteket, akkor mindenki repül az Elnök ígérete szerint.

– Legyünk realisták – próbálta a hangulatot hűteni Jack. – Repülni először is az Elnök fog, mert nem újraválasztható. Értem én a frusztráltságát, meg a kimondott szavakhoz való ragaszkodását, ami egy politikusnál elég nevetségesen hangzik, de véleményem szerint nem eszik olyan forrón a kását.

– Mondod te, mert legfeljebb visszamész alkoholistának Ecuadorba – vágott vissza idegesen Peter.

– Nektek, fejeseknek sem ártana néha alámerülni a mocsárba, rögtön megtanulnátok megbecsülni a lyukat a seggeteken. De fordítsuk komolyra a szót. A mostani Elnök nem adhatja át úgy a hivatalát, hogy szétverte valamennyi szolgálat vezetését, hiszen ezzel hónapokra destabilizálná az országot. Főleg egy olyan szituációban, amikor nem zárható ki, hogy a merénylőknek pontosan ez a célja – az ország káoszba döntése. Ez csupán retorikai fogás volt részéről, amikor ezzel fenyegetőzött. Az új Elnököt kell megnyernetek, és ha ügyes vagy, nyerő pozícióba kerülhetsz, talán még az FBI igazgatója is lehet belőled. Koncentrálj a november 8-a utáni hetekre.

– Szórakozol velem? – Peter nem tudta eldönteni, mire megy ki a játék Jack részéről.

– Eszem ágában sincs – Jack most kivételesen nem játszott. – Nem lesz eredmény november 8-ra, sőt lesz még egy merénylet előtte, november másodikán. De lesz eredmény az új Elnök beiktatása előtt, ezt viszont én vállalom felelőséggel, és nem a CIA igazgatója, akinek egyébként fogalma sincs arról, hogy mit kell tenni a nyomozás sikere érdekében.

– S mire alapozod ezt a fene nagy magabiztosságodat? – kérdezte Peter kíváncsian, egy kicsit meglepte Jack határozottsága.

– Az emberünk dalolt, mindazt, amit ő tudott, azt most már mi is tudjuk. Nyilván azt nem tudja, hogy most hol vannak Petrocelliék. Amikor elhagyta a tábort pár évvel ezelőtt, az még Idaho államban volt a Salmon-Challis Nemzeti Parkban. Morgan Coloradóról sem tudott és értelemszerűen azt sem tudja, most hol vannak, viszont elmondta, hogy az éves összetartó táborukat hol szokták megrendezni, és azt is, hogy nagyjából az év melyik szakaszában.

– Hol és mikor? – kérdezett közbe izgatottan Peter.

– A mexikói határ közelében, egy Catarina nevű porfészektől délnyugatra. Pontos koordinátákat nem tudott adni, de az elmondása alapján könnyen megtalálható. Decemberben ismét működni fog, mert Petrocelli számára fontos, hogy a csapat minden évben összegyűljön, fizikailag és szellemileg felkészüljön a küldetésének végrehajtására. Morgan biztos benne, hogy idén is meg lesz tartva a tábor, bár még értesítést nem kapott róla.

– Hogyan értesítik őket? – kérdezte Peter.

– Minden hónap egy meghatározott napján, meghatározott időben elmennek egy utcai telefonfülkéhez, s várják a hívást. Morgan azt mondta, eddig csak akkor hívták, amikor tájékoztatták a következő tábor időpontjáról, a helyszín eddig mindig ugyanott volt. Ebből következtetünk arra, hogy most is ott lesz.

– S mikor kellett volna Morgan-nek várnia a hívást a telefonfülkénél? – kérdezte Peter rosszat sejtve.

– Nyolc nappal ezelőtt, de akkor már élvezte a vendégszeretetünket.

– Csessze meg, a rohadt életbe! – kiáltott fel Peter ingerülten. – Akkor erről lekéstünk.

– Sajnos Morgan ezt az információt későn adta át nekünk, s ezt talán tudatosan tette. Azóta folyamatosan figyeljük a telefonfülkét, de egyszer sem csörgött a megadott időben.

– Elvesztettünk egy fontos nyomot, és még az is kiderülhetett számukra, hogy Morgan lebukott – dühöngött Peter.

– Nem biztos – próbálta Jack nyugtatni főnökét. – Először is, nem minden hónapban hívják őket, csak akkor, ha mondandójuk van, bár nekik minden hónapban várniuk kell a hívást. Könnyen elképzelhető, hogy ebben a hónapban nem hívták Morgant, novemberben még hívhatják a decemberi tábor miatt. Egyébként a kapcsolat egyirányú: ha bármi történik velük, baleset, betegség, ők nem tudják értesíteni Petrocelliéket. Ha valakit nem tudnak elérni a megadott időben, akkor két dolog lehetséges. Vagy hívják a következő hónapban a megbeszélt időben – Morgan azt mondta, hóközben nincs alternatív időpont –, vagy ha sürgős, és nem várhat egy hónapot a kapcsolat létesítése, megkeresik személyesen. Kérdés, hogy rögtön az első sikertelen kapcsolatfelvétel után teszik-e ezt, vagy megvárják a másodikat. Gondolom ez az üzenet sürgősségétől függ.

– Miért próbálnák megkeresni? – kérdezte Peter.

– A személyes megkeresés lehetőségét nem Morgan mondta, azt én gondolom csupán. Véleményem szerint mindenképpen tudniuk kell, hogy mi történt az emberükkel, ha az nincs ott a megbeszélt találkán. Tökéletesen megkomponált, minden apró részletében megtervezett merényletsorozattal állunk szemben. Ebbe a gépezetbe nem kerülhet porszem, mert akkor az egész bukhat. Ha egy ember kiesik a sorból, tudniuk kell, hogy mi történt vele. Egyrészt nyilván kockázatkezelési szempontból sem mindegy, hogy azért tűnt el, mert lebukott, vagy azért, mert egyszerűen baleset érte. Másrészt, ha baleset érte, vagy eltűnése átmeneti, akkor tudniuk kell, hogy a kiesését pótolni kell-e, vagy a rendelkezésükre fog állni a megfelelő időben.

– Pontosan így is történt, ahogy Jack említette – vette át a szót Bogdanov. – Egy fiatal férfi kereste Morgant pár nappal a megbeszélt telefonhívás dátumát követően a munkahelyén, a lakhelyén és abban a templomban, ahol időnként segédkezett.

– S megvan a férfi? – reménykedett Peter.

– Sajnos nincs, de viszonylag elfogadható személyleírást kaptunk róla, ami alapján van egyezésünk az egyik eltűnt gyerekről készült arcrekonstrukciós fotónkkal. Az eredeti neve Martin Hogan volt.

– De nem sikerült lekapcsolni – állapította meg ingerülten Peter.

– Nem sikerült – vallotta be Jack –, ez hiba volt. Későn kapcsoltunk.

– Oké, illetve egyáltalán nincs rendben – mondta Peter –, és akkor most mi a helyzet? Tudják, hogy eltűnt egy emberük, mit tudhatnak az eltűnéséről?

– A lassúság néha szerencsét hoz – mondta Jack kesernyésen. – A fiatal férfi, aki Morgant kereste, három nappal ezelőtt járt Kansas Cityben, a helyi hatóság viszont csak tegnap járta végig azokat a helyszíneket, ahol Morgan gyakran előfordult, azaz a munkahelyét, lakhelyét és a templomot. Azaz nekik nem volt információjuk arról, hogy Morgan a rendőrség látókörébe került, esetleg nálunk van, így nem is tudták elárulni titkunkat.

– Azért ne legyünk büszkék erre, mert ha nem tökölnénk állandóan, akkor egy helyett két ember élvezné a vendégszeretetünket – Peter ingerültsége jól érzékelhetően nem csillapodott.

– Jogos a kritika – ismerte el Jack. – Viszont ha nem tudják, hogy Morgan nálunk van, akkor tovább keresik, ami számunkra komoly lehetőség.

– Remélem, a jövőben hatékonyabb és proaktívabb lesz a csapat – elégedetlenkedett továbbra is Peter.

– Természetesen ezen leszünk – válaszolta Jack, és úgy döntött: nem oszt meg minden információt a főnökével, miután egy szemvillantással hallgatásra bírta Bogdanovot, aki éppen megszólalni készült.

– Abból a tényből, hogy keresték, arra következtetünk, hogy vagy Morgan lett volna a következő, valószínűleg decemberre ütemezett merénylő, vagy a tábor miatt keresték. Így számolhatunk azzal, hogy idén is lesz tábor – szólt közbe Jimmy Tyler, bár Peter tekintetét elkapva, nem volt biztos abban, hogy ez a megállapítás megnyugtatta az FBI New York-i irodájának vezetőjét.

– Morgan a kihallgatások során elárulta a társai nevét – próbálta a feszültséget oldani Monica Carter.

– De csak a keresztnevüket tudta megmondani – hűtötte le gyorsan Peter felvillanó reményeit Jack. – A táborban mindenkinek csak keresztneve volt. Egyébként a saját eredeti vezetéknevüket sem tudták, illetve Morgan elmondása szerint nem is voltak tisztában azzal, hogy őket elrabolták, és volt egy korábbi életük is. Amikor elhagyták a tábort, akkor kaptak egy új személyazonosságot egy kitalált családnévvel, és egy eléggé elnagyolt fedősztorit arról, honnan jöttek, mit csináltak korábban. Egy felületes kérdező számára elegendő háttérinformáció. Természetesen a táborról nem beszélhettek. Ha valaki a gyerekkorukról faggatta volna őket, akkor utasítás szerint arra kellett hivatkozniuk, hogy nehéz gyerekkoruk volt, és nem emlékeznek semmire.

– Akkor ezzel sem vagyunk előbbre – szögezte le Peter.

– Nem, bár a keresztnevek alapján kipipálhatjuk azokat, akik már teljesítették a küldetésüket, és van egy sor keresztnevünk, akik még nem. De ezzel nem akarom azt mondani, hogy a keresztnév alapján bárkit is meg fogunk találni – tette hozzá Jack, megelőzve Peter Hammersmith újabb szarkasztikus megjegyzését.

– S bármi más, érdemi információt sikerült kiszedni belőle az eddig elmondottakon túlmenően? – kérdezte reménykedve Peter, aki továbbra sem érezte, hogy közelebb lennének a megoldáshoz.

– Tudjuk, hol voltak a táborok korábban, pontosabban addig, amíg Morgan velük volt – kezdte a felsorolást Bogdanov. – Tudjuk, hogy egyszer néhány fiú eltűnt a táborból, és a többiek sosem kaptak magyarázatot arra, hogy mi történt. Tudjuk, hogy jó pár évvel ezelőtt, néhányan újonnan csatlakoztak hozzájuk. Hasonló korúak voltak, mint a többiek, de külön csoportot alkottak, és velük mindig másképpen foglalkoztak. Tudjuk, hogy voltak felnőttek is a táborban, akik az ellátásukkal törődtek. Morgan azt mondta, hogy ezek a személyek gyakran változtak. Volt egy házaspár, aki ott volt emlékei szerint a kezdetektől, és mindig volt még három-négy ember, akik pár évig velük volt, aztán eltűntek, de mindig jöttek újak helyettük.

– Tudjuk, hogy nevelésükkel öten foglalkoztak – folytatta Carter a felsorolást –, és azt is tudjuk, hogy nem sokkal azelőtt, mielőtt elhagyta volna a tábort, volt egy komoly konfliktus a nevelésükkel foglalkozó mesterek között. Az öt nevelő az, akiket korábban már beazonosítottunk, mint a kilencvenes évek elején eltűnt pszichológus, pszichiáter Petrocelli volt a Nagymester, aki ünnepélyes alkalmakor a Mennyei Poklok Szellemi Vezérének nevezte magát, de a szürke hétköznapokon beérte a szerény *Nagymester* megszólítással. A többieket a keresztnevükön kellett szólítani a *mester* szó kiegészítésével. Ron mester és a Nagymester között régóta komoly viták dúltak, melynek okát ő nem ismerte, de a tényét érzékelte. A vita odáig fajult, hogy többek szeme láttára Petrocelli megölte Wakemannt.

– Tudjuk azt is, hogy Nagy is a táborban élt velük 2006 óta – vette át a szót Tyler. – Sokáig nem csinált semmi különösebbet, majd egy idő után a fegyveres kiképzésükkel kezdett el foglalkozni. Akkor kezdte Petrocelli azt mondani nekik, hogy ők katonák, akiknek küldetése van, akiket egy nagyszerű feladat végrehajtására készítenek fel. Nagy kiképezte őket a gépfegyver használatára, a robbanómellénnyel kapcsolatos tudnivalókra. Nagy megszólítása egyébként Frank őrnagy úr volt. A fegyveres kiképzésen túl amúgy nem foglalkozott velük, sőt Morgan emlékei szerint Petrocellin kívül nem is állt szóba senkivel a táborban.

– Ezek nagyon fontos, de teljesen haszontalan információk a nyomozás előrehaladása szempontjából – állapította meg Peter. – Azt mondtad, hogy olyan információk birtokában vagytok, amivel lenyűgözhetem a leendő elnököt. Amit eddig elmondtatok, az lószart sem ér.

– Pedig lószarból várat építeni, az az igazi kihívás – vigyorgott Jack, bár megjegyzésével nem csalt mosolyt főnöke arcára. – Ez egy kirakós játék, amihez türelem kell. Ezek az információk a végső kép összerakásához fontosak, neked csak annyi a dolgod, hogy jövő hét pénteken akadályozd meg, hogy valamelyik nagyeszű megint szétcsessze a munkánkat.

– Ritka nagy idióta vagy – állapította meg Peter. – Szerencsédre pillanatnyilag rád vagyok utalva, kénytelen vagyok a te szabályaid szerint játszani.

– Pontosan így van – helyeselt Jack. – Arra viszont nem emlékszem, hogy bármikor kértelek volna arra, hogy hívj vissza a nyaralásomból. De ha már megtetted, akkor bízz bennem és a csapatomban. Annyit még megígérek, hogy mielőtt elindulsz a nagy emberek fontos találkozójára, még megosztok veled néhány aktuális és fontos információt. Talán abból fel tudod építeni a saját jövődet.

– Tudod, Jack – zárta le a beszélgetést Peter –, azt szeretem benned, hogy minden találkozásunk után jobban utállak, mint előzőleg.

Október utolsó napja volt – Petrocelli, Hirsch, Nagy, Mosley és Carthy a nemrégiben elkészült faházban ücsörögtek a kemping székeken, és a jelenlegi helyzetüket vitatták meg.

– Ezek szerint Chris kórházban van – állapította meg Petrocelli. – Pontosan mit tudunk vele kapcsolatban?

– Feltehetőleg ott van – válaszolta Fred Mosley –, de egészen biztosak nem vagyunk ebben. Felhívtam Kansas City valamennyi egészségügyi intézményét – van egy pár, de egyikben sincs Chris Morgan nevű beteg. Viszont az egyik kórházban van egy kómában fekvő ember, akinek a személyleírása ráillik Chrisre. Balesetet szenvedett két héttel ezelőtt, nagyon súlyos állapotban vitték be, azóta éber kómában tartják. Felépülési esélyei biztatóak, de konkrétumot nem tudtak, vagy nem akartak mondani telefonon. Irat nem volt nála, amikor a baleset történt, s mivel eddig még senki sem kereste, a kórház egyelőre ismeretlen betegként tartja nyilván.

– Ezek szerint vagy ő, vagy nem – bólintott Petrocelli. – Utálom a bizonytalanságot. Meg kell győződnünk a személyéről. Biztos akarok ebben lenni. Fred utazzon oda, és járjon utána.

– Ne kapkodjunk – szólt közbe Nagy –, óvatosnak kell lennünk. Nyilván az ország valamennyi rendőre és ügynöke minket keres az elmúlt hónapok eseményei miatt. Abban biztosak lehetünk, hogy a robbantásokat, merényleteket nem elkülönülten kezelik, látniuk kell valamilyen összefüggést az események mögött. Bizonyos feltételezésekkel élhetnek a magányos merénylőkkel kapcsolatban. De hogy eddig mire jutottak, nem tudjuk, ezért minden váratlan esemény mögött tételezzük fel a legrosszabbat.

– Mit akarsz ezzel mondani? – kérdezte idegesen Petrocelli.

– Azt gondolod, hogy a terv minden részletét kidolgoztad? Arra sosem gondoltál, hogy valakinek feltűnnek a robbantások? Megálmodtál egy csodás tervet, változatok nélkül. Mindig közbejöhet valami, ami a terv korrekcióját igényelheti. Ha mereven ragaszkodunk az eredeti elgondoláshoz, akkor pont a célegyenesben fogunk pofára esni.

– Megkérdőjelezed a kompetenciámat? Megkérdőjelezed a tervet? – erősödött meg az indulat Petrocelliben. – Mit képzelsz magadról, ki a szent lószar vagy te? Egy egyszerű, buta robbantó vagy, aki tekergeti idióta zsinórjait, és azt hiszi magáról, hogy ő a tökéletes szakember. Ám legyen, legyél te a tökéletes robbantási szakember. De honnan veszed a bátorságot, hogy megkérdőjelezd az általam alkotott terv tökéletességét? Honnan veszed a bátorságot, hogy megkérdőjelezd az én alkalmasságomat a tökéletes terv összeállítására? – az utolsó szavakat már szinte érthetetlenül üvöltötte.

– Ha majd lenyugodtál, akkor folytatom – dőlt hátra a székében Nagy. Pár perc után, látva, hogy Petrocelli valóban visszanyerte önuralmát folytatta, bár tudatosan nem reagált a Petrocelli dühkitörése közben elhangzottakra. – Mindenekelőtt meg kell tudnunk, Chris fekszik-e kómában, vagy valaki számunkra lényegtelen személy. Néhány nap múlva Fred ismét felhívja a kórházat. Talán addigra kiderül a balesetet szenvedett személy kiléte. Ha Chris, akkor minden rendben van, illetve nincs rendben, de tiszta a kép, tudjuk mi történt, és tudjuk mit kell tennünk. Ha nem ő, vagy még mindig nem tudják kiről van szó, akkor gondolkozzunk el a következő lépésen. De feleslegesen ne utazgassunk, ne lépjünk kapcsolatba a külvilággal, mert minden érintkezés a lebukás veszélyével jár. Ezért sem támogatom a decemberi összetartó tábor megszervezését, függetlenül a Chris–eset kimenetelétől.

– Egyetértek – szavazott Hirsch, bár erre senki nem kérte.

Petrocelli még jó darabig bámult maga elé meredten, szótlanul. Nemcsak Nagy szavai voltak arculcsapások számára, de az utóbbi időben többször tapasztalta, hogy Hirsch is Nagy oldalára áll a kettőjük között zajló vitákban. Ez új jelenség volt, korábban elképzelhetetlen lett volna Hirsch részéről bármilyen ellentmondás az ő akaratával szemben. Egy idő után felállt, megtört, öreg, vesztes hadvezérként némán kivonult a házból.

Az elkövetkező napok meglehetősen feszülten teltek a táborban. Petrocelli nem szólt senkihez. Azon az időn túl, amikor a novemberi merénylő felkészítésével és aktiválásával foglalatoskodott, gyakorlatilag minden percét önmagába fordulva töltötte. Ez az állapot némileg csütörtök reggelre oldódott fel, amikor is eljutott a hír hozzájuk, hogy november 2-án a Columbus városában található Hollywood Casino-t sikeres támadás érte. Glen Ford teljesítette feladatát, melynek eredménye tizennyolc halott, beleértve a merénylőt is, valamint huszonegy sérült. Minden a terv szerint működött és ez visszahozta Petrocelli életkedvét.

– Fred, hívd a kórházat – adta ki az utasítást Petrocelli, amire Nagy nem reagált, és amit mindenki az egyetértésének vett.

A két fiú is érzékelte a hatalmi harcot Nagy és Petrocelli között. Érzelmileg sokkal közelebb álltak Petrocellihez, hiszen kisgyermekkoruk óta vele éltek. Saját szüleikre nem emlékeztek, illetve nem is voltak tisztában valós múltjukkal. Nem tudták, hogy őket Petrocelli rabolta el. Amióta az eszüket tudták, azt hallották, és azt nevelték beléjük, hogy ők árvák, egy árvaházból mentette őket ki Petrocelli. Hálásak voltak neki, amiért kimentette őket a nyomorúságból, felnevelte őket, értelmet adott életüknek. Ugyanakkor érzelmi hullámzásait nehezen viselték, féltek tőle, kiszámíthatatlannak tartották. Ezzel szemben Nagy a maga egyszerűségével, nyugodtságával sokkal kezelhetőbb helyzetet jelentett számukra. Utasításai mindig világosak, érthetőek és végrehajthatóak voltak. Bár sosem beszéltek erről egymás közt, de mind a ketten arra a következtetésre jutottak, hogy lehetőség szerint távol tartják magukat a konfliktustól, nem állnak egyik fél pártjára sem.

Fred hamarosan vissza is jött a megszerzett információval, amit gyorsan megosztott a többiekkel.

– A kórházzal sikerült beszélnem. A balesetet szenvedett férfi magához tért, látogatható. Személyazonossága továbbra sem tisztázott, mivel a baleset következtében amnéziában szenved. A kórház tájékoztatása szerint a rendőrség tegnap ott járt a baleset körülményeinek tisztázása érdekében. Akivel beszéltem telefonon, azt mondta, hogy a rendőrség sem tudja még, ki a baleset áldozata. Elképzelhetőnek tartják, hogy nem helybéli, hanem egy átutazó. Rákérdezett, miért érdeklődöm felőle, esetleg kapcsolatban állok-e vele, ismerem-e. Mondtam, hogy ebben nem vagyok teljesen biztos. Egy New York-i barátomat keresem, aki pár héttel ezelőtt Kansas Citybe utazott, de azóta nem jelentkezett. Őt keresem, és a kapott személyleírás emlékeztet rá.

– Ügyes vagy, fiam – dicsérte meg Nagy Mosleyt.

– Tisztázni kell a személyazonosságát – kezdte a régi nótát Petrocelli –, tudnunk kell: Chris fekszik-e a kórházban, vagy valaki más.

– Rendben, tisztázzuk – egyezett bele váratlanul Nagy. – Most Bob utazzon Kansas Citybe a biztonság kedvéért. Őt nem ismerheti fel senki. Elismerem: Petrocellinek igaza van, meg kell találnunk Christ, vagy legalábbis meg kell tudnunk, mi történt vele.

Nagy azért változtatta meg látszólag hirtelen a véleményét, mert tudni akarta, pontosan mi áll az elhangzottak mögött. A kapott információk nem álltak össze neki egy kerek történetté, valami nyugtalanította, volt egy olyan érzése, mintha csapda lenne. Ezért is javasolta Bob elküldését Kansas Citybe, mivel őt nem ismerhetik fel, nem tudják idő előtt lekapcsolni. Ezzel együtt rendkívül óvatosan kell eljárni, ezért mielőtt Bob Carthy elindult volna, Nagy odament hozzá, néhány instrukcióval látta el. Ha jók a megérzései, és Bob ügyesen jár el, akkor tiszta lesz a kép, mire visszatér.

17. fejezet

Peter Hammersmith nagy ígérete

A Hírszerző Közösség állandó és meghívott tagjai már percek óta a tárgyaló teremben a hosszú téglalap alakú asztal körül ültek. A korábbi alkalmakhoz képest most teljes volt a csend. Várták az Elnököt, de ez a várakozás a halálsoron levő elítéltek várakozására hasonlított leginkább. Rosszra és még rosszabbra számított mindenki. Az Elnök éreztetni akarta, hogy a játékszabályokat még ő alakítja, és egyébként is élvezte, ahogy a nagyhatalmú szolgálatvezetők főnek a saját levükben.

Szándékosan késett. Ült egyedül az Ovális irodában, időnként rápillantott az órájára, bólintott: „még várhatnak egy kicsit", morogta magában. Olyan volt, mint egy igazi rocksztár, aki hergeli a közönségét csak azért, hogy a fogadtatása a lehető leghangosabbra sikeredjen. Bár ebben a helyzetben az Elnök nem hangos fogadtatásra vágyott. Megalázott, megtört embereket akart látni maga előtt, amikor belép a tárgyalóba, amiért képtelenek voltak megoldani a feladatukat az általa kért határidőre. Tudta, hogy ígéretét, – miszerint mindenkit levált kudarc esetén – nem tarthatja be, de legalább szenvedjenek, érezzék magukat rosszul, minimum annyira, amennyire ő rosszul érezte magát. Amerika történetének legnagyobb terrorakció-sorozatával áll szemben. És ő, Britt Johnson, úgy kerül majd a történelemkönyvekbe, mint az ország első olyan elnöke, aki nem tudta megoldani a legfontosabb feladatát, nem tudta megvédeni az ország lakosságát a belső ellenségtől. Ő „a kudarcot vallott Elnök" kétes hírnevét fogja viselni mindörökre, míg a dicsőség az utódjáé lesz, mert abban azért biztos volt, hogy előbb-utóbb lesz eredmény. Negyvenöt perc várakoztatás után úgy érezte, itt az idő a nagy színjátékra, mert a mostani pár óra semmi másról nem fog szólni, mint a politika cirkuszáról. Ki mennyire meggyőzően tudja eljátszani maga kis pitiáner szerepét. Az őszinteség az egyetlen emberi tulajdonság, amely a mai nap megbeszélésén biztosan nem lesz jelen.

– Nos – mondta maximális kimértséggel, amikor belépett a tárgyalóterembe és elfoglalta helyét a neki fenntartott üresen álló széken –, hallgatom önöket. Ki kezdi a beszámolót az eredményekről, ha egyáltalán vannak?

Az FBI igazgatója, Harry Robson szólalt meg elsőnek. Tájékoztatta a jelenlévőket a Columbus városában pár nappal korábban történt merényletről. A rendelkezésre álló bizonyítékok alapján egyértelmű, hogy ez a támadás is a sorozat része volt. Erre utal az elkövetés módja, időpontja, illetve az elkövetéskor használt robbanómellény maradványain megtalálták a fonott zöld-sárga zsinór nyomait. A feltételezett merénylő személye is beleillett a sorba. Glen Ford 28 éves fehér férfi, aki bolti eladóként dolgozott a helyi Walmart áruházban. Három éve költözött a városba, nem voltak fellelhető rokonai, akik azonosítani tudták volna. Az életével kapcsolatos minden információ csak a munkatársaitól, illetve közvetlen lakókörnyezetétől volt beszerezhető, de ezek a megszokott szokványos, semmitmondó történetek voltak. Nem barátkozott senkivel, magáról sosem beszélt. Robson rövid tájékoztatása után több szolgálat vezetője kiegészítésként elmondta, milyen erőket mozgósítottak a merénylet megakadályozására. Mindezen kiegészítéseket egy „szart sem értetek el vele" megjegyzéssel vette tudomásul az Elnök. Ezt követően az NSA igazgatója kér szót, és adott tájékoztatást a Gunnison erdőparkban történt robbantásról, mivel ebben az ügyben az NSA nyomozott.

– Nem egészen két héttel ezelőtt a Gunnison Nemzeti Erdőpark egy nehezen megközelíthető részén robbanás történt. Egy kisbusz, amely ismeretlen okból járt arra, aknára futott és felrobbant. Az áldozatok mexikóiak, konkrétan tizenkét mexikói férfi. Többségük illegális bevándorló, bár némelyiküknek már volt munkavállalási engedélye. Információink szerint valamennyien El Paso környékéről tűntek el valamivel kevesebb, mint egy hónapja. Munkát kaphattak a környéken, de hogy hol és kitől, azt nem sikerült megállapítani.

– Mit kerestek ott? – kérdezte az Elnök. – Emlékeim szerint a merénylőket is valahol arrafelé, Coloradóban keresték.

– Igen, Uram! – válaszolta az NSA igazgatója. – Négy erdő-parkot vizsgáltunk át korábban, köztük volt a Gunnison is. A Gunnison erdőparkban egyébként az átvizsgálás során találtunk egy elhagyott faházat, melynek tulajdonosát azóta sem sikerült megtalálni. A faház és a robbanás közti távolság durván két kilométer, ami összekötheti a faházat a robbanással. Ha figyelembe vesszük azt a tényt is, hogy a robbanás helyszínén a már számtalanszor említett fonott zöld-sárga zsinór nyomaira is ráleltünk, mondhatjuk, hogy egyértelmű az összefüggés a korábbi merényletekkel.

– Eszerint abban a faházban lakhattak korábban, de még a kutatásunk előtt megléptek, hiszen a faházat elhagyatva találták – összegzett az Elnök. – De akkor mit keresett ott a busz a mexikóiakkal?

– Véleményem szerint véletlen baleset történhetett – vélte az NSA első embere –, a terroristák korábban aknát helyezhettek a faház felé vezető földútra saját védelmük érdekében. Ez robbanhatott fel az arra járó busz alatt. Mindenesetre ez azt igazolja, hogy korábban Coloradóban rejtőztek, és sajnos azt is, hogy a felderítő akciónk túl hangosra sikeredett, időben le tudtak lépni.

– Újabb bizonyítéka a maguk tökéletes alkalmatlanságának – közölte a jelenlévőkkel az Elnök. – Ha jól értelmezem a jelenlegi helyzetet, megállapítható, hogy a múltkori találkozásunk óta kudarcot kudarcra halmoztak. Emberek tucatjai váltak áldozatává a maguk töketlenkedésének. S azt a tökös legényt sem látom az asztal körül, aki most felállna, és azt mondaná „Elnök úr, a választásokig megoldjuk a feladatot, hiszen ezt ígértük két hónappal ezelőtt". Ugye jól gondolom?

– Uram! Én voltam, aki ezt mondta két hónappal ezelőtt – szólalt meg a CIA igazgatója –, minden felelősség az enyém. Nem tudom megígérni, hogy tartani tudjuk az eredeti vállalásunkat. Természetesen a következményeket tudomásul veszem.

– Nincs szükségem mártírokra – intette le az Elnök –, a fe-lelősség közös. Az enyém, mert bíztam magukban, hatalmat és eszközt adtam önöknek, és az önöké, mert nem tudtak ezzel a lehetőséggel élni. Amerika népe előtt mindannyian szégyellhetjük magunkat. Tudomásul vettem a tényt, hogy nincs megoldás november 8-ig, de van-e a teremben bárki, aki bármi biztatót, reménykeltőt tud mondani?

Mindenki maga elé nézve hallgatott, bízva abban, hogy az Elnök kifüstölögte magát, és további verbális megaláztatásnak már nem lesznek kitéve a mai nap. Peter Hammersmith úgy érezte, hogy itt az ő ideje, s bár az FBI új igazgatóját nem a jelenlegi Elnök fogja kinevezni, de hátha eljut majd megfelelő fülekbe a mostani szereplése.

– Uram! – köszörülte meg a torkát – pár szóval beszámolnék a FBI New York-i irodája vezetése alatt működő speciális egység munkájának eddig eredményeiről. A munkájukat én ellenőrzöm közvetlenül.

– Hallgatom – adta meg a lehetőséget az Elnök.

– A speciális egység több ügynökség legkiválóbb szakembereiből állt össze, és közel három hónapja nyomoz ebben az ügyben. Ez idő alatt komoly eredményeket ért el. Feltételezzük, hogy a keresett terroristacsoportot több olyan, agykutatással azon belül agyprogramozással foglalkozó pszichiáter, illetve pszichológus irányítja, akik a kilencvenes években számos gyereket raboltak el, és akiket most élő robotként használnak fel céljaik elérése érdekében. Információink szerint 2017 január 6-án egy nagyszabású akcióra készülnek, ahol nem csak öngyilkos merényletekre, hanem közlekedési eszközök elleni aknatámadásokra is számítani lehet. Elsősorban a vasúti közlekedés veszélyeztetett ebből a szempontból. A csoportot egy Ken Petrocelli nevű pszichiáter vezetheti, míg a katonai vonalért egy Frank Nagy nevű, Afganisztánt megjárt, volt szovjet katona felel. A csoport jelenlegi rejtőzködési helyét ugyan még nem ismerjük, de megbízható információnk van arról, hogy december elején a mexikói határ közelében kéthetes összetartó, felkészítő tábort tartanak. Ennek a pontos helyét ismerjük, arra készülünk, hogy ezen idő alatt fogunk rajtuk ütni, és felszámoljuk a terroristacsoportot.

– Ezek mennyire megbízható információk? – kérdezte az Elnök. – Csak azért kérdezem, mert a *feltételezzük* szót használta, a *bizonyítékunk van rá* helyett.

– 100%-os garanciát vállalok a feltételezésünkért, bár természetesen egyértelmű bizonyítékok még nincsenek a kezünkben minden részlet vonatkozásában – felelte határozottan Peter. – Ezenkívül jól haladunk a csoport finanszírozási hátterének a felderítésében. Azt már tudjuk, hogy a csoport rendszeresen kap nagyobb összegeket külföldről. A nyomok egy kajmán-szigeti bankon keresztül Oroszország felé mutatnak, de egyelőre az érintett orosz banktól nem kaptunk választ a megkeresésünkre. Reményeink szerint erre rövidesen sor kerül. A csoport egyébként nagyon óvatos, a számláról a működésükhöz szükséges pénzt negyedévente egyszer veszik le készpénz formájában. A legutolsó pénzfelvételre szeptember végén került sor, a bank biztonsági felvételen egy ötvenen túli férfit rögzített. Beazonosítása sikertelen volt, nincs benne egyetlen bűnügyi nyilvántartásban sem, de felkészültünk arra, hogy a következő pénzfelvételkor rajta üssünk. A számla egyébként egy texasi gazdálkodó nevén van. Ez a személy valószínűleg nem létezik, mivel a megadott címen csak egy lakatlan tanyát találtunk, és természetesen a banknak megadott adatok is fiktívnek tűnnek.

– Ezek szerint nem kizárt, hogy Oroszország áll a terrorakciók mögött? – tette fel a kérdést az Elnök.

– Nincs erre vonatkozóan semmilyen információnk – szólt közbe a CIA igazgatója –, bár Hammersmith irodavezető úr által most elmondottak újdonságként hatottak számomra. Érdekes módon azt az FBI nem tartotta fontosnak, hogy előzetesen megossza velünk a feltevéseit, ebben az ügyben még nem kerestek meg minket – szúrt egyet oda a társszolgálatnak.

– Valóban nem kerestük még meg ezzel az információval a CIA-t – ismerte el Peter Hammersmith –, ennek egyszerűen az az oka, hogy előbb szeretnénk végig követni a pénzmozgás útját, mielőtt bárkit megvádolunk a terrorizmus finanszírozásával. Feltételezhető, hogy az orosz bank csupán egy köztes állomás a folyamatban. Egyébként biztos vagyok abban, hogy ha a

CIA-nek lenne bármilyen információja, miszerint Oroszország állhat egy Amerika elleni merényletsorozat mögött, akkor már rég informálták volna önt és a többi szolgálatot – vágott vissza Peter a CIA igazgatójának.

– Nos, ezek valóban biztató hírek – vélte az Elnök. – Ha jól értem, ön most az ígéri nekünk, hogy decemberre jó eséllyel megakadályozhatjuk a további merényleteket, és felgöngyölíthetjük az egész ügyet.

– Ezen vagyunk, Uram! – jelentette ki Peter Hammersmith az FBI New York-i irodájának vezetője. – Pontosítok, ezt vállaljuk ön és az amerikai nép felé.

– Rendben, Uraim! – állt fel az Elnök –, decemberben még hivatalban leszek. Lesz módunk találkozni, és remélhetőleg lesz módom gratulálni önöknek.

Miután az Elnök távozott, és a szolgálatvezetők is szedelődzködtek, hogy elhagyják a tárgyalótermet, Robson feldúlva ment oda Hammersmithhez, megragadta a karját, hogy határozott hangon számon kérje Petertől a történteket.

– Mi volt ez a partizánakció? Miért nem jelezted felém, hogy erre készülsz?

– Spontán jött – válaszolta Peter –, valakinek kellett valami reménykeltőt mondani az Elnöknek. Én voltam, mert én tudtam érdemi információkat adni.

– Vagy öngyilkos hajlamaid vannak, vagy teljesen elment az eszed – állapította meg Robson, továbbra sem csillapodva.

– Meglátjuk, én bízom a csapatomban – jelentette ki magabiztosan Peter, bár belül érezte, hogy ez alkalommal tizenkilencre kért lapot.

– Vagy abban bízol, hogy ezzel felhívtad magadra a figyelmet annyira, hogy siker esetén az új Elnök téged nevez ki az FBI igazgatójának – reagált gúnyosan Robson.

– Még az is lehet – bólintott Peter, de nem várta meg főnöke újabb reakcióját, sebesen távozott a helyszínről.

18. fejezet

A pénz útja

Jack kifejezetten rosszkedvűen ébredt az elnökválasztás másnapján. Előző este volt egy hosszabb beszélgetése a főnökével, Peter Hammersmith-szel, aki elmesélte a pár nappal korábban Washingtonban történteket. Peter vállalása nyugtalanította, úgy érezte, hogy a főnöke túlment a józan ész határán azon ígéretével, miszerint decemberre felgöngyölik a terroristacsoportot. Tény, hogy ő biztatta Petert arra, hogy beszéljen bátran a speciális egység eredményeiről, nyugtassa meg az Elnököt, hogy közeleg a megoldás, de ennyire határozottan nem jelentette volna ki, hogy decemberre biztosan lesz megoldás. Természetesen bízott önmagában, és elégedett volt az új összetételű csapat teljesítményével, ugyanakkor mostanában egyre gyakrabban érezte, hogy élete legnagyobb kihívásával áll szemben. A korábbiaktól eltérően már nem a saját képességeinek helyreállása miatt aggódott, úgy érezte, hogy már kiheverte az öt év kiesést, visszatért a régi formája. Most már az ellenfél képességei nyugtalanították.

A Morgantól kapott információk alapján megértette, hogy mennyire aprólékosan lett kidolgozva, és tökéletesen megszervezve ez a merényletsorozat, megérezte Petrocelli zsenialitását ebben a tervezési és szervezési munkában. Bár korábban másképpen gondolta, rájött: Petrocelliben az emberére talált. A lebukásuk esélye minimális, még ha véletlenül valaki – ahogy Morgan is – a rendőrség kezébe kerül, alig rendelkezik érdemi információkkal. Nem tudják egymás nevét, pedig 20–25 évig együtt éltek. Nem tudják, ki hol él jelenleg, melyik városban. Nem tudják, hol vannak Petrocelliék, és velük a kapcsolattartás is egyoldalú. Nem tudják, hogy pontosan miről szól ez a történet, melyben ők most részt vesznek. Nincs átfogó képük a végső célról, ők csak egyszerű csavarok egy tökéletesen megalkotott gépezetben. Aggodalmát tovább növelte Nagy szerepe a terroristacsoport felkészítésében, és az a tény, hogy kezdenek egyre nagyobbat álmodni. Nagy technikailag tökéletesen előkészíti a Petrocelli által megtervezett merényletsorozatot, és az aknatámadásokkal a lehetőségek tárházát is jelentősen bővítette.

Ma már a korábban felállított három verzió közül azt tartotta reálisnak, hogy a Petrocelli által megálmodott öngyilkos merényletsorozat ki fog egészülni egy aknatámadással, vagy rosszabb esetben egy aknatámadás sorozattal. A Mojave-sivatagban, illetve Coltonban történt robbantások ennek a főpróbái lehettek. Ugyanakkor nem volt számára egyértelműen világos a Gunnison erdőparkban történt robbanás háttere, indítéka. Elsőre logikusnak tűnt az a magyarázat, miszerint saját védelmük érdekében telepítették oda az aknát, és az most véletlenül felrobbant, de Jack számára voltak kérdőjelek ezzel kapcsolatban. Ha az akna olyankor robbant volna fel arra járó idegenek alatt, amikor Petrocelliék még ott voltak, ezzel csak saját lebukásuk kockázatát növelték volna. Hogyan tudnak gyorsan, észrevétlenül eltűnni egy ilyen esetben? Annak nem volt értelme, hogy az aknát saját védelmükre telepítsék, ezért Jack kizárta ezt a lehetőséget. Egyébként is, amikor a hatóság átvizsgálta a Gunnison erdőparkot, az akna nem robbant fel. Ekkora szerencséje lett volna a nyomozóknak?

Nem, az akna akkor még nem volt ott. Távozásuk után telepíteni az aknát? Annak mi értelme? Az akna nem akkor került oda, amikor még ott voltak, és nem hagyták ott szándékosan távozásukkor. Esetleg ez egy újabb próba lett volna, amilyen a coltoni pályaudvaron történt robbantás is volt? Ez sem tűnt logikus magyarázatnak, mert annak a valószínűsége, hogy egy busz, vagy egy nagyobb jármű arra jár azon a földúton, közelített a zéróhoz. Márpedig ezeknek az aknáknak a beállítása úgy történik, hogy csak egy megadott nagyságú nyomásra robbannak. Annak semmi értelme, hogy telepítenek egy aknát és várják a csodát, hátha arra jár egy megfelelő súlyú gépjármű. Esetleg szándékosan vitték volna oda a mexikóiakat, hogy rajtuk teszteljék az akna hatásosságát? A tizenkét mexikói egyszerűen egy teszt áldozata lett volna? Ezt a változatot Jack lehetségesnek tartotta elméletileg, de mégsem hitt benne. Ehhez nem kellett volna tizenkét embert feláldozni, elegendő lett volna egy busz a sofőrrel. Ennyire nem lehetnek brutális állatok, de egyébként is, minél több embert vonnak be az akcióikba, annál nagyobb kockázatot vállalnak. És ebben a merényletsorozatban értelmetlen dolog is lett volna, s ez rájuk nem jellemző.

Jacknek volt egy olyan érzése, hogy itt valami másról van szó. Talán a mexikóiakkal végrehajtattak egy feladatot, és annak érdekében, hogy ne legyenek tanúi a helyszínnek és a megrendelőnek, végeztek velük. Mi lehetett vajon a feladat? Jack arra a következtetésre jutott, hogy a legvalószínűbb válasz erre egy új tábor felépítése lehet, emiatt kellettek nekik a mexikóiak. De miért nem maguk építették ki a tábort? Miért kockáztattak azzal, hogy idegenekkel kerültek kapcsolatba? Ezekre a kérdésekre lehetséges válaszként Jack azt adta, hogy valószínűleg a táborban kevesen vannak és idősebbek. Nem alkalmasak egy ház építésével járó fizikai munkára. Akiket beazonosítottak eddig, Nagy, Petrocelli, Hirsch és a többi pszichiáter valóban már a hatvanadik évükön túl vannak, s eszerint nincsenek fiatalok velük. Tehát pár öregember van már csak együtt a táborban.

De hol lehet ez az új tábor? Ha a mexikóiak El Pasóból jöttek, és a busz a Gunnison erdőparkban robbant fel, akkor egyértelműen délen. Új-Mexikóban elsősorban a Lincoln Nemzeti Erdőpark jöhet szóba, vagy a Gila Nemzeti Erdőpark. De Jack nem vetette el Arizona államot sem lehetséges búvóhelyként, ahol három erdőpark is megfelelő rejtekhelyet biztosíthat számukra. Meg kell kezdeni ezen helyszínek átkutatását, de most már kizárólag csak az ő módszerével. Úgy vélte, hogy az elkövetkező néhány nap sorsdöntő lehet a nyomozás sikere szempontjából. Nagyon sok mindent meg kell oldani pár napon belül, és nagyon sok kérdésre választ kell kapni. S ez a tény nagyon nyugtalanította Jack Benneth-et. Mivel az éjszaka jelentős részében ezek a gondolatok, kérdések forogtak szüntelenül a fejében, csak hajnalban jött álom a szemére, akkor viszont mély álomba zuhant. Így aztán a szokása szerinti korai ébredés elmaradt: jócskán elmúlt nyolc óra, mikor magához tért fáradtan, nyűgösen. Kihagyta a reggeli testmozgást is, amely pedig segítette volna, hogy mielőbb magához térjen. Most fontosabbnak tartotta, hogy a lehető legrövidebb idő alatt beérjen az irodába. Amikor megérkezett a munkahelyére, a többiek csodálkozva tekintettek rá: nem voltak hozzászokva ahhoz, hogy Jack tíz óra körül érkezik.

– Az elnökválasztást ünnepelted? – próbálkozott egy viccel Atkinson, de látva Jack szemvillanását egyből rájött, rossz vicc volt.

– Hírek? – kérdezte Jack, nem foglalkozva tovább Atkinson megjegyzésével.

– Nem túl jók jöttek Kansas Cityből – szólalt meg halkan Monica –, legalábbis nem biztatóak. Tegnap egy férfi személyesen érdeklődött Morgan felől a kórházban, mindenáron meg akarta látogatni. A helyi rendőrség a megbeszéltek szerint lekapcsolta, kihallgatása megkezdődött.

– Mi a gond ezzel? – kérdezte Jack. – Pont ezért állítottuk fel a csapdát.

– Igen, ezért, de amit eddig tudunk, az nem pozitív. A férfi, aki kereste Morgant, egy helyi hajléktalan. Évek óta él a városban hajléktalanként, személye régóta ismert a környéken. Azt állítja, hogy jól ismerte Morgant, akivel nap mint nap találkozott, amikor Morgan munkába ment, vagy hazafelé tartott. Sokszor beszélgettek egymással, Morgan gyakran adott neki ennivalót, sőt időnként ruhát is. Azért kezdte el keresni Morgant, mert már egy jó ideje nem látta, aggódott miatta, mivel barátjának tekintette.

– S miért pont ebben a kórházban? – kérdezte Jack.

– Állítása szerint több kórházat felhívott, de innen kapott csak olyan információt, ami alapján úgy gondolta, hogy Morgan ebben a kórházban lehet.

– A telefonján a híváslistát ellenőrizték?

– Nem tudták. Azt mondta, hogy előző nap ellopták a telefonját, újat pedig még nem szerzett magának. Az elveszett telefonjának a számára természetesen nem emlékezett.

– Francba – sóhajtott Jack. – Ezzel nem vagyunk előrébb. A
sztorija igaz is lehet, meg nem is. Mindenesetre, ha nem igaz,
akkor ez azt a félelmemet erősíti, hogy rendkívül okos ellenféllel
állunk szemben. S mi van most ezzel a férfivel?

– Elengedték. Semmilyen okuk, jogcímük nem volt arra, hogy
bent tartsák – válaszolta Carter ügynök.

– Odautazom – mondta Jack –, személyesen kell beszélnem
vele. Hátha többet tudok meg tőle.

Petrocelli éppen Naggyal beszélgetett néhány általa fontosnak
tartott kérdésről, amikor Bob Carthy visszaérkezett a táborba.
Kiszállt az autóból, odasétált hozzájuk.

– A feladat teljesítve – mondta, és a kocsija felé mutatott,
amelyben egy férfi ült. – Chris szinte biztos, hogy nincs a kór-
házban, viszont hoztam egy vendéget.

– A rohadt életbe – morogta Nagy –, bár számítottam erre
a lehetőségre, mégis nyugtalanít a helyzet. Hozd ide – mondta
Bobnak, a kocsi utasa felé intve.

– Mesélje el pontosan, mi történt a kórházban – kérte a koszos,
szakadt ruhában levő férfitől Nagy –, s aztán természetesen meg-
kapja a megígért ezer dollárját, és visszavisszük Kansas Citybe.

– A férfi részletesen elmesélte a kórházban történteket. Nem
engedték be Morganhoz, azt mondták neki, hogy várjon egy ki-
csit. Nem sokkal később jött két rendőr, és bevitte az FBI helyi
irodájába. Ott órákon keresztül faggatták, hogy miért keresi
Morgant, de ő ragaszkodott ahhoz a sztorihoz, amit Bob mon-
dott neki, így aztán egy idő után elengedték.

– Kérdeztek bármi olyasmit, ami Bobbal összekapcsolható? –
kérdezte Nagy. – Arra gondolok, hogy nem faggatták-e arról,
hogy esetleg valaki *megbízásából* érdeklődik Chris Morgan felől?

– Közvetlenül nem – válaszolta a férfi –, de számtalanszor
el kellett mondanom, hogy honnan és mióta ismerem a fiút,
aki után érdeklődöm. Csak azt ismételgettem, amit ő mondott
nekem – mutatott Bobra.

– A múltjáról kérdezték?

– Mármint az enyémről? – kérdezett vissza a hajléktalan férfi.

– Igen.

– Igen, kérdeztek sokat, még a gyerekkorommal kapcsolatban is. Értelmetlennek tűnő részleteket is kérdeztek. Nagyon érdekelte őket, amiket mondtam. Az egyikük nyomkodta is a számítógépét folyamatosan, miközben beszéltem. De amit a magam múltjáról mondtam, az igaz volt, szerintem nem találtak hibát benne, pedig nagyon kerestek.

– Helyes – bólintott Nagy –, itt a pénze, fogja. Köszönöm a segítségét és kérem, hogy a jövőben is tartsa magát a megállapodásunkhoz. Nem ismer minket, sosem találkozott velünk. Én fogom visszavinni Kansas Citybe, úgyis dolgom van arrafelé.

Beültek az autóba és elhajtottak. Nagy jó két óra múlva tért vissza a táborba. Nem szólt semmit senkihez, mindenki tudta, mi történt.

Jack megérkezve Kansas Citybe egyenest az FBI helyi irodájába ment. Átbeszélte a hajléktalan férfi kihallgatását végző ügynökökkel a nyomozás minden apró részletét, majd az egyikükkel autóba ülve elment megkeresni a férfit, de nem találták meg a szokott helyén. A többi környékbeli hajléktalan azt állította, hogy a társukat két napja nem látták, nem jött vissza azt követően, hogy a rendőrök elengedték. Egyébként senki nem tudta megmondani, pontosan mikor is ment el. Az volt a szokása, hogy minden reggel körbejárta a környező utcákat, végigkutatta a kukákat számára értéket jelentő dolgokat keresve. De két nappal ezelőtt erről a szokásos sétájáról nem jött már vissza. Nem tudtak arról sem, hogy keres valakit, s emiatt telefonálgatott volna. Amúgy nem is volt telefonja. Sőt arra a férfira sem emlékeztek, akit állítólag Morgan-nek hívtak, és rendszeresen beszélgetett volna vele. Szerintük ilyen férfi nem létezett. Az eltűnése napján és az azt megelőző napokban sem látták idegennel beszélgetni.

New Yorkba visszafelé repülve Jack folyamatosan azon töprengett, hogy akkor most lebuktak-e vagy sem. Tudják-e Petrocelliék, hogy Morgan a kezükben van, és ezáltal feltételezik-e, hogy az FBI tudhatja az összetartó tábor helyszínét és időpontját?

Ha igen, akkor nagy a baj, hiszen elveszne az a lehetőség, hogy decemberben rajtuk üssenek. Ugyanakkor a Kansas Cityben történtek lehetnek véletlen események szerencsétlen láncolatának elemei is, ezért Jack úgy döntött, hogy ad még egy esélyt magának az egyértelmű bizonyíték beszerzésére. Más választása egyébként sem volt, de kétségtelenül a kudarc árnyéka ijesztőre növekedett számára.

Másnap a New York-i irodában azért várták jobb, biztatóbb hírek is. Sikerült lekövetni a pénzáramlás útját.

– A biztonság és a lenyomozhatatlanság volt az elsődleges szempontjuk – kezdte a tájékoztatást Helen Nicholson, amikor a csapat összegyűlt. – De mint tudjuk, számomra nem létezik feltörhetetlen kód és lenyomozhatatlan rejtély.

– Ezért vagy a csapat tagja – bólintott Jack.

– Egy nagyon bonyolult pénzmozgatási rendszert találtak ki – folytatta Helen, aki nem is számított ennél pozitívabb reakcióra Jack részéről. – A pénz Petrocelliék számlájára a Kajmán-szigetekről érkezik, oda pedig egy orosz bankból. Ezt eddig is tudtuk, ebben még semmi újdonság vagy különlegesség nincs, a csavar ezután következik. Az orosz bankba a pénzt három különböző helyről utalják. Konkrétan egy svájci, egy ciprusi, illetve egy panamai bankból.

– Tipikusan olyan országok, ahol az ügyfélanonimitás garantálása mindenek felett áll – szólt közbe Atkinson.

– Így van, de ez még messze nem a konspiráció vége – folytatta Nicholson ügynök. – A pénzutaztatási folyamat tovább bonyolódik. Ezekbe a bankokba is különböző helyekről érkezik az átutalás, mindegyik esetben 3-3 másik bank a forrás. Ukrán, kínai, orosz, nigériai, emirátusi bankok, és még sorolhatnám hosszasan, de ennek nincs különösebb jelentősége. Viszont ami érdekes: ezekbe a bankokba már csak egy bankból érkezett a pénz, azaz csak egy bank volt az átutalási lánc végén. Egy amerikai bank, ahol egy *Szabad Amerikáért Alapítvány* nevű szervezet számlája volt a pénzáramlás forrása. Ez a bonyolult átutalási rendszer három évenként módosult, melyben fix pont volt az az amerikai bank, ahol Petrocelliék számláját vezetik, a kajmán-szigeteki bank, ahonnan ők a pénzt kapják, illetve az átutalási lánc kiindulási pontjaként szolgáló amerikai bank, és rendszeresen változott az átutalási lánc többi szereplője. Egészen 2004-ig sikerült lekövetnünk ezt a rendszert. Eszerint a Szabad Amerikáért Alapítvány tizenkét éve támogathatja a csoport működését.

– Mit tudunk az összegekről? – kérdezte Jack.

– A Szabad Amerikáért Alapítvány számlájára nagyon sok helyről jöttek különböző összegű átutalások, különböző gyakorisággal, rendszertelenül. Erről a számláról a többi bankba havonta egyszer indult átutalás, kétezer és tízezer dollár közötti nagyságrendben annak függvényében, hogy az Alapítvány számlájának milyen volt a likviditása. Nagyjából átlagosan havi hatvanezer dollár ment megosztva a kilenc bankba, ahol a pénz parkolt egy ideig, néha napokig, néha hónapokig. Ezt követően a pénzt tovább utalták, de nem ugyanabban az összegben, amelyben kapták, hanem kisebb csomagokra bontva. A következő állomáson is parkoltatták egy darabig, majd továbbküldték a Kajmán-szigeti bank számlájára, szintén több részletben. Végül a kajmán-szigeteki bank utalta Petrocelliék számára heti gyakorisággal mindig azt az összeget, ami éppen a számlán volt. Petrocelliék negyedévente egyszer a bank valamelyik fiókjában készpénzben vették fel a számukra szükséges összeget, az utolsó pár évben a bank phoenixi fiókjából. Valószínűleg ez lehetett legközelebb a táborhoz.

– A teljes összeg végigment a láncon, vagy minden állomáson lenyúlta valaki a jutalékot? – kérdezte Andrew Gillan.

– A bankköltségeket leszámítva a teljes összeg végigment, ami arra utal, hogy valamennyi számla tulajdonosa azonos személy, vagy azonos érdekcsoporthoz tartozik. Nem vettek igénybe közvetítőket. Ugyanakkor megemlítendő az is, hogy a Szabad Amerikáért Alapítvány számlájáról kisebb-nagyobb összegek különböző veterán szervezetek számlájára is mentek. Éves szinten ez sem volt jelentéktelen összeg, mintegy négyszázezer dollár.

– Kik voltak a számlatulajdonosok a külföldi bankokban?

– Általában alapítványok, emberjogi szervezetek. Felvettük a kapcsolatot a helyi hatóságokkal, hogy mit tudnak ezekről a szervezetekről, de eddig érdemi információt nem kaptunk. De egyébként sem gondolom, hogy bármit érnénk vele. Valószínűleg fiktív szervezetekről van szó.

– Petrocelliék mennyi pénzt vettek fel negyedévente? – kérdezte Jack.

– 2004 és 2013 között nagyságrendileg százezer dollárt vettek ki a bankból negyedévente. Az ezt követő két évben ez az összeg jelentősen csökkent, negyedévente maximum húszezer dollárt vettek le a számláról, de volt olyan negyedév, amikor ennél is kevesebbet. 2015 nyara óta a helyzet változott ismét: vannak negyedévek, amikor százötvenezer dollárt vettek fel, de van olyan is, hogy csak harmincat, de átlagosan negyedévenként a nyolcvanezer dollár a jellemző.

– Ebből következik, hogy 2004 és 2013 között nagy volt a tábor létszáma. Ezt követően a tábor fenntartása jóval kisebb összegbe került, hiszen a későbbi merénylők elköltöztek, majd 2015 nyarától a merényletekre való felkészülés ismét megnövelte a készpénz szükségletet – összegezte megállapítását Jack.

– Igen, azt elfelejtettem említeni, hogy 2013-ban egyszerre közel 500 ezer dollárt emeltek le a számlájukról – egészítette ki a korábban elmondottakat Nicholson ügynök. – Vélhetően készpénzzel látták el a kitelepülőket a kezdeti költségeik fedezésére.

– Tudunk-e bármit arról, hogy ki vagy kik állnak az Alapítvány mögött? – kérdezte Gillan ügynök.

– Még nem tudjuk – válaszolta Helen –, de reményeim szerint erre is hamarosan fény derül.

– Attól tartok, hogy Petrocelliék csak a jéghegy csúcsa – sóhajtott Jack. – Az Alapítvány számlájára érkező számtalan utalás, széleskörű támogatói hálózatra utal. S azok a banki alkalmazottak is részesei lehetnek a történteknek, akiknél simán elment egy akkora összegű készpénzfelvétel, amit Petrocelliék negyedévente realizáltak.

– Mindenesetre a következő készpénzfelvételnél, ott leszünk mi is – mondta Tyler ügynök.

– Tegnap voltam Kansas Cityben – váltott témát Jack –, sajnos nem lettem boldog az ott kapott információktól. Korai még bármi biztosat mondani, de sajnos komoly esélye van annak, miszerint Petrocelliék tudják: Morgan a mi kezünkben van. S akkor a decemberi rajtaütés sikere erősen kétségessé válik. Ha ez a helyzet, akkor nincs más lehetőségünk, mint fokozni a nyomást rajtuk: érezniük kell, hogy a nyakukba lihegünk, hogy szorul a hurok körülöttük, hátha hibáznak.

– Lihegnénk a nyakukba, ha tudnánk hol a nyakuk – szellemeskedett Gillan.

– Pont erről van szó, megkeressük a nyakukat – válaszolta Jack. – Szerintem Új-Mexikóban, vagy esetleg Arizonában vannak jelenleg, s ha ragaszkodnak a korábbi környezetükhöz, akkor valamelyik erdőparkban rejtőznek. Kezdjük Új-Mexikóval, ott két erdőpark jöhet számításba: a Lincoln és a Gila. A Lincoln jobban útba esik El Paso és Gunnison között, viszont elég kicsi. A Gila messzebb van, de jóval nagyobb, több lehetőséget ad a rejtőzködésre. Most ne állítsunk fel sorrendet, induljunk neki mindkettőnek. Atkinson, tied a Lincoln Nemzeti Erdőpark, Tyler és Carter, tietek a Gila erdőpark, megosztva. Még ma induljatok, szedjetek össze néhány, a helyi terepviszonyokat jól ismerő erdészekből, vadászokból, rendőrökből álló csapatot, és módszeresen fésüljétek át a terepet. Ne csapjatok nagy zajt, ne keltsetek feltűnést, de ne legyen egyetlen olyan rejtett szeglet sem az erdőparkban, amit nem ellenőriztek. Én holnap reggeltől valamennyi közútra, amely érinti a két erdőparkot, fokozott rendőri ellenőrzés rendeltetek el. Mire elkezditek a kutatást, addigra az ellenőrző pontok állni fognak. Nem menekülhetnek. Néhány eszelős tekintetű öregurat keresünk, nem bújhatnak ki a szorításunkból.

19. fejezet

Búcsú az erdőparktól

Nem sokkal visszaérkezése után Nagy már az aknák összeszerelésével foglalkozott ismét, amikor Petrocelli odasétált hozzá.

- Nos – kérdezte –, mi lesz az összetartó táborral?

– Azt hittem, ezt már megbeszéltük – reagált Nagy csodálkozva. – Nem lesz. Az FBI tudhatja, hogy hol van a tábor, és azt is, mikor tartjuk a következő összejövetelt.

– Akkor végig kell hívnom mindenkit – fogadta el Nagy döntését Petrocelli ellenkezés nélkül.

– Tedd ezt – bólintott Nagy –, és természetesen hívd Christ is.

– Miért tenném? – kapta fel a fejét Petrocelli. – Azt mondtad, az FBI kezében van.

– Pont ezért tedd. Lehet, hogy már tudják, hogyan szoktunk velük kommunikálni, és figyelik a telefonfülkét. Ha valaki felveszi a telefont a vonal másik végén, neki azt mondd, minden a terv szerint halad. Találkozunk a szokott helyen december 3-án, szombaton.

– Rendben – válaszolta Petrocelli megértve Frank szándékát –, jó gondolat.

– Néha szokott.

– Biztonságos ez a hely, ahol most vagyunk? – kezdett egy másik témába.

– Amikor idejöttünk, azt gondoltam, hogy igen, az, bár most Chris lebukását követően már nem vagyok biztos benne.

– Chris nem tudja, hogy itt vagyunk – győzködte önmagát is Petrocelli, aki nem véletlenül tette fel a kérdést, az elmúlt napokban ezzel kapcsolatban fokozódott a bizonytalanságérzete.

– Igaz, nem tudja. De elmondhatta a korábbi helyszíneket, ahol még velünk volt. Mindig erdőparkokban táboroztunk. Coloradóban is erdőparkban kerestek minket. Azt nem tudom, hogy

Coloradóra mi alapján gondoltak, de Chris megerősíthette bennük azt a véleményt, hogy az erdő az ideális búvóhely számunkra. S ha van köztük egy kicsit is értelmes fickó, márpedig az FBI-nál szokott lenni, akkor könnyen összerakhatják, merre lehetünk most. Vélhetően megtalálták már a Gunnison erdőparkban felrobbantott buszt, talán az áldozatokat is beazonosították. Ha ránéznek a térképre, akkor Új-Mexikóban, vagy esetleg Arizonában fognak keresni minket, s jó eséllyel Új-Mexikóban kezdik majd a keresést.

– Akkor eleve hiba volt ide jönni – állapította meg Hirsch, aki később kapcsolódott a társaságukhoz.

– Igen, most már én is így látom – sóhajtott Nagy –, bár Chris lebukása nélkül nem ezt mondanám. Mindegy, új helyzet van, amire reagálnunk kell.

– S akkor mi a megoldás? – kérdezte Hirsch, akinek most először villant át a fején, hogy le is bukhatnak. – Nem kaphatnak el minket, mert akkor mindannyian a halálsorra kerülünk.

– El kell tűnnünk innen mielőbb – mondta Petrocelli. – Nekem erre már megvan a kész tervem.

– Örömmel hallom – sóhajtott ismét Nagy –, csak ha lehet, engem hagyj ki belőle. Nekem az aknák és robbanómellények összeszerelése minden időmet leköti, ráadásul támadt egy ötletem, amely miatt hamarosan pár napra el kell mennem.

– Miről van szó? – kapta fel a fejét Petrocelli.

– Magánakció – közölte szárazon Nagy –, de azzal nem veszélyeztetem a terved és a képleted, emiatt ne aggódj. Amúgy meg semmi közöd hozzá: ha visszajöttem, elmondom.

– De azzal is veszélyezteted a tervet, hogy mással foglalkozol. Állandóan sírsz, hogy nincs elegendő időd a robbanószerek elkészítésére, akkor miért akarsz megint mást csinálni? – kezdte magát felhergelni Petrocelli.

– Nyugi, kész lesz minden időben – próbálta Nagy megakadályozni a közelgő vihar kitörését.

– S mi a terved a költözéssel kapcsolatban? – kérdezett közbe Hirsch, hogy választ kapjon arra, ami őt leginkább érdekelte, és egyúttal megakadályozza a helyzet elmérgesedését Petrocelli és Nagy között.

– Elmegyünk innen, de nem egy helyre – kezdte Petrocelli elképzelésének ismertetését.

– Nem egy helyre? – döbbent meg Hirsch. – Eddig mindig együtt voltunk, együtt mozogtunk, és egy helyen laktunk.

– Igen, eddig így volt, de erre most nincs lehetőségünk. Nem tudunk biztonságos helyen új táborhelyet kialakítani ilyen rövid idő alatt – magyarázta Petrocelli. – Szétválunk három csoportra. Frank és Bob az egyik csapat, Helen és John a másik, mi ketten és Fred a harmadik. Megnéztem a térképet, és úgy vélem, Phoenix környéke ideális lenne számunkra. Nincs túl messze innen, nem vesztenénk túl sok időt az utazással. Frank és Bob számára kinéztem Mesa környékén egy kempinget. Javaslom az XB nevű lakókocsiparkot számotokra. Apa és fia, aki pár hétig ott pihenget, nem kelt különösebb feltűnést. Frank dolgozhat a bombákon a lakóautóban, Bob meg ellátja az esetleges beszerzési feladatokat.

– Akár működhet is – bólintott Nagy, akit meglepett Petrocelli határozottsága és precizitása, ami egyáltalán nem volt jellemző rá az utóbbi időben.

– Helen és John egy motelben húzná meg magát Gilbertben. Van a környéken jó pár, valamelyik olcsóbba beköltözhetnek – folytatta Petrocelli.

– Szükségünk van még rájuk? – kérdezte váratlanul Nagy. – Mit tudnak hozzátenni a terv végrehajtásához, ha innen elköltözünk?

– Még szükségünk van rájuk: lehetnek olyan logisztikai feladatok, amelyek miatt még nem engedném el a kezüket – mondta Petrocelli egy grimasszal az arcán, amiből mindenki értette mit jelent nála az a kifejezés, hogy „elengedni a kezét valakinek". – Jó, s végül mi hárman mennénk Chandlerbe, ahol már ki is néztem a szállásunkat, a Quality Inn lenne az. A három hely nincs túl messze egymáshoz: ha szükséges, könnyen elérjük egymást, de elég nagy a köztük levő távolság ahhoz, hogy ne találjon közöttünk senki kapcsolatot. Egy Tempe nevű városkában van egy folyóparti park, ott találkozunk szükség esetén.

– Jó ötlet – helyeselt Nagy –, eddig mindig erőparkokban éltünk, ha nem találnak meg minket itt, akkor továbbra is erdőparkokra fognak fókuszálni, és nem motelekre.

– Mikor indulunk? – kérdezte Hirsch.

– Holnap hajnalban – mondta Petrocelli. – Szerintem nincs sok időnk. Bármikor megkezdhetik a keresésünket itt.

Nagy magában elismerően bólintott, Petrocelli ügyesen megszervezte a költözést. Igazság szerint már benne is felmerült, hogy itt nincsenek biztonságban, de az aknák összeszerelése annyira lekötötte, hogy nem volt ideje érdemben ezen gondolkodni. Így aztán kifejezetten örült annak, hogy Petrocelli aktivizálta magát, s kidolgozta a költözési tervet. Miután Petrocelli a többieket is tájékoztatta a döntésről, mindenki nekiállt csomagolni. Másnap hajnalban először Petrocelliék mentek el két kocsival. Egy órával később a házaspár is lelépett, végül Nagyék is elindultak a lakókocsival, de pár száz méter megtétele után Nagy megállt, és kiszállt az autóból.

– Azért egy kis meglepetést hagyok itt nektek – morogta magában.

Az út nem volt túl hosszú, négy és fél óra elegendő volt az új szállás elérésére mindannyiuknak, így aztán délelőtt már mindenki az új lakóhelyén volt. Abban maradtak egymással, hogy csak egy hétre bérelnek szobát, felkészülve arra az eshetőségre, hogy hetente arrébb kell költözniük. Tudták: az az életforma, amiben eddig éltek, véget ért számukra. Az elmúlt évtizedekben hozzászoktak az erdei léthez, az ezzel járó szabad mozgáshoz, a térhez, a friss levegőhöz. Ezzel szemben a motelszoba tizenkét négyzetmétere nem sok lehetőséget biztosított számukra. Ágyon heverészés, és a TV meredt bámulása egyikőjük számára sem volt érdekes program. A korábbi életükben is szükség volt időnként új helyre költözniük, de az csak három-négyévente következett be, most viszont arra kellett berendezkedniük, hogy ha szükséges, akkor hetente tovább kell állniuk. Nagyot ez önmagában annyira nem zavarta volna, de most már egyre jobban érezte, hogy időszűkében van, és a bombákon kívül semmi mással nem akart foglalkozni. Petrocelli számára a tervszerűség mindennél fontosabb volt, s egy állandó készenléti állapot nehezen volt öszszeegyeztethető ezzel, emellett szüksége volt kellő mennyiségű meditációs időre, amikor senkitől sem zavartatva csiszolgathatta a tervet újra és újra átgondolva, hogy minden részlet a helyén van-e a sikerhez. A többiek számára önmagában a költözés ténye nem volt zavaró, inkább az új élettér volt a szokatlan. Csak akkor hagyták el a motelszoba nyújtotta biztonságot, ha erre feltétlen szükség volt, kerülve a felesleges kockázatot. A két fiú intézte Nagy számára a szükséges bevásárlásokat, illetve a következő, decemberi támadással kapcsolatos logisztikai feladatokat. John pedig folyamatosan kapott feladatokat Petrocellitől, melyek igényelték azt, hogy időről időre elhagyja a motelt. A többiek viszont csendben meghúzták magukat a szobájukban.

20. fejezet

A Szabad Amerikáért Alapítvány

A novemberi New York már készült a télre. Az idő egyre hűvösebbre fordult, de a nyomozócsapat számára ez a nap is csak szokásos munkanapnak indult, három ügynöke Új-Mexikóban kereste a terroristákat, míg a többiek az FBI manhattani irodájában végezték a napi rutin feladataikat. Jack is a saját irodájában elmélkedett a következő lépéseken a nyomozással kapcsolatban, amikor megcsörrent a mobiltelefonja.

– A rohadt életbe! – kiáltott fel, amikor megkapta a tájékoztatást a Gila Nemzeti Erdőparkban történtekről, s rögtön átszaladt a többiekhez.

– Robbanás történt Gilánál. Monicáék jól vannak, de vannak halottak és sebesültek – adott egy gyors tájékoztatást a többieknek. – Azonnal indulok a helyszínre, ti folytassátok azt, amin éppen dolgoztok. Bármi érdemi információm van, azonnal jelentkezem.

New Yorkból eljutni a robbanás helyszínére nem volt egyszerű feladat. Így aztán már késő délután volt, mire odaért az erdőparkba. Monica és Jimmy ott voltak a helyszínen, a nyomokat rögzítették, végezték az ilyenkor szokásos helyszínelői feladataikat a rendőrség helyi embereivel együtt.

– Mi történt pontosan? – kérdezte, bár útközben már sok információt kapott az eseményekről.

– A kereső csapatokat 6–8 főből állítottuk össze úgy, hogy lehetőleg minden jelentősebb erdei útra jusson –egy-egy csapat ugyanabban az időben – tájékoztatta Jacket Carter ügynök. – Az általam irányított egységek az erdőpark délnyugati részét kapták és onnan indultak a közepe felé. Jimmyék az északkeleti rész átvizsgálását végezték. A robbanás ma délelőtt tíz óra körül történt, egy nyolcfős csapat egyik tagja aknára lépett. Két erdész és egy rendőr meghalt, hárman megsérültek. Én az embereimmel körülbelül két kilométerre voltam innen a robbanás helyszínétől. Amint megkaptuk a hírt, azonnal idejöttünk, bár a robbanás hangja is eljutott hozzánk, de első reakciónk nem az volt, hogy baj történt, azt hittük, csupán egy repülő okozta hangrobbanásról van szó. Jimmy is felfüggesztette a keresést északon, egy órája ért ide.

– Mit tudunk eddig?

– Egyértelműen ők, azaz Nagy és társai állnak a merénylet mögött. A fonott zöld-sárga zsinór maradványait megtaláltuk. Nagy számíthatott ránk és arra is, hogy gyalogosan fogjuk keresni őket. Az akna egy ember súlyától robbant fel. Viszonylagos szerencse a bajban, hogy jó pár méter távolság volt köztük, amikor ezen a szakaszon jártak, ezért nem esett áldozatául a robbanásnak a teljes csapat. A robbanás helyszínétől egy kilométerre van egy faház, úgy tűnik, hogy távozásuk előtt ott lakhattak az általunk keresett terroristák.

– Miből gondolod?

– A házban egyértelmű bizonyítékokat találtunk arra, hogy néhány napja még laktak benne emberek. Például az ételmaradékok, és a nem rég még működő tűzhely nyomai is ezt igazolják. A ház hetekkel ezelőtt épülhetett, a fagerendák nagyon frissek, pár hete kivágott fenyőfákból készültek, a csavarok is fényesek, még nincsen rajtuk rozsdafolt. Egyértelmű, hogy a ház mostanában készült. A nyomszakértők ott vannak, többek között ujjlenyomatokat keresnek annak megállapítására, hogy hányan éltek benne, de a ház mérete alapján maximum 8-10 főre saccolom a lakóinak számát.

– Hogy a fészkes fenében tudtak lelépni időben? – dühöngött Jack. – Hol hibáztunk, vagy milyen változás történt a terveikben, ami miatt elhagyták az éppen csak kialakított búvóhelyet?

– Nem tudom – sóhajtott Monica. – Mi nem csaptunk nagy zajt, és rajtunk keresztül nem juthattak ki az erdőből. A házhoz ez az egyetlen földút vezet, amin most állunk. Az is biztos, hogy kocsival mentek el, mert itt a földúton is, illetve a ház körül is keréknyomokat találtunk. Négy különböző autó nyomait. Már elküldtem a laborba a típusuk beazonosítása érdekében.

– Mikor kezdtétek a keresést tegnap? – kérdezett ismét Jack.

– Tegnap kora délután, akkorra tudtuk összeszedni az embereket. Este hétig voltunk kint a terepen. Abban maradtunk, hogy nem megyünk vissza a városba, felesleges időveszteség lenne. Mindenki hozott magával megfelelő felszerelést, itt aludtunk. Nincs meleg éjszaka, az tény, de pár napig kibírható. Ma reggel nyolckor folytattuk a keresést.

– Az ellenőrző pontok az utakon mikor lettek felállítva?

– Reggel tízre minden betonút, amely érinti az erdőparkot, ellenőrzés alá került – válaszolta Monica. – A közúti ellenőrzés egész éjszaka működött. Azon keresztül nem juthattak ki az erdőből.

– Ezek szerint legkésőbb tegnap kora reggel mehettek el innen – állapította meg Jack. – Nem minket vettek észre, ahogy az Coloradóban történt, de talán mégis szagot fogtak. Annak valószínűsége, hogy valamelyik helyi erdész, vadász, rendőr adta volna le az információt, közelít a nullához. Ez már csak azért sem képzelhető el, mert akkor nem tudtak volna összecsomagolni és távozni az ellenőrző pontok felállítása előtt. Attól tartok, hogy egyszerűen tudják, hogy mit lépünk, a fejünkbe látnak, s előre kitalálják a lépéseinket.

– Nem véletlen, hisz agyturkászok – mondta Jimmy Tyler. – Ismerik az emberi agy működését, ismerik a logikánkat.

– Igen, ez a legnagyobb kihívás számunkra – bólintott Jack, majd mielőtt az elkeseredés úrrá lett volna a csapaton, elvigyorogta magát. – De mi sokkal jobbak vagyunk náluk. Rendben, rengeteg a teendőnk – váltott gyorsan témát. – Állítsd le Atkinsonékat Lincolnban – mondta Monicának. – Semmi értelme, hogy tovább folytassák a keresést. Alan menjen vissza New Yorkba, előtte természetesen köszönje meg a segítséget a kereső csapatoknak és küldje haza őket. A nyomszakértők és mi maradunk itt, amíg van értelme, a külső segítséget küldjétek haza innen is. Köszönjük mindenki munkáját. Ja – fordult Carter ügynökhöz –, és míg el nem felejtem, légy szíves, szerezz nekem valami hálózsákot éjszakára.

Jack és a többiek a következő nap közepéig maradtak a helyszínen, minden apró nyomot igyekeztek rögzíteni, és amit lehetett, azt azonnal küldték is a laborba elemzésre. Amikor Jack úgy érezte, hogy a robbanás helyszínéből, a faházból és a környékből több információt már nem tudnak kiszedni, kiadta az utasítást: irány vissza New Yorkba!

A terepmunka és a késő éjszakai hazaérkezés nem tette túl frissé Jacket, így amikor reggel belépett főnöke irodájába, nem lepődött meg túlságosan Peter megjegyzésén.

– Elég szarul nézel ki: pontosan úgy, ahogy a helyzetünk.

– Ez van, de lesz még rosszabb is – reagált Jack a kedves fogadtatásra –, mármint a kinézetem. A helyzetünk viszont hamarosan javul, bár el kell ismernem, ennyire kemény ellenféllel még nem találkoztam. A jó hír, hogy egyre többet tudunk róluk, így egyre közelebb vagyunk hozzájuk.

– December is egyre közelebb van – közölte Peter –, amikorra megígértem az Elnöknek a megoldást, a merényletsorozat folytatásának megakadályozását, a tettesek letartóztatását.

– A leköszönő Elnöknek ígérted, az újonnan megválasztottnak még nem ígértél semmit – kajánkodott Jack.

– Ne szórakozz velem, mert az én türelmem sem végtelen – Peter láthatóan nem volt vicces kedvében.

– Rendben, a mai egészséges pengeváltásunkon túl vagyunk – Jack nem jött zavarba Peter fenyegetésétől. – S ha már tisztáztuk kölcsönös ellenszenvünket egymás iránt, akkor mondanék néhány ennél fontosabb dolgot is.

– Reméltem, hogy alapvetően ezért jöttél – bólintott Peter –, s nemcsak erőfitogtatás céljából.

– A faházban talált ujjlenyomatok alapján, arra tippelünk, hogy heten vannak. Ennél jóval több ujjlenyomatot találtunk, de azok jelentős része olyan helyeken volt, ami alapján azok inkább az építőmunkásoké lehettek. Hét ember ujjlenyomata viszont hosszabb ideig tartó ott tartózkodásra utal. Természetesen egyiket sem tudtuk beazonosítani, de ebben semmi meglepő nincs, nem körözött bűnözőket keresünk. Azt is tudjuk, hogy négy gépkocsival rendelkeznek: egy FR3-as lakókocsival, egy Chevrolet Vannal, egy Ford Merkurral és egy Nissan Quashqai-jal. A kocsik körözését kiadtuk, illetve arra kértük a környező államok seriffjeit, hogy különösen arra figyeljenek, ha az említett típusú autókat együtt látják valahol.

– Szóval hét embert keresünk négy gépjárműben – állapította meg Peter.

– Igen, és még két kutyát. A faház környékén található nyomokból az is megállapítható, hogy két kutya is van velük.

– Nagyon jó – bólintott Peter, de egyáltalán nem érezte, hogy közelebb lennének a megoldáshoz. – Tipp, hogy merre mehettek?

– Még nincs, de véleményem szerint túl messzire nem, mert nincs sok idejük az utazgatásra, hisz a határidő számukra is vészesen közeleg. Átmehettek Arizonába, vagy maradtak Új-Mexikóban. Ez lenne a logikus a jelenlegi helyzetükből kiindulva. Ami még szóba jöhet, az Texas. Ennek abból a szempontból lenne értelme, hogy így közelebb kerülnének az ideiglenes tábor helyszínéhez, viszont ez most hosszabb utazást igényelne, amit kérdés, hogy bevállaltak-e ebben a helyzetben.

– Milyen helyzetben?

– Tudják, hogy keressük őket. Coloradóban az okos nagyfőnököknek sikerült elriasztani őket. Amikor ide jöttek Gilába, akkor eredeti tervük szerint hosszabb ideig akartak itt maradni. A faházat a közelgő tél miatt építtethették, de valamitől szagot fogtak, megérezték, hogy jövünk. Egyértelmű, a jövőben folyamatosan változtatni fogják a helyüket. A kérdés csupán az, hogy ez egy céltalan menekülés vagy közelítenek egy konkrét célponthoz?

– Új információ az összetartó táborról? – jutott erről eszébe a kérdés Peternek.

– Egyelőre úgy tűnik, belesétáltak a csapdánkba. Tegnap este a megbeszélt időpontban keresték Morgant telefonon. Szerencsére nem voltak keresztkérdések, így az emberünk minden nehézség nélkül tudta eljátszani Morgan szerepét. Azt az utasítást kapta, hogy december 3-án, szombaton legyen a szokott helyen.

– Eszerint a hajléktalan-sztori nem hozzájuk kapcsolódik? Csupán véletlen egybeesés, hogy egy hajléktalan ember kereste az ismerősét a kórházban.

– Egyrészt igen, így tűnik – állapította meg Jack némi bizonytalansággal a hangjában. – Ha arra akartak volna egyértelmű bizonyítékot kapni, hogy Morgan a kezünkben van-e, akkor feltettek volna olyan kérdéseket, amire csak Morgan tud válaszolni, de nem kérdeztek semmit. Egyszerűen közölték az utasítást és zárták a beszélgetést. Másrészt, zavar a véletlen egybeesés ténye. Véletlenül nem történik semmi, mindennek oka van, nem beszélve arról, hogy a hajléktalan férfi eltűnt, ami nem a véletlen egybeesés teóriáját erősíti.

– Nem lehet, hogy attól tartottak, bemérjük őket egy hosszabb beszélgetés esetén?

– De igen, elvileg tarthattak ettől is, ugyanakkor egy rövid kérdés is elegendő Morgan beazonosításához. Úgy tűnt, nem merült fel kétség bennük Morgan-nel kapcsolatban. Az is elképzelhető, hogy a múlt hónapban nem is keresték telefonon, így nem is volt okuk a kételkedésre, és valóban a hajléktalan férfi érdeklődése Morgan után csak egy véletlen zavaró tényező volt számunkra.

– Véletlenül érdeklődött Morgan iránt, majd véletlenül nyomtalanul eltűnt – mondta cinikusan Peter. – Ezt ugye te sem gondolod komolyan?

– Sajnos nem, az előbb mondtam, hogy ez a momentum zavar engem is, de mindenesetre készülünk a decemberi rajtaütésre. A tábor gyalog nehezen megközelíthető helyen van. Az embereket kocsival kell odavinni. Valószínűleg Catarinában gyűjtik össze őket, és szállítják a tábor helyszínére. Figyelni fogjuk a környéket már december elejétől, látjuk-e a keresett típusú autókat a helyszínen, a helyiek számára ismeretlenek mozgását. De lecsapni rájuk csak akkor fogunk, ha már mindenki ott van. Ha nem lesz semmi mozgás a megelőző napokban, akkor tévedtem, és akkor igaz az, hogy tudnak Morgan letartóztatásáról.

– S akkor az Elnöknek tett ígéretem szart sem ér – sóhajtott Peter.

– Szerencsére nem ez az egyetlen nyom, amin haladunk – lépett túl Jack főnöke siránkozásán –, igaz ez vihet a leggyorsabb megoldáshoz. A többi lehetőség esetén azonban nem valószínű, hogy december elején meglesznek a keresett személyek. Mielőtt távoznál – váltott témát Peter –, még egy kérdés. Miért nem Morgant küldted a telefonhoz?

– Vele jóval nagyobb lett volna a kockázat. Ha ő veszi fel a telefont, egyetlenegy szóval is lebuktathatott volna minket, úgy, hogy észre sem vesszük. Ha az emberünk bukik le, az egyértelmű, de szerintem nem bukott le. Amúgy semmi okunk megbízni Morgan-ben: nem mutatja annak a jelét, hogy hajlandó lenne a múltját megtagadni, és együttműködni velünk. Sokat nem kockáztat, nem nagyon tudjuk megvádolni semmivel, maximum kap pár hónapot összeesküvés szervezésében való közreműködésért, ha egyáltalán annyit is rá tudunk bizonyítani.

Jack visszasétált a saját irodájába, s összehívta a csapatot, hogy tájékozódjon a legújabb fejleményekről.

– Tudunk már valamit erről a Szabad Amerikáért Alapítványról? – kérdezte Helent.

– Igen, valamit már tudunk, de még nem eleget. Az Alapítványt 2002 elején alapította két volt CIA ügynök. Rick Hennessey és Borg Williamson. Mindketten szeptember 11-e után léptek ki a szervezetből, lelkiismereti okokra hivatkozva. Az Alapítvány egy olyan szervezetként definiálta magát, melyhez minden olyan amerikai állampolgár csatlakozhat, aki hisz abban, hogy Amerikának kizárólag Amerikával kell foglalkoznia. Az országban élő emberek boldogsága és biztonsága nem azon múlik, hogy Amerika milyen nemzetközi konfliktusokban vesz részt világszerte, hanem azon, hogy az állam mennyit törődik velük. Fegyverkezési hajsza helyett oktatásra és egészségügyre kell költenie az államnak. Az Alapítvány honlapját részletesen elemezve egyértelműen kimondható, nincsenek lázító, uszító, veszélyes gondolatok benne, nincsenek fenyegetések senkivel szemben. Havi rendszerességgel kerülnek fel új írások a weblapra, de azok sokkal inkább naiv, békeszerető emberek gondolatai, mint a terroristákat támogató összeesküvőké. Rendezvényeket, nagygyűléseket nem szerveztek soha, működésük egyetlen fóruma a honlap.

– Tökéletes álca – állapította meg Jack. – Mit tudunk azokról a pénzekről, amelyek a számlájukra érkeztek?

– Nagyon sok magánszemély támogatja az alapítványt –kisebb-nagyobb összeggel rendszeresen vagy alkalmanként. Nagyjából százezer dollár jön be erre a számlára havonta. Ebből cirka hatvanezer elment Petrocelliék felé, ötezer volt a fenntartási, működési költségük, és nagyságrendileg havi harmincötezer dollárral támogattak amerikai háborús veterán szervezeteket, olyanokat, amelyek a háború borzalmait feldolgozni nem tudó katonák lelki és érzelmi rehabilitációjával foglalkozik. Egyértelműen látszik, ez volt az Alapítvány álcája.

– Micsoda? – kérdezte Jack.

– A pénzt hivatalosan ebből a célból gyűjtötték, ezzel számoltak el a támogatóik felé. Minden évben kiadtak egy kommünikét, mennyivel támogatták a veterán szervezeteket, azt állítva, hogy a beérkező pénz kilencven százalékát erre fordították. Soha, sehol nem említik azt az összeget, amit Petrocelliék felé utaltak.

– Több olyan támogatóval beszéltem, aki rendszeresen utal át kisebb-nagyobb összeget az Alapítványnak – szólt közbe Andrew Gillan. – Mindenki csak a veteránok támogatásáról beszélt, és arról, hogy a honlapon megjelenő gondolatok mennyire támogathatóak, hiszen az erőszak helyett az oktatás és az egészségügy fontosságát hangsúlyozzák. A jövő szempontjából ez a legfontosabb. Védjük meg Amerika értékeit itthon, és hagyjuk békén az embereket külföldön.

– Tudjuk, hogy mi van a két alapítóval? – kérdezte Jack. – Tudjuk, hogy hol találhatók?

– Igen – bólintott Helen.

– Rendben. Holnapra hozzátok be őket – intett Atkinson és Tyler felé.

– Légy szíves, folyamatosan figyeld a használt autók forgalmazásával foglakozó cégek honlapját – szólt ezt követően Helenhez. – Ha bárhol felbukkan olyan autó új kínálatként, mely Petrocelliéké lehetett, azonnal tudjátok meg az eladó nevét, illetve mindent, ami érdekes lehet számunkra.

– Egész Amerikában? – kérdezett vissza Helen.

– Nem, elegendő, ha Új-Mexikóra, Arizonára, Texasra, Kaliforniára, valamint Nevada, Colorado és Utah államokra terjeszted ki a megfigyelést. Messzebb csak nem mentek – remélte Jack.

– Miből gondolod, hogy megszabadulnak a járműveiktől? – kérdezte Julia. – Hiszen azt feltételezzük, hogy a fix rejtőzködési hely helyett a jövőben folyamatosan mozgásban lesznek, amihez szükség van közlekedési eszközökre.

– Semmiből. Egyszerűen próbálok mindenre gondolni, még ha az teljesen észszerűtlennek tűnik is. Nem kiszámítható a viselkedésük az eddigi tapasztalataink alapján. Lehet, hogy az életmódváltáshoz más típusú autók kellenek, vagy kevesebb is elegendő. Nem tudom – ismerte be Jack a tehetetlenségét.

Másnap délelőtt Jack éppen az irodájában üldögélt, amikor Tyler jelezte, hogy Hennessey és Williamson, a két volt CIA-ügynök megérkezett, és az egyik kihallgatóban várakoznak. Jack intett Bogdanovnak, hogy tartson vele, míg a többieket arra kérte, hogy a megfigyelőben foglaljanak helyet.

– Benneth ügynök és Bogdanov ügynök, FBI – mutatta be magukat Jack, amikor beléptek a kihallgató helységbe.

– Az FBI épületében az FBI, és nem a CIA fogad minket? – szellemeskedett az egyikőjük, aki egy nagydarab, ötvenes éveiben járó, kopasz férfi volt.

– Figyelünk a hatáskörökre és a megszokásokra – vágott vissza Jack mosolyogva –, ha jól gondolom, Rick Hennessey úrhoz van szerencsém.

– Nem pontosan – mondta vigyorogva a nagydarab férfi –, a nevem Borg Williamson. Amikor még nem voltam kopasz, akkor szőke voltam, talán akkor jobban eltalálta volna a svéd gyökereket. Ő Rick Hennessey – mutatott társára, aki szintén ötven felett járhatott már. Magas, vékony, vörös hajú ember volt.

– Bocsánat a tévedésemért – mondta Jack. – Mindenesetre köszönöm, hogy eljöttek.

– Nem sok választásunk volt – mondta Hennessey –, az emberei rendkívül udvariasak, de egyúttal nagyon határozottak voltak a meghívó átadásakor. Miben segíthetünk az FBI-nak?

– Ügyvédet sem hoztunk magunkkal – tette hozzá Williamson –, bár nem emlékszem, hogy az elmúlt húsz évben öszszeütközésbe kerültem volna a törvénnyel, talán még tilosban parkolásom sem volt.

– Dettó – mondta Hennessey –, kivéve, amikor még a CIAnek dolgoztunk, mert akkor naponta követtünk el törvénytelen dolgokat.

– Tényleg, akkor nem húsz évről, csak tizenötről beszélhetek – vette át a szót Williamson ismét. – Viszont azokért a bűnökért, amit a CIA színeiben elkövettünk, nem az FBI előtt kell felelnünk. Szóval miért volt olyan fontos, hogy árkon-bokron szaladva idejöjjünk az ön gyönyörű irodájába?

– Nagyon kellemes önöket hallgatni, akár holnap estig elüldögélnék itt, s élvezném a szellemességüket – jutott végre szóhoz Jack. – De természetesen az önök idejét sem szeretném sokáig rabolni, az enyémet meg pazarolni, ezért ha megengedik, feltennénk egy pár kérdést, és talán közben ki is derül, miért kérettük be önöket.

– A hallgatás beleegyezés – állapította meg Bogdanov ügynök, miután a két férfi nem reagált semmit Jack szavaira. – Ha jól tudom, önök valaha a CIA ügynökei voltak, ezt egyébként pár perccel ezelőtt önök is említették. Mikor léptek ki az ügynökségből pontosan?

– Én 2001 novemberében – válaszolta Hennessey –, Williamson pedig, ha jól tudom, ugyanabban az évben decemberben. Nem sokkal utánam.

– Nyilván, most egy csomó olyan dolgot fognak kérdezni, amire biztosan tudják a válaszokat, hiszen ellenőriztek minket – szólalt meg Williamson. – De hogy haladjunk, kérdések nélkül is válaszolok. 1990 óta dolgoztam a CIA-nek. Voltam Afganisztánban, Dél-Koreában, Kuvaitban, és amikor nem külföldön védtem Amerika érdekeit, akkor a CIA washingtoni irodájához tartoztam.

– Én 1991-ben lettem az ügynökség tagja – folytatta Hennessey a bemutatkozást. – Irán, Irak, Izrael voltak a külföldi állomáshelyeim, itthon a San Franciscó-i irodához tartoztam.

– Ha jól értem a szavaik mögött rejlő üzenetet – szólt közbe
Jack –, nem nagyon szimpatizálnak a saját múltjukkal. Nem
büszkék arra, hogy egykoron CIA-ügynökök voltak. Jól értem?

– Jól érti – bólintott Hennessey. – Lelkiismereti okokból
léptünk ki a szervezetből, saját döntésünk volt. Azóta tisztes
civil foglalkozásunk van. Én egy könyvügynökséget működte-
tek szép sikerrel New Yorkban.

– Nekem pedig egy washingtoni étterem adja az elfoglaltsá-
got, és biztosítja a megélhetést. A CIA javára annyi írható, hogy
hallgatásunkért cserébe szép búcsúpénzt kaptunk. Volt miből
újrakezdeni az életünket.

– Remek – örvendezett Jack. – Remélem, velünk is így tesz
majd egyszer az FBI, amikor könnyes szemmel elválunk egymástól!

– Ha jól tudom – folytatta Julia –, önök 2002-ben megalapí-
tották a Szabad Amerikáért Alapítványt? Mi volt a céljuk ezzel?

– Jól tudja, gondolom ennek is utána néztek – válaszolta
Williamson. – Mi volt a célunk? Fel akartuk, és a mai napig is
fel akarjuk nyitni az emberek szemét Amerika téves külpoliti-
kájával kapcsolatban. Ne azt a politikát támogassák, amely az
adófizető polgárok pénzét külföldön titkos katonai akciókra
költi el, hanem azt, amely az oktatásra és az egészségügyre költ,
azokat a politikusokat juttassák hatalomra, akiknek a saját pol-
gárai a legfontosabbak.

– Működtetünk egy honlapot – folytatta Hennessey –, ame-
lyen a támogatóink és a gondolatainkkal egyetértők elmondhat-
ják véleményüket ezzel a témával kapcsolatban. És ami min-
dennél fontosabb, mindezek mellett adományokat gyűjtünk
azon amerikai állampolgárok számára, akik maradandó lelki
sérülést szenvedtek külföldi küldetésük alatt, legyenek azok
tengerészgyalogosok vagy titkosügynökök. Ezen emberek gyó-
gyítását, rehabilitációját támogatjuk, illetve finanszírozzuk az
alapítványon keresztül.

– Nemes gondolat és nemes cselekedett – állapította meg
Jack egyetértőleg.

– Mennyi pénz folyik be önökhöz évente a támogatások-
ból? – kérdezte Julia.

– Emlékeim szerint átlagosan úgy évi harmincöt-negyvenezer dollár. Ebből működtetjük a weboldalt is, de a befolyt pénz nagy részét elküldjük a veterán szervezeteknek segítségképpen – mondta Hennessy. – Erről minden évben felteszünk egy elszámolást a honlapra, ott meg lehet nézni, pontosan kinek mekkora összeget utaltunk. Működésünk egyszerű, tiszta és transzparens.

– Megnéztük a honlapon közzétett beszámolót – bólintott Bogdanov ügynök –, de egyúttal megnéztük az Alapítvány számlaforgalmát is. S arra az érdekes felfedezésre jutottunk, hogy minden évben sok százezer dollár nem a veterán szervezetek számlájára megy, hanem különböző, külföldi bankok felé, ismeretlen célból. Ez az összeg nagyságrendileg több, mint ami a hivatalos beszámolóban szerepel. Tudnak nekünk erre valami elfogadható magyarázatot adni?

– Nem tudom, miről beszél – rázta meg a fejét értetlenkedve Williamson –, erről mi semmit sem tudunk. Egyébként, mi nem foglalkozunk a pénzügyekkel, hanem kizárólag az Alapítvány és a honlap működtetésével. Pénzügyekre és a technikai feladatokra vannak ehhez értő emberek. Ez nem a mi dolgunk.

– Azt akarja mondani – csodálkozott Jack –, hogy nem tudnak a valós bevételekről, és arról sem, hogy hová megy el a pénz nagyobb része? Ez hogyan lehetséges?

– Igen, ezt akarjuk mondani – erősített rá társára Hennessey. – Van egy könyvelőnk, ő intéz minden pénzügyekkel kapcsolatos feladatot, utalásokat, könyvelést, adóbevallást. Abszolút megbízható ember, a kezdetektől fogva együtt dolgozik velünk. Rendszeresen, pontosabban negyedévente kaptunk tőle egy kimutatást a bevételekről és a kiadásokról, de őszintén szólva, én nem szoktam a részletekben elmerülni. Megnézem a végösszeget, az egyenleget, és ennyi.

– S magára a bankszámlára nem is néztek rá soha közvetlenül? – kérdezte Bogdanov ügynök.

– Nincs is hozzáférésünk az alapítvány számlájához – rázta meg a fejét Hennessey. – Ahogy már mondtuk, a pénzügyekkel való foglalkozás nem a mi dolgunk. A mi feladatunk a gondolataink közvetítése a társadalom felé, minél több ember értse meg ebben az országban, hogy nem a CIA-t kell támogatni, hanem az oktatást és az egészségügyet, mert Amerika jövője ezen múlik.

– A CIA-tól sosem keresték magukat, hogy állítsák le a honlap működését, vagy módosítsák a véleményüket? – tette fel az újabb kérdését Julia.

– Nem kerestek minket sosem – válaszolta Hennessey. – Ha megnézi a honlapunkon megjelent írásokat, üzeneteket, semmi uszítót vagy lázadásra szítót nem talál bennük. Nem szólítottuk fel az embereket ellenállásra, nem javasoltunk erőszakos akciókat a CIA vagy az állam ellen. Egyszerűen, értelmes szavakkal fel akarjuk nyitni az emberek szemét. Ébredjenek rá, mi fontos számukra és mi nem. Az a fontos számukra, hogy legyen megfelelő egészségügyi ellátó rendszer, hogy a legszegényebbek számára is legyen segítség, betegség esetén, hogy gyerekeik magas színvonalú oktatást kapjanak? Vagy az a fontos, hogy a CIA milyen akciókat szervez a világ távoli részén, olyan kormányok ellen, akiket az éppen aktuális elnökünk nem szeret? Mi ezekre a kérdésekre kerestük a válaszokat, illetve adtuk meg a saját válaszainkat.

– Lehet, hogy naivitás a részünkről, amit csinálunk – folytatta Williamson. – Talán így nem lehet megváltoztatni Amerikát, az amerikai politikát. De szándékosan nem azokat a módszereket akarjuk használni, amit a CIA alkalmaz világszerte: nem lázítunk, nem uszítunk, nem szervezkedünk. Hiszünk a becsületes, őszinte szavakban, az emberi értelem erejében. Szerintem a honlap működése sosem érte el a CIA ingerküszöbét, nem kerestek minket, nem akartak leállítani.

– Értem – bólintott Jack. – Akkor, ha azt mondom, hogy Zhangjiagang, akkor ez nem mond önöknek semmit?

– Nem – mondta Williamson –, bár elég kínaiul hangzik.

– Pontosan, ez egy kínai város neve. Ebben a városban van a Bank of China egyik fiókja.

– És? – kérdezte Williamson.

– Ebben a városban levő bank számlájára önök rendszeresen utaltak havonta pár ezer dollárt – mondta Bogdanov.

– Nem hiszem, biztos valamit összekevertek – állapította meg Williamson. – Kínához semmi közünk.

– Ez kevéssé valószínű – mondta Bogdanov. – Zárjuk ki azt a lehetőséget, hogy mi hibáztunk volna, térjünk vissza önökre. Mit tudnak ezekről az utalásokról?

– Semmit – hangzott a tömör válasz Hennessey részéről.

– Ha gondolják, felsorolhatjuk valamennyi bank nevét, akiknek önök rendszeresen utaltak kisebb-nagyobb összegeket. Vannak közöttük ukrán, orosz, nigériai, emirátusi vagy éppen ciprusi bankok, csupa-csupa olyan ország pénzintézete, ahol a pénzmosásnak megvannak az egyszerű, kockázatmentes lehetőségei.

– Ismétlem, amiről most beszélnek, arról mi nem tudunk semmit – reagált határozottan Hennessey. – Van egy könyvelőnk, kérdezzék őt. Egyébként a pénzmosásnak semmi értelme a mi esetünkben, a saját vállalkozásaink, illetve munkánk független az Alapítványtól. Ellenőrizhetik adóbevallásainkat vagy a számláinkat, amikor akarják.

– Rendben, erre a cetlire írják fel a nevét és az elérhetőségét a könyvelőnek – tolt eléjük egy papírdarabot Bogdanov.

– A könyvelőjük Hawaiiban van? – kérdezte Jack meglepetten, amikor elolvasta a papírra írtakat. – Nyaral, vagy ott dolgozik?

– Ott dolgozik – felelte Williamson. – Ma már az ilyen jellegű munkához nem kell a fizikai jelenlét. A világhálón keresztül kommunikálunk egymással, ha szükséges.

– És azt sosem kommunikálta önöknek, hogy százezer dollár a havi bevételük?

– Mondtuk, hogy nem – erősítette meg Williamson. – De ha így lett volna, akkor nem harmincezer dollár, hanem kilencvenötezer dollár ment volna a veterán szervezeteknek. Biztos vagyok benne, hogy nem vert át minket és nem sikkasztotta el az Alapítvány pénzét.

Jack felállt, intett Bogdanov ügynöknek, s mindketten kimentek a kihallgatóból a megfigyelő szobába, a többiekhez.

– Keressétek meg ezt a könyvelőt, és hozzátok ide – mondta Atkinsonnak és Tylernek. – Sajnos ezt a két patkányt nem tarthatjuk bent, nincs rá semmilyen indokunk. Pedig biztos vagyok benne, hogy hazudnak, és mindent tudnak az utalásokról. Kétségtelenül jól játszák a szerepüket, de ez most kevés lesz.

Ezzel visszament a kihallgatóban, ahol a CIA két volt ügynöke a legnagyobb nyugalomban várta őt.

– Elmehetnek – mondta nekik Jack –, de megkérem önöket, hogy pár napig ne hagyják el a várost, hátha eszünkbe jut még egy-két kérdés, amíg a könyvelőjükkel nem tisztáztuk a pénzügyi részleteket.

– Örömmel álltunk a rendelkezésükre, s nyugodtan keressenek, ha bármilyen problémájuk van – vigyorgott Hennessey, s ezzel mindketten távoztak.

November utolsó szerdájának délutánján Jack összehívta a csapatát egy megbeszélésre, melyre meghívást kapott Peter Hammersmith, az FBI New York-i irodájának vezetője, és Harry Robson, az FBI igazgatója is.

– Úgy látom Jack, bajban van – állapította meg Robson kedélyesen, amint elfoglalta helyét a széken. – Múltkor nagyon ideges volt, hogy megjelentem a megbeszélésükön, most meg ön kérte személyesen, hogy legyek itt.

– Nem vagyok, Uram. Minden rendben, nem érzem magam bajban – felelte Jack szárazon. – Mozgalmas napok előtt állunk, gondoltam, tájékoztatom, mire lehet számítani az elkövetkező időszakban. Vannak jó és kevésbé jó híreim, melyeket szintén megosztanánk önnel.

– Rendben, hallgatom önöket.

– Bár százszázalékos biztonsággal nem állíthatom, de továbbra is azt feltételezzük, december elején az összetartó tábor megrendezésre kerül ugyanazon a helyszínen, ahol korábban.

– Mi a feltételezés alapja? – kérdezte Robson.

– Pár nappal ezelőtt sikerült elfognunk egy telefonhívást, melyet a vendégszeretetünket élvező Chris Morgannak szántak, melyben a tábor helyszínére rendelték december 3-ra. Ezenkívül megfigyelőink jelentették, hogy tegnap délután a Catarina környékén megjelent egy FR3-as lakókocsi. A Gila Nemzeti Erdőparkban egy ilyen típusú lakókocsit már beazonosítottunk a keresett személyekkel összefüggésben. Feltételezzük, hogy ez a jármű a terroristacsoporthoz tartozik. A lakóautó eddig kétszer fordult meg Catarina és a tábor helyszíne között. A tábor felállításhoz szükséges eszközöket szállíthatja oda, mert Catarinában egy raktárépületnél várakozott hosszasan, ahol többek között sátrakat pakoltak bele. Ezek a jelek arra utalnak, hogy készülnek az ilyenkor szokásos programjuk megrendezésére.

– S mi a tervük a rajtaütéssel kapcsolatban? – kérdezte az FBI igazgatója.

– Arra készülünk, hogy szombatig, esetleg vasárnapig érkezik meg mindenki a táborba. Emiatt a rajtaütés tervezett dátuma hétfő, a hajnali órákban. Körülbelül hatvan fős katonai egységgel rohamoznánk meg őket. Fel kell készülnünk fegyveres ellenállásra, de az a célunk, hogy minél több személyt élve hatástalanítsunk. A támadás megszervezésének nehézsége, hogy a tábor nyílt terepen van, nem könnyű észrevétlenül megközelíteni, ezért egy ejtőernyős deszant-csapattal ütnénk rajtuk, melyet vitorlázó repülőgépekről dobnánk le. A deszantosokat támogató erő gépjárműveken félórával később érne oda, amikor reményeink szerint az ejtőernyősök már megoldották a feladatot. A támogató erő feladata egyrészt a kitörési lehetőség megakadályozása, másrészt a foglyok elszállítása. Folyamatosan figyeljük a tábor körüli mozgásokat, csak akkor támadunk, ha biztosak vagyunk abban, hogy ott vannak.

– Holnap várható a decemberi támadás – folytatta Carter ügynök témát váltva. – Sajnos nincs semmi konkrétumunk a támadás helyszínéről, ezért az eddig megszokott, bár kétségtelenül nem túl hatékony módszert fogjuk követni. A feltételezett helyszíneken fokozzuk a rendőri ellenőrzést, de ahogy korábban sem, most sem fűzünk túl nagy reményt ennek sikeréhez.

– Valószínűleg sikerült egy újabb személyt beazonosítani a terroristák közül – vette át a szót Nicholson ügynök. – Az imént Benneth ügynök is említette, hogy a Gila Nemzeti Erdőparkban beazonosítottunk egy FR3-as lakókocsit, ezen kívül egy Ford Merkur, egy Chevrolet Van és egy Nissan Quashqai személygépkocsit a keréknyomok alapján. Az elmúlt napokban ilyen típusú autókat értékesítettek Albuquergue-ben, El Pasóban és Carlsbed-ben is. Ebben még semmi szokatlan nincs, sőt több más városban is sor került ilyen gépkocsik értékesítésére. Ami azonban összeköti ezt a három konkrét esetet, az az a tény, hogy mindhárom alkalommal az eladó ugyanaz a személy volt. A gépkocsik tulajdonosa a dokumentumok szerint egy John Hill nevű férfi. A gépkocsikat megvásárló autósügynökségek biztonsági kamerái alapján John Hill ötven és hatvan év közötti, sovány, középmagas férfi, talán közelebb a hatvanhoz, mint az ötvenhez. Természetesen fotóval és pontos személyleírással rendelkezünk róla.

– Az adásvételi papírokon talált ujjlenyomatok egyezőséget mutatnak a Gila Nemzeti Erdőpark területén felfedezett faházban összegyűjtött ujjlenyomatok egy részével – folytatta Atkinson –, ami egyértelmű bizonyíték arra, hogy a gépkocsikat eladó személy a faházban élt. Az eladott gépkocsikról levett ujjlenyomatok további négy ember esetén mutattak azonosságot, tehát a gépkocsik átvizsgálása után összesen öt személy hozható összefüggésbe a faházban élőkkel. Kétséget kizáróan mondhatjuk, hogy a terroristák által használt gépkocsikat találtuk meg.

– Abból a tényből kiindulva, hogy a gépkocsik eladására Gilától keletre, az összetartó tábor irányába került sor, azt feltételezzük, hogy jelenleg Új-Mexikó keleti felén vagy Texasban tartózkodhatnak – kapcsolódott be Gillan ügynök. – Erre a vidékre a korábban búvóhelyüknek számító erdőparkok azonban nem jellemzőek. Lehetséges, hogy átmenetileg motelekben húzzák meg magukat. Mindenesetre erre a két államra kiterjesztett átfogó ellenőrzést kértünk a helyi hatóságoktól, fokozottan figyelve a moteleket.

– Azt még értem, hogy miért szabadultak meg a gépkocsiktól – morfondírozott Peter –, de miért nem vettek újat, így mivel tudnak közlekedni?

– Megtartották a lakókocsit – mondta Bogdanov ügynök.

– A gilai faházban levett ujjlenyomatok alapján azt mondták, hogy heten vannak – folytatta a számolgatást Peter –, most azt mondják, hogy öt ujjlenyomat-azonosság van a gépkocsikon, és a faházban talált ujjlenyomatok között. Eddig ennyi emberre négy gépjármű kellett, miközben állandóan egy helyen éltek, most pedig, hogy mozgásban vannak, ezt egy lakókocsival oldanák meg? Ezt nem hiszem.

– Mire gondolsz? – kérdezte Jack.

– Esetleg másutt vettek új gépkocsikat.

– Egyelőre ennek nincs jele – mondta Helen. – Kapcsolatban vagyunk az autóértékesítéssel foglalkozó vállalkozásokkal az érintett államokban, de erre nincs adatunk. Ettől persze kizárni nem lehet. Sajnos az is elképzelhető, hogy az új autókat egy előttünk ismeretlen társuk vette meg, s nem Hill, aki eladta a régieket.

– Másik lehetőség – folytatta Peter az elmélkedését –, hogy esetleg szétváltak. A táborba nem megy el mindenki. Ami nem lenne szerencsés számunkra, mert így a rajtaütésünk sikere nem lenne teljeskörű, bár feltételezésem szerint a legfontosabb személyek, Nagy és Petrocelli mindenképpen ott lesznek.

– Ezt erősíti Morgan vallomása is – helyeselt Jack –, aki azt mondta, hogy Petrocelli szerepe a szellemi, Nagy szerepe a technikai felkészítés. Az éves összetartás nélkülük nem létezhet. Ugyanakkor sajnos, ahogy mondtad, nem zárható ki, hogy néhányan a tábor működése alatt egy motelben húzzák meg magukat.

– Ha már számolunk, akkor van itt egy kis pontosítandó – szólt közbe Gillan ügynök. – Morgan azt mondta, hogy tavaly decemberben a Catarina közelében levő táborban a korábbi öt nevelőből már csak hárman voltak jelen, mert ketten valamivel korábban meghaltak. Ott volt Nagy, ez így együtt négy ember, de volt ott négy olyan társuk is, akik Petrocelliékkel együtt maradtak, nem lettek 2013-ban a célhelyekre kitelepítve. Ennek a négy fiatalnak a feladata az ideiglenes tábor működésével, szervezésével kapcsolatos teendők ellátása. Ez eddig nyolc személy, akik feltehetően együtt vannak jelenleg is, és a felkészítő táborban is rendszeresen ott vannak. Rajtuk kívül, amikor Morgan és a többi fiatal távozott a Salmon-Challisi alaptáborból, volt még négy fő technikai személyzet főzés, mosás, bevásárlás és egyéb házkörüli feladatok ellátására. A későbbiekben közülük csak ketten voltak jelen a decemberi találkozásukkor, valószínűleg a másik két személy az alaptáborban maradt. Eszerint tizenketten vannak, és valószínűleg mindannyiuknak ott kellene lenni a felkészítő táborban, hiszen az alaptábor Gilából való távozásukkal megszűnt. Hacsak a technikai személyzet számát nem csökkentették azóta, de a tavalyi év tapasztalata alapján tizen biztosan vannak.

– Eszerint vettek még gépkocsikat vagy gépkocsit. A keresést ki kell terjeszteni nem csak John Hill névre, hanem az összes ismert névre: Petrocelli, Nagy, Hirsch, Hunt – mondta Robson igazgató.

– Értem, Uram – bólintott Helen, bár ez számára régóta evidens volt.

– Egyébként, ki az a John Hill? – kérdezte az FBI igazgató – Tudunk róla valamit?

– Igen, Uram – válaszolta Helen. – Az elmúlt harminc évben az eltűnt személyek listáján volt három névtalálatunk. Egy esetben egyértelműnek látszik a kapcsolat az akkor eltűnt személy és a most felbukkant között. Eszerint John Hill ötvennyolc évvel ezelőtt született Rapid Cityben, ami Dél-Dakotában van. Azon a környéken élt gazdálkodóként az 1994-es eltűnéséig. Pontosabban a feleségével egyidőben tűnt el. A szomszédok jelezték a hatóságoknak, hogy a házaspárnak váratlanul nyoma veszett. A rendőrség semmi érdemi információt nem tudott velük kapcsolatba megállapítani, és pár évvel később le is zárta az ügyet. Semmi kapcsolat nincs a múltjuk és Petrocelliék tevékenysége között, de a megvizsgált fotók alapján azt állítjuk, hogy a huszonkét évvel ezelőtt eltűnt farmer, és a gépkocsikat John Hill néven eladó személy egy és ugyanaz.

– S a nap végére hagytuk az egyetlen rossz hírünket – váltott témát Jack. – A Szabad Amerikáért Alapítvány két alapító vezetőjének vallomása szerint ők semmit sem tudnak a gyanús pénzmozgásokról, Petrocelliék finanszírozásáról. Ha történt ilyen, akkor az kizárólag a könyvelőjük műve, aki egyébként Hawaii-on élt, ide akartuk hozatni, de New Yorkba szállítása közben sajnálatos módon az életét vesztette. Az elsődleges orvosi vizsgálat szerint szívroham végzett vele, de a boncolás megállapította a valós okot: a könyvelőt megmérgezték. Ezt követően ismét felkerestük a két alapítót, akiknek sajnos egyelőre nyoma veszett annak ellenére, hogy kifejezetten megkértük őket, ne hagyják el a várost. Természetesen kiadtuk az országos körözést rájuk.

– Lekérdeztem Petrocelliék számláját – kapcsolódott be ismét Gillan ügynök –, jelenleg közel háromszázezer dollár van rajta. Figyelembe véve a korábbi időszak gyakorlatát, várhatóan két héten belül pénzt vesznek fel róla, tehát lecsaphatunk a pénzt felvevő személyre, vagy az egész csapatra.

– Akkor ön nem hisz a rajtaütés sikerében a tábornál – állapította meg Robson.

– De Uram, természetesen hiszek – reagált zavartan Gillan –, csak alternatívaként említettem. Nyilván ennek akkor van jelentősége, ha a tábor megrendezése elmarad, vagy nem tudunk rajtuk ütni valamilyen okból kifolyólag.

– Rendben – zárta a beszélgetést az FBI igazgatója. – Egy hét múlva sokkal okosabbak leszünk. Talán lesz megoldás, talán nem. De ha nem, akkor megoldás helyett van alternatíva.

– Köszönjük a biztatást, Igazgató úr, önnel ellentétben mi bízunk önmagunkban – mosolygott Jack a főnökére.

Robson egy pillanatra kinyitotta a száját, hogy reagáljon Jack szurkálódására, de aztán csak legyintett egyet, és szó nélkül távozott az irodából.

21. fejezet

Semmi sem sikerül

Bud Johnson közrendőr szokása szerint ezen a napon is reggel hatkor kelt. Miután komótosan megreggelizett és felvette a szolgálati egyenruháját, egyenesen a mai kirendelési helyére, a clevelandi Aquariumhoz ment. Tegnap a helyi rendőrőrsön megkapta az eligazítást, hogy nyolc órakor legyen az épület főbejáratánál. Azt a feladatot kapta, hogy ezen a napon húsz másik társával együtt folyamatosan figyeljék a látogatókat, és azonnal avatkozzanak közbe, ha bármi gyanúsat észlelnek. Nem zárható ki egy fegyveres támadás kísérlete az Aquarium ellen, melyet mindenképpen meg kell akadályozniuk. Ilyen jellegű feladatot az elmúlt időszakban már kétszer kapott, minden alkalommal ugyanide, az Aquariumhoz volt rendelve.

Tudott róla, hogy az elmúlt időszakban Amerikát havonta érte egy újabb terrorakció, s elöljárói tájékoztatták róla, hogy ez a sorozat folytatódhat; az ország bármelyik olyan pontján bekövetkezhet, ahol nagyobb tömegek fordulnak meg. Az elmúlt két alkalommal a támadás más városban következett be: egyszer egy buszon, egyszer egy kaszinóban.

Őszintén szólva Jonhson közrendőr nem tartotta reálisnak, hogy a mára várt támadás itt, Clevelandben, az Aquariumnál legyen, mert a helyszínt nem találta erre alkalmasnak. A régi gyárépületben berendezett vízishow belül könnyen ellenőrizhető volt, támadási lehetőséget inkább a bejáratnál látott, de itt sem lett volna egyszerű észrevétlenül végrehajtani az akciót. Mindenesetre, mivel a bejárat környéke tűnt a kockázatosabbnak, a kivezényelt rendőri erők elsősorban erre a helyre összpontosítottak. A tervek szerint tizenkét rendőr a bejáratnál ácsorog, figyelve a környéket, nyolcan pedig bent az épületben sétálgatnak folyamatosan.

Mivel Johnson meggyőződése az volt, hogy a mai nap itt nem történhet semmi, ezt a véleményét meg is osztotta a többiekkel. A nyitásig bőven volt még idejük, így ráértek arról beszélgetni, hogy mennyire idióták a főnökeik. Túlbiztosítják ezt az épületet, s miközben ők itt töltik az egész napjukat a semmiért, addig a drogárusok vígan üzletelnek Cleveland utcáin. Tíz óra előtt nem sokkal hét másik társával együtt Johnson közrendőr bement az Aquarium területére, míg a többiek kint maradtak a főbejárat környékén. Úgy egyeztek meg, hogy két óránként két-két rendőr kicseréli a külső és belső helyszínt egymás között, talán így kevésbé unalmasan telik a nap.

A nyitást követően lassan megjelentek az első látogatók is. Főleg iskolás csoportok érkeztek, kevés volt a család vagy a turista az évnek ebben az időszakában. Egy-egy iskolás csoportba átlagosan 20-30 gyerek tartozott, akikre két-három nevelő felügyelt. Hangosak és szertelenek voltak koruknak megfelelően, a tanárok nehezen tudták fegyelmezni őket, és megoldani, hogy a csoport együtt maradjon. Johnson közrendőr borzasztóan unatkozott, az üvegfalak mögött úszkáló tengeri halak egyáltalán nem érdekelték, a gyerekek által keltett zsivaj idegesítette. Egyetlen szórakozását abban lelte, hogy az egyik üveg kólát a másik után itta, aminek meg is lett a következménye: sűrűn kellett látogatnia a mellékhelyiséget. Nem sokkal délután két óra előtt, felkészülve arra, hogy hamarosan az utcán kell folytatnia a munkáját, ismét elment a mellékhelyiségbe, hogy könnyítsen magán. A piszoár előtt ácsorogva furcsa, fémes hang ütötte meg a fülét a mögötte levő fülkéből.

– Van ott valaki? – kérdezte, miközben felhúzta a nadrágja sliccét. De mivel választ nem kapott, közelebb lépett a fülkéhez.

– Hé, van itt valaki? – kérdezte ismét, megkopogtatva a fülke ajtaját.

Választ most sem kapott, s miközben elővette a szolgálati fegyverét, a fülke ajtaja nagy erővel kicsapódott, és elsodorta Johnson közrendőrt. Az eséstől a kezében levő pisztoly hangos csattanással a földhöz vágódott, de mivel még nem volt kibiztosítva, nem sült el. A WC-fülkéből kilépő férfit ez az éles hang megzavarta, azt lövésnek vélte, ezért egy gyors sorozatot engedett a földre zuhanó Johnson közrendőrbe a kezében levő gépfegyverből. A zajra az épületben sétáló rendőrök is felfigyeltek, és kibiztosított pisztollyal szaladtak a mellékhelyiség irányába, miközben a gyerekcsoportokat kísérő felnőttek igyekeztek a gyerekekkel minél távolabb kerülni ettől a helytől. Eközben a támadó kezében a gépfegyverrel kiszaladt a férfimosdóból, és egy pár méter hosszú folyosón áthaladva kijutott egy hatalmas csarnokba, ahol már óriási volt a káosz. Az eredeti tervében nem ez a kép szerepelt, s emiatt néhány másodpercig tanácstalanul álldogált fegyverrel a kezében a folyosó végén: ennyi idő bőven elegendő volt az éppen akkor odaérő Frank Norman rendőrőrmesternek, hogy egy pontos fejlövéssel megakadályozza a tervezett merényletet. A támadónak nem maradt ideje sem a fegyverének használatára, sem a robbanómellényének felrobbantására.

A nyomozás a későbbiekben megállapította a merénylő kilétét. Joe Charles 28 éves fehér férfi az egyik gyermekcsoportot kísérte, és így jutott be az Aquarium területére. Az az általános iskola, melyből a diákok érkeztek, három éve alkalmazta Charlest, mint képesítés nélküli pedagógust. Charlest barátságos, gyerekszerető emberként ismerték. A gyerekek iskolán kívüli programjain rendszeresen részt vett mint kísérő, egyébként meg a délutáni foglalkozásokon volt felügyelő tanár. Bérelt lakásban lakott Cleveland külvárosában. Természetesen, ahogy a többi korábbi merénylőnek, neki sem sikerült felderíteni családi kapcsolatait, élő rokonait. A merénylet teljesen beleillett a sorozatba, hiszen a fel nem robbant robbanómellényen megtalálták a fonott zöld-sárga zsinórt. A nyomozás azt is megállapította, hogy bár a bejáratnál átvizsgálták a látogatók ruházatát, a kiadott parancs ellenére nyitás előtt nem került sor az épület alapos átvizsgálására, s így a korábban elrejtett robbanómellény és gépfegyver felderítetlen maradt. A sors furcsa fintorra, hogy ezt pont Johnson közrendőrnek kellett volna megszervezni, és néhány társával végrehajtani, de ő a nyitás előtt azzal volt elfoglalva, hogy társainak elmagyarázza: mennyire értelmetlen a mai rendőrségi óvintézkedés.

A hír, miszerint a clevelandi merénylet sikertelen volt, másnap jutott el Petrocellihez, aki szabályos dührohamot kapott a hír hallatán. Legnagyobb bánatára azonban nem tudta igazán kidühöngeni magát, mert nem volt kinek. Frank Nagy és a két fiatal nem volt elérhető, pár nappal korábban elutaztak. A házaspár nem volt bevonva a részletekbe, egyébként is jelenleg egy másik városkában laktak. Maradt Hirsch, aki kénytelen volt órákon át hallgatni Petrocelli kifogyhatatlan, válogatott szidalmait, mellyel természetesen Frank Nagyot szapulta. Nagy főbűne az volt, hogy megakadályozta a decemberi összejövetelük megszervezését.

Petrocelli bár sok részletet nem tudott arról, hogy pontosan mi is történt Clevelandben, de meg volt győződve arról, hogy Joe Charles érzelmi felkészületlensége okozta a kudarcot. Rosszul reagálhatott egy váratlan helyzetre, aminek Petrocelli szerint csak egyetlen oka lehet: Charles elkötelezettsége nem volt elég szilárd. Ezt rossz előjelnek tekintette a januári nagy támadás előtt, főleg így, hogy már nincs módja személyesen beszélnie a többiekkel. A telefonos kapcsolattartás korlátozott lehetőséget biztosított számára, nem pótolta a közvetlen találkozás személyes varázsát. A távszuggesztió meggyőződése szerint nem volt megfelelő eszköz arra, hogy a másik agyát teljes mértékben birtokba vegye. Számára fontos volt, hogy beszélgetés közben lássa a páciense szemét, s az abból kiolvasottakhoz rugalmasan igazodva folytassa mindig a mondandóját.

Hirsch, aki végtelen türelemmel hallgatta Petrocelli szitokáradatát, amikor szóhoz jutott, azzal próbálta nyugtatgatni, hogy várják meg az elkövetkező napok eseményeit, hátha azok igazolják Nagy óvatosságát. Sőt még az is elképzelhető, hogy lesz módjuk mindenkit összehívni, és ha rövidebb időtartamban is, de megtartani a felkészítő tábort. De Petrocelli meggyőzhetetlen volt, Hirsch szavai csak fokozták idegességét. A dolgok nem a terv szerint alakultak és ez számára feldolgozhatatlan sokk volt. Hirsch azon érve sem hatott rá, hogy Joe Charles már nem is vett volna részt az elhalasztott közös összejövetelükben. Mindenért Frank Nagy volt a hibás, s ezen Petrocelli nem tudta, de nem is akarta túltenni magát. Nem szabadott volna, ha ideiglenesen is, átadni az irányítást másnak.

December 4-én vasárnap, a délelőtti órákban érkezett Catarinába Jack és csapata, ahol a megbeszéltek szerint már várták őket az FBI helyi emberei.

– Mit tudunk? – kérdezte Jack a kölcsönös bemutatkozást követően.

– A helyszínen a drónos felderítés tanúsága szerint huszonnégy ember tartózkodik. Az elmúlt napokban tizennégy sátrat állítottak fel: ebből tizenkettő kisebb méretű, és kettő nagyobb. Az előbbiek vélhetően pihenési, az utóbbiak közösségi célokat szolgálnak. Az emberek többsége tegnap érkezett, minden esetben egy FR3-as lakókocsi szállította őket, mely az elmúlt három-négy napban körülbelül tíz alkalommal fordult meg a tábor helyszíne és Catarina, valamint Carrizo Springs között.

– Carrizo Springs? – csodálkozott Jack.

– Igen, két alkalommal továbbment Catarinából Carrizo Springsbe. Boltok parkolójába állt be, illetve a posta épületénél is hosszabb ideig várakozott – mondta Alonso ügynök, aki az FBI San Antoniói irodáját képviselte. – Egyébként, a lakókocsi tegnap összesen négy alkalommal hagyta el a tábort, azaz tegnap volt úton legtöbbször, s késő este érkezett meg utoljára. Azóta is a tábor területén található.

– A sofőrről van valamilyen információ? – kérdezte Carter ügynök.

– Két férfi vezette a lakókocsit felváltva, mindketten harminc alatti fehér férfiak, illetve a legutolsó alkalommal mintha valaki más lett volna, de sajnos a felvételeken ez nem látszik tisztán.

– Az embereket hol szedte össze?

– Feltehetőleg Catarinában. Ott mindig behajtott egy raktárépületbe, ahonnan rövidebb-hosszabb ideig tartó várakozást követően mindig egyenesen a tábor területére hajtott. Ezt követően a táborban egyre több ember mozgása volt megfigyelhető.

– A tábor őrzése hogy van megszervezve? – kérdezte Atkinson ügynök.

– Ma reggelig sehogy sem volt – válaszolta Alonso ügynök. –
A ma reggeli drónfelvételek alapján úgy tűnik, hogy a tábor köz-
pontjától nagyjából ötszáz méterre felállítottak négy ellenőrző
pontot. Gyakorlatilag a tábor négy sarkán: olyan helyeken, ahol
a terepviszonyok kiválóan alkalmasak arra, hogy több kilomé-
teres távolságra ellássanak, időben észleljék a közelgő hívatlan
vendégeket.

– Nem vehették észre a drónokat? – aggodalmaskodott Car-
ter ügynök.

– Remélem nem – válaszolta némileg sértetten Alonso ügy-
nök. – Értünk a szakmánkhoz, bár mi nem New York-iak vagyunk.

– S hogyan áll a rajtaütési terv? – kérdezte Jack, nem foglal-
kozva a helyi erők önérzetével.

– Négy darab siklórepülőgép hétfőn, hajnali háromkor száll
fel Catarinától északra, ötvenkét deszantossal. Az időjárás-elő-
rejelzés szerint szerencsénk lesz, a repüléshez megfelelő légköri
viszonyokra számíthatunk. A terv szerint az ejtőernyősök úgy
ugranak ki a gépekből, hogy gyakorlatilag egyből körbe tudjuk
zárni a tábort. Az elmúlt egy hétben három főpróbát tartottunk
sikeresen, remélhetőleg most is így lesz. Catarinából három
csapatszállító busz indul négy órakor összeszedni a foglyokat
és a deszantosokat, illetve négy Chevrolet Van menne önökkel
és velünk.

– Mennyivel később fognak a buszok odaérni?

– Valamivel kevesebb, mint egy óra.

– Nem túl hosszú idő ez?

– Van benne tartalék, ez kétségtelen, de az ejtőernyősök tá-
madási idejét pontosan nem tudjuk meghatározni. Nagymérték-
ben függ az időjárási viszonyoktól. A buszok viszont csak akkor
érhetnek a helyszín közelébe, amikor már az akció megkezdő-
dött vagy sikeresen befejeződött, nehogy az őrszemek kiszúrják
őket. Egyébként azon ne aggódjanak, hogy bárkinek lesz esélye
megszökni a táborból. Kétszeres gyűrűvel veszük körbe őket.

– Rendben – köszönte meg Jack a beszámolót. – Mindenki
pihenjen és készüljön a holnapra, remélem, nagyon közel va-
gyunk a végső sikerhez.

Másnap kora hajnalban keltek, és már jóval az indulás előtt ott várakoztak a gépjárművek mellett. Jack csapatán kívül még jelen volt négy helyi FBI-ügynök, akik a Chevrolet-kel mentek, és tíz fő a különleges egységtől, akik a buszokra szálltak fel. A különítmény pontban négy órakor elindult a tábor felé. A betonút hamar véget ért, a terepviszonyok csak lassú, óvatos haladást tettek lehetővé. Nem sokkal öt óra előtt csörrent meg Jack mobilja.

– Hamilton parancsnok – szólalt meg egy Jack számára ismeretlen férfihang –, a deszantos csapat vezetője vagyok.

– Hallgatom, parancsnok – reagált Jack.

– Gáz van, büdös nagy gáz – mondta a férfi a hírhez képest nyugodt hangon. – Van itt huszonnégy mexikói, akik, mint a riadt malacok disznóvágás előtt, visítoznak torkuk szakadtából. Kizárt, hogy ezeket az embereket kerestük volna.

– Ó, hogy szakadna le az ég! – kiáltott fel Jack hangosan. – Ez hogyan lehetséges, kik ők?

– Egyelőre nem tudtunk meg semmit tőlük. Az egyetlen jó hír, hogy senki sem sérült meg az akció során, de egyébként fegyver nincs is náluk. Mikorra érnek ide?

– Jó húsz perc, addig tartsa őket kordában – mondta Jack, miközben majd' felrobbant a dühtől.

– Úgy lesz, Uram! – válaszolta Hamilton parancsnok.

Mikor Jackék megérkeztek, a mexikóiak a tábor közepére összeterelve üldögéltek a földön, körülöttök a deszantosok, de többségük szintén a földön ücsörgött. A helyzet egyáltalán nem hasonlított egy sikeres katonai akció záró jeleneteire. Jack kiszállt a Chevrolet-ből, s miközben fejét csóválva konstatálta az elé táruló látványt, odament az elébe siető katonához.

– Jack Benneth, FBI – nyújtotta a kezét.

– Hamilton parancsnok, az akció vezetője – válaszolta a harmincas éveiben járó férfi.

– Van itt maguk között valaki, aki beszéli a nyelvünket? – kérdezte Jack a földön ülő mexikóiakat, mire többen felrakták a kezüket.

– Rendben. S ki az, aki el tudja nekünk mesélni, mi a fenét keresnek maguk itt?

– Filmforgatásra jöttünk – szólalt meg egy harmincas mexikói férfi, egyúttal felállva kilépett a csoportból.

– Mire? – kiáltott fel a meglepetéstől Jack.

– Filmforgatásra, Uram – válaszolta a mexikói férfi. – Pár nappal ezelőtt toboroztak minket Piedras Negros amerikai oldalán Eagle Passban és Las Quintas Fronterizasban. Két fiatal férfi keresett huszonnégy mexikóit egy amerikai film forgatásához, amely itt, ebben a táborban játszódik. Szép summát ígértek, azt mondták: a filmforgatás ma délelőtt kezdődik, körülbelül két hétig tart. Pénteken egy busszal vittek el minket Catarinába, ahol egy fészerben kellett várnunk nem túl kényelmes körülmények között. Szombaton aztán egy lakókocsival hoztak ide minket két fordulóban. A lakókocsi szűk és kényelmetlen volt ennyi ember részére, így mire ideértünk, elég nagy volt a nyugtalanság közöttünk, hátha átverésről van szó, de meglátva a felállított sátrakat, lecsendesedtünk. Kaptunk rendesen inni- és ennivalót. Megnyugodtunk, hogy akkor mégis arról van szó, amit ígértek, mert a fejenként és naponta száz dollár fizetség az ellátáson túl nagyon szépen hangzott. Ehhez képest hajnalban ez a sok katona – mutatott a deszantosokra –, komoly riadalmat keltett bennünk. Egy percig sem gondoltuk, hogy ez is a filmforgatás része. Azt hittük, drogdíleteknek néznek minket, de nem találtak nálunk semmit, sem fegyvert, sem drogot. Remélem Uram, ön sem gondolja rólunk, hogy bűnözök vagyunk.

– Nem gondolok semmit – mondta dühösen Jack –, amit mégis gondolok, az nem önökre vonatkozik.

– Ezeken a szerencsétleneken kívül nem találtak senki mást? – kérdezte Hamilton parancsnok felé fordulva. – Esetleg nem szökhetett át valaki a gyűrűjükön?

– Az kizárt, Uram – válaszolta a parancsnok. – Egy bolha sem juthatott át rajtunk keresztül.

– S akik magukat beszervezték és idehozták, azok hol vannak? – fordult ismét a mexikói férfi felé Jack.

– Szombaton este már csak egy férfi volt velünk, de aztán ő is elment a lakókocsival, magával vitte Juant is – mutatott az egyik földön ülő férfira. – Azt mondta Juannak, hogy hozza vissza a lakóautót, mert neki dolga van Catarinában, ahol ki is szállt a járműből. Azt ígérte, hogy hétfő reggel, azaz ma visszatér a filmesekkel együtt, merthogy ő fogja idehozni őket. A lakókocsit azért küldte vissza, hogyha bárkinek bármilyen baja, problémája támad, be tudjuk vinni a városba orvoshoz. Ez megnyugtatott minket: biztosak voltunk benne, hogy nem átverésről van szó.

– Semmi mást nem mondott?

– Nem sokat – folytatta a férfi. – Hagyott itt inni- és ennivalót bőven, de azt kérte, hogy ne igyunk túl sokat, mert hétfőn reggel a filmforgatásra alkalmas állapotban kell lennünk. Azt is mondta, hogy a tábor területét komoly egészségügyi indok nélkül semmiképpen ne hagyjuk el. A tábor négy sarkán vasárnap reggeltől estig állítsunk fel őrszemeket a biztonságunk kedvéért. Meg is mutatta, hogy pontosan hol.

– A rohadt életbe – sóhajtott Jack –, ennyire még nem vertek át az életben. Csak ketten voltak? Esetleg másvalakivel nem találkoztak?

– Nem, Uram, két fiatal, fehér, amerikai férfi, aki minket toborzott és idehozott. A tábor üres volt, nem volt itt senki, amikor ideértünk, de a sátrak már a helyükön voltak, ahogy korábban is mondtam. Minden elő volt készítve a fogadásunkra.

– Parancsnok, köszönöm az akciójukat – fordult Hamilton felé Jack. – Sajnos feleslegesen készültek fel, keltek hajnalban, s repültek ide. Önök is részesei lettek ennek az átkozott átverésnek. Még egyszer köszönöm a közreműködésüket. A buszok visszaszállítják önöket az állomáshelyükre, kérem vigyék magukkal ezt a huszonnégy mexikói férfit is. Útközben valahol Catarinába rakják ki őket.

– Hé! – szólalt meg a mexikói, meghallva Jack szavait –, a fizetésünkkel mi lesz? Ki visz minket vissza Piedras Negros amerikai oldalára?

– Fizetést attól várjanak, aki ígérte maguknak – válaszolta nem túl barátságosan Jack. – Mi maximum Catarináig visszük el magukat, azt is csupán szívességből. Ha nem tetszik, felőlem itt is maradhatnak, ameddig akarnak.

Szavaira a mexikóiak között kitört az elégedetlenkedés, többen felálltak, lépéseket tettek Jack felé, de látva a katonák azonnali reakcióit, inkább visszaültek a helyükre, és úgy folytatták a morgolódást.

– Mi még maradunk a nyomok rögzítése miatt – mondta Jack a saját csapatának, majd ismét a mexikóiak felé fordult. – Ha sokat ücsörögnek ott, akkor felfáznak, emellett hamarosan indulnak a buszok: ha lemaradnak róluk, akkor Catarináig is csak gyalog jutnak el innen. Higgyék el, sajnálom, hogy önöket is átverték, de annál többet nem tehetek, minthogy Catarináig elvisszük magukat.

Harminc perccel azt követően, hogy a buszok elhagyták a tábor helyszínét, két távoli dörrenést hallottak, de különösképpen nem foglalkoztak vele: az időjárás elromlott, hatalmas felhők jelentek meg az égen, az eső közelgett. A hangokat villámlással járó mennydörgésnek tudták be. Negyedórával később csörgött Jack mobilja.

– Porter hadnagy vagyok – mutatkozott be egy ismeretlen hang. – Aknára futottunk, az első és a második busz felrobbant, a harmadik busz szerencsére sértetlen maradt, de az első két buszban sok a halott és a sebesült.

Két nappal később Peter Hammersmith New York-i irodájában Robson FBI-igazgató már izgatottan várta Jack érkezését és személyes beszámolóját az elmúlt napok történéseiről. A clevelandi merénylet kísérlet sikeres megakadályozása okozta örömét másodpercek alatt oszlatta semmivé a texasi tragédia. Tizennyolc deszantos és rendőr halt meg a felrobbant két buszban, és huszonkettő embert ért túlnyomórészt súlyos sérülés. Hammersmith és Robson tudta, hogy Jack meghallgatása után útjuk egyenesen Washingtonba vezet. A hivatalban levő és a megválasztott Elnök együtt vár rájuk, hogy beszámoljanak nekik a texasi kudarcról. Jack számított rá, hogy nehéz pár óra vár rá a főnökei előtt, ezért magával vitte Carter ügynököt is. – Ha már okosak nem lehetünk, legalább ő szép – gondolta magában. – Feszültségoldásnak egy csinos nő mindig jó megoldás öregedő férfiak körében. – Belépve az irodába pont az a fagyos légkör fogadta, amire számított.

– Hogy tudták ezt ennyire elcseszni? – kérdezte Robson köszönés helyett.

– Nem csesztünk el semmit, Uram – reagált Jack nyugodt hangon, és anélkül, hogy bárki felajánlotta volna neki, leült az egyik szabad székre, egyúttal intett Carter ügynöknek, hogy kövesse példáját. – Zseniális bűnözőkkel állunk szemben, akik csapdát állítottak nekünk. S mi szépen belesétáltunk ebbe. Ennyi történt, nem több.

– Ilyenkor hol van a maga fene nagy egója? – kérdezte ingerülten Robson. – Ezek szerint létezik magánál okosabb ember is ezen az elcseszett Földön?

– Uram! Tisztelettel mondom, a játszmának nincs még vége. Egyébként meg nem létezik, hogy a kérdésére is válaszoljak.

– Magának ez egy játszma? Tizennyolc hősi halott a maga pitiáner játszmájának eredménye – üvöltötte Robson igazgató, teljesen elvesztve önkontrollját.

– Ennek így nincs semmi értelme – szólalt meg váratlanul Peter Hammersmith, nyugalomra intve a főnökét. – Hallgassuk meg Benneth ügynököt, hogy pontosan mi is történt ott a sivatagban. Aztán ráérünk eldönteni, hogy mit mondjunk az elnököknek, és mit csináljunk vele – mutatott Jackre.

– Sajnos Morgan eltűnése egyértelmű volt a számukra – kezdte Jack a beszámolót. – A telefonhívás már inkább nekünk felállított csapda volt, mintsem annak ellenőrzése, hogy mi van Morgan-nel. Azt feltételezték, hogy Morganből kiszedtük a decemberi találkozó helyszínét, és megrendezésének pontos időpontját. Megtehették volna, hogy hagyják a fenébe az egészet, nem csinálnak semmit, de nem akarták kihagyni azt a lehetőséget, hogy újabb csapást mérjenek ránk. Nem kockáztattak sokat, ha nem sétálunk bele a mesterien felállított csapdába, nem történik semmi, otthagyják a mexikóiakat a sivatagban, és ennyi. Ha viszont sikeres a tervük, akkor egyértelmű az üzenet, ők a jobbak. Hárman, feltehetőleg Nagy és két fiatal férfi szervezhették meg az egész akciót. A két fiatal toborozta a mexikóiakat filmforgatás ürügyén, és szállította őket a táborba. A lakókocsi erre tökéletesen alkalmas volt, hiszen a sofőrön kívül más személy sosem látszott az utasok szállításakor. Nem tudhattuk, kiket szállítanak benne. Sejtették, hogy nem útközben akarunk lecsapni rájuk, hanem csak a táborban, ezért tudták viszonylag egyszerűen megoldani a mexikóiak toborzását és szállítását. Felkészültek arra is, hogy esetleg figyeljük a táborban az életjeleket, hogy meggyőződjünk arról, hogy biztosan ott vannak-e. Emiatt állíttattak fel megfigyelőpontokat a mexikóiakkal vasárnap, hogy ezt lássuk, és ez alapján szervezzük meg a támadást. Legyen számunkra egyértelmű: itt valami titokzatos dolog történik, amit védeniük kell. Azt is feltételezték, hogy Morgantól megtudhattuk, hány emberrel kell számolni a táborban. Ezért béreltek pontosan huszonnégy mexikóit, tizennyolc fiatalabbat és hat idősebbet. Az érdekesség kedvéért említem, hogy Morgan tizennyolc fiatal és hét idősebb táborlakóra számított. De valószínűleg ennek az eltérésnek nincs jelentősége. Az aknákat, pontosabban a két aknát Nagy telepíthette valamelyik éjszaka folyamán a táborhoz vezető földúton.

– S hogyan tudták időzíteni az aknák felrobbanását? – kérdezte Peter. – Hiszen nem tudhatták, hogy mikor és milyen járművekkel járunk arra.

– Távirányítóval robbantották fel a bombákat. Nyilván nem tudták, hogy mikor és milyen eszközzel fogunk arra közlekedni. Az aknák robbanóereje alapján egyértelmű, hogy nagyobb páncélozott harckocsira is fel voltak készülve. Figyeltek minket folyamatosan, hiszen a járműveket odaengedték a táborhoz, és csak a távozásunkkor hozták működésbe a telepített aknákat. A robbanás helyszíneitől nem messze megtaláltuk annak a megfigyelő pontnak a helyét, ahonnan szemmel tartották a környéket, és működésbe hozták a két robbanóaknát. A rendelkezésünkre álló bizonyítékok alapján úgy tűnik, hogy szombat éjszaka vagy vasárnap hajnalban foglalhatták el a megfigyelési pontot. Két ember lábnyomait azonosítottuk be a helyszínen, és egy Ford

Fusion gépkocsi keréknyomait. Az autó többször megfordult az ott-tartózkodásuk alatt, amiből azt a következtetést vontuk le, hogy a helyszínen a robbantáskor csak egyikőjük volt – autó nélkül. Talán azért, mert hosszabb megfigyelési időre rendezkedtek be, s egymás rendszeres váltását tervezték. Az autóra meg más célokból is szükség lehetett.

– Vagy mert az autó jobban felhívta volna rájuk a figyelmet, ha ott parkol – szólt közbe Peter.

– Igen, ez is egy lehetséges magyarázat, vagy inkább mindkettő igaz együttesen – helyeselt Jack. – Mindenesetre azzal számoltak, hogy lehetőségük lesz időben eltűnni a környékről a robbantás után. Sajnos így utólag megállapítható: igazuk lett. Mire mi eljutottunk a környék átkutatásához, addigra kényelmesen leléptek, rengeteg idejük volt eltűnni onnan.

– A lakókocsit miért vitték vissza a táborba és hagyták ott? – kérdezte Robson.

– Kényszerű áldozat volt részükről – válaszolta Jack. – Logisztikailag nem tudták volna megoldani a lakókocsi megmentését, mert a tökéletes álcához kellett a lakókocsi is. Ha az nincs ott, esetleg gyanút foghattunk volna, hogy egy megrendezett helyszínnel állunk szemben. Az nem életszerű, hogy nincs a táborban egyetlen egy jármű sem. Pedig ez egy komoly áldozat volt részükről, ugyanis megállapítottuk, a lakókocsi mozgó műhelyként is funkcionált. Frank Nagy nagyrészt ebben a járműben szerelte össze a robbanómellényeket, aknákat. Bár az előállításukhoz szükséges szerszámokat és alapanyagokat kipakolták belőle, a gyártásukkor keletkező szemetet nem. Sajnos azt kell mondanom, hogy a szemét mennyisége alapján nagyon sok bomba készült ebben az autóban.

– Mert eddig már nagyon sokat robbantottak – állapította meg Robson FBI-igazgató.

– Igen Uram, ez igaz – bólintott Jack. – A rossz hír az, hogy ezt a lakókocsit nem túl régen vették, és a gyártási hulladék mennyisége alapján azt mondhatom, nagyon sok bomba még nem lett felhasználva az abban készültek közül.

– Mennyi?

– Nem tudom pontosan megmondani, de legalább tizenöt olyan bombájuk lehet, ami még nem került elő. Ezek fele akna, másik fele robbanómellény lehet. De ez csak egy becslés, amire a hulladékon kívül semmi más bizonyítékunk nincs.

– Bármilyen reménysugár, ami a megoldáshoz vezethet? – kérdezte Robson, s tőle teljesen szokatlan módon egy szójátékkal folytatta –, mert különben fekete napunk lesz a Fehér Házban holnap.

– Pillanatnyilag a legígéretesebb nyom a számlaszámuk. Pénzre lesz szükségük, hamarosan egyébként is aktuális lesz a negyedéves készpénzfelvétel, szerintem a lakókocsit is pótolniuk kell, az erdő helyett motelekben lakhatnak, ami folyamatos kiadással jár. Tudjuk, hogy melyik bankfióknál vették fel a pénzt az elmúlt három évben, reméljük, hogy ebben nem lesz változás. A bankfiókot állandó megfigyelés alatt tartjuk. De mivel az elmúlt időben gyakran változtatják tartózkodási helyüket, elképzelhető az is, hogy ugyanannak a banknak egy másik fiókjánál fognak megjelenni. Erre is felkészültünk, ezért az összes bankfiókot figyeljük, amely a Coamerica Bankhoz tartozik az ország egész területén. Feltehetőleg ugyanaz az ember veszi fel a pénzt, aki korábban, és ő reményeink szerint elvezet a többiekhez.

– Halvány remény – mondta Peter –, és már nincs újabb szalmaszál, amibe kapaszkodhatunk, ha ez sem válik be. A Szabad Amerikáért Alapítvány két alapítójáról van valami hírünk?

– Egyelőre nincs semmi – rázta meg a fejét Jack. – Eltűntek. az is lehet, hogy nem a szabad akaratukból. Nem állunk jól: ez tény, elismerem. De nem adjuk fel, s meg fogjuk oldani az ügyet még a teljes eszkaláció, azaz a nagy támadás előtt.

22. fejezet

Útban Los Angeles felé

Két nappal a texasi robbantások után Dallas egy külvárosi moteljében találkozott Frank Nagy Mosley-val és Carthy-val, akik a sivatagból érkeztek vissza nem sokkal korábban.

– Gratulálok – mondta nekik mosolyogva –, ügyesen megoldották a feladatot. Még akár robbantási szakember is lehet belőletek. Egyébként minden rendben volt? – kérdezte.

– Igen – válaszolta Bob. – Hajnalban jöttek ejtőernyővel, amikor én voltam kint a megfigyelőponton. Az ejtőernyősök után nem sokkal jött három busz, meg néhány Chevrolet a táborhoz vezető úton. Pár óra múlva a három busz elindult visszafelé: nekem csak arra kellett figyelnem, hogy jókor nyomjam meg a gombot. Szerencsém volt, mert a buszok nem voltak üresek, és a köztük levő követési távolság pont megfelelő volt ahhoz, hogy két buszt is fel lehessen robbantani. Őszintén szólva ideges is voltam emiatt, mert ha kisebb vagy nagyobb távolságot tartanak egymástól, nem tudom, mit csinálok. Igaz, volt egy harmadik busz is, talán akkor azt robbantom fel a második aknával.

– Igen – bólintott Nagy –, az egyidejű, dupla robbantás nem egy könnyű feladat. Sok múlik a szerencsén, de még több a tervezésen, az ütemezésen és a gyakorlaton. Ebben nekem volt részem bőven Afganisztánban.

– Amikor a buszok a levegőbe emelkedtek – folytatta Bob –, telefonon jeleztem Frednek az akció sikerét, majd elindultam gyalog kelet felé. Másfél órát gyalogoltam a találkozási pontig, addigra ő is odaért az autóval. Útközben nem találkoztunk senkivel, nem láttunk senkit, szerintem minket sem látott senki. Sikerült észrevétlenül megoldani mindent.

– Mindenesetre jó ötlet volt, hogy a megfigyelő pontnál nem hagytuk ott az autót – szólt közbe Fred –, a légi deszantosok biztos kiszúrták volna.

– Egy katonai akció sikere sokban múlik azon, hogy minden eshetőségre fel vagyunk-e készülve. S mi fel voltunk. Rendben van fiúk, még egyszer gratulálok – vette át a szót Nagy, majd gúnyosan hozzátette. – Talán még Petrocelli papa is elégedett lesz, ha elmeséljük neki a történteket. De elég az ünneplésből, rengeteg még a teendőnk. Bob, meg kell szabadulni a Ford Fusiontól, minél előbb! A nyomait biztosan megtalálják a homokban, az ilyen típusú autókat fokozottan fogják ellenőrizni a közeljövőben. Bár ez egy tömegautó, mégis felesleges kockázat megtartani. Fred, kell nekem egy új lakókocsi! Mivel a másikat otthagytuk nekik ajándékba, az ugyanilyen típusú lakókocsikat nem fogják keresni, amikor utánunk kutakodnak. Vegyél nekem egy ugyanolyat, mert nagyon megkedveltem. Ne azon a helyen vegyétek, ahol a másikat eladjátok, és a kereskedésekben természetesen sohase mozogjatok együtt.

A két fiú bólintott, szó nélkül távoztak. Pár óra múlva tértek vissza egy ugyanolyan FR3-as lakóautóval, mint amilyen az előző volt: még a színe is megegyezett. Nagy beült a volán mögé, a két fiút hátraküldte pihenni a lakótérbe, majd elindult a 35-ösön Oklahoma felé. Oklahománál fordult rá a 40-esre, hogy elérje az úticélját. Szándékosan, talán túlzott óvatosságból választotta ezt a hosszabb útvonalat. Nem tudta, hogy milyen ellenőrzések lehetnek az utakon, de talán az autópályán könnyebb észrevétlen maradni. Egyszer megálltak aludni egy félreeső helyen, így aztán az út közel kétnaposra sikeredett. Nagy úgy döntött, hogy nem a korábbi kempingbe parkol le, hátha valaki összefüggést talál távolléte és a hírekben szereplő események között. Egy pillanatra felvetődött benne: biztosan jó ötlet volt-e ugyanolyan lakókocsit venni, mint amilyen az előző volt, de aztán gyorsan megnyugtatta önmagát: pont ez az, amire senki sem fog gondolni, hogy ugyanolyan gépjárművel tér vissza ide, erre a környékre, mint amilyet ott hagyott a sivatagban. Sokkal ravaszabb ő bárkinél – állapította meg elégedetten. Egyébként sem tervezte hosszúra az itt-tartózkodását, mire a nyomozás idáig eljuthat, addigra ők már árkon-bokron túl lesznek.

A következő nap kora délutánján találkozott Petrocellivel és Hirsch-sel a tempei folyóparti parkban. Az évnek ezen időszakában már nem sok vendéglátóhely volt nyitva, ezért úgy döntöttek: egyszerűbb és talán biztonságosabb is sétálgatni a park gondozott útjain, mint beülni valahová. A kellemesen hűvös, december eleji délutánon egyébként is sokan választották ezt az időtöltést, kinek tűnne fel három idősebb férfi, akik elmélyülten beszélgetnek egymással sétálgatás közben.

– Gratulálhatsz a texasi sikerhez – ajánlotta fel Nagy Petrocellinek az elismerés lehetőségét, de Petrocelli egyáltalán nem volt boldog.

– Megint egy veszélyes magánakciód – reagált szokása szerint ingerülten –, amely nem volt a terv része, és amely veszélyezteti a terv végrehajtásának sikerét.

– Ahogy öregszel, úgy hülyülsz – válaszolta Nagy nyersen. – Pontosabban fogalmazva gyorsabban hülyülsz, mint ahogyan öregszel. Mi a célunk, amiért ezt az egészet csináljuk? Megingatni a társadalmi békét, káoszt teremteni, hogy az új rend kiépülhessen. Ez a robbantás is része volt ennek a folyamatnak. Mert mit látnak az egyszerű állampolgárok? Vannak itt valakik, akik bármire képesek, akik megfoghatatlanok, hiába keresi őket éjt nappallá téve a teljes állami erőszakszervezet. Nem ezt akartad?

– De igen, ezt akartam – ismerte el Petrocelli. – Ugyanakkor szigorúan ragaszkodni kell a képlethez, mert a képlet garantálja a terv sikerét. Ez a sivatagi akció nem volt benne a képletben.

– Rakjuk bele – próbálkozott Nagy. – Mondjuk azt, hogy ez a robbantás kivált egy vasúti robbantást. 65 = 17+6+12+12+1+17. Tökéletesen működik a matematika így is.

– Nem! – kiáltott fel hisztérikusan Petrocelli –, a tizennyolcból nem engedek. Az, amit csináltál Texasban, az nem volt a terv része; az a te magánakciód volt. Mivel sikerült, ezért tudomásul veszem, de semmiképpen nem gratulálok hozzá. Sőt, ismételten felhívom a figyelmed, hogy veszélyeztetted a terv sikeres

végrehajtását, főleg azzal, hogy a fiúkat is bevontad, akiknek
sok más egyéb feladatuk lenne a nagy támadás előkészítésében.

– Rendben, akkor megleszek a gratulációd nélkül is – sóhajtott
Nagy, bár magában csak vigyorgott Petrocellin. – Otthagytam
a lakókocsit a táborban ajándékba a rendőröknek, vettem he-
lyette egy újat. Elfogyott a pénzem, szükségem lenne húszezer
dollárra a további munkámhoz.

– Most nem tudok adni – válaszolta a fejét ingatva Petrocel-
li. – John csak egy hét múlva megy pénzért a bankba.

– Nekem most kell, menjen most. Két nap múlva indulok.

– A pénzt csak adott napon lehet felvenni a bankból. Ezen
nem tudok változtatni, ennek technikai oka van – mondta Pet-
rocelli. – De miért kell neked két nap múlva indulnod?

– Mert telepítenem kell a tizennyolc aknát – felelte Nagy. –
Gondolom, erről tudsz. Ha nem indulok el két nap múlva, nem
fogok végezni időben.

– Rendben, holnapra összekaparom és odaadom – bólintott
megadóan Petrocelli, aki természetesen rendelkezett a kért
összeggel.

– Kíváncsi vagyok, kitől fogsz kölcsönkérni – vigyorgott
Nagy, majd reakciót nem várva, hozzátette: – Bobot is viszem
magammal, szükségem lesz rá a továbbiakban.

– S akkor mi lesz a robbanómellényekkel és a gépfegyverek-
kel – kapta fel a vizet ismét Petrocelli –, hogy a francba szállítjuk
ki tizenkét helyre Bob nélkül?

– Nyugi, ne idegesítsd magad feleslegesen – nyugtatgatta őt
Nagy. – Megterveztem a teljes útitervet. Hét helyre én is el tudom
juttatni a mellényt a fegyverrel együtt. Ezért is van szükségem
többek között Bobra. Itt a lista, ahol ezt mi is meg tudjuk ten-
ni. A maradék öt helyre elszállítja őket Fred, azt az öt mellényt
holnap odaadom neked.

– S hogyan értesítem őket? – kérdezte Petrocelli, aki rész-
ben megnyugodott ettől a megoldástól, de nem látta át az új
folyamatot.

– Minden úgy fog működni, ahogy eddig – magyarázta Nagy. –
A megbeszélt napon, a megbeszélt időpontban felhívod őket,

kiadod az utasítást, hogy készüljenek a feladatra. A listára odaírtam, hogy melyik napon fogjuk a fegyvert és a robbanómellényt eljuttatni hozzájuk. Az egyetlen újdonság, hogy a fegyver és a robbanómellény egyszerre lesz átadva. Nem is értem, hogy eddig miért küldtük őket külön – külön, miért kellett Bobnak vagy Frednek ugyanabba a városba kétszer is elutaznia.

– Biztonsági okokból – szólt közbe Hirsch –, ha jól emlékszem pont te voltál, aki a külön – külön eljuttatás mellett kardoskodott.

– Lehetséges – hagyta rá Nagy –, már nem emlékszem arra, hogy akkor ezt miért tartottam értelmes ötletnek. Most nem tűnik annak. Egyébként, a mostani helyzetben nincs is erre időnk, akkor sem lenne, ha Bob és Fred együtt maradna.

– Értem. Mindenesetre a texasi robbantásod miatt fokozottabb óvatosságra van szükségünk. Ha eddig nem keresett volna minket valamennyi szolgálat és ügynökség, akkor mostantól biztosan azt teszik.

– Tisztában vagyok ezzel – reagált Nagy –, de kénytelen vagyok magammal vinni a bombákat és fegyvereket a lakókocsiban. Ez komoly kockázat, de nincs más megoldás. Azt lehetne tenni, hogy Helent is magammal viszem.

– Miért tennéd? – kérdezte Hirsch.

– Catarina környékén szándékosan feltűnően autózgattunk a tábor és a város között, hogy sikerüljön csapdába csalni a rendőröket. Mindig Bob vagy Fred vezetett. Nyilván vannak fotóik róluk, tehát a rendőrségi ellenőrző pontokon őket könnyű lekapcsolni, ezért Bob nem vezethet. Kisebb eséllyel állítják meg az autót, ha én vezetek és Helen ott ül mellettem az anyósülésen. Kiránduló nyugdíjasok nem lehetnek veszélyes terroristák.

– Ha már ennyire óvatos lettél – kérdezte Petrocelli –, akkor mi a fenének vettél pont ugyanolyan lakókocsit, mint amilyen a régi volt?

– Pont ezért, mert ők annál okosabbnak gondolnak minket – válaszolta Nagy –, hogy ilyen butaságot elkövessünk, ezért jelenleg ez a jármű tudja a legnagyobb biztonságot adni számunkra.

Közben lassan besötétedett a parkban, az időjárás is hűvösebbre fordult, ideje volt visszatérni a szállásukra. Két nappal később Nagy, Bob és Helen társaságában elindult a hosszú utazásukra. A tervük az volt, hogy valamivel kevesebb, mint egy hónap alatt megtesznek húszezer kilométert, telepítve tizennyolc helyen a robbanóaknákat, és eljuttatva hét öngyilkos merénylőnek a gépfegyvert és a robbanómellényt.

Petrocelli, Hirsch, Fred és John egyelőre maradtak Phoenix közelében. John átköltözött ugyanabba a motelbe, ahol a másik három lakott. Szándékuk szerint ez egy rövid átmeneti időszak lesz csupán, mert a pénzfelvétel után elköltöznek a környékről. A bankinapon, azaz azon a napon, amikor lehetőség volt a pénz felvételére, John és Fred együtt indult be Phoenixbe. Azért ez mindig egy konkrét naphoz kötve, mert számos banki biztonsági előírás megsértésével tudták csak megoldani a pénzfelvételt, ehhez kellett elegendő előkészítési idő a beavatott banki alkalmazott számára. Az elmúlt években mindenki megszerezte a kellő rutint az akció villámgyors végrehajtásához. John ment be a bankfiókba, míg Fred a kocsiban várakozott. A pénz átvételére egy elkülönített helyiségben került sor, ahol már minden elő volt készítve, így tíz perc bőven elegendő volt a lebonyolítására. John hamarosan ismét Fred mellett ült a gépkocsiban. Igyekeztek, minél rövidebb idő alatt visszajutni a motelhez, hogy átadják a pénzt, bár világos nappal volt, Johnnak mindig rossz érzései voltak, amikor ennyi készpénzzel kellett utaznia. Korábban ezeket az utakat, mindig feleségével Helennel tették meg, de most Helen elment Naggyal. John nem örült igazán ennek a döntésnek, mert így, Helen nélkül nagyon magányosnak érezte magát, de fegyelmezetten tudomásul vette a helyzetet. Nem nagyon volt miről beszélgetnie a többiekkel, bár nagyvonalakban tudta mi folyik körülötte, a részleteket nem ismerte, nem is igazán érdekelte. Mindegy, gondolta magában, ezt az egy hónapot csak átvészeli valahogy, aztán Helen ismét vele lesz. Hamarosan visszaértek a szállásukként szolgáló motelhez, átadták a pénzt, melyet Petrocelli megszámolás nélkül bedobott egy zsákba.

– Holnap tovább megyünk innen – mondta. – Mondhatnám, hogy nincs rá különösebb okunk, de Nagy utazási mániája kezd rám is ráragadni. Mozgalmas egy hónapunk lesz, hozzuk mi is magunkat mozgásba.

– S hová megyünk? – kérdezte Fred, bár különösebben nem érdekelte az új lakhelye.

– Nem túl messzire, csak Los Angelesbe – válaszolta Petrocelli. – Ez egy eléggé nagy város, könnyű észrevétlennek maradni benne, a kutya sem fog velünk foglalkozni. Közeleg a végső győzelem napja, a végén nem hibázhatunk. Most a nagyváros adhatja a tökéletes rejtőzködési lehetőséget. De az is lehet, hogy egy hét múlva onnan is továbbmegyünk. Meglátjuk, egyelőre koncentráljunk a holnapra.

Az utóbbi időben Petrocellit egy gondolat foglalkoztatta különösképpen, de ezt egyáltalán nem akarta megosztani a többiekkel. Közeleg az „X” nap, de hogy mi lesz azt követően, az egyre nyugtalanítóbb kérdés volt számára. Megbízóival történt megállapodása ugyanis nem volt egyértelmű. Az világos és tiszta volt, hogy amíg halad a terv végrehajtásával, addig finanszírozzák őt és csapatát. De, mi lesz az „X” nap után? A megállapodásuk, amely természetesen kizárólag szóban köttetett, arról szólt, hogy az „X” nap okozta zűrzavart kihasználva megbízói átveszik a hatalmat az országban, és Petrocellinek fizetnek egy millió dollárt sikerdíjként. De mi van akkor, ha nem sikerül a hatalomátvétel? Akkor nyilván nem kap egy fillért sem, ezzel tisztában volt. Mi van akkor, ha sikerül, de nem akarnak fizetni, mert már nem áll érdekükben? Jelenleg semmilyen eszköz nem volt a kezében, amit ebben az esetben igénybe vehetne a megbízóival szemben. Mi van akkor, ha sikerül a hatalomátvétel és fizetnek? Mit csináljon a pénzzel? A többiek között nyilván nem fogja szétosztani, annyira hülye nem lesz. De ő már öreg ahhoz, hogy élvezze az egy millió dollárt. Egyébként is, életének nagy része, – de különösen az utolsó huszonöt év –, nem a luxusról szólt, és nem is vágyott rá. Családja nincs, a nők nem érdeklik, mit tudna ő kezdeni ennyi pénzzel? A hatalom, az igen, az még érdekelné őt, hatvanötön túl is. De egy sikeres „X” nap után már hiába jön ezzel az ötletével a megbízói felé. A mór megtette a kötelességét, a mór mehet. Viszont az „X” nap előtt ezzel még zsarolhatók lennének. A gond csupán az volt ezzel az elképzelésével, hogy nem volt semmilyen kapcsolata a megbízói felé. Nem tudta kik ők, nem tudta, hol és hogyan érhetőek el. Ötlete sem volt, hogy mit tegyen, és ez nagyon idegesítette. Hosszas töprengés után abban maradt magával, hogy ha nem sikerül pár napon belül megoldást találni, megosztja problémáját Freddel. A fiút elég okosnak tartotta ahhoz, hogy esetleg egy jó ötlettel kisegítse. A többieket nem vonhatta be ebbe a problémájába, mert őket likvidálni akarta az „X" nap után.

Másnap reggel a megbeszéltek szerint kijelentkeztek a motelből, és elindultak Los Angeles felé az új szállásukra. Egyikőjük figyelmét sem keltette fel a motel bejáratától pár méterre parkoló fekete autó.

– Mire várunk még? – kérdezte Tyler ügynök Jacket, a szolgálati Chevrolet-ben.

– Hány embert látsz? – kérdezett vissza Jack nyugtalanul –, mert én csak négyet. Hol vannak a többiek? Hat idősebb és négy fiatalabb embert keresünk, ha Morgannak hinni lehet. Az előttünk levő autóban négyen ülnek, három idősebb és egy fiatal. Hol vannak a többiek? – ismételte meg a kérdést Jack.

– Talán már ott, ahová ők mennek most – vélte a kocsiban ülő Carter ügynök.

– Igen, ebben bízom én is – bólintott Jack. – De ennek ellenére Atkinson és Bogdanov kifaggatja a motel személyzetét, és körbejárja a környéket, hátha mégis a többiek itt maradtak. Ha nem tudunk meg semmit a többiekről, akkor marad a megfigyelés, előbb–utóbb csak felveszik a kapcsolatot egymással.

– És ezt meddig gondoltad? – kérdezte Tyler. – Mármint a várakozást.

– Sietsz valahová? – nézett rá csodálkozva Jack. – Új nőd van?

– Ha az ember veled dolgozik, sem régi, sem új nője nem lehet, mert a magánélet az nem létezik – morogta Tyler.

– Tetszett volna más foglalkozást választani – csipkelődött Jack. – Például egy banki alkalmazott reggel nyolcra bemegy a munkahelyére, este hatra otthon van. Egy ügynök élete ennél mozgalmasabb, de ezt mi választottuk, köszönjük meg magunknak. A munkánk egy végtelen türelemjáték, s most nagyon türelmesnek kell lennünk.

Az előttük haladó Ford Explorer, melyet biztonságos távolságból követtek, lassan beért Los Angeles külvárosába. A 10-es út vége felé Pasadena irányába fordult, és hamarosan beállt a Rose Inn nevű motel parkolójába. Jack a kocsijukat valamivel a motel előtt állította meg, olyan helyen, ahonnan jól meg lehetett figyelni a motel bejáratát és parkolóját. Látták, amint a négy férfi kiszáll a Fordból, és kisebb bőröndökkel a kezükbe, besétál a motel bejáratán. Aztán nem történt semmi órákon keresztül. Mintegy három óra múlva Jack megunta a várakozást.

– Kalandra fel fiatalok! – mondta Tylernek és Carternek. – Foglaljatok magatoknak egy szobát, s közben próbáljátok kipuhatolni, hogy mit csinálnak azok odabent. De aztán semmi erkölcstelenkedés a szobában! – tette hozzá vigyorogva.

– És te, mit fogsz csinálni? – kérdezett vissza Carter ügynök, figyelmen kívül hagyva Jack megjegyzését.

– Én még ücsörgők itt egy kicsit magányosan, aztán meglátom hogyan tovább.

Amikor Carter és Tyler ügynökök eltűntek a motel bejáratánál, Jack felhívta Juliát.

– Sikerült valamit megtudni? – kérdezte.

– Semmi érdemlegeset. Ebben a motelben nem tudtak a többiekről semmit mondani. A két idősebb férfi, Petrocelli és Hirsch néven már itt lakott pár hete, de nagyon nem mozdultak ki a szobájukból. Néha-néha ugyan eltűntek pár órára, de a személyzet nem tudta megmondani hová mehettek. A fiatal férfi, akinek neve Fred Mosley, szintén akkor jelentkezett be a motelbe, amikor a két öregebb. Ő gyakrabban eltűnt, sőt egyszer hosszabb időre, talán egy hétre is. A negyedik férfi John Hill, ő csak pár napja költözött ide, az egyik recepciós azt mondta, hogy egyszer-egyszer látta már itt korábban, és akkor mindig Petrocelliék szobájába ment be. Másokat nem láttak, akik ezzel a négy férfival találkoztak vagy beszéltek volna. Chandler valamennyi motelját végig jártuk, de nem kaptunk olyan információt, ami alapján a többiek nyomára lehetne bukkanni. Úgy tűnik Chandlerben csak ők négyen éltek.

– Rendben, esetleg egy picit bővítsétek a kört! Mi van Chandlerhez legközelebb?

– Gilbert – válaszolta Bogdanov ügynök.

– Na, ott még nézzetek körül, aztán ha ott sincs semmi érdemleges, akkor gyertek ide! Pasadenaban a Rose Inn motel közelében várlak benneteket.

Jó egy óra múlva csörrent meg ismét Jack telefonja.

– Gilbertben találtunk valamit – mondta a vonal másik végén Alan. – Az egyik itteni motelben lakott John Hill korábban. Ugyanakkor költözött be, amikor Petrocelliék a chandleri motelbe. Egy nővel jött, gyakran együtt mentek el pár órára, de a férfi egyedül is többször elment valahová. A motelból egyszerre jelentkeztek ki, de a nő úgy tűnik nem ment Hillel Chandlerbe. Nem tudjuk, jelenleg hol van, mi történt vele. Egyébként, amíg a motelben laktak, senki nem látogatta őket. A nő a felesége lehet, mert Helen Hill néven jelentkezett be a motelbe.

– Egy nő? – morgott Jack. – Igen, tényleg Morgan említett egy házaspárt, akik a táborban tevékenykedtek, és ez a nő, ha jól értem, akkor most eltűnt. Hill fontos figura lehet a történetben, ő adta el az autókat, ami egyébként az ő nevén is volt. Ő vette fel a pénzt a bankban. Az ügyek intézése volt a feladata ezek szerint, Morgan is erre utalt vallomásában. De mi lett a nővel? Hol van Frank Nagy? S hol van az a másik három fiatal, akikről Morgan beszélt? Na mindegy! Ezekre a kérdésekre, most nem tudunk válaszolni. Üljetek be az autóba és gyertek ide!

Alig tette le a telefont, az ismét megcsörrent.

– Meddig legyünk itt? – kérdezte Monica a telefonban. – A recepción óvatosan érdeklődtünk, milyen a forgalom. Semmi érdemlegeset nem tudtak mondani. Mostanában új vendég csak egy-egy éjszakára jött. Az ilyen vendégekből sok van, tehát alapvetően átutazók veszik igénybe ezt a motelt. Külön megemlítették a ma érkezett négy férfit, akik egy hétre foglaltak szobákat. Azt mondták ilyen hosszú időre hónapok óta nem jelentkezett be senki.

– A ma éjszakát bírjátok ki együtt – mondta Jack –, de ahogy korábban mondtam, semmi paráználkodás! Munkaidőben vagytok egész éjszaka.

– Ha látnád, mit mutatok, akkor tudnád a véleményem! – vágott vissza Monica.

– El nem tudom képzelni, mit mutathatsz! – vigyorgott Jack. – Atkinsonék pár óra múlva itt lesznek. Akkor kitaláljuk, hogyan tovább.

Mire Bogdanov és Atkinson ügynök megérkezett, addigra Jack leegyeztette a helyi FBI irodával, hogy küldjenek egy állandó megfigyelőt a motelhez, folyamatos váltással. Aztán a két kollégájával elment szállást keresni maguknak, s közben megbeszélte Carter ügynökkel, hogy holnap reggel Bogdanov ügynök összeszedi őket, tíz órakor találkoznak az FBI Los Angeles-i irodájában, hacsak addig nem történik valami érdemleges.

Másnap reggel mind az öten kávéval a kezükben érkeztek meg az irodába a megbeszélt időpontban, Jack és Atkinson nem feledkezett meg arról, hogy több alkalommal is megveregesse Tyler vállát, amire minden esetben Monica egy jellegzetes, nemzetközi kézmozdulattal reagált.

– Négyen megvannak, de hol vannak a többiek? – tette fel a számukra abban a helyzetben legfontosabbnak tűnő kérdést Jack. – Vegyük végig a lehetséges válaszokat, s akkor el tudjuk dönteni a következő lépésünket is. De mielőtt ezt tennénk, tekintsük át, kiket is keresünk pontosan. Tegnap este kértem Andrewt, hallgassa ki ismét Morgant a többiekről, akik ott voltak velük, amikor még együtt éltek, és akik ott voltak az utolsó összetartó táborban. Minden apró részlet érdekes lehet.

– Igen, a kihallgatás megtörtént – kapcsolódott be a beszélgetésbe videón keresztül Gillan ügynök. – Morgan említette Petrocellit, Hirscht, Diazt, Huntot akik az utolsó évben még ott voltak velük Salmon-Challisban a nevelők közül, de Diazzal a későbbiekben már többet nem találkozott az éves összejövetelükön. Mondta Frank Nagy nevét, akivel tavaly is találkozott decemberben. Említett egy házaspárt, Helen és John néven, valamint egy Tom és Brian nevű férfit, akik viszont az összetartó táborokban már sosem voltak ott. Mondott négy keresztnevet is, akik a társaik voltak Salmon-Challisban, és akik mindig az összetartó tábor szervezésében vettek részt, Fred, Bob, Gert és Hans. Tudomása szerint ők 2013 után is Petrocellivel maradtak. Ezenkívül felsorolt huszonvalahány keresztnevet, akik Salmon-Challisban társaik voltak, az összetartó táborban vele együtt ugyanazt a kiképzést kapták, mert ők voltak vagy lesznek az öngyilkos merénylők.

– Akkor a most elhangzott névsorból – összegzett Jack – a motelben megvan Petrocelli, Hirsch, Fred és John. Tudjuk, hogy a Helen nevű nő pár napja még együtt volt velük, de most eltűnt.

– Ha jól emlékszem – szólt közbe Bogdanov ügynök –, Salt Lake Cityben a merénylők ketten voltak, Gert valamint Hans volt a keresztnevük.

– Igen, az volt az a merénylet, amely egy sikertelen merénylet pótlására volt szervezve – helyeselt Jimmy Tyler. – Nagy eséllyel azt a merényletet olyan két ember hajtotta végre, akik az eredeti elképzelés szerint más feladatokat láttak el a terrorcsoportban, ők nem voltak előre kijelölt öngyilkos merénylők.

– Ezek szerint nem tudjuk, hogy hol van Diaz, Hunt, Nagy, Helen, Tom, Brian és Bob – sorolta fel Atkinson. – Ez hét név, de más információk alapján csak négy vagy három embert keresünk. A legutolsó táborhelyükön az ujjlenyomatok alapján összesen heten lehettek, akkor viszont csak hármat.

– Helen pár napja még Gilbertben lakott John Hillel együtt. Nagy és a Bob nevű srác valószínűleg együtt volt Fred Mosley-vel Texasban. A kérdés, hogy ők most hol vannak? – mondta Jack. – S hol van Hunt, Brian és Tom? Utóbbi kettő a technikai személyzethez tartozott, egy jóval kisebb méretű táborban már valószínűleg nem volt rájuk szükség. Elhagyhatták a tábort élve, vagy ki tudja nem tették-e el őket láb alól, hogy ne adjanak esélyt az árulásra. S akkor valójában csak négy embert keresünk. Hunt, Nagy, Helen és Bob. Hacsak nem Hunt is kivált a csoportból élve vagy halva és akkor tényleg három személyről kellene meg tudnunk, hogy jelenleg hol tartózkodik.

– A Morgan által elmondottak alapján eddig mindig együtt voltak, és együtt mozogtak táborról táborra – gondolkodott hangosan Carter ügynök –, most viszont lehetséges, hogy okkal két csoportra váltak.

– Miből gondolod ezt? – kérdezte Jack.

– Helen, John, Brian és Tom a technikai csapat tagja lehetett, akik a csoport operatív működési hátterét biztosították. A Tom és a Brian nevű fickó talán már nincs is velük, ahogy előbb te is mondtad, hiszen Salmon-Challis óta sokkal kevesebben vannak, emiatt kevesebb kisegítőre van szükség. Elképzelhető, hogy Helen azért tűnt el Gilbertből, mert a csoport másik részével tartott Nagy, Hunt és Bob társaságában.

– Ez a szétválás logikusnak tűnik – bólintott Jack –, mindkét csoportban van egy technikai segítő, van egy fiatal, aki az akciók előkészítésében segédkezik. Viszont felvetődik a kérdés, miért váltak ketté?

– Ahhoz, hogy folytassák az öngyilkos merényleteket önmagában nem szükséges a kettéválás, még akkor sem, ha az eddigi havi egy akció helyett, most egy jelentősebbre, vagy gyakoribbra készülnének. Mi van akkor, ha mostantól Petrocelli foglalkozik az öngyilkos merényletek előkészítésével, Nagy pedig az aknás támadásokéval? Ha ezekre az akciókra a közeljövőben együttesen fog sor kerülni, de külön – külön helyszíneken, logisztikai, technikai oka lehet a különválásnak – válaszolta a felvetett kérdésre Monica.

– Hunt azért lehet Naggyal egy csoportban, mert mint Petrocelli régi harcostársa Nagyon tarthatja a szemét. Gondolom Petrocelli nem bízik Nagyban száz százalékosan – vélte Atkinson ügynök. – Feltéve, hogy még ő is velük van. A faházban talált hét ujjlenyomat nem zárja ki, hogy mégis nyolcan vannak. Bár azt gondolom, hogy ennek már nincs érdemi jelentősége.

– Ha szétváltak két csoportra, az azt erősíti, hogy valami nagy durranásra készülnek – mondta Jack –, ami megegyezően a korábbi vélekedésünkkel, januárban várható.

– Emellett szól az is – szólt közbe Gillan a távolból –, hogy a mostani készpénzfelvétel a szokottnál nagyobb összegű volt. Kétszázötvenezer dollárt vettek fel a bankszámláról, amivel gyakorlatilag lenullázták azt.

– Nagyjából ezzel el is jutottunk a válaszhoz arra a kérdésre, hogy mit is tegyünk a jelen helyzetben – mondta Jack. – Ha most lecsapunk a motelre, és lekapcsoljuk Petrocelliéket, a másik csoport köddé válhat számunkra. Tehát ez nem megoldás. Marad ennek a csoportnak a folyamatos megfigyelése. A Morgan által elmondottak alapján a lőfegyvert és a robbanómellényt nem sokkal a merénylet előtt szállítják ki. Ha Fred mozgását követjük, időben lekapcsolhatjuk az öngyilkos merénylőket. A terroristacsoport ezen részének megfigyelésével jól állunk, itt kezünkben van az irányítás, akkor csapunk le rájuk, amikor ennek szükségét érezzük. A probléma a másik csoport, semmit sem tudunk róluk pillanatnyilag. Amennyiben a januárra tervezett nagy támadás előtt a két csoport nem találkozik egymással, nem tudjuk megakadályozni azokat a merényleteket, melyeket Nagyék készítenek elő.

– Ha most kapcsolnánk le Petrocelliéket – érvelt Julia –, akkor esetleg kiszedhetnénk belőlük olyan információkat, mellyel megtaláljuk a másik csapatot.

– Igen, továbbra is ez a másik lehetséges válasz a kiinduló kérdésünkre – értett ezzel egyet Jack. – Van azonban egy félelmem, amely miatt nem támogatom ezt a megoldást. Attól tartok, hogy nem lennénk elég gyorsak a másik csoport felkutatásában. Feltételezésem szerint folyamatosan tartják a kapcsolatot egymással, ha Petrocelliék nem jelentkeznek a szokásos időben vagy módon, akkor abból világos lesz Nagyék számára, hogy a másik csoport lebukott. S akkor újra terveznek, s megtalálásuk még nehezebbé válik a nagy támadás előtt. A javaslatom a következő, egyelőre várjunk és figyeljük a motelt. Adjunk magunknak két hetet, hátha megtaláljuk addig Nagyékat, és akkor mindenki a kezünkben lesz. Ha ezen két hét alatt nincs érdemi információnk Nagyékról, akkor lekapcsoljuk Petrocelliéket. Ez a dátum várhatóan nagyon közel lesz a támadás napjához. Ha a lekapcsolás híre akkor jut el Nagyékhoz, akkor már nem tudnak újra tervezni, mert arra már nem lesz elég idejük. S akkor a Petrocelliékből kiszedett információkkal talán többet tudunk kezdeni, megtaláljuk őket, és megakadályozzuk a merényleteket.

Igaz, ebben a verzióban fennáll annak a veszélye is, hogy az idő rövidségére való tekintettel nem tudunk érdemi információt kiszedni belőlük, pár nap alatt nem sikerül megtörni őket.

– Ez a terved olyan, mint amikor a pókerben tizenkilencre lapot kérsz – mondta Tyler.

– Nem, ez a terv olyan, mint amikor húszra kérsz lapot – válaszolta Jack –, teljesen irracionális, mégis most ebben jobban hiszek, mint az azonnali cselekvésben. Minél tovább biztonságban kell érezniük magukat a végrehajtóknak, a kitervelőknek és a megbízóknak egyaránt. Mert ne feledjük, a megbízók kézre kerítése is legalább annyira fontos, mint a többieké! Megbeszélem az FBI helyi vezetőjével, hogy mit kérünk tőlük, aztán lassan visszarepülhetünk New Yorkba.

– A hiányzó személyek némelyikéről egész jó fotók állnak rendelkezésünkre, kiadunk rájuk országos körözést? – kérdezte Bogdanov.

– Egyelőre nem – válaszolta Jack. – Mostantól kezdve hírzárlat van. Peter Hammersmithen és Robson igazgatón kívül nem beszélünk senkivel arról, hogy hol tart a nyomozás. Nyilván ezt a diszkréciót a helyi FBI-tól is el fogom várni.

– Mitől tartasz? – kérdezte Atkinson meglepetten.

– Vajon kik állhatnak valójában a Szabad Amerikáért Alapítvány mögött? – tette fel a kérdést Jack. – Attól tartok, hogy a szálak valamelyik szolgálat felső vezetéséhez vezethetnek. Azt sem zárom ki, hogy akár többhöz is. S ha ez igaz, akkor nem szabad tudniuk, hogy a csoport egyik fele, gyakorlatilag a kezünkben van.

– S ezt az elméleted, mire alapozod? – Carter ügynök is meglepettnek tűnt.

– Megérzés – vonta meg a vállát Jack. – Mezei elégedetlenkedők nem készülhetnek komolyan Amerika romba döntésére. Ha egy csoport tizenkét éven át finanszírozza Petrocelliéket, akkor annak a csoportnak a tagjai nem kispályások. A hatalom legfelső köreiben kell keresnünk őket. Még akkor is, ha az anyagi forrást nem maguk biztosították, hanem ügyesen megszervezve az átvert kisemberek.

23. fejezet

Petrocelli álma

New Yorkba visszatérve Jack röviden tájékoztatta Peter Hammersmith-t a Los Angelesben történtekről, s úgy döntöttek, azonnal továbbmennek Washingtonba, ahol Robson FBI-igazgatóval együtt hamarosan a Fehér Ház ovális termében találták magukat.

– Uraim! – köszöntötte őket a hivatalban levő Elnök. – Nagyon komoly indoka lehet a látogatásuknak, ha elérték, hogy önöket egyszerre fogadjuk a megválasztott Elnök úr jelenlétében, figyelembe véve, hogy az új Elnök sajnos nem a párttársam. De ha jól értem, a helyzet rendkívül súlyos, és ilyenkor felül kell emelkedni holmi pártérdekeken. Amerika érdeke mindenek felett áll természetesen.

– Jó okunk van feltételezni, hogy erőszakos hatalomátvételi kísérlet van készülőben – mondta az FBI igazgatója. – Várhatóan január elején, egyszerre több helyen éri nagymértékű támadás az országot, s az így kialakuló zűrzavart kihasználva bizonyos erők a jelenlegi politikai rendszer megdöntését tervezik. A terrorcsoportot – melynek nyomában vagyunk, s amely ez év eleje óta számos sikeres merényletet hajtott végre – tizenkét éve finanszírozza jelentős összegekkel egy alapítvány.

– Miből gondolják, hogy januárban fog erre a támadásra sor kerülni? – kérdezte a megválasztott Elnök.

– Számtalan apró jel mutatja, hogy eddig a felkészülés szakaszában voltak – folytatta Jack. – A terrorcsoport most kettévált, az egyik részét kontroll alatt tartjuk, a másik tartózkodási helyéről sajnos még nincs információnk. Természetesen a tagjait már sikerült beazonosítanunk; tudjuk, kiket keresünk. A jelek arra mutatnak, hogy januárban több merényletre kerül sor ugyanazon a napon, számosságát tíz és húsz közé sorolom.

– Mi alapján?

– A megérzésem alapján. Havonta egy öngyilkos merénylettel kezdték, de most már robbanóaknás támadások is voltak. A csoport eddig mindig együtt mozgott, most kettévált. A végtelenségig nincs értelme annak a sorozatnak, amit idén januárban kezdtek: egyrészt mert elfogynak az öngyilkos jelöltek, másrészt mert nem vezet sehová. Csak annak van értelme, hogy miután kellően felhívták magukra a figyelmet, azt követően jön a nagy durranás. Ezzel bizonyítják, a jelenlegi rendszer alkalmatlan arra, hogy megvédje az amerikai állampolgárokat. Lám–lám, lehet ebben az országban egész évben robbangatni, a hatóság tehetetlen, akkor csináljunk egy jó nagy durranást, majd álljunk ki az ország elé, hogy szemben a töketlen hatalommal, itt vagyunk mi, akik képesek vagyunk megvédeni az embereket. Ennek igazolására perceken belül letartóztatják a terrorakciók szervezőit, ami nem lesz komoly kihívás számukra, hiszen pontosan tudják, kik ők és hol vannak. Az új hatalom belépője tökéletesen sikerül. S hogy válaszoljak az eredeti kérdésre is, hogy miért tíz és húsz között becsülöm a támadás számosságát, azért, mert az eddig begyűjtött információk alapján ez a terrorcsoport kapacitása, a még feláldozható öngyilkos merénylők, illetve a felkészítést, előkészítést végző személyek száma alapján.

– Miből gondolja, hogy erőszakos hatalomátvételi szándék áll a háttérben? – kérdezte a hivatalban levő Elnök.

– Mi másért finanszíroznák őket immáron tizenkét éve? Ennek a befektetésnek sem az összege, sem a kockázata nem kicsi. Csak akkor van értelme az egésznek, ha itt egy igazán nagypályás játékot játszanak. S a nagypálya az elnöki hatalomról szól. A jelenlegi hatalom, már elnézést Uraim, nem önökre gondolok feltétlen – vágott egy grimaszt Jack a két elnök felé –, korrupt és gyenge. Véleményem szerint van egy csoport, amely megszállottan hisz abban, hogy Amerikát meg kell újítani, meg kell szabadítani a gonosztól. Ők finanszírozzák Petrocelliéket tizenkét éve azért, hogy átvehessék a hatalmat, az ország irányítását. Feltehetőleg egy olyan csoportról van szó, akiknek a tagjai nem hisznek abban, hogy ezt demokratikus úton is megtehetnék.

– S miért most, miért januárban? – kérdezte a megválasztott Elnök, füle mögött elengedve Jack személyeskedő megjegyzését.

– Mert most érett be a helyzet, most vannak erre megfelelően felkészülve. Mert egyébként ez az az időszak, amikor a hivatalban levő Elnök és a megválasztott Elnök közötti hatalomátadási procedúra folyamatban van, az állam működése ilyenkor mindig egy kicsit bizonytalanabb a megszokottnál. Mindenki azzal van elfoglalva, hogy mi lesz vele az új Elnök beiktatását követően.

– Van ebben logika – helyeselt a hivatalban levő Elnök –, én is átéltem ezt a helyzetet nyolc évvel ezelőtt. A bürokrácia tagjai ilyenkor csak a saját személyes jövőjükkel foglalkoznak. Az államhatalmi gépezet megbénul. Kik állhatnak a terroristák mögött, mi erre a mondásuk?

– Konkrétan nincs mondásunk jelenleg – válaszolta Peter Hammersmith. – A terroristákat finanszírozó Szabad Amerikáért Alapítvány közadakozásból működik, tökéletesen álcázva valódi tevékenységét. Akik az Alapítványt anyagilag támogatják, nagyrészt nem tudják, milyen célból, mire megy el a befizetett pénzük. Szerintem az értelmi szerzőket nem közöttük kell keresni. A hatalomátvételi kísérlet mögött komoly politikai, katonai körök állhatnak, megfelelő gazdasági háttérrel. Meggyőződésünk, hogy egyes szolgálatok felső vezetése is benne van. És ez az a pont, amiért ide jöttünk, és amiért kértük, hogy együtt fogadjanak bennünket.

– Ha a terrorcsoportot lekapcsoljuk, attól még nem biztos, hogy megtaláljuk a hatalomátvételre készülőket – mondta Robson. – Meg kell akadályozni a további terrortámadásokat, tehát a terroristákat el kell fognunk, de ezzel párhuzamosan le kell csapnunk azokra az erőkre is, amelyek Amerika jelenlegi társadalmi rendszerét meg akarják dönteni. Ehhez csapdát kell állítanunk az önök segítségével.

– S mi lenne a mi szerepünk ebben? – kérdezte a megválasztott Elnök.

– Jövő hét keddre hívják össze a Hírszerző Közösséget azzal, hogy mindketten részt vesznek a megbeszélésen, és fontos bejelentésre készülnek az Amerikát ért merényletsorozattal kapcsolatban.

– Rendben – mondta a megválasztott Elnök, kollégája bólintása mellett.

– Köszönjük – biccentett Jack. – A részletekkel hamarosan jelentkezünk.

Petrocelli lassan hozzászokott az új lakhelyéhez. Kitalálta, hogy minden nap pár órára bemegy a városba Hirsch-sel együtt. Részben így kiélhették mozgásigényüket és nem őrültek bele a bezártságba, másrészt azt gondolta, hogy így a motel személyzete számára is kevésbé lesznek gyanúsak. Két idősebb férfi, akik dolgozni járnak a városba. Hihető történet.

Délután és az esti órákban intézte a soron következő merényletekkel kapcsolatos felkészülési feladatait. A megbeszélt időpontokban hívta az öngyilkosjelölteket, hogy a szükséges instrukciókat, információkat megadja nekik, illetve meggyőződjék teljes elkötelezettségükről. John Hill is rendszeresen eljárt a városba. Neki tulajdonképpen semmi dolga nem volt ebben az új helyzetben, de Petrocelli azt kérte tőle, hogy reggel menjen el, este jöjjön vissza, napközben ne csináljon semmi olyat, amivel feltűnést keltene. Ez azért nem volt egyszerű feladat számára, hisz életében nem gyalogolt tán még ennyit, mint mostanában. Ellentétben vele, Fred Mosley-nak konkrét feladatai voltak. El kellett juttatni a gépfegyvereket és a robbanómellényeket társaihoz, ezért aztán autóval egy-két napra el-eltűnt a motelből.

Petrocelli abban egyezett meg Naggyal, hogy minden sikeres aknatelepítés és fegyverátadás után küld egy sms-üzenetet neki. Ebből ugyan nem tudta meg, hogy pontosan merre jár, mert Nagy nem volt hajlandó ezt az információt megosztani vele, de legalább tudta, hogy minden a terv szerint halad. Nagy bizalmatlanságát azért egy kicsit furcsállotta, mert azt tudta, hogy a Bob Carthy által leszállítandó fegyverek és robbanómellények leadásai mikor történtek, amiből azért nagyságrendileg lehetett következtetni arra, hogy éppen merre járnak. De pillanatnyilag nem ez volt a legnagyobb problémája; továbbra is azon rágódott, hogyan tudna kapcsolatba lépni a megbízóival. Bár korábban felmerült benne, hogy Fredtől kér tanácsot, de aztán elállt ettől a szándékától. Végül jobb ötlete nem lévén elhatározta, hogy John-nal elmegy Phoenixbe, s találkozik a bank pénztárosával. Sok reményt nem fűzött hozzá, de úgy gondolta, egy próbálkozást talán megér. Utazása, várakozásával egyezően nem járt sikerrel, a pénztáros határozottan elzárkózott attól, hogy bármi érdemi információt megosszon vele. Petrocelli – bár számított a kudarcra –, mégis csalódottan távozott, így aztán nagyon meglepődött, amikor három nappal később Los Angelesben sétálgatva egy férfi lépett mellé.

– Doktor Petrocelli és doktor Hirsch urakhoz van szerencsém? – kérdezte az idegen.

– Nincs szerencséje – reagált ösztönösen Petrocelli, aki nem szándékozta felfedni kilétét. – Nem ismerjük az ön által említett urakat.

– Sajnálom, akkor valaki félreinformált engem, de ha esetleg mégis találkoznának velük séta közben, kérem, adják át ezt a cetlit nekik –, nyújtott egy papírlapot Petrocellinek az ismeretlen férfi kaján vigyorral az arcán.

Mire Petrocelli feleszmélt, hogy mi is történik körülötte, addigra az ismeretlen férfi eltűnt a tömegben. Óvatosan kihajtogatta a papírlapot, mintha annak felrobbanásától tartana. Tudta, hogy ez képtelenség, de a váratlan találkozás sokkolta egy kicsit.

„Ma este nyolckor a Taco Bell gyorsétteremben várom. Legyen egyedül!" olvasta a papíron levő szöveget. Hirsch érdeklődve nézte Petrocelli tevékenységét.

- Mi történt? – kérdezte.

– Valaki találkozni akar velem, talán mégis sikeres volt a kapcsolatfelvétel a pénztároson keresztül.

– Egyedül mész? Bízol bennük? Egyáltalán miért akarsz találkozni velük?

– Sok a kérdés – válaszolta idegesen. Nem akarta Hirsch-t beavatni a részletekbe. Nyilván azt el kellett mondania Hirschnek, hogy kapcsolatot keres a megbízóival, de ennek valódi oka nem tartozott senkire.

– Nyilván sok a kérdés – aggályoskodott Hirsch. – Célegyenesben vagyunk, ahogy Nagy, úgy te sem veszélyeztetheted az „X" napot. Lehet, hogy ez egy csapda, melyet az utánunk nyomozók állítottak fel. Nem gondolod?

– Hülyeség. Ha az FBI, vagy bárki más tudná, hol vagyunk, már régen a vendégszeretetüket élveznénk.

– Akkor miért akarsz a megbízóinkkal találkozni? – Hirsch nem hagyta magát könnyen lerázni. Tudta, hogy valakik megbízásából hajtják végre a merényleteket, hiszen természetesen tudta, hogy valakik finanszírozták az elmúlt sok évüket, de nem tudott Petrocelli alkujáról, mert erről sosem beszéltek. – Tudjuk egyáltalán, mi lesz, ha vége lesz; mi lesz az „X" nap után? Mit kapunk, ha sikeresek leszünk? Mi lesz a jutalmunk?

– Pont erről van szó. Csak a folyamatos finanszírozásról állapodtam meg velük, a sikerdíjról vagy az „X" napot követő szerepünkről, arról nem. Közeleg a végdátum, talán ideje, hogy megállapodjak velük ezekről a kérdésekről is.

– Egyedül?

– Látod, ők ragaszkodnak hozzá, hogy egyedül menjek a találkozóra, de ígérem, a te érdekeidet is keményen képviselem! Elejétől fogva részese voltál ennek a történetnek, neked is meg kell kapnod megérdemelt jutalmadat! Az alkunk része, csak én találkozhatok velük.

– S mi lesz a többiekkel?

– Meglátjuk. Nem mindenkire gondoltam a jutalmunk szétosztásával kapcsolatban.

Aznap este a megbeszéltek szerint egyedül sétált be a zsúfolt gyorsétterembe, ami nem volt messze a moteltől, csupán négy perc kényelmes séta. Meghívója igazán udvarias volt, amikor ilyen közeli helyet ajánlott – állapította meg magában. A biztonság kedvéért Fred Mosleyt előre küldte, nézzen körbe, hátha tapasztal bármi gyanúsat, ami esetleg az FBI-ra vagy rendőrségi megfigyelésre utalna. Bár ennek nem sok értelmét látta, mert ha az FBI küldte volna a meghívót, akkor azt is tudnák, hogy a Rose Innben laknak, s akkor már lecsaptak volna rájuk. Így szinte biztos volt benne, a megbízóik akarnak vele találkozni.

A zsúfolt étteremben nem volt egyszerű szabad helyet találni, s miközben éppen a fejét forgatva ácsorgott a terem közepén, egy férfi meglökte egy kicsit.

– Bocsánat, ott annál az ablaknál ülök, s ha jól látom, az ön burritója már el is készült, ott van az asztalon – mutatott egy asztalra, melyen az étel már valóban tálalva volt. – Remélem jót rendeltem, de azt mondják, hogy itt, ezen a helyen minden nagyon finom.

– Remélem, bár még sosem voltam itt – bólintott Petrocelli, miközben az idegent követve helyet foglalt az asztalnál.

– Nos, miért akart kapcsolatba lépni velünk? – kérdezte a férfi kertelés nélkül, amikor Petrocelli kényelembe helyezte magát a széken.

– Én nem keresek senkit – ködösített Petrocelli, annak érdekében, hogy előbb tisztázza kivel is ül szemben. – Önök hívtak ma engem ide.

– S ha bárki az utcán kezébe nyom egy papírcetlit, maga van olyan udvarias, hogy minden visszakérdezés nélkül elfogadja a meghívást? – vigyorgott a férfi. – Gondolom, akkor nem maga járt a napokban Phoenixben.

– Phoenixben éppenséggel jártam pár nappal ezelőtt – óvatoskodott továbbra is Petrocelli. – Fontos ügyet kellett intéznem.

– Ez a fontos ügy egy bankfiókban volt, ahol roppant kíváncsi volt valamire, igaz? – kérdezte az ismeretlen, mire Petrocelli bólintott. – Akkor mégis maga keres minket. De miért? Gond van? Abban maradtunk, hogy csak vészhelyzet esetén veszik fel a kapcsolatot velünk.

– Minden a terv szerint halad – válaszolta Petrocelli, most már kilépve a nyílt beszélgetés terepére. – De gondolom, erről önök is értesülnek folyamatosan, ha itt élnek ebben az országban. Nincs vészhelyzet, viszont közeleg az „X” nap, s erről kellene beszélnünk.

– Hallgatom, bár tudtommal nincsenek nyitott kérdések köztünk.

– Önnel kell erről beszélnem?

– Nem tudom, mit akar mondani. Most én vagyok itt, velem beszélhet.

– Nézze, nekem nincs kedvem és időm futárokkal beszélget-
ni. Szeretnék érdemi emberrel találkozni, s vele egyeztetni az
engem érdeklő kérdésekről.

– Hát akkor sajnálom, hogy ide fáradt, de azért remélem, a bur-
rito ízlett! – állt fel búcsúzásra nyújtva a kezét az ismeretlen férfi.

– Várjon, üljön vissza! – próbált visszakapaszkodni a lehető-
ségbe Petrocelli. Biztos volt benne, ha a férfi elmegy, nem lesz
újabb alkalma a kapcsolatfelvételre velük. – Én eddig teljesítet-
tem a vállalásomat, de ha nem vesznek komolyan, akkor nem
lesz folytatás, leállok a finálé előtt.

– Ha jól emlékszem, mi is teljesítettük eddig mindazt, amit
vállaltunk – ült vissza a férfi –, de nem vagyunk zsarolhatóak.
Ha teljesíti, amit az „X" nappal kapcsolatban vállalt, akkor ter-
mészetesen mi is teljesíteni fogjuk a magunk részét.

– Természetesen, minden rendben van eddig – próbált Pet-
rocelli barátságosabb hangot megütni. – Ugyanakkor, ami az
„X" napon történni fog, az hatásában többszöröse lesz az ere-
deti elképzelésnek.

– Konkrétan?

– Konkrétan majd meglátják az „X" napon. Előre nem árulok
el semmit, de nagymértékben meg fogom könnyíteni az önök
dolgát. De ne gondolja, hogy szamaritánus vénember vagyok,
cserébe ezért a számlát be fogom nyújtani.

– Maga jópofa egy ember – röhögte el magát az ismeretlen
férfi. – Ebben a kontextusban magát szamaritánusnak nevezi.
Már megérte találkoznom önnel! Tetszik! Maga egy nem sem-
mi figura! Komolyra fordítva a szót: mit akar, több pénzt? Az
eredmény így is, úgy is ugyanaz lesz, átvesszük a hatalmat az
ország felett, függetlenül attól, hogy ön túlteljesíti a vállalását.
Miért fizessünk többet a megbeszélt összegnél?

– Nem pénzt akarok, hogy világos legyek. Egyébként meg
annyival nagyobb lesz a durranás az eredetileg tervezettnél,
hogy maguknak az ujjukat sem kell mozdítani, s a hatalom
könnyedén az ölükbe hullik.

– Ez utóbbit majd meglátjuk. Ha nem tudom, hogy meny-
nyivel lesz több az ön akciója az eredeti tervnél, nem tudom

megmondani, hogy mennyivel lett könnyebb a dolgunk. Ezt majd utólag kiértékeljük. Szóval mit akar, ha nem pénzt?

– Részesedést a hatalomból – válaszolta Petrocelli. – A pénz nem érdekel, részt kérek az önök által kialakított jövőből, pontosabban szerepet az új struktúrában.

– Most komolyan, maga szeretne lenni az új egészségügyi miniszter? – értetlenkedett a férfi, erősen túljátszva a szerepét. – Mert ha jól tudom, orvosi diplomája van. Vagy mire gondol?

– Tudtam, hogy maga csak egy futár – dühöngött Petrocelli, elvesztve önuralmát. – Mondja meg a főnökeinek, hogy vagy leül velem egy döntéshozó, vagy nem lesz semmi az „X" napból.

Petrocelli nyeregben érezte magát. Mit tudnak vele kezdeni, ha megmakacsolja magát? Semmit. Felállt az asztaltól és távozott. Biztos volt benne, hogy napokon belül keresni fogják. Nyerésre állt, és roppantul élvezte a helyzetét.

Karácsony közeledtével Washingtonban is az emberek már az ünnepi előkészületek tűzében égtek. A vásárlásra csábító kirakatok, az utcai díszek és fények a karácsony hangulatára igyekezték hangolni az utcákon közlekedőket. A város tele volt a készülődés izgalmával, az emberek munkájuk végeztével még egy utolsó rohamot intéztek a bevásárlóközpontok, az elegáns üzletek ellen. A szállodák forgalmát is a karácsony előtt megszokott nyüzsgés jellemezte. Az Intercontinental the Willard ötcsillagos szálloda is teltházzal üzemelt, a hall tele volt elegáns, jól öltözött üzletemberrel, akik éppen mentek valahová, vagy érkeztek valahonnan. Senkinek sem tűnt fel az a négy úriember, akik nem sokkal délután öt óra után egymástól függetlenül léptek be a forgóajtón a szálloda egyik különtermébe tartva. A különterem ajtajára Washington egyik jól ismert fejvadász-cégének a névtáblája volt kitéve, ezzel is jelezve, hogy itt zártkörű rendezvényt tartanak. Az újonnan belépők köszöntötték a már bent tartózkodókat, majd elfoglalták helyüket a kényelmes karosszékek valamelyikében. Mikor az utolsó úriember is megérkezett, egy ősz hajú, kövérkés férfi szólalt meg először.

– Közeleg a végjáték, melyre közel tizenöt éve várunk. Felkészültünk a következő hetek várhatóan viharos eseményeire: eddig minden a terv szerint halad, de vannak nyugtalanító jelek, amelyekre reagálnunk kell.

– Éspedig? – kérdezte az az úr, aki utolsónak érkezett. Hirtelenszőke férfi volt, aki sportosan elegáns ruházatával erősen elütött a többiek hivatali, sötét öltöny–selyem nyakkendő viseletétől.

– Petrocelli bejelentkezett. Tárgyalni akar velünk az „X” nap utáni történésekről.

– Ha jól emlékszem megállapodtunk vele egymillió dollárban – reagált a szobában ülő harmadik személy, aki kopaszra borotvált fejű, szakállas férfi volt.

– Így van, megállapodtunk vele – válaszolta az ősz hajú. – Viszont Petrocelli elmondása szerint sokkal nagyobb szabású akciót fog végrehajtani, mint amiben korábban megegyeztünk vele. Cserébe nem több pénzt kér, hanem hatalmat és beleszólási lehetőséget a jövő politikájába.

– Nem kell vele foglalkozni. Úgysem akartuk neki kifizetni azt az egymillió dollárt sem – mondta a sportosan öltözött férfi.

– Sajnos kell, mert azzal fenyegetődzik, hogy nem folytatja a vállalt akcióit, s nem lesz „X” nap.

– S mi az a sokkal nagyobb akció? – kérdezte a kopasz férfi.

– Nem árulta el, pontosabban akárkinek nem árulja el. Magasrangú döntéshozóval akar tárgyalni.

– Velünk biztosan nem fog – mondta a negyedik férfi határozottan, aki rövidre vágott, katonás frizurát viselt. – Semmilyen személyes kockázatot nem vállalhatunk fel. Úgysem ismer senkit közülünk, küldjünk valakit, aki bármiben megállapodhat vele. Nincs jelentősége, hogy miben.

– Rendben – bólintott az ősz hajú. – Elküldöm Grantet. Kiváló tárgyaló, és könnyen tudja előadni a nagyon fontos ember szerepét. Másik problémánk a Szabad Amerikáért Alapítvány körül van. Az FBI kihallgatta a két alapítót, akik a kihallgatás után nem sokkal eltűntek, és ki akarta hallgatni az Alapítvány könyvelőjét is, aki sajnálatos módon elhunyt a New York-i utazás közben, de szerencsére még a kihallgatás előtt.

– Gondolom, nem véletlenül – szólalt meg a sportosan öltözött férfi –, mint ahogy a két alapító sem véletlenül tűnhetett el.

– Nem, ezek nem véletlen események, de jelzik a növekvő veszélyt. Az eddigieknél is óvatosabbaknak kell lennünk, mert a rendőrség egyre közelebb kerül hozzánk.

– Nincs itt semmiféle veszély – mondta a katonás frizurájú férfi. – Nincs feltárható kapcsolat köztünk és az Alapítvány között. Bármennyit nyomoz is ez ügyben az FBI vagy a rendőrség, sosem fog minket megtalálni az Alapítvány oldaláról. Az Alapítványra amúgy az „X" nap után semmi szükségünk. Nem kell tovább működtetni, bár már ezek szerint nincs is, aki működtetné. Tábornok úr, van még további témája, amit ma meg kell beszélnünk?

– A harmadik probléma tűnik a legkomolyabbnak – mondta az ősz hajú, Tábornoknak hívott férfi –, tegnapra összehívták a Hírszerző Közösséget. Mindkét elnök ott volt, s számunkra fenyegetőnek tűnő bejelentést tettek. Azt állították, hogy egyértelmű bizonyítékaik vannak arra vonatkozóan, hogy államellenes összeesküvés van készülőben, melynek előjátéka volt a havi öngyilkos merénylet sorozat, s amely januárban egy totális támadással fog zárulni. Azt mondták, hogy valamennyi szereplő nevét ismerik, a terrorcsoport tagjaiét is, illetve a megbízóikat is. Pontosan tudják, hogy mi a forgatókönyv, s megvannak a megfelelő eszközeik, hogy a végső támadást időben megakadályozzák.

– Blöff – reagált röviden a katonás frizurás. – Mondtak bármi konkrétumot is?

– Nem, Ezredes úr, tulajdonképpen nem sokat. Elmondták, hogy a terrorcsoportot Petrocelli, és valamilyen Nagy nevű fickó vezeti. A megbízók nevét nem említették, de azt állították, hogy tudják a nevüket, és több szolgálat felső vezetéséből is vannak érintettek benne. Azt kérték valamennyi jelenlévő igazgatótól, hogy készüljön fel az ellentámadás napjára, amikor lecsapnak az általuk belső ellenségnek nevezett csoportosulásra.

– Mit jelent az ellentámadás napja?

– Egyszerre akarnak lecsapni valamennyi résztvevőre, amit az Elnök az ellentámadás napjának nevezett.

– S az mikor lesz?

– Nem árulták el. Azt mondták az „X" nap előtt, amit viszont pontosan megneveztek, s ami január 6-án lesz. Biztonsági okokból egyelőre titokban tartják, hogy hány nappal előtte tervezik az ellentámadás napját. Több száz embert kell begyűjteniük, ezért erre alaposan fel kell készülniük.

– Blöffölnek – ismételte meg az Ezredesnek hívott úriember. – Ha tudnának mindent, megnevezték volna az érintett embereket, az érintett szervezeteket.

– Nem biztos. Megnevezték Petrocelliéket, pontosan tudják, mikorra tervezzük a végső támadást és tudják annak a belső használatú kódnevét is. Azt ígérték, hogy még a mai napon mindenki megkapja azoknak nevét, akik az ő szolgálatuknál dolgoznak, és érintettek az ügyben.

– S akkor most mit tegyünk? – kérdezte a kopasz, szakállas férfi. – Miből gondolod, hogy blöff az egész? – fordult az Ezredeshez.

– Mert ha mindenki nevét tudnák, akkor már léptek volna, s mindenkit letartóztattak volna, aki érintett. Nem beszélve arról, hogy ezek szerint a mi embereinket is meghívták a megbeszélésükre, akiktől ezek az információk származnak. Talán tudnak egy-két nevet, talán van egy-két olyan információ a birtokukban, amely alapján úgy gondolják, ezzel a bejelentéssel a nyulat ki lehet ugrasztani a bokorból – nyugtatta a társait. – Nincs semmi konkrétum a kezükben, ez csak egy kétségbeesett próbálkozás a részükről. Nyugodtnak és magabiztosnak kell maradnunk.

– Lehet, hogy igazad van – helyeselt az ősz hajú, kövérkés férfi –, de egyben biztosak lehetünk: számítanak valamire januárban, ami számunkra azt jelenti, hogy jóval nagyobb ellenállásra készülhetünk a hatalom átvételekor, ami növeli a kudarc lehetőségét számunkra. A tervünk a meglepetés erejére épült. Az „X" napon végrehajtott támadássorozat által sokkolt Amerika bénultan figyeli a hatalomátvételt. Mire a regnáló hatalom egyáltalán reagálni tudna erre a helyzetre, addigra az összes kulcspozíció már a kezünkben van. Ha felkészülnek erre a támadásra, akkor nincs a meglepetés ereje és akkor nincs esélyünk. Jelenleg hatalmas erőfölényben vannak velünk szemben.

– Előbbre kell hozni az „X" napot – javasolta a kopasz, szakállas férfi.

– Nincs rá semmi esély. Értelme sem sok van. Ha tényleg tudnak rólunk, akkor teljesen mindegy, hogy január 6-án, vagy december 29-én van az „X" nap. Technikailag is korlátozott a dátum megváltoztatására a lehetőségünk, csak csökkentenénk vele a hatásosságát a kapkodásunkkal – vélte a sportos ruházatú úriember.

– Ha előbbre hozzuk, akkor megelőzzük a letartoztatásokat, s mi irányítjuk az eseményeket.

– Nem hozzuk előbbre! – jelentette ki határozottan az Ezredes. – Nem dőlünk be a blöffnek.

– Akkor mi legyen? – kérdezte a kopasz, szakállas férfi, aki továbbra sem volt meggyőzve arról, hogy nem kellene változtatni az eredeti elképzeléseken.

– Nyilván a hatalomátvételi kísérletről nem mondunk le, elég régóta készülünk erre, további várakozásnak helye nincs – szögezte le határozottan a Tábornok. – A támadási tervünket kell átdolgozni, hogy sikeresek legyünk egy felkészült ellenséggel szemben is. Ehhez talán jól jön a Petrocelli által ígértek egy jóval nagyobb méretű csapásról. Meg kell tudni tőle, pontosan mit jelent a „tervezettnél hatásosabb" támadás. Nekünk pedig össze kell hívni az előkészítő bizottságot napokon belül, hogy újragondoljunk egy-két részletet. S ellentétben az Igazgató úr véleményével – nézett a sportos ruházatúra –, én nem zárom ki a támadás napjának előbbre hozatali lehetőségét. Az elmondottak alapján, nem ismernek minden szereplőt, ezért nem léptek eddig. Addig nem akarnak közbeavatkozni, amíg nem biztosak a teljes sikerükben, s ez ebben a helyzetben nekünk kedvez.

– Óriási kockázat van az előkészítő bizottság összehívásában – ellenkezett az Igazgató nevű ember. – Lehet, hogy pont ez volt a bejelentésük célja. Gyűljünk egybe, és így könnyen lecsapnak ránk.

– Igen, ebben nagy a kockázat. De megváltozott a helyzet. Nem a meglepetés erejére kell alapoznunk a tervet, hanem arra, hogy egy felkészült ellenfelet kell legyőznünk – válaszolta a Tábornok.

– Továbbra is azt mondom, blöff az egész – mondta a katonás frizurájú férfi. – Semmilyen listát nem fognak átadni, mert nincs ilyen listájuk. De rendben, legyen a felvetés szerint! Össze kell hívni az előkészítő bizottságot, mert a körülmények megváltoztak, készülnek ránk. Javaslom, hogy ezt a következő vasárnap tartsuk meg külföldön, ahol nagyobb biztonságban vagyunk! Így a tél közepén Rio de Janeiro egy kellemes kikapcsolódás, nyári felüdülés lehetőségét kínálja. Elég sok légijárat közlekedik Brazília és Amerika között ahhoz, hogy feltűnés nélkül odautazzunk. Ott találkozunk pár nap múlva! Addig meg beszéljenek ezzel a Petrocellivel!

– Óriási a kockázata ennek a lépésnek – ismételte önmagát a szőke, sportos ruházatú férfi.

– Csak mi négyen tudunk egymásról és csak mi tudjuk a többi résztvevő nevét. Csak mi tudjuk, hogy ki szervezi a merényleteket, és ő, illetve társai hol találhatók. Az összeesküvés többi szereplője nem ismeri egymást, nem tudnak rólunk, és nem tudnak Petrocelliről se semmit. Hol itt a kockázat? – kérdezte a Tábornok. – Magunkban sem bízunk?

– Ha együtt leszünk Rióban, a szálak összeköthetőek lesznek, s valamennyi, a rendőrség által még nem ismert személyre fény derülhet – vélte a kopasz, szakállas úriember. – Elérik a céljukat, tálcán kapják a teljes listát.

– A szálak csak rajtunk keresztül köthetőek össze, de mi nem leszünk jelen fizikailag, csak virtuálisan, és természetesen nem beazonosítható módon – zárta a megbeszélést a tábornoknak nevezett férfi, s ezzel felállt és távozott a teremből. Ő volt a rangidős négyük közül. Ő hozta létre ezt a társaságot, és ha informálisan is, de ő volt a vezetőjük. Biztos volt benne, hogy ez a mostani vita nem vezet a csoport szakadásához, mert annyira ismerte a többieket. Az Ezredes igazi makacs katona volt. Ha valamiről döntöttek, ha valamit elfogadott, akkor ahhoz a végsőkig ragaszkodott, mint ahogy most sem volt hajlandó a támadás napját előbbre hozni. A másik két férfi, akik az üzleti életből jöttek, ahhoz szoktak, hogy a cél elérése érdekében néha kell változtatni az előzetes elképzeléseken. De az elmúlt években, mindannyian ezen dolgoztak, a győzelem kapujából senki sem fog visszalépni, emiatt nem nyugtalankodott.

A Tábornok távozását követően a többiek pár percig csendben ültek a helyükön, majd némi időkülönbséget tartva, egyenként ők is elhagyták a termet, és tűntek el a város karácsonyi forgatagában.

Két nappal később Petrocellit ismét megbeszélésre hívták a Taco Bell gyorsétterembe.

– Harry Grant őrnagy vagyok – mutatkozott be az ismeretlen férfi –, az előkészítő bizottság titkára. Azzal a felhatalmazással jöttem, hogy bármiben megállapodhatok önnel, amennyiben megkapom cserébe azt az információt, amire nekünk szükségünk van.

– Maga aztán nem kertel! – állapította meg Petrocelli elégedetten –, de honnan tudhatom, hogy ön nemcsak egy másik futár?

– Valójában sehonnan. Nincs olyan igazolványom, amit személyem hitelesítése érdekében bemutathatok önnek. Bízzon bennem, ahogy én is megbízom önben! Egyébként nincs más választásunk, ha jutni akarunk egymással valamire. Szóval, mi a végleges „X" napi terv azon felül, amiről eddig is tudtunk?

– Gondolom, hallott azokról az aknatámadásokról, amelyek az elmúlt időszakban kerültek végrehajtásra.

– Igen, eljutott hozzánk a hírük, bár nagy publicitást nem mindegyikük kapott az országos sajtóban. Ha jól tudom, négy ilyen akcióra került sor. Ebből egy volt, ami talán véletlen volt, a coltoni pályaudvaron végrehajtott robbantás.

– Nem volt véletlen, mert ilyenből lesz pontosan tizennyolc az „X" napon vasúti szerelvények ellen.

– Micsoda? – kiáltott fel meglepetten Grant őrnagy. – Szórakozik velem?

– Nem, tényeket közlök.

– S ezt hogyan tudják megszervezni? Tudomásunk szerint korlátozott a létszámuk.

– Megoldjuk. Zsenialitásunk a tervezésben, és annak a részleteiben rejlik – vigyorgott Petrocelli, aki szinte kéjes örömmel nézte Grant őrnagy meglepett arcát.

– Elismerésem. S mit szeretne cserébe?

– Ahogy már a futár kollégájának is mondtam: szerepet a jövő alakításában. Pontosabban érdemi hatalmat az önök új rendszerében.

– Konkrétabban, ha lehetne: ez pontosan mit jelent?

– Harminc évvel ezelőtt létre akartam hozni egy intézetet, amelyben árva vagy elhagyott gyermekekből neveltük volna ki a jövő robotjait, a tökéletesen programozott katonákat, az individualizmustól megszabadított egyenpolgárokat, azaz a jövő nemzedékét, aki úgy él, ahogy mi irányítjuk őket. Akkor nem kaptam meg a kért lehetőséget. Most bebizonyítom az elméletem gyakorlati megvalósíthatóságát, sőt, már be is bizonyítottam, hogy működnek az elgondolásaim. A tökéletes biorobot létrehozható, nekem ez sikerült. Ennek az országos programnak az irányítását kérem az „X" nap után, minden ehhez szükséges hatalom, és eszköznek a rendelkezésemre bocsátásával.

– Nincs ennek semmi akadálya – bólintott Grant, kicsit meglepetten, amit nem is szándékozott leplezni. – Azt hittem, valami komolyabbat kér, de ez a kérése teljesen jogos, sőt egybevág a mi elképzeléseinkkel. Az új Amerika nem a szabad gondolkodók végtelen halmazából fog állni, hanem olyan állampolgárok közössége lesz, akik tudatát mi formáljuk a mi akaratunk szerint. Egyszer s mindenkorra kiirtjuk ezt a kártékony liberalizmust ebből az országból. Az, ön kérése számunkra a legnagyobb örömmel teljesíthető. Erre az ígéretre megvan a felhatalmazásom.

Petrocelli elégedetten s boldogan távozott a gyorsétteremből. Már csak pár nap, és teljesülnek álmai. Úgy érezte, minden a tervek szerint alakul. Nagytól is kapta a rendszeresen az sms-üzeneteket, folyamatosan szépen haladtak a robbanóaknák telepítésével. Gondolataiban most azt sem tartotta fontosnak, hogy az „X" napot követően leszámoljon azokkal, akikkel együtt dolgozott az elmúlt évek alatt. Hirsch és a két fiatal használható lesz az álma megvalósításában. A házaspár és Nagy pedig boldoguljon az új rendszerben, ahogy akar.

24. fejezet

José kocsmája

Karácsony napján Jack Hammersmith-szel és Robsonnal együtt – az ünnepi díszben úszó Fehér Ház biztonsági ellenőrzésén átesve – az Ovális irodába sietett, ahol már ott volt a még hivatalban levő elnök, Britt Johnson és a megválasztott új elnök, John Miller is.

– Remélem egy szép ajándékot raknak ma a nemzet karácsonyfája alá – mosolygott a megválasztott Elnök, amikor mindenki helyet foglalt.

– Igyekeztünk, Uram – bólintott az FBI igazgatója. – Ha szabad így fogalmaznom, a mai nap a fontos döntések napja lesz. Engedelmükkel Hammersmith és Benneth röviden összefoglalja a jelenlegi helyzetet.

– Múltkori találkozásunk során már beszámoltunk arról, hogy a terrorcsoport kettévált. Az egyik részét Petrocelli, a másikat feltehetően Nagy vezeti. Az előbbi a közvetlen megfigyelésünk alatt áll – kezdte Jack a tájékoztatást. – Ez a csoport eddig öt öngyilkos merénylőjelölthöz szállította ki a támadáshoz szükséges gépfegyvert és robbanómellényt. Mind az öt személyt beazonosítottuk, folyamatosan ellenőrzésünk alatt tartjuk. Szükség esetén képesek vagyunk arra, hogy megakadályozzuk a támadásukat.

– Megtaláltuk a másik csoportot is, melyet Frank Nagy vezet – folytatta Hammersmith. – Jack csapatának sikerült beazonosítania egy Dallasban eladott Ford Fusiont, amely bizonyíthatóan ott járt Texasban a deszantosok elleni támadás idején és helyszínén. Feltételeztük, hogy az eladott gépkocsi helyett egy másikat vettek, s igazunk is lett. Egy másik autókereskedésben – némi meglepetésünkre –, egy ugyanolyan FR3-as lakókocsit vettek, amilyet a táborban hagytak. Az autókereskedés biztonsági felvételein egyértelműen beazonosítható volt Fred Mosley, aki jelenleg Petrocellivel együtt van Los Angelesben. A lakókocsit rendszáma alapján megtaláltuk, jelenleg Wyoming államban van, folyamatosan mozgásban. A kocsit hat napja követjük, ez idő alatt sikerült két olyan öngyilkos merénylőjelöltet beazonosítani, akiknek leszállították a fegyvereket. Természetesen ebben az esetben is mindkettőt megfigyelés alatt tartjuk. Ezenkívül négy olyan helyszínt sikerült lokalizálnunk, ahová Nagy aknákat telepített, korábbi feltételezésünkkel megegyezően mindegyik hely vasúti vágány mellett található.

– Ezek szerint vasúti szerelvényeket akarnak robbantani az öngyilkos merényletek mellett – állapította meg a hivatalban levő Elnök.

– Igen, Uram! – helyeselt Robson. – Ez a mi feltételezésünk is.

– Tudunk már valamit a megbízók személyéről? – kérdezte Britt Johnson.

– Köszönhetően az önök segítségének – folytatta Hammersmith – a Hírszerző Közösség legutolsó ülésén felállítottunk egy csapdát, ami úgy tűnik, sikeresen működik. Az ott elhangzott tájékoztatóval párhuzamosan a szolgálatok közel kétszáz vezetőjét vettük szoros megfigyelés alá. Minden találkozásukat, telefonhívásukat rögzítettük az elmúlt időszakban. A megfigyelt személyek közül hárman váratlanul Rióba utaztak egy rövid hétvégi kiruccanásra. Mindegyik esetben egyedül, család nélkül. Ugyanabban az előkelő, Copacabana-n található szállodában szálltak meg két éjszakára, bár nem együtt utaztak, hanem más-más járatokon, de az időpont és a helyszín egybeesése felettébb érdekesnek tűnt. Úgy ítéltük meg, ez nem véletlen. Lekértük azon időszak valamennyi Brazíliába tartó járatának utas listáját. Huszonnégy további olyan személyt sikerült beazonosítani, akik a gazdasági, politikai életben meghatározó szerepet töltenek be. Vannak köztük politikusok, szenátorok, parlamenti képviselők, gazdasági vezetők hadiipari cégektől, olajipari vállalatoktól. Van közöttük volt magasrangú katona, vagy volt különleges ügynök, sőt olyan személy is, aki korábban vezető szerepet töltött be a CIA-nál. Mindegyik esetben azon a hétvégén, pénteken vagy szombaton utaztak Brazíliába, s hétfőn jöttek vissza onnan. Valamennyien a Copacabana-n szálltak meg a környék valamelyik szállodájában. Feltételezésünk szerint a tervezett támadás és hatalom átvételi kísérlet kapcsán jöttek össze egy rendkívüli megbeszélésre. Az a hír, amit önök jelentettek be, miszerint tudunk rólunk, a tervezett támadás újragondolását, módosítását igényelhette a részükről.

– Bravó – mondta a megválasztott Elnök. – Ezek szerint ellenőrzés alatt, pontosabban megfigyelés alatt tartjuk a terrorcsoportot, s ismerjük a megbízók kilétének egy részét.

– A köztük levő kapcsolat tényét az is megerősíti, hogy megfigyelőink jelezték, Petrocelli találkozott két személlyel egy Los Angeles külvárosában található étteremben. Első találkozása egy Frank Cassidy nevű magánnyomozóval volt. Róla azt kell tudni, hogy rendőrként szolgált sokáig, de rasszista nézetei miatt és a törvényesség határát gyakran túllépő intézkedései miatt hét évvel ezelőtt leszerelték. A második találkozón résztvevő személye jóval érdekesebb. Harry Grant őrnagy a légierőtől szerelt le pár évvel ezelőtt. Afganisztántól Irakig mindenütt megfordult, ahol az elmúlt években bevetettük a légierőnket. Leszerelése után egy hadiipari cégnél helyezkedett el lobbistaként. Feladata a szenátus tagjainak győzködése a katonai költségvetés növelése érdekében. Ez önmagában természetesen nem ok arra, hogy személye érdekes legyen számunkra. De a neve pár évvel ezelőtt egy texasi militáns szervezettel összefüggésben az FBI-nál már felmerült. Erről a csoportról az a hír járta, hogy erőszakos hatalomátvételre készülnek, de a nyomozás nem tudott rájuk bizonyítani semmit, a vádakat ejtették velük szemben. Harry Grant őrnagy nemrégiben Braziliában járt, s részt vett az előbbiekben említett találkozón.

– Tudunk valami konkrétat erről a találkozóról? – kérdezte Miller elnök. – Mi hangzott el, milyen döntéseket hoztak?

– Sajnos semmit nem tudunk – rázta meg a fejét Jack. – Nem volt sem időnk, sem lehetőségünk, hogy bárkit is beépítsünk a csoportba. A riói találkozó előtt egyedül Grant őrnagyot tartottuk megfigyelés alatt a résztvevők közül és magáról a találkozó tényéről is csak utólag értesültünk.

– Mi a javaslatuk a további lépéseket illetően? – kérdezte Johnson elnök.

– Egyetértésük esetén még ma éjszaka lecsapnánk rájuk. Nem tudunk mindent, nem ismerjük az összes részletet, nem ismerjük valamennyi résztvevő személyét, de azt gondolom, hogy eleget tudunk, nem szabad tovább várnunk – mondta Robson. – Tudomásul kell venni, hogy ma nincs arra garancia, hogy a támadást teljes egészében meg tudjuk akadályozni. Nem ismerjük az összes öngyilkos merénylő személyét, s nem tudjuk, hogy mielőtt megtaláltuk volna a csoport másik felét, addig hová telepített Nagy robbanóaknát, de azt gondolom, hogy a helyszínek és szereplők többségét ismerjük. Ha ma lecsapunk rájuk, lesz időnk arra, hogy további információkhoz jussunk, és természetesen megakadályozzuk a további előkészületeket. Nem célszerű tovább várakozni, hiszen az is elképzelhető, hogy előrébb hozták a támadás időpontját. A magunk részéről felkészültünk az akcióra. Megbízható, többszörösen leellenőrzött ügynökök és katonák vesznek részt benne, de jelenleg ők sem tudják, mi a cél, csak annyit tudnak, hogy ma szolgálatban lesznek. Valamennyi célszemély tartózkodási helyét ismerjük, folyamatos megfigyelés alatt tartjuk. Karácsony szentestéjén még a legelvetemültebb bűnözők is megpihennek, lankad a figyelmük. Biztos vagyok benne, ha tartanak is valamitől, azt nem ma éjszakára várják.

– Sok sikert, Uraim! – közölte a hivatalban levő Elnök, miközben megkapta a megválasztott Elnök bólintását. – Amerika jövője most az önök kezébe került. Isten áldja Amerikát, Isten legyen önökkel!

Robson, Hammersmith és Jack gyorsan távozott a Fehér Házból: tudták, hogy izgalmas órák, napok várnak rájuk. Az éjszakai akció sikerében biztosak voltak, az meg volt szervezve, tökéletesen elő volt készítve. Aggodalmuk inkább az azt követő időszakkal volt kapcsolatos; sikerül-e annyi információt kiszedni a lekapcsolt személyekből, hogy ezzel valamennyi tervezett támadást megakadályozhassanak.

Tíz nappal később ismét az Ovális irodában ültek a Fehér Házban, felszabadultabban, de láthatólag sokkal fáradtabban, mint a legutolsó találkozásuk alkalmából.

A megválasztott Elnök kezében egy üveggel érkezett, melyet ünnepélyesen letett az asztalra.

– Tudom, korai még ünnepelni, de mielőtt a lényegre térnénk, igyunk egy kortyot! Ez egy 20 éves Double Eagle bourbon whisky. Összesen 299 palack készült belőle, nekem van ebből kettő, de ez az az alkalom, amikor fel kell nyitni az egyiket!

Töltött a poharakba, majd mindenki lehajtotta a maga adagját, kivéve Jacket, aki bár megillatozta a pohár tartalmát, nem ivott belőle, a kristálypoharat visszarakta az asztalra.

– Nem ünnepel velünk, vagy nem szereti a whiskyt? – kérdezte Miller elnök némi csodálkozással az arcán.

– Ünneplek, és szerettem a whiskyt. Nagyon is szerettem, talán túlzásba is vittem – válaszolta Jack mosolyogva. – De fogadalmat tettem magamnak, és még pár napot várnom kell arra, hogy megkóstolhassam.

– Rendben. Akkor az üveg a magáé a maradék tartalmával együtt! – mondta a megválasztott Elnök és az üveget Jack elé tolta. – Ha gondolja, hívjon meg majd engem is, amikor ismét kinyitja!

– Nos, térjünk a tárgyra! – vette át a szót a hivatalban levő Elnök. – Gratulálok mindenkinek, az akció sikeres volt! Információm szerint mindenkit sikerült lekapcsolni, akiről tudomásunk volt. Mire jutottak azóta?

– A kihallgatások vegyes eredménnyel jártak eddig – mondta Robson igazgató. – Sajnos két nappal a tervezett támadás előtt még nem mondhatjuk, hogy mindent tudunk, és biztosak lehetünk abban, hogy nem lesznek ártatlan áldozatok január 6-án.

– Kezdjük a terrorcsoport központi magjával! – vette át a szót Jack. – Heten voltak, akiket lekapcsoltunk. Egy házaspár, akik nem játszottak érdemi szerepet a csoport működésében, és ennek megfelelően semmilyen hasznos információval nem rendelkeznek. Amit tudtak, azt sikerült kiszedni belőlük, de az inkább a múlthoz kapcsolódik, és nem a várható jövőhöz. A megbízókról semmilyen információval nem rendelkeznek. Két fiatal, Fred Mosley és Bob Carthy – ők Petrocelli neveltjei – hallgatnak, mint a sír. Valószínűleg sokat tudnak, de ebből semmit nem árulnak el. Petrocelli és Nagy meg sem szólalnak, egyetlen egy szó sem húzható ki belőlük. A hetedik tag, Hirsch már valamivel beszédesebb volt. Vagy nagyon meg van ijedve, mert nem számított a lebukásra, vagy kevésbé elkötelezett, mint a többiek, de tőle sikerült érdemi információkat begyűjteni. A terrortámadás-sorozat egy gondosan kidolgozott terv, mely egy képleten alapul. Ez Petrocelli agyszüleménye, és ez határoz meg mindent. Mikor minek kell történnie pontosan. Eszerint január 6-án déli 12 órakor tizenkét öngyilkos merényletnek, és tizennyolc vasúti szerelvények elleni aknás robbantásnak kellene bekövetkeznie az ország különböző részein.

– Jézusom! – sóhajtott fel Johnson elnök –, s ebből hányat tudunk megakadályozni?

– A tizenkét öngyilkos merényletből nyolcat biztosan. Hét merénylőt már korábban beazonosítottunk, és őket karácsony éjszakáján lekapcsoltuk. Egy esetben biztosak vagyunk, hogy a fegyver és a robbanómellény nem jutott el a rendeltetési helyére, mert megtaláltuk a lakókocsiban, amikor Nagyékat elfogtuk. A maradék négy esetben annyit tudunk, hogy mely városokban várható a támadás, mert erre vonatkozóan találtunk feljegyzéseket az elfogott személyeknél, és tudjuk a merénylők keresztnevét.

– S őket nem tudjuk semmiképpen megakadályozni a merénylet elkövetésében? – kérdezte Johnson elnök.

– Tudjuk, hogy melyik városban élnek, ezekben a városokban megerősített rendőri jelenlét lesz 6-án. Az elfogott öngyilkos merénylőjelöltektől tudjuk, hogy a merénylet előtti napon Petrocellinek fel kell hívnia őket, s kiadni a végső utasítást az akció végrehajtására. Enélkül nem hajtják végre a támadást, mert a parancs erre utasítja őket, hiába vannak felkészülve rá. Ez már nem történhet meg ebben a négy esetben, mivel Petrocelli szerencsére a vendégszeretetünket élvezi. Ebből következik, hogy bár tudják a napot, tudják a feladatukat, de mégsem fognak tenni semmit. Ez persze egy feltételezés a részünkről, de erős reményt ad arra, hogy egyetlenegy ember halálát sem fogják öngyilkos merénylők okozni január 6-án.

– A vasúti szerelvények ellen tervezett támadások megakadályozásával rosszabbul állunk – vette át a szót Hammersmith. – Tudjuk, hogy tizennyolcat terveztek, és tudjuk, hogy pontosan déli tizenkét órakor. Találtunk egy térképet Nagy kocsijában, melyben a helyszínek hozzávetőlegesen meg vannak jelölve, s ebből tudjuk, hogy mely szerelvények ellen készültek támadásra. Valamennyi esetben személyszállító vonatról van szó, amely pontban déli tizenkét órakor halad át menetrend szerint az adott vasúti szakaszon, ahol az aknák telepítve vannak.

– Nem értem a problémát! – mondta Miller elnök. – Ha tudják a helyet és időpontot, akkor mi a gond? Aknamentesíteni kell a helyszínt.

– Sajnálom Uram, de ismerjük Nagy eddigi eredményeit – mondta Robson. – Ez még egy tűzszerésznek sem sikerült. Az általa telepített aknák nem hatástalaníthatók, csak felrobbanthatók.

– Akkor le kell állítani ezeket a vonatokat – szólalt meg a hivatalban levő Elnök.

– Igen, ez nyilvánvaló – helyeselt Jack. – De ezzel nem oldjuk meg a problémát teljesen. Valószínűleg az aknák időzítéssel kapcsolnak be, de nyomásra robbannak. Ahogy előbb mondtam, ezek az aknák mindenképpen fel fognak robbanni, Nagy robbanószerei jelenlegi tudásunk szerint nem hatástalaníthatók. A kérdés az, hogy embert vagy eszközt áldozzunk fel? Tűzszerészeket küldjünk oda, akiknek pár százalékban mérhetők a túlélési esélyei, vagy küldjünk az adott pályaszakaszra egy üres vasúti kocsit, amely súlya alatt vélhetően felrobban az akna. Én az utóbbi lehetőséget javaslom. Ez időigényes és költséges megoldás, hiszen a környéket is biztosítani kell, hogy felesleges személyi vagy anyagi kár ne keletkezzen. Nem tudjuk az aknák beállítási paramétereit, nem tudjuk, hogy súlyra robban, vagy a felette elhaladó kerekek száma alapján. Sajnos, az anyagi kár mindenképpen jelentős lesz, a pályaszakaszok helyreállítása is idő és pénzigényes. De nem áldozunk fel reményeink szerint senkit, emberi életet nem kockáztatunk.

– Ha nincs jobb megoldási javaslatuk, akkor legyen így! – hagyta jóvá Jack javaslatát Johnson elnök.

– Természetesen Nagy kihallgatása folyamatosan zajlik, ha megtörik, hatástalaníthatjuk az aknákat – próbált Robson egy kis reménysugarat adni, melyet aztán gyorsan le is oltott. – De őszintén szólva erre most kevés esély látszik. Valamennyi kihallgatott személy közül ő a legelszántabb, a legkonokabb. Sugárzik a gyűlölet belőle Amerika iránt. Biztos vagyok benne, hogy a végsőkig hallgatni fog, amíg a legkisebb esélyét látja annak, hogy az aknák felrobbanjanak. Petrocelliből sem szedhető ki semmi érdemi információ, de ő egy beteg ember, aki saját megszállottságának áldozata lett. Az ő esetében nem vagyunk biztosak abban sem, hogy egyáltalán tisztában van-e jelenlegi helyzetével. Egyértelműen beleőrült a kudarcba.

– S mi van az összeesküvőkkel? – kérdezte a megválasztott Elnök.

– Hallgatnak, illetve mindent tagadnak. Nem tudnak semmilyen összeesküvésről, hatalomátvételi szándékról. Azt természetesen nem tagadják, hogy Rióban jártak, ezt nyilván nem is tudnák, de egybehangzóan az állítják, hogy ők csak egy reformcsoport tagjai. A reformcsoport célja a megfogalmazásuk szerint olyan politikai-gazdasági változások elérése, melyek Amerikát sokkal erősebbé teszik. Nem tagadják erős rendszerkritikus álláspontjukat, de bevallásuk szerint ők törvénytisztelő békés állampolgárok, kiknek egyetlen célja a következő választásokon önálló alternatív politikai erőként indulva, a választásokat megnyerni és demokratikus módon az elképzeléseiket megvalósítani képes elnököt hatalomra juttatni – mondta Robson igazgató.

– Ebben semmi törvényellenes nincs – állapította meg a megválasztott Elnök. – Eggyel több vetélytárs, akit négy év múlva le kell győznöm, de ez a demokrácia lényege. Hihető az, amit mondanak?

– Egyelőre teljes az összhang köztük – válaszolta Hammersmith –, ez alapján azt mondhatnánk, hogy igen, hihető, de a nyomozás eddigi eredményei alapján minden okunk megvan rá, hogy ebben kételkedjünk. A kételkedés viszont még nem bizonyíték.

– Ha jól tudom – kérdezett közbe a hivatalban levő Elnök –, jelenleg valamennyien az FBI vendégszeretetét élvezik. Van jogalapunk bent tartani őket?

– Azt mondanám, hogy nincs – foglalt állást a kérdésben Robson. – Nincs egyetlen konkrét bizonyítékunk ellenük, nincs egyetlenegy olyan tanúvallomás sem a kezünkben, ami alapján megvádolhatnánk őket bármivel. Amit eddig elmondtak, az alapján törvénytisztelő állampolgárok egy csoportjáról van szó, akik élnek alkotmányos jogukkal, és egy politikai csoportosulás létrehozásán dolgoznak. Mégis Uraim – fordult a két elnökhöz –, az a javaslatom, hogy január 7-e előtt ne engedjük ki őket.

– Ennek a javaslatnak óriási a politikai kockázata – állapította meg Johnson elnök.

– Tudom, de már így is jelentősen túlléptük a törvényes fogvatartási időt az esetükben. Jogi szempontból teljesen mindegy, hogy tíz napig vagy tizenhárom napig fosztottuk meg őket a szabadságuktól törvénytelenül. Egy esetben tudjuk megvédeni döntésünket: ha az államellenes összeesküvés vádja megáll velük szemben. Január 6-a után kiállhatunk a nyilvánosság elé, bemutathatjuk, hogy mi készült Amerika ellen, amit sikerült megakadályoznunk. Akkor már láthatják, hogy nincs tovább számukra. Ekkor megkeressük a leggyengébb láncszemeket, akikkel vádalkut kötve a többieket megvádolhatjuk államellenes összeesküvéssel. S akkor már jöhetnek a jogvédők, a pénzhajhász ügyvédek, az igazságbajnokaiként magukat eladó firkászok, Amerika mellénk áll, s önök az ország két legsikeresebb elnökeként vonulnak be a történelembe.

– Úgy látom Robson igazgató úr is politikai pályára készül – mosolygott Miller elnök –, olyan szép volt az utolsó mondata, mintha én mondtam volna. Majd gondolok magára január 20-a után, amikor beszédírót keresek – villantotta fel humorát. – Amúgy, bár a jogértelmezésem tiltakozik az ön által javasolt megoldással szemben és azzal is tisztában vagyok, hogy ennek a döntésnek a politikai kockázata rám nézve a nagyobb, de én is azt gondolom, hogy nincs más megoldás. Természetesen a

végső döntés ma még a hivatalban levő Elnök kezében van, de
meglepne, ha Elnök úr más véleményen lenne.

– Akkor nem fogok csalódást okozni önnek – mondta Johnson
elnök jóváhagyólag. – A sajtót persze kezelnünk kell, ami nem
lesz egyszerű feladat, de ez már nem az FBI dolga. Január 7-én
reggel találkozunk ugyanitt, s aztán kiállunk együtt az ország
nyilvánossága elé. Még egy kérdésem lenne. Hogyan tudták azt
elérni, hogy az elmúlt tíz napban senki nem beszélt a TV-kben,
senki nem írt cikket a sajtóban a karácsony éjszakáján történ-
tekről? Ezeknek az embereknek van családjuk, vannak ismerő-
seik, senki nem kereste őket? Senki nem fordult eltűnésükkel
kapcsolatban a hatóságokhoz, vagy a sajtó nyilvánosságához?

– Ez több kérdés volt – mosolygott Robson –, de egyikre sem
fogok válaszolni, bármennyire is függelemsértés ez részemről.
Vannak dolgok, amelyekről a saját politikai jövőjük szempontjából
jobb, ha nem tudnak. A cél szentesítette az eszközt. Természete-
sen ezért mi vállaljuk a felelősséget büntetőjogi szempontból is.

– Remélhetőleg lesz olyan ember, aki elnöki kegyelemben
fogja önöket részesíteni – mondta keserűen a megválasztott
Elnök. Tisztában volt azzal, hogy ez még nagyon komoly jogi
csatározásokat fog jelenteni a jövőben, amelyben a jogvédők, a
sajtóhiénák komoly nehézségeket fognak okozni Amerika meg-
mentőinek, és természetesen neki is személy szerint.

Robson, Peter és Jack felállt, az utolsó mondatokon már nem
volt mit kommentálni. Tisztában voltak azzal, hogy Amerikának
azt a politikai, társadalmi rendjét mentik meg, amely hálája jelé-
ül őket fogja meghurcolni, ízekre szedni, elviselhetetlenné téve
életük következő szakaszát, míg az összeesküvők nagy eséllyel
büntetőjogi felelősségre vonás nélkül fogják megúszni a történ-
teket. A merénylők meghaltak, a potenciális merénylőkre nem
bizonyítható semmi. Nagy esetén van esély a bizonyításra, és ő
felelősségre vonható a merényletek előkészítéséért és végrehaj-
tásáért. Petrocellire is ráverhető a merényletek megszervezése,
de valószínűleg ő elmegyógyintézetben, és nem börtönben fog-
ja leélni élete hátralevő részét. Az összeesküvők, ha hallgatnak
és miért ne hallgatnának, sosem lesznek számon kérve. Sőt, jó

eséllyel milliós kártérítést fognak kapni a letartóztatásuk és a fogva tartásuk miatt. De, mivel jól ismerték a rendszer működését, azzal is tisztában voltak, hogy bár ők hárman meglesznek hurcolva, túl fogják élni az elkövetkező hónapokat. Már az ajtóban voltak, amikor a megválasztott Elnök még Jack után szólt.

– Az üveget ne hagyja itt, az a magáé!

Január 7-én reggel tíz órára rendkívüli sajtóértekezletet hívtak össze a Fehér Házban. A sajtó munkatársai tele voltak pletykákkal az elmúlt időszak történéseivel kapcsolatban, melyről eddig nem írhattak, nem kérdezhettek; emiatt is volt felfokozott az érdeklődés a sajtó invitálásra. A szokástól eltérően a sajtótájékoztatót nem a szokásos helyszínen, hanem a Fehér Ház legnagyobb befogadóképességű termében tartották, ahol a világ valamennyi, mérvadó hírügynöksége képviseltette magát, nem beszélve az amerikai sajtó színe-javáról. A teremben óriási volt az alapzaj, amikor nyílt az ajtó, és a teremszolga bejelentette:

– Hölgyeim és Uraim! Az Egyesült Államok hivatalban levő és az Egyesült Államok megválasztott Elnöke!

A két elnököt követően a terembe lépett Harry Robson, az FBI igazgatója, Peter Hammersmith, az FBI New York-i irodájának vezetője, és Jack Benneth, az FBI különleges ügynöke. A Fehér Ház sajtófőnöke bemutatta a sajtó jelenlévő munkatársainak a három férfit, majd átadta a szót a hivatalban levő Elnöknek.

– Hölgyeim és Uraim! Amerika jövője szempontjából sorsdöntő napok vannak mögöttünk. Mindenki emlékezhet rá: az elmúlt évben eddig még sosem tapasztalt jelenséggel álltunk szemben. A havonta elkövetett öngyilkos merényletek, melyek az ország sok városában értek minket, sokkolták a nemzetünket. Óriási erőket mozgósítottunk a tettesek és felbujtóik felderítésére. Erőfeszítéseink az elmúlt napokban sikerre vezettek minket. A merényletsorozatot kidolgozó terrorcsoport hét fős központi magját két héttel ezelőtt elfogtuk, s ezzel megakadályoztuk, hogy további akciókat dolgozzanak ki, és hajtsanak végre országunk ellen. A tegnapi napon megakadályoztunk tizenkét újabb öngyilkos merényletet. Nyolc embert elfogtunk, négyet még keresünk, de meggyőződésünk szerint, ők már nem fognak merényletet végrehajtani. A tegnapi nap folyamán megakadályoztuk tizennyolc menetrend szerint közlekedő személyszállító vasúti szerelvény felrobbantását. Sajnos az aknák felrobbanását nem tudjuk megakadályozni. Ezért tegnap és ma egyesével felrobbantjuk a telepített aknákat. Ez természetesen jelentős anyagi kárral jár, és átmeneti ideig jelentős problémát okoz az ország vasúti közlekedésében, de sok száz ember életét megtudtuk megmenteni, és ez mindennél legfontosabb. A terrorcsoport tizenkét éve készült ezekre az akciókra egy Ken Petrocelli nevű pszichiáter és egy Frank Nagy nevű, volt szovjet katona irányításával. Természetesen mindketten letartóztatásban vannak, társaikkal együtt felelni fognak mindazokért a szörnyűségekért és fájdalmakért, melyet nemzetünknek okoztak. A terrorcsoport mögött egy befolyásos emberekből álló bűnszövetség állt. Ez a szervezet biztosította a terrorcsoport finanszírozását tizenkét éven keresztül, és arra készült, hogy a tegnapra tervezett terrortámadásokat követően államcsínyt hajtsanak végre az országunkban, s az egyidőben végrehajtott merényletek okozta zűrzavart kihasználva átvegyék a hatalmat az Egyesült Államokban. A bűnszervezet huszonhét tagja előzetes letartóztatásban van; elszámoltatásuk folyamatosan zajlik, illetve keressük a szervezet még szabadon levő tagjait. Erről a nyomozás érdekében most többet nem mondhatok. A sikeres felderítésben kulcsszerepet játszott az FBI, s azon belül is a Jack Benneth különleges ügynök vezette operatív csoport, valamint Peter Hammersmith igazgatóhelyettes és Harry Robson igazgató úr, akik biztosították a nyomozók munkájához a szükséges feltételeket. Mindent, amit az elmúlt félévben tettek, ezúton a széles nyilvánosság előtt is szeretném megköszönni! Ők Amerika igazi hősei! Az utolsó hetek eseményeit Miller elnök úrral együtt, közösen követtük nyomon, egyetértésben hoztuk meg a szükséges döntéseket, Amerika érdekeit elsődlegesen szem előtt tartva. S bár mi ketten más-más politikai csoportot képviselünk, bebizonyítottuk, hogy az ország érdeke minden politikai játszmánál fontosabb. Köszönöm Elnök úrnak az együttműködését! Isten áldja önöket, Isten áldja Amerikát!

Ezzel a hivatalban levő Elnök lelépett a pódiumról, s távozott a megválasztott Elnök kíséretében. Őket követve az FBI emberei is kimentek a sajtótájékoztatóról. A teremben óriási hangzavar keletkezett: mindenki kiabált, mindenki kérdéseket akart feltenni. A Fehér Ház szóvivője percekig hiába próbálta lenyugtatni a kedélyeket.

– Hölgyeim és Uraim, nyugodjanak le! – szólította fel őket egymás után többször is. – Annál több információval jelenleg nem szolgálhatok, mint amit Johnson elnök úr az imént megosztott önökkel. Rendkívüli helyzetben vagyunk: olyanban, amikor az államérdek fontosabb a sajtónyilvánosságnál. Az Egyesült Államok érdeke most az, hogy az összeesküvés valamennyi résztvevőjét megtaláljuk és letartóztassuk. Emiatt nem áll módunkban neveket mondani, vagy csak utalni a lehetséges elkövetői körökre. A letartóztatott huszonhét fő kulcsszereplő ebben a történetben, de széles támogatói kör, közreműködő hálózat áll mögöttük. Őket is be kell azonosítani és felelősségre vonni. Ígérem, hogy amint lesz nyilvánosságra hozható információnk, itt leszek és elsőként tájékoztatom önöket a részletekről. Köszönöm megértésüket és figyelmüket!

Ezt követően – nem foglalkozva a nem csillapodó hangzavarral – szó nélkül távozott a teremből. Az újságírók magukra maradtak a kérdéseikkel, és jobb híján egymást szórakoztatták a feltételezett információik megosztásával.

Egy hónappal később Jack csapata a nyomozás zárójelentésének véglegesítésén dolgozott. Azt ígérték Peternek és Robson igazgatónak, hogy aznapra elkészülnek vele. Ez alapján megtörténhet a vádemelés Petrocelli és hat társa ellen. A megbízóik számonkérése már nem volt ilyen egyszerű. Mindenki kitartott a korábbi vallomása mellett: ők egy békés politikai csoportosulás tagjai, akik nem készültek puccsra és nem ismerték Petrocellit és a csoportját. Semmilyen kapcsolatot nem tartottak olyan személyekkel, akik merényleteket hajtottak végre az ország ellen. Grant őrnagy, aki egyetlen beazonosított személyként összekapcsolhatta a terroristákat a megbízóikkal, a börtönben sikeres öngyilkosságot követett el. Nem volt más választásuk:

az összeesküvés feltételezett szervezőit ki kellett engedni az előzetes letartóztatásból. Jelenleg semmi konkrétum nem volt az ügyészség kezében, ami elegendő lett volna a vádemeléshez. A nyomozás folytatása velük szemben már nem Jacknek és csapatának a feladata volt a továbbiakban. Ők, a zárójelentés leadásával befejezték küldetésüket. Jack azt ígérte a csapat tagjainak, ha kész vannak ezzel a jelentéssel, egy meglepetéspartira hívja meg őket. Jack még utoljára átfutotta a végleges jelentés összefoglalóját, majd megnyomta a „küldés" gombot a számítógépén.

– Ha minden igaz, Peter is itt lesz pár perc múlva – mondta a többieknek –, és akkor indulunk.

– Hová megyünk? – kíváncsiskodott Monica Carter.

– Meglepetés, ahogy korábban is mondtam – válaszolta Jack. – Három taxi áll a bejáratnál: a sofőrök tudják a címet, hová kell menniük.

Peter Hammersmith pár perc múlva valóban megérkezett.

– A jelentést megkaptam, de a rendkívüli helyzetre tekintettel nem olvastam el, ráérek erre holnap is. Most mindennél fontosabb a Jack által szervezett program. Indulhatunk! – adta ki az ukázt Jacknek.

A taxik a késő délutáni csúcsforgalom ellenére rövid időn belül megérkeztek a Manhattan szigetén levő célállomásra. Egy láthatóan nemrégiben felújított kocsma előtt álltak meg, mely a hangzatos „Jack és José édenkertje" nevet viselte. A kocsmába belépve megdöbbentő puritánságot tapasztaltak. A padlózat döngölt föld volt. A bútorzat durván ácsolt székekből és asztalokból állt. A bárpult mögül egy nagydarab, fekete férfi vigyorgott rájuk barátságosan. Mintha egy távoli ország legszakadtabb kocsmájába tévedtek volna.

– Hol vagyunk? – kérdezte meglepetten Atkinson ügynök, aki ezért ennél jóval többre számított. Azt gondolta, hogy valami nagyon előkelő helyen ünneplik meg az elmúlt hónapok munkájának lezárását.

– Ez itt Jack és José édenkertje – mutatta be a helyet Jack. – Ő José – mutatott a pult mögött álló fekete férfira. – ecuadori, de jól beszéli a nyelvünket. Én pedig Jack vagyok – mutatott önmagára –, s ez a hely tökéletes másolata José kocsmájának, amelyet a kedvemért otthagyott. Legalábbis belülről hasonlít rá, a külső környezet egy kicsit más itt New Yorkban, mint az eredeti.

Mindenki lemerevedett a meglepetéstől: erre egyáltalán nem számítottak. Elsőnek Gillan ügynök tért magához.

– Hogyan, mikor és miből? – kérdezte lényegre törően.

– Hogyan? Szóltam Josénak, hogy van egy ötletem. José jött és kérdés nélkül megcsinálta. Feladta az ecuadori kedvenc helyét, habár azzal még nincs tisztában, hogy a New York-i drogmaffia egy kicsit veszélyesebb Sueraznél. De majd vigyázok rá itt is! Mikor? Az elmúlt három hónapban lett kész, azt követően, hogy úgy döntöttem: maradok Amerikában, de emlékezni szeretnék életem legnehezebb öt évére is. Én értelemszerűen nem vettem részt a munkálatokban, csak a nevemet adtam hozzá. Mindent José csinált. Miből? A Szabad Amerikáért Alapítvány támogatása helyett a Bank of Amerika tízéves kölcsönéből. Válaszoltam minden kérdésre? Ha igen, akkor igyuk meg az Elnök whiskyjét! Igaz, azt kérte, hogy vele együtt tegyük ezt meg, de talán megbocsájtja, hogy titeket választottalak az Ovális iroda hűvös eleganciája helyett – ezzel emelte poharát a többiekre, melybe előzőleg Jose széttöltötte az Elnöktől kapott 20 éves Double Eagle bourbon whiskys üveg maradék tartalmát.

– Egészségünkre! – mondta mindenki egyszerre, s egy hajtásra felhajtották a poharuk tartalmát.

– S Peter, ha újra szükség lesz rám, itt José kocsmájában bármikor megtalálhatsz, nem kell Ecuadorig küldeni az embereid – vigyorgott Jack a főnökére

– Remélem, azért itt New Yorkban nem süllyedsz olyan mélyre, mint amennyire ott sikerült – vigyorgott Peter. – A békülésre! – emelte poharát Jack felé, amit közben José újratöltött egy fekete címkés Jack Daniel's-es üvegből.

– A békülésre! – viszonozta Jack, magasra emelve ő is a poharát, majd egy gyors mozdulattal leengedte második korty whiskyjét sok hónapos kihagyás után, azzal a biztos tudattal, hogy életének az a szakasza végleg lezárásra került, többé nem tér vissza a sötét múltjához.

A szerző

Michael Lackner 1957-ben született Budapesten, s jelenleg is Budapesten él. Nős: három lány- és két fiúgyermek gazdagítja életét. Elsőkötetes szerző, első könyve a Benneth ügynök esetei: Visszatérés. Hobbija az írás mellett a foci, a kertészkedés és a zenehallgatás.